CB009415

A Estrada da Noite

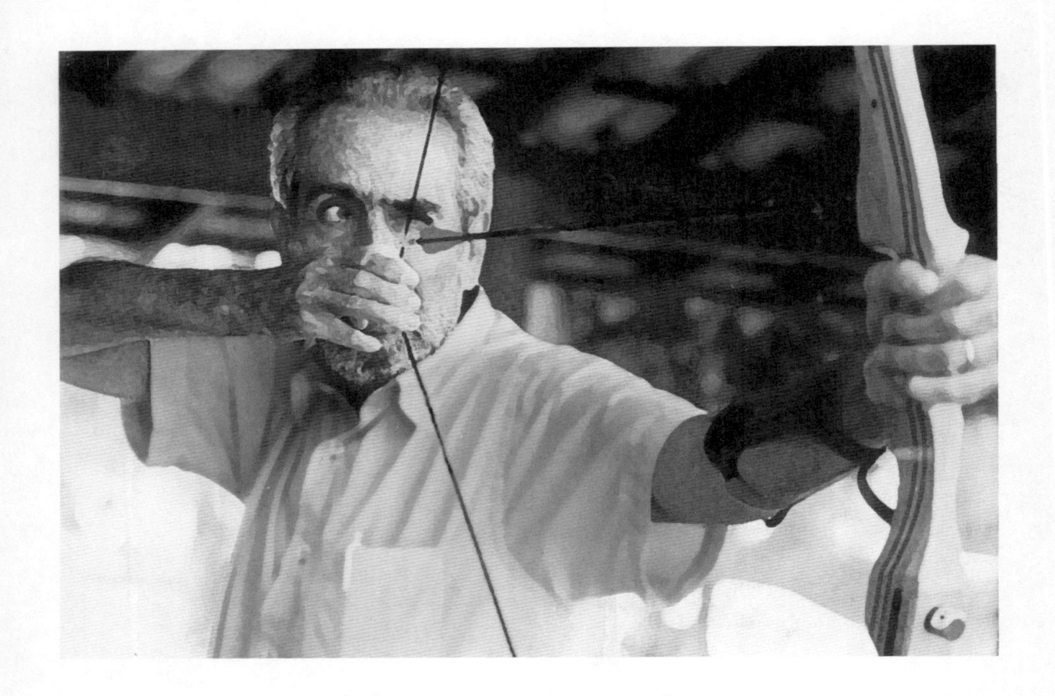

O Arqueiro

Geraldo Jordão Pereira (1938-2008) começou sua carreira aos 17 anos, quando foi trabalhar com seu pai, o célebre editor José Olympio, publicando obras marcantes como *O menino do dedo verde*, de Maurice Druon, e *Minha vida*, de Charles Chaplin.

Em 1976, fundou a Editora Salamandra com o propósito de formar uma nova geração de leitores e acabou criando um dos catálogos infantis mais premiados do Brasil. Em 1992, fugindo de sua linha editorial, lançou *Muitas vidas, muitos mestres*, de Brian Weiss, livro que deu origem à Editora Sextante.

Fã de histórias de suspense, Geraldo descobriu *O Código Da Vinci* antes mesmo de ele ser lançado nos Estados Unidos. A aposta em ficção, que não era o foco da Sextante, foi certeira: o título se transformou em um dos maiores fenômenos editoriais de todos os tempos.

Mas não foi só aos livros que se dedicou. Com seu desejo de ajudar o próximo, Geraldo desenvolveu diversos projetos sociais que se tornaram sua grande paixão.

Com a missão de publicar histórias empolgantes, tornar os livros cada vez mais acessíveis e despertar o amor pela leitura, a Editora Arqueiro é uma homenagem a esta figura extraordinária, capaz de enxergar mais além, mirar nas coisas verdadeiramente importantes e não perder o idealismo e a esperança diante dos desafios e contratempos da vida.

A Estrada da Noite

Joe Hill

Título original: *Heart-Shaped Box*

tradução: Mário Molina

preparo de originais: Virginie Leite

revisão: Guilherme Bernardo, Hermínia Totti, Rebeca Bolite, Rita Godoy,
Sérgio Bellinello Soares e Tereza da Rocha

capa e ilustrações de capa: www.edwardbettison.com

adaptação de capa, projeto gráfico e diagramação: Ana Paula Daudt Brandão

impressão e acabamento: Geográfica e Editora Ltda.

CIP-BRASIL. CATALOGAÇÃO NA PUBLICAÇÃO
SINDICATO NACIONAL DOS EDITORES DE LIVROS, RJ

H545e
Hill, Joe
A estrada da noite / Joe Hill ; tradução Mário Molina. - 1. ed. - São Paulo : Arqueiro, 2022.
320 p. ; 23 cm.

Tradução de: The heart-shaped box
ISBN 978-65-5565-255-0

1. Ficção americana. I. Molina, Mário. II. Título.

21-74239 CDD: 813
CDU: 82-3(73)

Meri Gleice Rodrigues de Souza - Bibliotecária - CRB-7/6439

Editora Arqueiro Ltda.
Rua Funchal, 538 – conjuntos 52 e 54 – Vila Olímpia
04551-060 – São Paulo – SP
Tel.: (11) 3868-4492 – Fax: (11) 3862-5818
E-mail: atendimento@editoraarqueiro.com.br
www.editoraarqueiro.com.br

Para o meu pai, um dos bons.

Como podem os mortos ter destinos?
– Alan Moore, *A voz do fogo*

Cachorro negro

1

Jude tinha uma coleção particular.

Tinha desenhos emoldurados dos Sete Anões na parede do estúdio, entre seus discos de platina. John Wayne Gacy, o "Palhaço Assassino", fizera os esboços quando estava na cadeia e os mandara para ele. Gacy gostava da Disney dos anos dourados quase tanto quanto gostava de molestar crianças pequenas, quase tanto quanto gostava dos discos de Jude.

Jude tinha o crânio de um camponês do século XVI, que fora perfurado para os demônios saírem. Guardava um monte de canetas enfiadas no buraco no centro do crânio.

Tinha uma confissão de 300 anos atrás assinada por uma feiticeira. "Eu realmente falava com um cachorro negro que dizia que envenenaria as vacas, enlouqueceria os cavalos e adoeceria as crianças se eu o deixasse ficar com minha alma. E eu disse que sim e depois lhe dei o seio para chupar." Ela foi queimada viva.

Tinha um laço duro e gasto que fora usado para enforcar um homem na Inglaterra, na virada do século, o tabuleiro de xadrez de infância do mago Aleister Crowley e uma fita *snuff*, que mostrava uma cena real de assassinato. De todas as peças da coleção, esta última era a que lhe causava mais incômodo. Chegara às suas mãos por meio de um policial, um homem que havia trabalhado na segurança de alguns shows em Los Angeles. O tira dissera que o vídeo era mórbido. Tinha dito isso com um certo entusiasmo. Jude assistiu ao vídeo e viu que ele tinha razão. Era mórbido. De um modo indireto, aliás, a fita ajudara a apressar o fim do seu casamento. Mas ainda não a jogara fora.

Muitos objetos de sua coleção particular do grotesco e do bizarro eram presentes enviados por fãs. Na realidade era raro ele próprio comprar algo para a coleção. Mas quando Danny Wooten, seu assistente particular, disse que havia um fantasma à venda na internet e perguntou se ele não queria comprar, Jude não pensou duas vezes. Era como sair para almoçar, ver o prato do dia e decidir que queria aquilo sem dar sequer uma olhada no cardápio. Certos impulsos não exigiam reflexão.

A sala de Danny ocupava um anexo relativamente novo da propriedade de Jude. Saía da ponta nordeste da casa de fazenda de 110 anos. Com controle climático, móveis de escritório e carpete cor de café com leite, a sala era friamente impessoal, não tinha nada a ver com o resto da casa. Seria como uma sala de espera de dentista, não fosse pelos cartazes de shows de rock em molduras de aço inox. Num deles a pessoa podia ver um jarro abarrotado de globos oculares olhando fixamente para ela, com um emaranhado de nervos sangrentos saindo de trás deles. Era o pôster da turnê de *Todos os Olhares sobre Você.*

Assim que o anexo ficou pronto, Jude se arrependeu de ter mandado construí-lo. Não queria dirigir 45 minutos de Piecliff até uma sala alugada em Poughkeepsie para tratar de seus negócios, mas provavelmente isso teria sido melhor do que ter Danny Wooten dentro de casa. Danny e o trabalho de Danny tinham ficado próximos demais. Quando Jude estava na cozinha, podia ouvir os telefones tocando no escritório, às vezes ambas as linhas disparando ao mesmo tempo, e achava o som enlouquecedor. Há anos não gravava um disco, quase não tinha trabalhado desde que Jerome e Dizzy haviam morrido (e a banda com eles), mas os telefones continuavam tocando sem parar. Ele se sentia sufocado pelo contínuo desfile de gente disputando seu tempo e pelo interminável acúmulo de demandas legais e profissionais, acordos e contratos, promoções e apresentações, o trabalho da Judas Coyne Ltda. nunca pronto, sempre em curso. Quando estava em casa, Jude queria ser ele próprio, não uma marca registrada.

De forma geral, Danny não se metia no restante da casa. Fossem quais fossem seus defeitos, respeitava o espaço de Jude. Mas sempre que ele passava pelo escritório – algo que Jude fazia, sem grande satisfação, quatro ou cinco vezes por dia –, Danny o abordava imediatamente. O escritório era o caminho mais rápido para chegar até o celeiro e o canil. Jude poderia evitar o assistente se saísse pela porta da frente e circundasse a casa, mas ele se recusava a se mover furtivamente ao redor da própria casa só para não dar de cara com Danny Wooten.

Além disso, não parecia possível que Danny sempre tivesse alguma coisa com que aborrecê-lo. Mas ele sempre tinha. E, se não tivesse algo que exigisse atenção imediata, ia querer bater papo. Danny era do sul da Califórnia e sua conversa não tinha fim. Era capaz de recomendar a pessoas que nunca vira antes os benefícios de consumir braquiária, que incluíam deixar os gases intestinais com um aroma de grama recém-cortada. Tinha 30 anos, mas falava de skate e de PlayStation com o entregador de pizza como se tivesse 14. Danny desabafava com os homens que vinham consertar o ar-condicionado, contava que a irmã tomara uma overdose de heroína na adolescência e que fora ele quem encontrara, ainda rapaz, o corpo de sua mãe depois que ela se matou. Era impossível deixar Danny desconfortável. Ele simplesmente ignorava o que era timidez.

Jude estava voltando para dentro, depois de alimentar Angus e Bon, e passava pelo meio da área de tiro de Danny (achando que talvez conseguisse cruzar ileso o escritório) quando o assistente disse:

– Ei, chefe, dê uma olhada nisso.

Danny iniciava quase todo pedido com aquelas palavras. Uma frase que Jude aprendera a temer e da qual já se ressentia, um prelúdio a meia hora de tempo perdido preenchendo formulários, lendo faxes, etc. Então Danny lhe disse que alguém estava vendendo um fantasma, e Jude esqueceu a má vontade. Contornou a escrivaninha para poder dar uma olhada, sobre o ombro do assistente, na tela do computador.

Danny tinha descoberto o fantasma num site de leilões on-line, não o eBay, mas um de seus clones menores. Jude correu o olhar pela descrição do item enquanto o assistente lia em voz alta. Danny cortaria a comida no prato para o chefe se ele deixasse. Tinha uma postura de subserviência que Jude, francamente, achava revoltante num homem.

– "Compre o fantasma do meu padrasto" – leu Danny. – "Seis semanas atrás, meu padrasto, já idoso, morreu de forma súbita. Na época, estava hospedado conosco. Não tinha um lar fixo e costumava passar temporadas com diversos parentes, ficando um mês ou dois em determinado local antes de seguir. Todos ficaram chocados com seu falecimento, especialmente minha filha, que tinha muita intimidade com ele. Ninguém poderia imaginar. Foi um homem ativo até o final da vida. Nunca se sentava na frente da TV. Todo dia tomava um copo de suco de laranja. Tinha todos os dentes."

– Isso só pode ser piada – disse Jude.

– Acho que não – rebateu Danny. E continuou: – "Dois dias após seu funeral, minha filha o viu sentado no quarto de hóspedes, que fica bem na frente do quarto dela. Depois disso, a menina não quis mais ficar sozinha em seu quarto nem mesmo ir para o andar de cima. Expliquei que o avô jamais iria machucá-la, mas ela disse que estava com medo dos olhos dele. Disse que estavam cheios de traços negros e não serviam mais para ver. Desde então ela tem dormido comigo.

"A princípio achei que fosse apenas uma história assustadora que ela estivesse contando para si mesma, mas não é só isso. O quarto de hóspedes está sempre gelado. Dei uma sondada por lá e reparei que o frio era maior no armário onde o paletó do meu padrasto estava pendurado. Ele queria ser enterrado com aquele paletó, mas, quando o vestimos na casa funerária, não ficou bem nele. As pessoas encolhem um pouco quando morrem. A água que existe nelas seca. Uma vez que seu melhor paletó tinha ficado grande demais, deixamos que a casa funerária nos convencesse a comprar um dos que ela vendia. Não sei por que dei ouvidos a eles.

"Na noite seguinte, acordei e ouvi meu padrasto caminhando no andar de cima. A cama no quarto dele não parava arrumada e a toda hora a porta abria e batia. A gata também não queria ir para o outro andar e, às vezes, se sentava no pé da escada observando coisas que não conseguíamos ver. Ficava algum tempo olhando fixamente, depois miava como se alguém tivesse pisado em sua cauda e saía correndo.

"Meu padrasto foi espírita a vida toda e creio que só está aqui para ensinar à minha filha que a morte não é o fim. Mas ela tem 11 anos e precisa ter uma vida normal, dormindo em seu próprio quarto, não no meu. A única saída que vejo é tentar encontrar outra casa para o papai, e o mundo está cheio de gente que quer acreditar na vida após a morte. Bem, eu tenho a prova bem aqui.

"Vou 'vender' o fantasma do meu padrasto pelo lance mais alto. É claro que uma alma não pode de fato ser vendida, mas creio que ele irá para sua casa e ficará ao seu lado se você estender o capacho de boas-vindas. Como já disse, quando ele morreu, só estava conosco temporariamente e não tinha um lugar que pudesse chamar de seu, portanto tenho certeza de que irá para onde for bem acolhido. Não fique achando que isso é um truque ou uma piada e que vou pegar o dinheiro mas não lhe mandarei nada. A oferta vencedora receberá algo concreto por seu investimento. Vou enviar o paletó preferido do meu padrasto. Acredito que, se o espírito dele está ligado a alguma coisa, só pode ser a isso.

"É um belo paletó, bastante antigo, confeccionado pela Great Western Tailoring. Tem elegantes listras finas prateadas", blá-blá-blá, "forro de cetim", blá-blá-blá...

Danny parou de ler e apontou para a tela.

– Dê uma olhada nas medidas, chefe. É exatamente o seu tamanho. O lance mais alto até agora é de 80 dólares. Se quer ser mesmo dono de um fantasma, de repente ele pode ser seu por apenas 100 paus.

– Vamos comprar – disse Jude.

– Sério? Faço uma oferta de 100 dólares?

Jude apertou os olhos, espreitando alguma coisa na tela, logo abaixo da descrição do item. Era um botão que dizia SEU AGORA: US$ 1.000. E embaixo: *Clique para comprar e encerre imediatamente o leilão!* Ele pôs o dedo no botão e bateu no monitor.

– Vamos logo oferecer 1.000 pratas e fechar o negócio – disse.

Danny girou na cadeira. Deu um largo sorriso e ergueu as sobrancelhas. Ele tinha sobrancelhas altas, arqueadas, como as do Jack Nicholson, que usava para efeitos dramáticos. Talvez esperasse uma explicação, mas Jude não tinha certeza se poderia explicar, sequer para si mesmo, por que parecera tão razoável pagar 1.000 dólares por um paletó velho que provavelmente não valeria a quinta parte disso.

Depois Jude achou que aquilo poderia ser bom em termos de publicidade: *Judas Coyne compra um poltergeist.* Os fãs devoravam histórias do gênero. Mas isso foi depois. Naquele momento, ele só sabia que queria ser o homem que comprou o fantasma.

Jude pôs-se a caminho, pensando em dar uma subida para ver se Geórgia já estava vestida. Tinha pedido há meia hora que ela se vestisse, mas achava que a encontraria ainda na cama. Tinha a impressão de que era esse o lugar onde Geórgia pretendia ficar até conseguir a briga que procurava. Estaria sentada só com a roupa de baixo, pintando cuidadosamente de preto as unhas dos pés. Ou estaria com o laptop aberto, navegando por sites de acessórios góticos, procurando o piercing perfeito para espetar na língua, como se precisasse de mais um desses malditos... E então a ideia de navegar na internet fez Jude se deter, curioso para descobrir uma coisa. Tornou a se virar para Danny.

– Afinal de contas, como foi que você esbarrou nisso? – perguntou ele, indicando com a cabeça o computador.

– Recebemos um e-mail sobre o assunto.

– De quem?

– Do site dos leilões. Eles nos mandaram uma mensagem que dizia: "Vimos que você já comprou itens como este e achamos que ficaria interessado."

– Já compramos algo assim?

– Objetos de ocultismo, eu presumo.

– Nunca comprei nada nesse site.

– Talvez tenha comprado e simplesmente não se lembre. Talvez eu tenha comprado alguma coisa para você.

– Porra de ácido – disse Jude. – Antigamente eu tinha uma boa memória. Fui do clube de xadrez nos primeiros anos do ginásio.

– Foi mesmo? É uma coisa realmente inacreditável.

– O quê? A ideia de que fui do clube de xadrez?

– Acho que sim. Parece tão... cabeça.

– É. Mas eu usava dedos cortados como peças.

Danny riu – com um certo exagero, sacudindo o corpo e enxugando lágrimas imaginárias nos cantos dos olhos. Puxa-saco imbecil.

2

O paletó chegou no sábado de manhã cedo. Jude estava acordado e fora de casa com os cachorros.

Angus disparou assim que o caminhão da UPS começou a estacionar, e a correia foi arrancada da mão de Jude. Angus saltava contra a lateral do caminhão, a saliva voando, as patas arranhando furiosas a porta do lado do motorista. O motorista continuou atrás do volante, espreitando o cachorro com a expressão calma mas atenta de um médico avaliando uma nova variedade do ebola através de um microscópio. Jude agarrou a correia e deu um puxão mais forte do que pretendia. Angus se estatelou de lado no chão, mas logo se contorceu e tornou a ficar de pé num salto, rosnando. A essa altura, Bon já tinha entrado no jogo, forçando a ponta de sua correia, que Jude segurava com a outra mão, e ganindo com uma estridência que fazia doer a cabeça.

Como o celeiro onde ficava o canil era longe demais para levar os cachorros até lá, Jude os arrastou pelo quintal e pela varanda, os dois se debatendo o tempo todo. Empurrou-os pela porta da frente e bateu-a com força atrás deles. Os dois começaram a se atirar contra a porta, latindo histericamente. A porta estremecia, os animais arranhavam a madeira. Porra de cachorros.

Jude caminhou meio sem jeito para a entrada de carros e alcançou o caminhão da UPS no momento em que a porta do baú corria com um duro barulho metálico. O homem da entrega estava do lado de dentro. Ele pulou com uma caixa comprida e chata debaixo do braço.

– Ozzy Osbourne tem lulus-da-pomerânia – disse o cara da UPS. – Vi na TV. São uma graça, parecem gatinhos. Nunca pensou em ter um casal de cachorrinhos assim?

Jude pegou a caixa sem dizer uma palavra e entrou.

Atravessou a casa com a caixa e foi para a cozinha. Colocou a caixa na bancada da pia e se serviu de café. Jude se levantava cedo por instinto e condicionamento. Quando estava viajando ou gravando, se acostumara a desabar na cama às cinco da manhã e dormir a maior parte do dia, mas ficar a noite toda acordado nunca fora algo natural para ele. Durante as turnês, acordava às quatro da tarde, de mau humor e com dor de cabeça, sem saber como o tempo havia passado. Todos os conhecidos lhe pareciam, então, impostores espertos, alienígenas insensíveis disfarçados com pele de borracha e rosto de amigos. Era preciso ingerir uma pródiga quantidade de álcool para que se parecessem de novo consigo mesmos.

Só que já haviam se passado três anos desde a última vez que saíra em turnê. Não tinha grande interesse por bebida quando estava em casa e, na maioria das noites, ia se deitar por volta das nove horas. Com 54 anos de idade, voltara a se ajustar aos ritmos de vida que o tinham guiado desde que seu nome era Justin Cowzynski e ele ainda era garoto na fazenda onde o pai criava porcos. O filho da puta ignorante o puxaria da cama pelos cabelos se o encontrasse deitado quando o sol nascesse. Foi uma infância de lodo, cães latindo, arame farpado, instalações caindo aos pedaços, porcos guinchando e pouco contato humano. A mãe passava a maior parte do dia sentada na mesa da cozinha, com a expressão fixa, inerte, de alguém que tivesse sido lobotomizada. E o pai governava seus hectares de ruína e bosta de porco com os punhos e um riso raivoso.

Jude já estava acordado havia muitas horas, mas ainda não tomara o café da manhã. Estava fritando bacon quando Geórgia apareceu na cozinha. Ela usava apenas calcinha preta e tinha os braços cruzados sobre os pequenos seios brancos com piercing. O cabelo preto flutuava em volta de sua cabeça num emaranhado discreto. Ela não se chamava realmente Geórgia. Também não se chamava Morphina, embora tivesse adotado esse nome nos dois anos em que fora stripper. Seu nome verdadeiro era Marybeth Kimball, tão simples, tão comum que ela rira na primeira vez que o revelara a Jude, como se isso a constrangesse.

À medida que o tempo passava, Jude ia deixando para trás uma coleção de namoradas góticas que tiravam a roupa ou eram cartomantes, ou tiravam a roupa *e* eram cartomantes, belas moças que usavam cruzes egípcias, esmalte preto nas unhas e que ele sempre chamava pelo nome de seus estados de origem, um hábito de que poucas gostavam, pois não queriam ser constantemente lembradas da identidade que estavam tentando apagar com toda aquela maquiagem de mortas-vivas. Geórgia tinha 23 anos.

– Porra de cães estúpidos – disse ela, empurrando um deles com o calcanhar. Estavam rodando em volta das pernas de Jude, estimulados pelo cheiro do bacon. – Me fizeram levantar.

– Talvez estivesse na hora de tirar o rabo da cama. Já pensou nisso? – Ela fazia tudo para nunca ter de se levantar antes das dez.

Geórgia se curvou diante da geladeira aberta para pegar o suco de laranja. Ele gostou da vista, do modo como o elástico da calcinha marcou suas nádegas, de uma brancura quase excessiva, mas desviou os olhos enquanto ela bebia diretamente da caixa. Geórgia deixou o suco na bancada da pia. Ficaria ali até estragar se Jude não o guardasse na geladeira.

Ele estava contente com a adoração das góticas. Gostava ainda mais do sexo, de seus corpos ágeis, atléticos, tatuados e ávidos por excentricidade. Mas já fora casado com uma mulher que usava copo, guardava as coisas na geladeira e lia o jornal de manhã. Jude sentia falta das conversas dos dois. Eram conversas adultas. Ela não tinha sido stripper. Não acreditava em adivinhação do futuro. Era um relacionamento maduro.

Geórgia usou uma faca de carne para cortar a caixa da UPS. Deixou a faca na bancada da pia, com a fita adesiva grudada.

– O que é isto? – perguntou ela.

Havia uma segunda caixa dentro da primeira. Estava muito apertada dentro da outra e Geórgia teve de puxar por um bom tempo até conseguir tirá-la e pousá-la na bancada. Era grande, brilhante e preta, e tinha a forma de coração. Bombons às vezes vinham em caixas como aquela, embora ela fosse grande demais para bombons. E caixas de bombons eram cor-de-rosa ou, no máximo, amarelas. Podia ser uma caixa contendo lingerie – só que Jude não tinha encomendado nada do tipo para dar a Geórgia. Ele franziu a testa. Não fazia a menor ideia do que poderia haver ali dentro e ao mesmo tempo sentia que, de alguma forma, *deveria* saber. A caixa em forma de coração devia conter alguma coisa que ele estivesse esperando.

– Isto é para mim? – perguntou ela.

Geórgia conseguiu puxar a tampa e pegou o que havia dentro, erguendo a peça para ele ver. Um paletó. Alguém mandara um paletó. Era preto e antiquado, os detalhes embaçados pelo plástico do saco de lavagem a seco onde fora colocado. Geórgia levantou-o segurando pelos ombros e colocou-o na frente do corpo, quase como se fosse um vestido que estivesse pensando em experimentar mas sobre o qual quisesse primeiro ouvir a opinião dele. Seu olhar era indagador, com um grande sulco entre as sobrancelhas. Por um momento ele não se lembrou, não soube por que havia recebido aquilo.

Quando abriu a boca para dizer que não fazia ideia se a encomenda era para ela, ouviu sua própria voz respondendo:

– É o paletó do morto.

– O quê?

– O fantasma – disse ele se recordando. – Comprei um fantasma. Uma mulher estava convencida de que o padrasto a estava assombrando. Então ela pôs o espírito inquieto à venda na internet e eu o comprei por 1.000 dólares. Esse é o paletó dele. A mulher acha que o paletó pode ser a fonte da assombração.

– Ah, legal – comentou Geórgia. – E você vai usá-lo?

Jude ficou surpreso com sua própria reação. A pele formigou, ficou estranha e áspera, toda arrepiada. Por um momento irracional, a ideia lhe pareceu obscena.

– Não – respondeu Jude, e Geórgia lhe lançou um rápido olhar de espanto pelo tom frio e sem energia da voz. O sorriso afetado de Geórgia se fechou um pouco e ele percebeu que soara... bem, não assustado, mas momentaneamente sem vigor. Acrescentou: – Não ia caber. – Embora, na verdade, o poltergeist tivesse mais ou menos a sua altura e o seu peso quando vivo.

– Talvez eu use – disse Geórgia. – Não deixo de ter alguma coisa de espírito inquieto. E fico sensual em roupas de homem.

De novo uma sensação de choque, um formigamento na pele. Ela não devia usá-lo. O simples fato de Geórgia estar brincando com aquilo era desagradável, embora ele não soubesse explicar por quê. Não ia deixar que ela vestisse o paletó. Pelo menos naquele instante, não conseguia imaginar nada mais repulsivo.

E isso tinha algum significado. Não havia muita coisa que Jude julgasse demasiado repugnante. Não estava habituado a sentir repulsa. O profano não o incomodava; tinha lhe dado 30 anos de boa vida.

– Vou deixar lá em cima até descobrir o que fazer com ele – disse Jude, tentando falar num tom desdenhoso, mas não soando muito convincente.

Ela o encarou, intrigada com o que estava abalando o autocontrole habitual de Jude, e puxou o plástico do saco da lavanderia. Os botões prateados do paletó cintilaram na luz. Era um paletó sombrio, preto como penas de corvo, mas aqueles botões, do tamanho de moedas de 25 centavos, lhe davam um caráter rústico. Com uma gravata bem fina, seria o tipo de coisa que Johnny Cash teria usado no palco.

Angus começou a latir, alto, estridente, um latido de pânico. Começou a recuar movendo o traseiro, a cauda baixa, esquivando-se do paletó. Geórgia riu.

– É *realmente* assombrado – disse.

Ela suspendeu o paletó na frente do corpo, sacudiu-o de um lado para outro, atirou-o na direção de Angus, deixando que roçasse nele, como a capa de um toureiro. Enquanto se aproximava do animal, ela imitava o som gutural, prolongado de uma alma penada, seus olhos brilhando de prazer.

Angus recuou desajeitadamente, bateu num banco da bancada da cozinha e derrubou-o com uma pancada metálica. Sob o velho cepo de cortar carne, Bon, orelhas achatadas contra o crânio, olhava a superfície manchada de sangue. Geórgia tornou a rir.

– Pare com essa porra – disse Jude.

Ela lançou-lhe um olhar de desprezo, perversamente feliz (a expressão de uma criança queimando formigas com uma lupa). De repente, fez uma careta de dor e gritou. Disse um palavrão, agarrando a mão direita. Jogou o paletó na bancada da pia.

Uma brilhante gota de sangue cresceu na ponta de seu polegar e caiu, *plinc*, no chão de ladrilhos.

– Merda – disse ela. – Porra de alfinete.

– Veja o que você arrumou!

Geórgia o encarou, fez um gesto obsceno para ele e escapuliu da cozinha. Assim que ela saiu, Jude se levantou e guardou o suco na geladeira. Depois jogou a faca na pia, pegou um pano para limpar o sangue do piso... e então seu olhar se fixou no paletó e ele esqueceu o que estava prestes a fazer.

Alisou o paletó, dobrou as mangas, tateou com cuidado. Jude não conseguiu encontrar nenhum alfinete, não conseguiu descobrir onde Geórgia havia se picado. Tornou a estender suavemente o paletó na caixa.

Um cheiro forte chamou sua atenção. Ele se virou para a frigideira e disse um palavrão. O bacon tinha queimado.

3

Pôs a caixa na prateleira no fundo de seu closet e decidiu parar de pensar nela.

4

Estava de novo atravessando a cozinha, um pouco antes das seis, para pegar salsichas para o grill, quando ouviu alguém sussurrando no escritório de Danny.

O som o sobressaltou, deixou-o paralisado. Danny fora para casa havia mais de uma hora e o escritório estava trancado, devia estar vazio. Jude inclinou a cabeça para ouvir, concentrando-se intensamente na voz baixa, sibilante... Logo identificou o que estava ouvindo e seu pulso começou a ficar mais lento.

Não havia ninguém lá. Era apenas alguém falando no rádio. Jude tinha certeza. Os tons baixos não eram suficientemente baixos, a voz em si era sutilmente nivelada. Sons podiam sugerir formas, podiam pintar um quadro da bolsa de ar onde tinham sido gerados. Uma voz num poço tinha um eco grave, circular, enquanto uma voz num armário parecia condensada, todo o volume extraído dela. A música era também geometria. O que Jude estava ouvindo naquele momento era uma voz fechada numa caixa. Danny tinha esquecido de desligar o rádio.

Abriu a porta do escritório e enfiou a cabeça. As luzes estavam apagadas e, com o sol do outro lado da construção, o aposento parecia mergulhado numa sombra azul. O rádio estéreo do escritório era o terceiro pior da casa, mesmo que fosse melhor que a maioria dos rádios domésticos. Um monte de componentes Onkyo num gabinete de vidro ao lado do bebedouro. Os mostradores eram iluminados por um verde intenso, não natural, a cor de objetos observados por mira de visão noturna. Destacava-se uma única e brilhante barra vertical vermelha, o ponteiro rubi indicando a frequência em que o rádio estava sintonizado. O ponteiro era uma ranhura estreita, no formato de uma pupila de gato, e parecia concentrado no escritório com uma fascinação estranha, sem nem mesmo piscar.

– ... que esta noite vai fazer muito frio? – dizia o homem no rádio. Um tom seco, quase rascante. Um homem gordo, a julgar pelo chiado quando ele exalava o ar. – Devemos temer encontrar mendigos congelados na área?

– Sua preocupação com o bem-estar dos sem-teto é comovente – disse um segundo homem, este com a voz um tanto fina, esganiçada.

Era a WFUM, em que a maioria das bandas tinha o nome de alguma doença fatal (Antrax) ou algo que lembrasse decadência (Rançosa), e os DJs demonstravam grande interesse por chatos entre as pernas, strippers e as divertidas humilhações que atingiam os pobres, os inválidos e os idosos. O pessoal da rede tocava a música de Jude com uma certa frequência, razão pela qual Danny mantinha o estéreo sintonizado neles, um ato ao mesmo tempo de lealdade e bajulação. Na realidade, Jude suspeitava que Danny não tinha qualquer preferência musical, nenhum gosto ou desgosto marcante, e que o rádio era apenas som ambiente, o equivalente auditivo do papel de parede. Se trabalhasse para Enya, Danny cantarolaria alegremente músicas célticas enquanto respondia a seus e-mails e enviava faxes.

Jude começou a atravessar a sala para desligar o rádio, mas, antes que fosse muito longe, seu passo emperrou. Uma lembrança avançara por seus pensamentos. Uma hora atrás estava lá fora com os cachorros. Tinha parado no final do caminho de terra, desfrutando a aspereza do ar, o ardor nas suas faces. Alguém na estrada lá embaixo estava tocando fogo numa pilha de lixo com galhos caídos e folhas de outono. O leve aroma temperado da fumaça também o havia agradado.

Danny tinha saído do escritório vestindo a jaqueta e se preparando para ir embora. Ficaram um momento conversando – ou, para ser mais preciso, Danny tagarelou enquanto Jude olhava para os cachorros e tentava tirá-lo de sintonia. Você sempre podia contar com Danny Wooten para estragar um silêncio perfeito.

Silêncio. O escritório atrás de Danny estava silencioso. Jude podia se lembrar dos corvos grasnando e da torrente contínua da exuberante tagarelice do assistente, mas não de um som de rádio vindo do escritório. Se o estéreo estivesse ligado, Jude achava que teria escutado. Seus ouvidos continuavam sensíveis como sempre. Apesar dos pesares, tinham sobrevivido a tudo o que ele os submetera nos últimos 30 anos. Em compensação, Kenny Morlix, o baterista de Jude, único outro sobrevivente da banda original, ficara com um terrível zumbido nos ouvidos. Não conseguia nem escutar a mulher, mesmo que ela gritasse bem na sua cara.

Jude deu outro passo à frente, mas estava de novo pouco à vontade. Não era só uma coisa. Era tudo. Era o ambiente mal iluminado e o olho vermelho brilhante a fitá-lo na frente do receptor de rádio. Era a ideia de que o rádio não estava ligado uma hora atrás, quando Danny, parado diante da porta aberta do escritório, puxava o fecho da jaqueta.

Era o pensamento de que alguém teria, ainda há pouco, atravessado o escritório e talvez ainda estivesse por perto, observando da escuridão do banheiro, pela fresta da porta entreaberta – um pensamento paranoico e que não combinava com ele, mas que não saía de sua cabeça. Estendeu a mão para o botão que ligava o rádio estéreo, entretanto realmente não ouvia mais nada, o olhar fixo naquela porta. Não sabia o que ia fazer se ela começasse a se abrir.

O homem do tempo dizia:

– ... frio e seco à medida que a frente empurra o ar quente para o sul. O morto ganha do vivo. Puxa para o frio. Para o buraco. Você vai mor...

O polegar de Jude apertou o botão POWER, desligando o rádio, no momento exato em que registrava o que estava sendo dito. Ele estremeceu sobressaltado e deu uma nova estocada no botão, para trazer a voz de volta, descobrir sobre que diabo o homem do tempo estava falando.

Só que o homem do tempo já tinha saído do ar e agora quem falava era o DJ.

– ... de congelar o cu, mas Kurt Cobain é quente como o inferno. Vamos nessa.

Uma guitarra gemeu, um som estridente, tremido, que continuou sem parar, sem que fosse possível distinguir qualquer melodia ou objetivo, exceto, talvez, levar o ouvinte à loucura. A abertura de "I Hate Myself and I Want to Die", do Nirvana. Era sobre isso que o homem do tempo estivera falando? Havia dito algo sobre morrer. Jude clicou mais uma vez no botão, devolvendo a sala à tranquilidade.

Não durou. O telefone disparou bem atrás dele, uma alarmante explosão de som que fez o pulso de Jude dar outro salto desagradável. Ele atirou um olhar para a mesa de Danny, se perguntando quem estaria chamando àquela hora na linha do escritório. Contornou a escrivaninha para dar uma olhada no identificador de chamadas e reconheceu imediatamente o prefixo do leste da Louisiana. O nome que apareceu foi COWZYNSKI, M.

Só que Jude sabia, mesmo sem tirar o fone do gancho, que não era realmente Cowzynski, M. do outro lado da linha. A não ser que tivesse acontecido algum milagre médico. De fato quase desistiu de atender, mas então lhe ocorreu que talvez Arlene Wade estivesse ligando para dizer que Martin morrera, hipótese que o obrigaria a falar com ela mais cedo ou mais tarde, quisesse ou não.

– Alô – disse.

– Alô, Justin – disse Arlene. Era uma tia postiça, cunhada de sua mãe e habilitada paramédica, embora nos últimos 13 meses seu único paciente tivesse sido o pai de Jude. Tinha 69 anos e uma voz fanhosa e suave. Para ela, Jude seria sempre Justin Cowzynski.

– Como você está, Arlene?

– Do mesmo jeito. Você sabe. Eu e o cachorro estamos passando bem. Embora ele agora quase não consiga se levantar porque está gordo demais e os joelhos lhe doem. Mas não estou ligando para falar de mim ou do cachorro. É sobre seu pai.

Como se fizesse sentido ela ligar para falar de outra coisa. Uma estática assobiava na linha. Jude fora entrevistado ao telefone por um famoso jornalista de rádio de Pequim, recebera chamadas de Brian Johnson da Austrália e as ligações tinham sido nítidas e claras. Como se as pessoas estivessem telefonando do outro lado da rua. Por alguma razão, no entanto, a chamada de Moore's Corner, na Louisiana, chegava fraca e cheia de ruídos, como uma rádio AM distante demais para ser recebida com perfeição. Vozes de outras linhas vazavam aqui e ali, audíveis por alguns momentos antes de sumirem. Eles podiam ter conexões de internet de alta velocidade em Baton Rouge, mas, nas pequenas cidades nos pântanos ao norte do lago Pontchartrain, se você quisesse uma conexão veloz com o resto do mundo, era melhor envenenar o carro e pôr o pé na estrada.

– Nos últimos meses tenho lhe dado comida na boca. Coisa macia que não precise mastigar. Ele estava gostando das sopas de estrelinhas. E de pudim. Nunca encontrei um moribundo que não quisesse um pouco de pudim antes de partir.

– Fico espantado. Ele não costumava ter nenhuma queda por doces. Tem certeza?

– Quem está cuidando dele?

– Você.

– Bom, então acho que tenho certeza – disse Arlene.

– Tudo bem.

– É por esse motivo que estou ligando. Ele não vai mais comer pudim, nem estrelinhas, nem mais nada. Simplesmente se engasga com qualquer coisa que ponho em sua boca. Não consegue engolir. O Dr. Newland veio visitá-lo ontem. Acha que seu pai teve outro AVC.

– Um derrame. – Não chegava a ser exatamente uma pergunta.

– Não do tipo que você cai e morre. Se tivesse tido outro desses, não faria sentido tocar no assunto. Ele teria morrido. Agora foi um apagão dos pequenos. Nem sempre dá para saber quando ele teve um desses pequenos. Principalmente se fica como está agora, só encarando as coisas. Há dois meses não diz uma palavra a ninguém. Jamais voltará a trocar uma palavra com alguém.

– Está no hospital?

– Não. Aqui podemos cuidar dele tão bem ou até melhor do que no hospital. Fico o dia inteiro com ele e o Dr. Newland passa aqui diariamente para vê-lo. Mas podemos mandá-lo para o hospital. Sairia mais barato, se isso tem importância para você.

– Não. Deixe os leitos de hospital para quem pode realmente melhorar neles.

– Não vou discutir com você, mas muita gente morre nos hospitais e você tem de se perguntar por que isso acontece.

– Bem, o que vai fazer com essa história da comida? Como é que fica agora?

Seguiu-se um momento de silêncio. Jude teve a impressão de que a pergunta a pegara de surpresa. Quando Arlene respondeu, foi de forma branda e sensata, e ao mesmo tempo num tom de desculpas, como quem explica uma cruel verdade a uma criança.

– Bem. Isso compete a você, não a mim, Justin. O Dr. Newland pode enfiar um tubo de alimentação nele e fazê-lo durar um pouco mais, se você quiser. Até ele ter outro pequeno apagão e perder a capacidade de respirar. Ou podemos apenas deixá-lo em paz. Ele jamais vai se recuperar, não aos 85 anos. Ninguém estará roubando sua juventude. Ele está preparado para a coisa. E você, está?

Jude pensou, mas não disse que estava preparado havia mais de 40 anos. De vez em quando imaginava aquele momento (talvez fosse mais correto dizer que tinha até sonhado com ele), mas agora que a hora tinha chegado ficou espantado em descobrir como seu estômago doía.

Quando Jude respondeu, no entanto, a voz estava firme:

– Tudo bem, Arlene. Sem tubo. Se você diz que está na hora, para mim está bom. Me mantenha informado, está bem?

Mas ela ainda não acabara. Fez um som que indicava impaciência, uma espécie de forte exalação de ar, e perguntou:

– Você vem?

Ele ficou parado junto à mesa de Danny, a cara fechada, confuso. A conversa dera um salto de um assunto para outro, sem aviso, como agulha pulando num disco de uma faixa para outra.

– Por que eu faria isso?

– Não quer vê-lo antes que se vá?

Não. Jude já não via o pai nem ficava num mesmo aposento com ele havia três décadas. Não queria ver o velho antes que ele se fosse nem queria olhar para ele depois. Não planejava sequer comparecer ao enterro, embora fosse ele quem assumiria os gastos. Jude tinha medo do que pudesse sentir... ou do que não sentiria. Pagaria o que tivesse de pagar para não precisar compartilhar de novo a companhia do pai. Era a melhor coisa que o dinheiro podia comprar: a distância.

Mas não podia dizer isso a Arlene Wade, assim como não podia contar que estivera esperando que o velho morresse desde os 14 anos. Em vez disso, respondeu:

– Ele ao menos ia saber se eu estivesse aí?

– É difícil dizer o que ele sabe e o que não sabe. Tem consciência daqueles que estão no quarto. Vira os olhos para ver quem chega e quem vai embora. Ultimamente, no entanto, tem reagido menos. As pessoas ficam desse jeito depois que um certo número de lâmpadas queimou.

– Não posso ir até aí. Esta semana não é boa – disse Jude, recorrendo à mentira mais fácil. Achou que a conversa tinha acabado e estava pronto para se despedir quando se surpreendeu fazendo uma pergunta, algo que só soube que estivera em sua mente quando disse as palavras em voz alta:
– Vai ser difícil?

– A morte para ele? Negativo. Quando uma pessoa de idade chega a esse estágio, definha rapidamente sem o tubo de alimentação. Não sofre nada.

– Tem certeza?

– Por quê? – perguntou ela. – Desapontado?

5

Quarenta minutos mais tarde, Jude foi até o banheiro para colocar os pés de molho – tamanho 44, solas chatas, fonte constante de dor – e encontrou Geórgia encostada na pia, chupando o polegar. Usava uma camiseta e uma calça de pijama com um gracioso padrão de figurinhas vermelhas que pareciam corações. Só quando chegava perto a pessoa conseguia ver que todas aquelas figurinhas vermelhas eram na realidade imagens de ratos enrugados e mortos.

Jude se inclinou para ela e tirou-lhe a mão da boca para examinar o polegar. A ponta estava inchada e tinha um ferimento esbranquiçado, que não parecia feio. Ele soltou a mão e se afastou, desinteressado, puxando uma toalha do suporte aquecido e jogando-a no ombro.

– Devia pôr alguma coisa nisso – disse ele. – Antes que infeccione e apodreça. É difícil para dançarinas com deformações arranjar trabalho.

– Você é um tremendo filho da puta em matéria de solidariedade, sabia?

– Se quer apoio, vá procurar o James Taylor.

Ele olhou de relance pelo ombro e a viu sair. Uma parte dele teve vontade de retirar o que dissera. Mas não retirou. Com suas pulseiras de tachões metálicos e um batom negro brilhante que dava uma aparência fúnebre, elas, as moças como Geórgia, queriam rispidez. Queriam provar para si mesmas sua capacidade de resistência, provar que eram duronas. Era por isso que vinham a Jude – não apesar das coisas que ele lhes dizia ou do modo como as tratava, mas justamente por causa disso. Ele não queria que nenhuma delas fosse embora decepcionada. Mas era inevitável que, mais cedo ou mais tarde, *todas* fossem embora.

Pelo menos *ele* via as coisas assim, e, mesmo que elas não pensassem dessa maneira no início, acabavam entendendo com o tempo.

6

Um dos cachorros estava na casa.

Jude acordou por volta das três da manhã com aquele barulho, passos de um lado para outro no corredor, um rumor e um sopro de movimento incessante, um leve choque contra a parede.

Ele os colocara no canil pouco antes de escurecer, lembrava-se muito claramente de ter feito isso, mas não se preocupou com o fato nos primeiros momentos após ter acordado. Um deles, de alguma forma, tinha entrado na casa, era só.

Jude se sentou por um instante, ainda embriagado e entorpecido de sono. Um salpico de luar caiu sobre Geórgia, que dormia de bruços à sua esquerda. Sonhando, com o rosto relaxado e despojado de toda a maquiagem, parecia quase uma menina, e Jude sentiu uma súbita ternura – e também um estranho constrangimento por se encontrar na cama com ela.

– Angus? – murmurou ele. – Bon?

Geórgia não se mexia. Agora ele não ouvia nada no corredor. Escapuliu da cama. A umidade e o frio pegaram-no de surpresa. Fora o dia mais frio dos últimos meses, o primeiro verdadeiro dia de outono, e agora havia uma friagem rude no ar, penetrante, o que significava que devia estar ainda mais frio lá fora. Talvez fosse por isso que um dos cachorros estava dentro de casa. Talvez tivesse cavado sob a cerca de arame do canil e de alguma forma conseguido entrar na casa, desesperado à procura de um lugar quente. Mas isso não fazia sentido. Parte do canil era fechada e os cachorros podiam se refugiar no celeiro aquecido, se sentissem frio. Ele começou a caminhar em direção à porta, para dar uma espiada no corredor, mas hesitou quando passou pela janela, puxou a cortina para o lado e deu uma olhada lá fora.

Os cães estavam na parte externa do canil, perto da parede do celeiro. Angus rodava de um lado para outro sobre a palha, o corpo comprido e liso se agitando em escorregadios movimentos laterais. Bon estava rigidamente sentada num canto. Tinha o focinho levantado e o olhar fixo na janela de Jude – nele. No escuro, um verde muito vivo e anormal brilhava nos olhos dela. Estava quieta demais, com o olhar concentrado demais, como uma estátua de cachorro em vez da coisa real.

Foi um choque olhar pela janela e encontrar os olhos de Bon fixos nele, como se ela estivesse observando o vidro só Deus sabe por quanto tempo à espera de que Jude aparecesse. Mas pior do que isso era saber que havia alguma coisa na casa, andando de um lado para outro, batendo nas coisas no corredor.

Jude deu uma olhada no painel de segurança ao lado da porta do quarto. A casa era monitorada, por dentro e por fora, por uma coleção de detectores de movimento. Os cachorros não eram grandes o suficiente para acioná-los, mas um homem adulto os faria disparar e o painel registraria movimento em alguma parte da casa.

O mostrador, no entanto, exibia uma luz verde contínua e dizia apenas SISTEMA ATIVO. Jude se perguntava se o chip era sensível a ponto de perceber a diferença entre um cachorro e um psicótico nu, ganhando terreno de quatro, com uma faca entre os dentes.

Jude tinha uma arma, mas estava no cofre de seu estúdio particular de gravação. Estendeu a mão para a guitarra Dobro, encostada na parede. Nunca fora de quebrar guitarras para impressionar. O pai destruíra sua primeira guitarra numa tentativa de fazer Jude abandonar suas ambições musicais. Jude nunca fora capaz de repetir o gesto, nem mesmo no palco, pelo espetáculo, quando podia se dar ao luxo de ter todas as guitarras que quisesse. Estava, no entanto, perfeitamente disposto a usar uma guitarra como arma, para se defender. Num certo sentido, acreditava que sempre as utilizara como armas.

Ouviu uma tábua corrida ranger no corredor, depois outra, depois um suspiro, como alguém parando cansado. Seu pulso acelerou. Ele abriu a porta.

Mas o corredor estava vazio. Jude chapinhou por compridos retângulos de luz glacial, atirada pelas claraboias. Parava diante de cada porta fechada, prestava atenção, depois dava uma olhada no interior.

Por um momento um cobertor atirado numa cadeira pareceu um anão disforme a encará-lo. Em outro quarto encontrou uma figura alta, lúgubre, parada atrás da porta, e o coração saltou em seu peito. Quando ia bater com a guitarra, percebeu que era um cabide de pé, e o ar saiu de dentro dele num jato trêmulo.

No estúdio, no final do corredor, pensou em pegar sua pistola, mas não fez isso. Não queria sair armado pela casa. Estava tão nervoso que poderia reagir a um movimento brusco no escuro puxando o gatilho e acabar abrindo um buraco em Danny Wooten ou na empregada, embora não pudesse imaginar por que eles iriam se mover furtivamente pela casa a uma hora daquelas. Retornou ao corredor e foi para o andar de baixo.

Revistou o térreo e só encontrou sombras e quietude, o que devia deixá-lo tranquilo, mas não deixou. Era o tipo errado de quietude, a imobilidade chocada que se segue ao estouro de um rojão. Seus tímpanos latejavam com a pressão de todo aquele sereno e terrível silêncio.

Não conseguiu relaxar, mas ao pé da escada tentou fazer de conta que estava tudo bem, uma farsa que levou adiante só para si mesmo. Apoiou a guitarra na parede e soltou ruidosamente o ar dos pulmões.

– Que merda você está fazendo? – disse ele.

Estava tão pouco à vontade que o som de sua própria voz o desconcertava, fazendo uma onda fria, áspera, subir pelos seus braços. Nunca fora de falar sozinho.

Subiu a escada e começou a voltar pelo corredor em direção ao quarto. Seu olhar bateu num homem velho, sentado numa antiga cadeira Shaker encostada na parede. Assim que o viu, seu pulso disparou em sinal de alarme. Jude se virou para o lado, fixou o olhar na porta do quarto e só continuou a enxergar o velho pelo canto do olho. Nos momentos que se seguiram, ele sentiu que era questão de vida ou morte não estabelecer contato visual com o homem, não demonstrar que o via. Ele não estava vendo nada, Jude disse a si mesmo. Não havia ninguém ali.

A cabeça do velho estava curvada. Seu chapéu descansava no joelho. O cabelo escovinha, cortado rente, tinha um brilho de geada. Os botões na frente do paletó cintilavam no escuro, cromados pelo luar. Jude reconheceu num relance o paletó. Da última vez que o vira, estava dobrado na caixa preta em forma de coração, uma caixa que tinha ido para o fundo do closet. Os olhos do velho estavam fechados.

O coração de Jude martelava, era uma luta para respirar. Ele continuou andando para a porta do quarto, que ficava bem no final do corredor. Quando passou pela cadeira Shaker, encostada na parede da esquerda, sua perna roçou no joelho do homem e o fantasma ergueu a cabeça. Mas Jude já estava além dele, quase na porta. Tomava cuidado para não correr. Não importava que o velho o observasse pelas costas, desde que não houvesse contato visual entre um e outro – aliás, o velho não existia.

Entrou no quarto e trancou a porta. Foi direto para a cama, deitou--se e imediatamente começou a tremer. Uma parte dele queria rolar na direção de Geórgia e grudar-se nela, deixar seu corpo aquecê-lo e afastar os calafrios. Permaneceu, no entanto, do seu lado da cama, para não acordá-la. Fitava o teto.

Geórgia estava agitada e gemia dolorosamente em seu sono.

7

Ele não esperava dormir, mas cochilou com a primeira luz do dia e acabou acordando excepcionalmente tarde, depois das nove. Geórgia estava de lado, a mão pequena suavemente pousada no peito dele e a respiração leve em seu ombro. Ele se esgueirou para fora da cama e para longe dela, passou pelo corredor e foi para o andar de baixo.

A Dobro estava encostada na parede, onde a deixara. A visão da guitarra provocou um sobressalto em seu coração. Tentava fingir que não vira o que tinha visto de noite. Tinha fixado para si mesmo o objetivo de não pensar naquilo. Mas havia a Dobro.

Quando olhou pela janela, Jude identificou o carro de Danny estacionado ao lado do celeiro. Não tinha nada a dizer a Danny e nenhuma razão para incomodá-lo, mas logo estava na porta do escritório. Não pôde evitar. A compulsão de estar na companhia de outro ser humano, alguém lúcido, sensível e com a cabeça cheia de problemas cotidianos, foi irresistível.

Danny estava ao telefone, empinado na cadeira giratória, rindo de alguma coisa. Ainda usava a jaqueta de camurça. Jude não precisava perguntar por quê. Ele próprio tinha um roupão sobre os ombros e estava se abraçando embaixo dele. O escritório estava impregnado de um frio úmido.

Danny viu Jude olhando pela porta e piscou para ele, outro hábito bajulador trazido de Hollywood, embora naquela manhã em particular Jude não estivesse nem aí para isso. Então Danny viu alguma coisa na expressão do chefe e fechou a cara. Seus lábios formaram as palavras *Tudo bem com você?*. Jude não respondeu. Ele não sabia.

Danny se livrou da pessoa com quem estava falando e girou na cadeira, lançando um olhar preocupado na sua direção.

– O que está havendo, chefe? Você está com uma cara péssima.

– O fantasma chegou – disse Jude.

– Ah, chegou? – perguntou Danny, se animando. Depois abraçou a si próprio, simulando um tremor. Apontou com a cabeça para o telefone. – Era o pessoal do aquecimento. Este lugar está frio como um túmulo. Daqui a pouco vão mandar um cara para dar uma olhada no boiler.

– Quero falar com ela.

– Com quem?

– Com a mulher que nos vendeu o fantasma.

Danny baixou uma das sobrancelhas e ergueu a outra, a expressão de quem tinha perdido alguma coisa ao longo da conversa.

– O que está querendo dizer com "o fantasma chegou"?

– Aquele que encomendamos. Ele veio. Quero falar com ela. Quero esclarecer umas coisas.

Danny precisou de alguns segundos para processar aquilo. Começou a girar de volta para o computador e pegou o telefone, mas o olhar continuou fixo em Jude.

– Tem certeza de que está tudo bem com você? – perguntou.

– Não – disse Jude. – Vou ver os cachorros. Encontre o número dela, ok?

Ele saiu de roupão e cueca para tirar Bon e Angus do canil. A temperatura tinha caído para menos de 10ºC e o ar estava esbranquiçado por uma névoa granulada. Contudo, era mais confortável que o frio úmido, grudento da casa. Angus lambeu a mão dele, a língua áspera, quente e tão real que, por um instante, Jude sentiu um palpitar quase doloroso de gratidão. Sentia-se feliz de estar entre os cachorros, com aquele fedor de pelo úmido e aquela ânsia para brincar. Passaram correndo por ele, caçando um ao outro, depois correram de volta, Angus tentando morder a cauda de Bon.

Seu pai tratara os cães da família melhor do que jamais havia tratado Jude ou a mãe de Jude. A certa altura, aquilo havia contagiado Jude, e ele também aprendera a tratar os cachorros melhor que a si próprio. Passara a maior parte da infância dividindo a cama com eles, dormindo com um de cada lado e às vezes um terceiro a seus pés, tornara-se inseparável da matilha rude do pai, sem banho e infestada de carrapatos. Nada o fazia recordar com tanta facilidade quem era e de onde viera como o cheiro forte de cachorro e, quando voltou para casa, já se sentia mais firme, mais senhor de si.

Ao passar pela porta do escritório, Danny estava dizendo ao telefone:

– Muito obrigado. Pode aguardar um momento pelo Sr. Coyne? – Ele apertou um botão, segurando o fone. – O nome é Jessica Price, da Flórida.

Ao pegar o telefone, Jude percebeu que era a primeira vez que ouvia o nome completo da mulher. Quando pagara pelo fantasma, não tivera a menor curiosidade sobre o nome dela, embora lhe parecesse agora que era o tipo de coisa que devia ter feito questão de saber.

Jude franziu a testa. O nome dela era absolutamente comum, mas por alguma razão chamou sua atenção. Achava que nunca o ouvira antes, mas era tão obviamente digno de esquecimento que era difícil ter certeza.

Jude pôs o fone no ouvido e Danny apertou novamente o botão para liberar a linha.

– Alô, Jessica. Aqui é Judas Coyne.

– Gostou do paletó, Sr. Coyne? – perguntou ela. A voz continha uma delicada cadência do Sul e o tom era descontraído, simpático... e havia mais alguma coisa. Um suave traço brincalhão, algo que lembrava zombaria.

– Como era a aparência dele? – perguntou Judas. Nunca fora homem de perder tempo fazendo rodeios para entrar no assunto. – Do seu padrasto.

– Reese, querida – disse a mulher, falando com outra pessoa, não com Jude. – Reese, quer desligar essa TV e sair? – Uma garota, bem ao fundo, reclamou, contrariada. – Porque estou no telefone. – A garota disse mais alguma coisa. – Porque é particular. Saia agora, por favor. – Uma porta de tela foi batida. A mulher suspirou, um som desconcertado tipo "crianças, você sabe como é", e perguntou a Jude: – Você o viu? Por que não me diz como *você* acha que ele é e eu digo se está certo ou não?

Ela estava sacaneando ele. *Sacaneando.*

– Vou devolver – disse Jude.

– O paletó? Vá em frente. Pode mandá-lo de volta. Isso não significa que ele virá junto. Nada de reembolso, Sr. Coyne. Nada de trocas.

Encarando Jude, Danny mostrava um sorriso confuso, a testa franzida de interesse. Jude notou então o ruído de sua própria respiração, áspera e profunda. Lutava para encontrar as palavras, para descobrir o que dizer.

Ela falou primeiro.

– Está frio aí? Aposto que está gelado. Vai ficar bem mais frio antes que ele termine.

– O que está querendo? Mais dinheiro? Não vai ter.

– Ela voltou para casa para se matar, seu babaca – disse Jessica Price da Flórida, cujo nome lhe era desconhecido, mas talvez não tão desconhecido quanto ele gostaria que fosse. De repente, sem aviso, a voz dela perdera o ar de descontração e humor. – Depois que a dispensou, ela cortou os pulsos na banheira. Foi nosso querido padrasto quem a encontrou. Ela teria feito qualquer coisa por você e você a jogou fora como se fosse lixo.

Flórida.

Flórida. De repente Jude sentiu uma dor na boca do estômago, uma sensação de peso frio, um enjoo. No mesmo instante, sua cabeça pareceu clarear, livrar-se das teias de exaustão e medo supersticioso. Para ele, ela sempre fora Flórida, mas seu nome verdadeiro era Anna May McDermott. Anna era cartomante, conhecia tarô e quiromancia. Tanto ela quanto a irmã mais velha tinham aprendido tudo aquilo com o padrasto. Ele era hipnotizador por profissão, o último recurso de senhoras com baixa autoestima, fumantes e gordas, que queriam se livrar dos seus cigarros e dos seus bombons. Nos fins de semana, porém, o padrasto de Anna fazia biscates como radiestesista e usava seu pêndulo de hipnotizador – uma lâmina prateada numa corrente de ouro – para encontrar objetos perdidos e dizer às pessoas onde perfurar seus poços. Ele o fazia balançar sobre os corpos dos doentes para curar suas auras e retardar seus cânceres famintos, usava-o para falar com os mortos, fazendo-o oscilar sobre uma mesa Ouija. Mas a hipnose era seu ganha-pão: *Pode relaxar agora. Feche os olhos. Apenas ouça a minha voz.*

Jessica Price estava falando de novo:

– Antes de morrer, meu padrasto me disse o que fazer, como eu devia entrar em contato com você, como devia mandar o paletó e o que aconteceria depois. Disse que ia se encarregar de você, seu filho da puta horroroso e sem talento.

Era Jessica Price, não McDermott, porque se casara e agora era viúva. Jude tinha a impressão de que o marido fora um reservista que morrera em Tikrit. Achava que se lembrava de Anna lhe dizendo isso. Não tinha certeza se algum dia Anna havia mencionado o nome de casada da irmã mais velha, embora uma vez tivesse lhe dito que Jessica havia seguido os passos do padrasto na área do hipnotismo. Anna dissera que a irmã ganhava quase 70 mil dólares por ano com isso.

– Por que eu tive de comprar o paletó? – perguntou Jude. – Por que simplesmente não o mandou para mim? – A tranquilidade de sua própria voz era uma fonte de satisfação para ele. Parecia mais calmo do que Jessica.

– Se não pagasse, o fantasma não pertenceria realmente a você. Você tinha de pagar. E foi o que você fez.

– Como sabia que eu ia comprar?

– Mandei um e-mail, não foi? Anna me contou tudo sobre sua coleçãozinha mórbida... seu merdinha cult, sujo e perverso. Imaginei que não ia resistir.

– Outra pessoa podia ter comprado. Os outros lances...

– Não houve nenhum outro lance. Só o seu. Fui eu quem fiz todos aqueles lances e o leilão só ia ser concluído quando você fizesse uma oferta. Gostou da aquisição? Era mesmo o que estava esperando? Ah, você terá muita diversão pela frente. Vou gastar aqueles 1.000 dólares que me pagou pelo fantasma de meu querido padrasto numa coroa para o seu funeral. Vai valer a pena.

Você pode sair, pensou Jude. *Simplesmente sair de casa. Deixar o paletó do morto e o morto para trás. Levar Geórgia para uma viagem até Los Angeles. Fazer as malas, estar num voo daqui a três horas. Danny pode arranjar isso, Danny pode...*

Como se ele tivesse falado em voz alta, Jessica Price explicou:

– Vá em frente e hospede-se num hotel. Veja o que acontece. Não importa para onde vá, ele estará lá. Quando acordar, vai estar instalado ao pé da sua cama. – Ela começou a rir. – Você vai morrer e vai sentir a mão gelada dele na sua boca.

– Então Anna estava morando com você quando se matou? – perguntou ele. Ainda senhor de si. Ainda perfeitamente calmo.

Uma pausa. A irmã furiosa estava sem fôlego, precisava de um tempo para responder. Jude podia ouvir um regador de jardim funcionando nos fundos, crianças gritando na rua.

– Era o único lugar para onde ela podia ir – disse Jessica. – Estava deprimida. Sempre sofreu muito de depressão, mas você piorou a coisa. Andou angustiada demais para sair, buscar ajuda, se encontrar com alguém. Você a fez odiar a si mesma. Você a deixou num estado em que ela só queria morrer.

– O que a faz pensar que ela se matou por minha causa? Não acha que pode ter sido o prazer de sua companhia que a levou ao limite? Se eu tivesse de ouvir você todo dia, provavelmente também ia querer cortar os pulsos.

– Você vai morrer... – ralhou Jessica.

Jude interrompeu:

– Pense em outra fala. E, enquanto isso, aqui está mais alguma coisa em que pensar: eu mesmo conheço algumas almas danadas. Dirigem Harleys, moram em trailers, usam drogas pesadas, maltratam os filhos e matam as esposas. Você os chama de escória. Eu os chamo de fãs. Quer ver se consigo descobrir alguns que moram na sua área para passar por aí e dar um alô?

– Ninguém vai ajudá-lo – disse ela, a voz estrangulada e trêmula de fúria. – A marca negra em você vai infectar qualquer um que fique do seu lado. Você não vai sobreviver e todo mundo que tentar ajudá-lo vai morrer. – Recitava isso em meio à raiva, como uma fala que houvesse ensaiado, o que talvez tivesse feito mesmo. – Todos vão fugir de você ou vão ser destruídos. Você vai morrer sozinho, está me ouvindo? *Sozinho.*

– Não tenha tanta certeza. Se vou afundar, posso querer companhia – disse ele. – E, se não conseguir ajuda, talvez eu mesmo vá visitá-la. – E bateu o telefone.

8

Jude olhava com ódio para o telefone preto que ainda segurava com toda a força, deixando os nós dos dedos esbranquiçados. Ouvia a lenta, marcial batida de tambor de seu coração.

– Chefe – murmurou Danny. – Merda. *Chefe!* – Ele riu: um riso ralo, entrecortado, sem humor. – Que diabo foi isso?

Jude ordenou mentalmente que a mão se abrisse, que soltasse o fone. A mão não queria. Ele sabia que Danny fizera uma pergunta, mas era como uma voz ouvida por acaso através de uma porta fechada, parte de uma conversa que acontecia em outro aposento, sem nenhuma relação com ele.

Estava começando a absorver a ideia de que Flórida estava morta. Da primeira vez que ouvira dizer que ela se matara (quando Jessica Price atirou isso na sua cara), aquilo não tinha significado nada, porque ele não deixou que significasse. Agora, no entanto, não havia escapatória. Experimentava o conhecimento da morte dela no sangue, que ficava pesado, grosso e estranho dentro dele.

Jude não achava possível que ela tivesse morrido, que alguém com quem compartilhara sua cama pudesse estar agora debaixo da terra. Flórida tinha 26 – não, 27 anos; tinha 26 quando foi embora. Quando ele a mandou embora. Tinha 26, mas fazia perguntas como uma menininha de 4 anos. *Você vai sempre pescar no lago Pontchartrain? Qual foi o melhor cachorro que você já teve? O que você acha que acontece conosco quando morremos?* Perguntas em número suficiente para enlouquecer um homem.

Ela temia estar ficando louca. Andava deprimida. Não porque isso estivesse na moda, o que era a motivação de algumas meninas góticas, mas clinicamente. Vivera dominada pela depressão nos últimos dois meses que passaram juntos, não dormia, chorava sem motivo, esquecia até de se vestir, ficava horas olhando para a TV sem querer ligá-la, atendia ao telefone quando ele tocava, mas não dizia nada, só ficava parada segurando o fone, como se alguém tivesse apertado um botão para desligá-la.

Mas, antes disso, os dois haviam passado dias de verão no celeiro enquanto ele reconstruía o Mustang. Com John Prine no rádio, o doce cheiro do feno cozinhando no calor e tardes cheias de perguntas ociosas e sem sentido – um interrogar interminável que era, dependendo do momento, fatigante, divertido ou erótico. Lembrou-se do corpo dela, tatuado e branco como a neve, com os joelhos ossudos e as coxas magrelas de uma corredora de longa distância. A respiração dela em seu pescoço.

– Ei – disse Danny. Estendeu o braço e seus dedos encostaram de leve no pulso de Jude. Com aquele toque, a mão dele se abriu bruscamente, soltando o fone. – Está tudo bem com você?

– Não sei.

– Não quer me dizer o que está acontecendo?

Lentamente Jude ergueu os olhos. Danny estava de pé, debruçado sobre a escrivaninha. Tinha perdido um pouco de sua cor e as sardas amarelo-avermelhadas sobressaíam em meio ao branco das faces.

Danny fora amigo dela. Daquele modo não ameaçador, descontraído, levemente impessoal com que se tornara amigo de todas as garotas de Jude. Fazia o papel do gay boa-praça, gentil e compreensivo, alguém em quem podiam confiar para guardar seus segredos, alguém com quem podiam desabafar e fofocar, alguém que proporcionava intimidade sem envolvimento. Alguém que diria a elas coisas sobre Jude que Jude não ia lhes dizer.

A irmã de Danny tomara uma overdose de heroína quando ele era calouro na universidade. A mãe dele se enforcara seis meses depois e fora Danny quem a encontrara morta. O corpo pendia do único caibro da despensa, os dedos dos pés apontados para baixo, girando em pequenos círculos sobre um banquinho derrubado. Ninguém precisava ser psicólogo para ver que o duplo impacto das mortes da irmã e da mãe também liquidara uma parte de Danny, congelando-o nos 19 anos. Embora ele não usasse unhas pintadas de esmalte preto ou argolas nos lábios, de certo modo seu fascínio por Jude não era muito diferente da atração que meninas como Geórgia ou Flórida sentiam por ele. Jude colecionava essas pessoas quase exatamente do mesmo modo que o Flautista de Hamelin colecionava ratos e crianças. Compunha melodias tiradas da raiva, da perversão, da dor, e elas vinham a ele, deslizando com a música, esperando que ele as deixasse cantar junto.

Jude não queria contar a Danny o que Flórida tinha feito a si própria, queria poupá-lo. Seria melhor não dizer. Não tinha certeza de como ele reagiria.

Mas acabou contando mesmo assim.

– Anna. Anna McDermott. Ela cortou os pulsos. A mulher com quem acabei de falar é irmã dela.

– Flórida? – disse Danny. Ele afundou na cadeira, que estalou com seu peso. Danny parecia ter perdido o fôlego. Pressionou as mãos contra a barriga e se inclinou um pouco para a frente, como se estivesse com cólica. – Merda. Que merda! – disse em voz baixa.

Nunca essas palavras soaram tão adequadas.

Seguiu-se um silêncio. Jude reparou, pela primeira vez, que o rádio estava ligado, murmurando baixo. Trent Reznor cantava dizendo que estava pronto para desistir de seu império de lama. Era engraçado ouvir o Nine Inch Nails naquele momento. Jude conhecera Flórida nos bastidores de um show de Trent Reznor. A realidade da morte dela o atingiu de novo, de cima a baixo, como se estivesse tomando consciência, pela primeira vez, do que havia acontecido. *Você vai sempre pescar no lago Pontchartrain?* E então o choque começou a se fundir com um ressentimento doentio. A morte de Anna era tão sem sentido, estúpida e egoísta que era impossível não odiá-la um pouco, não querer xingá-la. Entretanto, nunca mais poderia dizer o que sentia para ela, porque estava morta.

– Deixou algum bilhete? – perguntou Danny.

– Não sei. Não obtive muita informação da irmã. Não foi o telefonema mais produtivo do mundo. Talvez você tenha reparado.

Mas Danny não prestara atenção.

– Às vezes saíamos para tomar umas margaritas – disse ele. – Era uma garota incrivelmente meiga. Ela e suas perguntas. Um dia me perguntou se eu tinha um lugar preferido para ver a chuva quando era criança. Como se pode fazer uma pergunta assim tão incrível? Ela me fez fechar os olhos e descrever como era a paisagem do lado de fora da janela do meu quarto quando estava chovendo. Dez minutos nisso. Você nunca sabia o que ela ia perguntar depois. Fomos parceiros quase em tempo integral. Não entendo. Quero dizer, sei que estava deprimida. Ela me falou nisso. Mas ela realmente não queria estar. Será que não pensou em ligar para um de nós antes de fazer algo como...? Será que não pensou em nos dar uma chance de convencê-la a não fazer isso?

– Acho que não.

De certa forma, Danny parecia ter minguado nos últimos minutos, recolhendo-se dentro de si mesmo.

– E a irmã – continuou ele –, a irmã acha que a culpa é sua? Bem, isso... isso é loucura. – Mas a voz de Danny estava fraca e Jude achou que ele já não parecia inteiramente seguro de si.

– Acredito que sim.

– Ela enfrentava problemas emocionais bem antes de conhecer você – disse Danny com um pouco mais de confiança.

– Acho que é coisa de família – disse Jude.

– É. – Danny se inclinou de novo para a frente. – *É.* Quero dizer... Que diabos está acontecendo? Foi a irmã de Anna quem vendeu o fantasma para você? O paletó do morto? Não estou entendendo nada. Por que você quis ligar para ela?

Jude não queria contar a Danny o que tinha visto na noite anterior. Naquele momento, atirado contra a dura verdade da morte de Flórida, não estava mais inteiramente certo *do que* tinha visto na noite anterior. Agora o velho sentado no corredor às três da manhã, na frente da porta do seu quarto, já não parecia tão real.

– O paletó que ela me mandou é uma espécie de ameaça de morte simbólica. A mulher nos induziu a comprá-lo. Por alguma razão não pôde simplesmente mandá-lo para mim; primeiro eu tinha de pagar por ele. Acho que é possível dizer que a sanidade não é o seu ponto forte. Bem, pude perceber que havia alguma coisa errada assim que o paletó chegou. Veio numa porra de caixa preta em forma de coração e... talvez isto pareça meio paranoico... mas tinha um alfinete escondido para picar alguém.

– Havia um alfinete escondido no paletó? Picou você?

– Não. Mas deu uma boa espetada na Geórgia.

– Ela está bem? Será que havia alguma coisa no alfinete?

– Algo tipo arsênico? Não. Não acredito que a mente de Jessica Price de Psychoville, Flórida, seja assim tão estúpida. Profunda e intensamente louca, mas não estúpida. Quer me assustar, não ir para a cadeia. Ela me disse que o fantasma de seu querido padrasto veio com o paletó e que vai me fazer pagar pelo que fiz a Anna. O alfinete era, provavelmente, sei lá, parte do vodu. Fui criado perto de Panhandle. O lugar está formigando de gente da pior espécie, comedores de gambás, moradores de trailers cheios de ideias estranhas. Você pode usar uma coroa de espinhos em seu emprego na lanchonete local sem chamar a atenção de ninguém.

– Quer que eu chame a polícia? – perguntou Danny. Estava retomando seu sangue-frio. A voz já não parecia tão sufocada, tinha recuperado um pouco da autoconfiança.

– Não.

– Ela está fazendo ameaças contra sua vida.

– Quem disse isso?

– Você. Eu também estou dizendo. Estava sentado bem aqui e ouvi tudo.

– O que você ouviu?

Danny o encarou um instante, depois baixou as pálpebras e sorriu de uma forma meio entorpecida.

– O que você disser que eu ouvi.

Jude devolveu o sorriso, mesmo a contragosto. Danny era descarado. Naquele momento, Jude não conseguia lembrar por que às vezes não gostava dele.

– Escute – disse Jude. – Tenho a minha maneira de lidar com isso, mas você pode fazer uma coisa por mim. Anna mandou algumas cartas depois de ir para casa. Não sei o que fiz com elas. Não quer dar uma olhada por aí?

– Claro, de repente esbarro nelas. – Danny estava novamente pouco à vontade e, mesmo que tivesse recuperado o senso de humor, não tinha recobrado a cor. – Jude, quando você diz que tem a sua maneira de lidar com a coisa... o que está querendo dizer? – Ele apertou o lábio inferior, franzindo a testa numa atitude de reflexão. – Aquela coisa que você disse quando desligou. Falando sobre mandar pessoas procurá-la. Ir lá você mesmo. Você estava muito irritado. Nunca o vi assim. Será que devo me preocupar?

– Você? Não – disse Jude. – Ela, talvez.

9

Sua mente saltava de uma coisa ruim para outra: Anna nua, de olhos fundos e flutuando morta numa água de banho vermelha, Jessica Price ao telefone (você vai morrer e vai sentir a mão gelada dele na sua boca), o velho sentado no corredor com o paletó preto estilo Johnny Cash, erguendo devagar a cabeça e fitando Jude quando ele passava.

Precisava silenciar o ruído em sua cabeça, algo que geralmente conseguia fazendo algum barulho com as mãos. Jude carregou a Dobro para o estúdio, dedilhou-a experimentalmente e não gostou do tom. Então foi até o closet procurar um capo para apertar as cordas e, em vez disso, encontrou uma caixa de munição.

As balas estavam numa caixa em forma de coração – uma das caixas amarelas em forma de coração que o pai costumava dar à sua mãe todo Dia dos Namorados, todo Dia das Mães, no Natal e no aniversário dela. Martin nunca lhe deu mais nada – nem rosas, nem anéis, nem garrafas de champanhe. Era sempre a mesma grande caixa de bombons da mesma loja de departamentos.

A reação dela parecia tão previsível quanto o presente. Ela sempre dava um sorriso. Um sorriso tímido, sem graça, com os lábios fechados. Tinha vergonha dos dentes. Os de cima eram postiços. Os verdadeiros haviam sido arrancados por um soco. Primeiro, ela sempre oferecia a caixa ao marido, que, com um sorriso orgulhoso, como se o presente fosse um colar de brilhantes, não uma caixa de bombons de três dólares, balançava a cabeça negativamente. Então ela oferecia os bombons ao filho.

E Jude sempre escolhia o mesmo, o do centro, um de cereja. Gostava do "gluchi" que o bombom fazia quando ele dava a mordida, da seiva viscosamente doce, da textura macia da cereja. Imaginava que estava se servindo de um olho com cobertura de chocolate. Já naquele tempo Jude sentia prazer em fantasiar o pior, deliciando-se com as mais horripilantes possibilidades.

Jude encontrou a caixa aconchegada num emaranhado de cabos, pedais e adaptadores, mais exatamente num estojo de guitarra encostado no fundo do closet de seu estúdio. Não um estojo de guitarra qualquer, mas aquele com o qual partira da Louisiana 30 anos atrás, embora a Yamaha usada de 40 dólares que um dia o ocupara não estivesse mais com ele há tempos.

Deixara-a para trás, num palco de São Francisco, onde uma noite, em 1975, abrira um show do Led Zeppelin. Estava deixando um monte de coisas para trás naqueles dias: sua família, a Louisiana, porcos, pobreza, o nome com o qual nascera. Não perdia muito tempo com o passado.

No instante em que tirou a caixa de bombons do estojo da guitarra, suas mãos perderam a força e ele a deixou cair. Jude soube o que havia nela sem sequer abri-la, soube à primeira vista. Se havia alguma dúvida, a menor que fosse, ela desapareceu quando a caixa atingiu o solo e ele ouviu as cápsulas de metal retinirem e tilintarem lá dentro. A imagem o fez recuar num terror quase atávico, como se tivesse enfiado o braço entre os cabos e uma aranha gorda, de pernas peludas, tivesse rastejado para as costas de sua mão. Não via a caixa de munição havia mais de três décadas. Só sabia que a deixara enfiada entre o colchão e o estrado de molas de sua cama de criança, na época de Moore's Corner. A caixa não viera da Louisiana com ele e não tinha como estar ali, no estojo de sua velha guitarra, mas estava.

Ficou olhando um instante para a caixa amarela em forma de coração, depois se obrigou a pegá-la. Puxou a tampa e virou a caixa de cabeça para baixo. Balas se espalharam pelo chão.

Ele próprio as colecionara, tão ávido por elas quanto algumas crianças eram por cartões de beisebol: sua primeira coleção. Começara quando ele tinha 8 anos, quando ainda era Justin Cowzynski, antes de ter sequer imaginado que um dia, anos e anos depois, seria outra pessoa. Certa vez estava perambulando pelo pasto e ouviu alguma coisa estalar sob o pé. Curvou-se para ver no que havia pisado e encontrou uma cápsula vazia de espingarda. Provavelmente era do pai. Era outono, quando o velho atirava nos perus. Justin cheirou o cilindro estilhaçado, achatado. O odor de pólvora irritou suas narinas – uma sensação que devia ter sido desagradável, mas que pareceu estranhamente fascinante. A cápsula voltou para casa com ele, no bolso do seu macacão, e acabou numa das caixas de bombons vazias da mãe.

A coleção foi logo acrescida de duas balas calibre 38, surrupiadas da garagem de um amigo, umas curiosas cápsulas prateadas vazias de rifle que achara na área de tiro e uma bala de fuzil de assalto, do tamanho de seu dedo médio. Esta última ele negociara e tinha lhe custado caro – um exemplar da revista *Creepy*, com capa de Frazetta –, mas achou que a troca fora justa. À noite ele se deitava na cama contemplando as balas, apreciando o modo como a luz das estrelas brilhava nos cilindros polidos, cheirando o chumbo, assim como um homem poderia cheirar uma fita impregnada do perfume de uma amante: pensativamente, com a cabeça cheia de doce fantasia.

Nos tempos do colégio ele enfiou a bala de fuzil numa tira de couro e usou-a em volta do pescoço até o diretor confiscá-la. Jude se admirava de não ter encontrado um meio de matar alguém naquela época. Possuía todos os elementos-chave de um estudante atirador: hormônios, angústia, munição. As pessoas não entendiam de que forma algo como Columbine podia acontecer. Jude se perguntava por que não acontecia com mais frequência.

Agora via tudo ali – a bala de espingarda amassada, as cápsulas vazias prateadas, a bala de duas polegadas do fuzil, que não podia estar ali, porque o diretor nunca a devolvera. Era um aviso. Jude tinha visto um morto durante a noite, o padrasto de Anna. E este era o modo de o fantasma dizer a Jude que o negócio deles não estava concluído.

Era uma coisa maluca de se pensar. Tinha de haver uma dúzia de explicações mais razoáveis para a caixa, para as balas. Mas Jude não se importava com o que era razoável. Não era um homem razoável. Só se importava com o que era verdade. Vira um morto no meio da noite. Talvez, por alguns segundos, no estúdio salpicado de sol de Danny, tivesse sido capaz de bloquear a coisa, fingir que não acontecera, mas acontecera.

Mais tranquilo agora, ele pensava friamente nas balas. Ocorreu-lhe que talvez fosse mais que um aviso. Talvez fosse também uma mensagem. O morto estava lhe dizendo para se armar.

Jude pensou na Super Blackhawk, no cofre debaixo de sua mesa. Mas contra o que ia atirar? Pelo que entendia, o fantasma existia, antes de mais nada, dentro de sua cabeça. Talvez fantasmas sempre assombrassem mentes, não lugares. Se quisesse dar um tiro nele, teria de virar o cano contra sua própria testa.

Colocou os projéteis de volta na caixa de bombons da mãe e pôs a tampa. Balas não iam lhe servir de nada, mas havia outros tipos de munição.

Tinha uma coleção de livros numa prateleira num dos cantos do estúdio, títulos sobre o oculto e o sobrenatural. Mais ou menos na época em que Jude estava começando a gravar, o Black Sabbath estourou, e o empresário de Jude recomendou que não faria mal pelo menos sugerir que ele e Lúcifer estavam se tratando pelo primeiro nome. Jude já tinha se interessado pelo estudo de psicologia de grupo e hipnose de massa, sobre a teoria de que, se ter fãs era bom, ter adoradores era ainda melhor. Acrescentou volumes de Aleister Crowley e *O caso de Charles Dexter Ward* à sua lista de leituras e foi avançando por eles com uma cuidadosa, séria concentração, sublinhando conceitos e fatos cruciais.

Mais tarde, depois que se tornou uma celebridade, satanistas, praticantes de wicca e espíritas – que, ao ouvir sua música, julgavam erroneamente que Jude compartilhava os mesmos interesses (na verdade, ele estava se lixando; era como usar calças de couro, só encenação) – mandaram-lhe ainda mais material de leitura, sem dúvida fascinante: um obscuro manual, impresso pela Igreja Católica nos anos 1930, para a realização de exorcismos; a tradução de um livro de 500 anos atrás com salmos pervertidos, ímpios, escritos por um templário louco; um livro de receitas para canibais.

Jude colocou a caixa de munição entre os livros em cima da prateleira, a ideia de tocar alguma coisa totalmente esquecida. Passou a unha do polegar pelas lombadas das capas duras. O frio naquele estúdio era suficiente para deixar seus dedos rijos e desajeitados. Era difícil virar as páginas e ele não sabia o que estava procurando.

Durante algum tempo lutou para avançar por um texto tortuoso sobre espíritos que assumem a forma de animais, criaturas de intensa sensibilidade que estavam ligadas por amor e sangue a seus donos e que podiam lidar diretamente com os mortos. Era escrito num denso inglês do século XVIII, sem qualquer pontuação. Jude demorou dez minutos para atravessar um único parágrafo e não chegou a entender o que tinha lido. Pôs a obra de lado.

Em outro livro se deteve num capítulo sobre possessão, pelo demônio ou por algum espírito odioso. Uma ilustração grotesca mostrava um velho estatelado na cama, entre um emaranhado de lençóis, os olhos esbugalhados de terror e a boca muito aberta. Enquanto isso, um homúnculo nu, com ar de maldade, saía por entre seus lábios. Ou pior: talvez a coisa estivesse entrando.

Jude leu que qualquer um que abrisse o portão dourado da mortalidade para dar uma espiada do outro lado se arriscava a deixar alguma coisa passar, e que os doentes, os velhos e os que amavam a morte estavam particularmente em perigo. O tom era decidido, culto, e Jude foi estimulado a prosseguir até ler que o melhor método de proteção era se banhar em urina. Ele tinha a mente aberta quando se tratava de depravação, mas estabelecia limites em relação a esportes aquáticos. Por isso, quando o livro escorregou de suas mãos geladas, não se preocupou em apanhá-lo. Em vez disso, chutou-o para bem longe.

Leu sobre a reitoria de Borley, sobre contatar espíritos através da mesa Ouija e sobre os usos alquímicos de sangue menstrual. Seus olhos foram entrando e saindo de foco e, de repente, ele estava jogando livros para o ar, atirando-os pelo estúdio. Não havia uma só palavra que não fosse asneira. Demônios, espíritos de animais guardiões, círculos encantados e os benefícios mágicos do mijo. Um volume derrubou um abajur de sua escrivaninha provocando um ruidoso *crash*. Outro atingiu um disco de platina emoldurado. Uma teia de aranha de linhas brilhantes estilhaçadas saltou do vidro para o disco de prata. A moldura caiu da parede, bateu no chão e sua face esmigalhada ficou virada para baixo. A mão de Judy encontrou a caixa de bombons cheia de projéteis. A caixa bateu na parede e a munição se espalhou pelo chão num fragor metálico.

Agarrou outro livro. Respirando forte, o sangue quente, querendo provocar algum dano, não importava onde. De repente se conteve, porque a sensação da coisa em sua mão era estranha. Olhou e viu uma fita preta de vídeo, sem rótulo. Não percebeu de imediato o que tinha ali, teve de pensar um pouco antes de chegar à conclusão. Era sua fita *snuff*. Estava na prateleira com os livros, separada dos outros vídeos havia... havia quanto? Quatro anos? Ficara tanto tempo lá que ele deixara de vê-la no meio dos volumes de capa dura. Tinha se tornado apenas uma parte da bagunça geral nas prateleiras.

Certa manhã, ao entrar no estúdio, Jude encontrara a mulher, Shannon, assistindo à fita. Ele estava fazendo as malas para uma viagem a Nova York e entrara no estúdio para pegar a guitarra que levaria consigo. Parou na porta ao se deparar com Shannon. Imóvel diante da TV, ela via um homem sufocar uma adolescente nua com um saco plástico transparente enquanto outros homens observavam.

Séria, a testa enrugada de concentração, Shannon via a moça da fita morrer. Jude não se incomodava com o temperamento dela – acessos de raiva não o impressionavam –, mas aprendera a ter cautela quando Shannon ficava daquele jeito: calma, silenciosa e fechada em si mesma.

– Isso é real? – perguntou ela por fim.

– É.

– Ela está realmente morrendo?

Jude olhou para a TV. A garota nua tinha caído mole no chão, toda contorcida.

– Ela está realmente morta. Mataram também o namorado, você viu?

– Ele suplicava.

– Ganhei de um policial. Ele me disse que os dois jovens texanos eram viciados que atiraram contra uma loja de bebidas e mataram alguém, depois correram para se esconder em Tijuana. Os tiras guardam algumas dessas fitas sádicas por aí.

– Ele implorou pela vida dela.

– É horrível – disse Jude. – Não sei por que ainda tenho isso.

– Eu também não – disse Shannon se levantando e ejetando a fita. Ficou olhando para ela, como se fosse a primeira vez que via uma fita de vídeo e estivesse tentando imaginar para que poderia servir.

– Tudo bem com você? – perguntou Jude.

– Não sei – disse Shannon virando o olhar vidrado, confuso, na direção dele. – E com você?

Ao ver que Jude não respondia, ela cruzou o aposento, deixando-o para trás. Na porta, Shannon se recompôs e percebeu que continuava segurando a fita. Então colocou-a calmamente na prateleira antes de sair. Mais tarde a empregada empurrou a fita para o meio dos livros. Foi um erro que Jude nunca se preocupou em corrigir. Inclusive não demorou a esquecer que a fita estava lá.

Tinha outras coisas em que pensar. Depois de voltar de Nova York, encontrou a casa deserta e o lado do closet de Shannon vazio. Nem se preocupara em deixar um bilhete, nada de "querido Jude" dizendo que a relação dos dois fora um erro ou que ela havia amado uma versão de Jude que realmente não existia e que ficariam melhor separados. Shannon tinha 46 anos, já fora casada uma vez e se divorciara. Não fazia teatrinhos juvenis. Quando tinha algo a dizer a Jude, telefonava. Quando precisava de alguma coisa, o advogado dela ligava.

Olhando agora para a fita, Jude realmente não entendia por que tinha se agarrado àquilo – ou por que aquilo tinha se agarrado a ele. Achou que devia ter procurado a fita e se livrado dela quando voltou para casa e viu que Shannon partira. Aliás, não sabia exatamente por que aceitara a fita quando ela lhe fora oferecida. Jude hesitou à beira do incômodo pensamento de que estava sempre um tanto disposto demais a pegar o que lhe ofereciam, sem pensar nas consequências. E olha a confusão em que se metera. Anna tinha se oferecido a ele, e ele a pegara. Agora estava morta. Jessica Price tinha lhe oferecido o paletó do morto e agora o paletó era dele. Agora era dele.

Na realidade, não fizera grande coisa para ser dono do paletó de um fantasma, de uma fita de vídeo de sexo e morte ou de qualquer outra peça da sua coleção. Parecia que todas essas coisas tinham sido arrastadas até ele como ligas de ferro puxadas por um ímã – e ele, tanto quanto um ímã, não conseguia deixar de atraí-las e de se agarrar a elas. Isso, no entanto, sugeria impotência, e ele nunca fora indefeso. Se ia mesmo atirar alguma coisa na parede, devia ser aquela fita.

Mas ficara parado tempo demais, pensando. O frio no estúdio estava minando sua energia e Jude se sentia cansado, sentia o peso da idade. Espantava-se por não poder ver sua própria respiração; era a esse ponto que o frio parecia ter chegado. Não podia imaginar algo mais tolo – ou impotente – que um homem de 54 anos atirando seus livros para o ar num acesso de raiva e, se havia uma coisa que ele desprezava, era a fraqueza. Teve vontade de jogar a fita no chão e pisoteá-la, mas, em vez disso, virou-se para colocá-la na prateleira, sentindo que era mais importante recuperar o controle e agir, ao menos por um momento, como adulto.

– Livre-se dessa coisa – disse Geórgia da porta.

10

Os ombros dele estremeceram num reflexo de surpresa. Ele se virou e olhou. Ela era naturalmente pálida, mas seu rosto agora estava sem nenhuma cor, como se fosse osso polido. Estava mais parecida com um vampiro do que de hábito. Jude se perguntou se não era um truque de maquiagem antes de perceber que as bochechas pareciam úmidas e os finos fios de cabelo preto em suas têmporas estavam grudados de suor. Vestia um pijama e agarrava os próprios braços, tremendo de frio.

– Está doente? – perguntou ele.

– Estou bem – disse ela. – A própria imagem da saúde. Livre-se dessa coisa.

Calmamente, ele colocou a fita de vídeo na prateleira.

– Me livrar do quê?

– Do paletó do homem morto. Cheira mal. Não reparou no cheiro quando o tirou do closet?

– Não está no closet?

– Não, não está no closet. Estava estendido na cama quando eu acordei. Todo esticado do meu lado direito! Você se esqueceu de guardá-lo de novo? Ou será que nem se lembra de tê-lo tirado de lá? Juro por Deus, acho incrível que você ainda se lembre de guardar o pau nas calças depois da mijada. Espero que tenha valido a pena fumar toda a maconha que você fumou nos anos 1970. Aliás, que diabo você estava fazendo com o paletó?

Se o paletó estava fora do closet, tinha saído sozinho. Não havia vantagem em contar isso a Geórgia e ele não disse nada, fingindo interesse em arrumar o estúdio.

Jude contornou a escrivaninha, se curvou e desvirou o disco emoldurado que havia caído no chão. O disco, aliás, estava tão quebrado quanto a placa de vidro em cima dele.

Ele soltou a moldura com um estalo e deu uma batidinha de lado. O vidro quebrado escorregou com um estrépito musical para a cesta de lixo ao lado da escrivaninha. Jude recolheu os fragmentos de seu álbum de platina despedaçado – *Pequena e Feliz Multidão de Linchadores* – e colocou-os no lixo, seis brilhantes lâminas de cimitarra de aço sulcado. O que fazer agora? Supunha que um homem racional iria dar outra olhada no paletó. Ele se levantou e virou-se para Geórgia.

– Vamos. Você devia deitar. Está com uma aparência horrível. Vou tirar o paletó de lá e depois vou colocá-la na cama.

Jude pôs a mão no alto de seu braço, mas ela se esquivou.

– Não. A cama também está com o cheiro dele. E os lençóis, de cima a baixo.

– Então vamos pegar lençóis limpos – disse Jude agarrando de novo seu braço.

Ele a fez girar e guiou-a para o corredor. O morto estava sentado quase no fim do corredor, na cadeira Shaker à esquerda, a cabeça baixa em reflexão. Uma camada de sol da manhã caía onde suas pernas deviam estar. Elas desapareciam ao serem atravessadas pela luz, o que lhe dava um ar de veterano de guerra, a calça terminando em cotos, em torno da metade das coxas. Embaixo daquele borrifo de sol apareciam mocassins pretos, engraxados, e pés com meias pretas enfiados neles. Entre as coxas e os sapatos, as únicas pernas visíveis eram as da cadeira, a madeira revelando um louro lustroso sob o sol.

Assim que notou sua presença, Jude olhou para o lado. Não queria vê-lo, não queria pensar no fato de ele estar ali. Olhou de relance para Geórgia. Queria saber se ela também havia visto o fantasma. Com as franjas caídas nos olhos, Geórgia fitava os próprios pés, que ia arrastando enquanto Jude a conduzia, a mão em seu braço. Jude teve vontade de pedir que ela olhasse, teve vontade de saber se Geórgia podia enxergá-lo também, mas estava assustado demais com o morto para falar, tinha medo de que o fantasma ouvisse e levantasse os olhos.

Era loucura achar que o homem morto não ia dar conta da passagem dos dois, mas, por uma razão que não poderia explicar, Jude sentiu que, se ambos ficassem bem calados, conseguiriam escapulir sem ser vistos. Os olhos do morto estavam fechados, o queixo quase tocava o peito, parecia apenas um velho cochilando sob o sol do final da manhã. O que Jude mais queria era que ele ficasse exatamente como estava. Sem se mexer. Sem despertar. Sem abrir os olhos; por favor, sem abrir os olhos.

Chegaram mais perto, mas Geórgia não olhou para o lado. Limitou-se a deitar a cabeça sonolenta no ombro de Jude e fechar os olhos.

– Não vai me dizer por que tinha de fazer toda aquela bagunça no estúdio? E por que estava gritando? Acho que ouvi você gritar.

Ele não queria olhar de novo, mas não pôde evitar. O fantasma continuava onde estava, a cabeça inclinada para o lado. Sorria ligeiramente, como se recordasse um pensamento ou um sonho agradável. O morto não parecia ter ouvido o que *ela* dissera. Jude teve então uma ideia, inacabada, difícil de articular. Com os olhos fechados e a cabeça caída daquele jeito, o fantasma não parecia exatamente estar dormindo. Parecia estar *concentrado*, tentando ouvir alguma coisa. Tentando ouvir o que ele dizia, Jude pensou. Esperando, talvez, ser reconhecido, antes de reconhecer (ou tentar reconhecer) Jude. Estavam agora quase sobre o homem, prestes a ultrapassá-lo, e Jude se encolheu contra Geórgia para não encostar nele.

– Foi o que me acordou, o barulho e depois o cheiro... – Ela deixou escapar uma tosse leve e ergueu a cabeça, apertando os olhos embaçados para a porta do quarto. Ainda não havia reparado no fantasma, embora estivessem passando bem na frente dele. Então ela se empinou e parou de andar. – Não vou entrar ali enquanto você não tomar alguma providência com relação àquele paletó.

Jude deixou a mão deslizar do braço para o pulso de Geórgia e apertou-o, impelindo-a para a frente. Ela soltou um gemido baixo de dor, protestou, tentou se afastar dele.

– Que porra é essa?

– Continue andando – disse Jude, logo percebendo, com um doloroso palpitar do coração, que havia falado.

Olhou de relance para o fantasma e nesse momento o morto levantou a cabeça e suas pálpebras se abriram. Mas no lugar dos olhos só havia um rabisco preto. Como se uma criança tivesse pegado um pilot mágico, capaz de desenhar em pleno ar, e tivesse tentado desesperadamente escrever sobre eles. As linhas pretas se contorciam e se entrelaçavam uma à outra, como vermes amarrados num nó.

E então Jude passou por ele empurrando Geórgia, que se debatia e gemia, pelo corredor. Olhou para trás ao chegar à porta do quarto.

O fantasma ficou de pé e, quando se levantou, suas pernas saíram da luz do sol e o contorno delas voltou a existir. Na realidade eram as pernas compridas da calça preta, nitidamente amassadas. O morto estendeu o braço direito para o lado, a palma voltada para a porta, e algo caiu de sua mão, um pingente prateado e chato, com um brilho de espelho de tão polido. Estava na ponta de uma delicada corrente de ouro. Não, não exatamente um pingente, mas algum tipo de lâmina curva. Como o pêndulo daquela história do Edgar Allan Poe numa versão para uma casa de bonecas. A corrente de ouro estava conectada ao anel que havia ao redor de um de seus dedos, na realidade uma aliança de casamento. O morto deixou Jude contemplar por um instante a cena e moveu o pulso, como uma criança fazendo um truque com ioiô. A pequena lâmina curva saltou para sua mão.

Jude sentiu o gemido que lutava para abrir caminho desde o fundo de seu peito. Empurrou Geórgia para dentro do quarto e bateu a porta.

– O que está fazendo, Jude? – gritou ela, finalmente conseguindo se livrar e tropeçando para longe dele.

– Cale a boca.

Ela bateu em seu ombro com a mão esquerda, depois deu-lhe um tapa nas costas com a direita, a mão com o polegar infeccionado, o que doeu mais nela do que nele. Geórgia soltou um grito sufocado de dor e deixou-o em paz.

Ele continuava segurando a maçaneta. Prestava atenção no corredor. Silêncio.

Jude abriu um pouco a porta e olhou por uma fresta de sete centímetros, pronto para bater de novo a porta. A expectativa era que o morto, com sua lâmina numa corrente, estivesse ali.

Não havia ninguém no corredor. Ele fechou os olhos. Fechou a porta. Apoiou a testa nela, puxou uma boa quantidade de ar para os pulmões, prendeu-o, soltou devagar. O rosto estava pegajoso de suor e ele ergueu a mão para enxugar. Então uma coisa gelada, ácida e dura roçou levemente seu rosto e, quando ele abriu os olhos, viu a lâmina curva do homem morto em sua própria mão, o aço azulado refletindo a imagem de seu próprio olho, arregalado, fixo.

Jude gritou e atirou a lâmina no chão. Quando olhou, ela não estava mais lá.

11

Ele se afastou da porta. A única coisa que se ouvia no quarto era o barulho de respiração acelerada, a dele e a de Marybeth. Nesse momento ela era Marybeth. Não conseguia se lembrar de como costumava chamá-la.

– Que tipo de merda você tomou? – perguntou ela numa voz que sugeria uma fala arrastada de caipira, leve mas distintamente sulista.

– Geórgia... – disse ele, lembrando-se então. – Nada. Não poderia estar mais sóbrio.

– Ai, que inferno. O que está tomando? – E aquela sutil, quase imperceptível fala arrastada se fora, partindo tão depressa quanto chegara. Geórgia havia morado alguns anos em Nova York, onde fizera um esforço estudado para perder o sotaque, pois não gostava de ser confundida com uma caipira.

– Há anos que parei com essa merda. Contei a você.

– O que foi aquilo no corredor? Você viu alguma coisa. O que você viu?

Jude lançou um olhar de advertência, que ela ignorou. Continuou parada na frente dele, de pijama, os braços cruzados sobre os seios, as mãos fora de vista, enfiadas do lado do corpo. Os pés estavam ligeiramente separados, como se estivesse disposta a bloquear seu caminho se ele tentasse avançar para os fundos do quarto – uma perspectiva absurda para uma moça 45 quilos mais leve que ele.

– Havia um velho sentado no corredor. Na cadeira – disse ele por fim. Tinha de contar alguma coisa, não via razão para mentir. A opinião de Geórgia sobre sua sanidade não o perturbava. – Passamos bem perto dele, mas você não o viu. Não sei se *pode* vê-lo.

– Isso é uma maluquice – comentou ela, sem convicção.

Jude avançou para a cama e ela saiu do caminho, encostando-se na parede.

O paletó do morto estava estendido cuidadosamente no lado que Jude ocupava no colchão. A caixa em forma de coração estava aberta no assoalho, o papel de seda branco saindo pelas beiradas e a tampa preta ao lado. Jude captou o cheiro do paletó quando ainda estava a quatro passos dele e hesitou. Não estava cheirando assim da primeira vez que fora tirado da caixa ou ele teria reparado. De qualquer modo, agora era impossível não reparar. Tinha o odor maduro de decomposição, de algo morto se deteriorando.

– Cristo – disse Jude.

Geórgia permanecia a distância, a mão tapando a boca e o nariz.

– Pois é – disse ela. – Fiquei achando que havia alguma coisa num dos bolsos. Algo se estragando. Comida velha.

Respirando pela boca, Jude deu batidinhas no paletó. Julgava muito provável que estivesse à beira de encontrar alguma coisa em avançado estado de decomposição. Não ficaria espantado se descobrisse que Jessica McDermott Price enfiara um rato morto no paletó, um detalhezinho extra para acompanhar a compra, sem custo adicional. Só sentiu, no entanto, um quadrado duro, que devia ser de plástico, num dos bolsos. Puxou para dar uma olhada.

Era uma foto e ele a conhecia bem. A fotografia dos dois de que Anna mais gostava. Ela a levara quando fora embora. Danny havia tirado o retrato numa tarde de final de agosto, o sol avermelhado e quente na frente da varanda, o dia fervilhando de libélulas e brilhantes grãos de poeira. Jude estava empoleirado nos degraus com uma velha jaqueta de brim, a Dobro apoiada num joelho. Anna estava sentada ao lado dele, vendo-o tocar a guitarra, as mãos espremidas entre as coxas. Os cachorros estavam esparramados no chão aos pés deles, olhando comicamente para a câmera.

Fora uma tarde gostosa, talvez uma das últimas tardes agradáveis antes de as coisas começarem a dar errado, mas olhar agora para a foto não lhe dava prazer. Alguém tinha usado uma caneta para desfigurar a imagem. Os olhos de Jude haviam sido rabiscados com tinta preta, tapados por uma mão furiosa.

Um ou dois metros na sua frente, Geórgia dizia alguma coisa, a voz tímida, insegura.

– Como era a aparência dele? Do fantasma no corredor?

O corpo de Jude estava virado, de modo que ela, por sorte, não podia ver a foto. Ele não queria que visse.

Jude lutou para encontrar sua voz. Era difícil superar o choque de ver todos aqueles rabiscos negros borrando seus olhos no retrato.

– Era um homem velho – conseguiu finalmente dizer. – Estava usando este paletó.

E havia a porra desses terríveis riscos pretos flutuando na frente de seus olhos, e eles eram exatamente assim, Jude imaginou dizer a ela ao mesmo tempo que viraria para mostrar a foto. Mas não fez isso.

– Ele ficou apenas sentado lá? – perguntou Geórgia. – Não aconteceu mais nada?

– Ele se levantou e me mostrou uma lâmina numa corrente. Uma laminazinha engraçada.

No dia em que Danny bateu a foto, Anna ainda não perdera o controle e Jude achou que ela estava feliz. Ele passara a maior parte daquela tarde de final de verão embaixo do Mustang, e Anna ficara por perto, engatinhando também para baixo do carro e lhe entregando ferramentas e peças. Na foto havia uma mancha de óleo de motor no queixo dela, graxa nas mãos e nos joelhos – encantadora, bem merecida sujeira, do tipo que a pessoa podia se orgulhar. As sobrancelhas estavam meio erguidas e juntas, havia uma bela covinha entre elas, e a boca estava aberta, como se ela estivesse rindo – ou, mais provavelmente, prestes a lhe fazer alguma pergunta. *Você vai sempre pescar no lago Pontchartrain? Qual foi o melhor cachorro que você já teve?* Ela com suas perguntas.

Anna, contudo, não perguntou por que Jude a estava mandando embora quando tudo acabou. Não depois da noite em que ele a encontrara vagando na margem da rodovia com uma camiseta e nada mais, as pessoas buzinando ao passar. Colocou-a no carro e fechou o punho para lhe bater, mas em vez disso atingiu o volante, que ficou esmurrando até os nós dos dedos sangrarem. Disse agora é demais, disse que ia colocar as coisas dela na mala e mandá-la pôr o pé na estrada. Anna disse que morreria sem ele. Jude respondeu que mandaria flores para o enterro.

Resultado: ela pelo menos tinha cumprido sua palavra. Era tarde demais para cumprir a dele.

– Está fazendo alguma gracinha comigo, Jude? – perguntou Geórgia. Sua voz soava mais perto. Ela se aproximara furtivamente dele apesar da aversão ao cheiro. Ele tornou a colocar a foto no bolso do paletó do morto antes que ela pudesse ver. – Porque, se é uma brincadeira, está dando nojo.

– Não é brincadeira. É possível que eu esteja perdendo o juízo, mas também não acho que seja isso. A pessoa que me vendeu o... paletó... sabia o que estava fazendo. É a irmã mais velha de uma fã que cometeu suicídio. A mulher me culpa por essa morte. Falei com ela ao telefone uma hora atrás e foi ela mesma quem me disse. Eu com certeza não imaginava nada disso. Danny estava lá. Ouviu minha conversa com a mulher. Ela quer acertar contas comigo. Então me mandou um fantasma. Que eu vi agora mesmo no corredor. E que vi ontem à noite também.

Começou a dobrar o paletó, pretendendo devolvê-lo à caixa.

– Toque fogo nisso – disse Geórgia com uma veemência tão repentina que o surpreendeu. – Pegue essa porra de paletó e toque fogo!

Jude sentiu, por um instante, um impulso quase irresistível de fazer exatamente aquilo, encontrar algum fluido de isqueiro, encharcar o paletó com ele, cozinhá-lo na entrada da garagem. Foi, no entanto, um impulso de que imediatamente desconfiou. Estava receoso de qualquer ação irrevogável. Que pontes poderiam ser queimadas junto com aquele paletó? Teve o lampejo inicial de uma ideia, algo sobre o cheiro terrível do paletó e a utilidade que isso poderia ter, mas o pensamento dissipou-se antes que pudesse se concentrar nele. Estava cansado. Era difícil manter o pensamento no lugar.

Suas razões para querer conservar o paletó eram ilógicas, supersticiosas, obscuras até para si próprio, mas, quando falou, a justificativa para ficar com ele parecia perfeitamente racional.

– Não podemos queimá-lo. É uma prova. Minha advogada vai precisar dele mais tarde, se decidirmos entrar com um processo.

Geórgia riu, um riso fraco, infeliz.

– Qual a acusação? Agressão por um espírito assassino?

– Não. Assédio, talvez. Perseguição. Seja como for, é uma ameaça de morte, mesmo que maluca. Há leis sobre isso.

Ele acabou dobrando o paletó e colocando-o de volta em seu ninho de papel de seda, dentro da caixa. Respirou pela boca enquanto fazia isso, a cabeça virada para não sentir o fedor.

– O cheiro está no quarto todo – disse ela. – Sei que é frescura, mas sinto vontade de vomitar.

Jude lançou-lhe um olhar de esguelha. Com ar distraído, ela apertava o peito com a mão direita, olhando fixamente e sem expressão para a lustrosa caixa preta em forma de coração. Até poucos momentos atrás, Geórgia estava escondendo a mão contra o lado do corpo. O polegar parecia inchado e o lugar onde o alfinete picara era agora uma ferida esbranquiçada, do tamanho de uma borracha de lápis, brilhando com o pus. Ela o viu concentrado naquilo, deu também uma olhada e tornou a erguer a cabeça com um sorriso infeliz.

– Está com uma tremenda infecção aí.

– Já sei. Estou colocando Bactine.

– Talvez fosse melhor falar com alguém sobre isso. Se for tétano, isso não vai dar jeito.

Ela fechou os dedos em volta do polegar machucado, apertou-o suavemente.

– Me espetei naquele alfinete escondido no paletó. E se estivesse envenenado?

– Acho que, se estivesse embebido em cianureto, já saberíamos.

– Antrax.

– Falei com a mulher. É uma caipirona estúpida e claro que precisa de alguns medicamentos psiquiátricos de tarja preta, mas não acredito que chegaria a mandar alguma coisa envenenada para mim. Ela sabe que acabaria em cana por isso. – Tocou o pulso de Geórgia, puxou a mão dela em sua direção e examinou o polegar. A pele em volta da área da infecção estava mole, deteriorada e enrugada, como se tivesse ficado muito tempo mergulhada na água. – Por que não vai ver um pouco de TV? Vou mandar o Danny marcar uma hora com o médico.

Soltou-lhe o pulso e fez sinal para a porta, mas ela não se mexeu.

– Não quer dar uma olhada para ver se ele está no corredor? – pediu Geórgia.

Ele a encarou um instante, depois assentiu e foi até a porta. Abriu uns 15 centímetros e deu uma espiada. O sol se movera ou se escondera atrás de uma nuvem e o corredor estava mergulhado numa sombra fresca. Não havia ninguém sentado na cadeira encostada na parede. Ninguém parado no canto com uma lâmina numa corrente.

– Nem sinal dele.

Ela tocou no ombro de Jude com a mão boa.

– Vi um fantasma uma vez. Quando era criança.

Não era surpresa para Jude. Nunca encontrara uma moça gótica que não tivesse tido algum tipo de envolvimento com o sobrenatural, que não acreditasse, com extrema e embaraçosa sinceridade, em formas astrais, anjos ou feitiçaria wicca.

– Eu estava morando com Bammy. Minha avó. Foi logo depois da primeira vez que o papai me expulsou de casa. Uma tarde entrei na cozinha para tomar um copo de limonada... minha avó faz limonadas realmente incríveis... e, quando olhei pela janela dos fundos, havia uma garota no quintal. Estava pegando dentes-de-leão e soprando para fazê-los esvoaçar, você sabe, como fazem as crianças. E estava cantarolando. Ela era alguns anos mais nova que eu e usava um vestido barato. Levantei a janela para chamá-la, saber o que estava fazendo no nosso quintal. Quando escutou o ruído da janela, ela olhou na minha direção. Foi aí que eu soube que estava morta. Tinha aqueles olhos borrados.

– O que está querendo dizer com olhos borrados? – perguntou Jude. A pele em seus antebraços formigava e se retesava, ficando áspera com os arrepios.

– Eram olhos negros. Não, na realidade sequer pareciam olhos. Era como... como se estivessem encobertos.

– Encobertos – repetiu Jude.

– É. Rabiscados. De preto – explicou Geórgia. – Então a garota virou a cabeça e pareceu olhar sobre a cerca. Mais um instante e já corria pelo quintal. Mexia a boca, como se estivesse falando com alguém, só que não havia ninguém e não consegui ouvir nenhuma palavra dita por ela. Pude ouvi-la quando estava colhendo os dentes-de-leão e cantarolando, mas não quando se levantou e pareceu estar conversando com alguém. Sempre achei isso estranho... que eu só pudesse ouvir sua voz quando ela cantava. Então ela estendeu os braços, como se houvesse alguém invisível parado na sua frente, bem do outro lado da cerca de Bammy, alguém que estava pegando sua mão. De repente fiquei assustada e comecei a ter arrepios, porque senti que algo de ruim ia lhe acontecer. Tive vontade de mandar que se afastasse daquela mão. Não importa quem estava pegando sua mão, eu a queria longe dali. Só que eu estava apavorada demais. Não conseguia recuperar o fôlego. E a menininha se virou mais uma vez para mim, meio triste, com seus olhos rabiscados, e, de repente, se desprendeu do solo... juro por Deus... e flutuou sobre a cerca. Não como se estivesse voando. Como se estivesse sendo colhida por mãos invisíveis. Precisava ver o modo como seus pés balançavam no ar! Bateram nas estacas da cerca. Ela passou e logo desapareceu. Eu estava suando em bicas e tive de me sentar no chão da cozinha.

Num relance, Geórgia estudou a expressão no rosto de Jude, talvez para ver se ele achava que ela estava falando bobagem. Mas Jude apenas balançou a cabeça para que ela continuasse.

– Bammy entrou e gritou: "Menina, qual é o problema?" Mas, quando eu contei o que tinha visto, ela ficou realmente transtornada e começou a chorar. Sentou-se no chão comigo e disse que acreditava em mim. Disse que eu vira sua irmã gêmea, Ruth. Eu sabia que ela havia morrido quando Bammy era pequena, mas minha avó nunca me contou o que realmente acontecera. Sempre achei que Ruth tinha sido atropelada, mas não foi bem assim. Um dia, quando as duas tinham em torno de 7 ou 8 anos... isso foi em 1950 e alguma coisa... a mãe mandou que entrassem para almoçar. Bammy entrou, mas Ruth ficou do lado de fora, porque não sentia vontade de comer e porque era naturalmente desobediente. Enquanto Bammy estava lá dentro com a família, alguém sequestrou Ruth nos fundos do quintal. Ela nunca mais foi vista. De vez em quando as pessoas na casa de Bammy avistam Ruth soprando os dentes-de-leão e cantarolando; então alguém que não está lá a leva embora. Minha mãe viu o fantasma de Ruth, o marido de Bammy também o viu uma vez, e alguns amigos de Bammy, e Bammy também.

Depois de uma pausa, ela prosseguiu:

– Todos que viram Ruth sentiram a mesma coisa que eu. Tiveram vontade de lhe dizer para não ir, para ficar longe de quem quer que estivesse do outro lado da cerca. Mas todos ficaram assustados demais para falar. E Bammy achava que a coisa só ia acabar quando alguém tomasse coragem e falasse com ela. Era como se o fantasma de Ruth estivesse numa espécie de sonho, repetindo sempre seus últimos minutos. Ela continuaria assim até ser chamada e acordada por alguém.

Geórgia engoliu em seco, ficou em silêncio. Quando curvou a cabeça, o cabelo preto escondeu seus olhos.

– Não posso acreditar que os mortos queiram nos fazer mal – disse ela por fim. – Não precisam da nossa ajuda? Não precisam sempre da nossa ajuda? Se vir de novo o fantasma, tente conversar com ele. Tente descobrir o que ele quer.

Jude não achava que fosse uma questão de se, mas de quando. E já sabia o que o homem morto queria.

– Ele não veio para conversar – disse Jude.

12

Jude não sabia muito bem o que fazer em seguida, então preparou um chá. Os gestos simples, automáticos, de encher a chaleira, jogar as folhas de chá no coador e encontrar uma caneca agiram no sentido de clarear suas ideias e fazer o tempo ir mais devagar, abrindo um necessário período de silêncio. Ficou parado junto ao fogão ouvindo a chaleira assobiar.

Não se sentia em pânico, uma constatação que lhe trouxe certa satisfação. Não estava disposto a fugir, tinha dúvida se ganharia algo fugindo. Para onde poderia ir que fosse melhor do que lá? Jessica Price tinha dito que o morto agora pertencia a ele e o seguiria por toda parte. Num lampejo, Jude viu a si mesmo acomodando-se numa poltrona na primeira classe de um voo para a Califórnia, depois virando a cabeça e dando com o morto sentado ao seu lado com aqueles riscos negros flutuando na frente dos olhos. Ele estremeceu, livrando-se do pensamento. A casa era um lugar tão bom quanto qualquer outro para resistir – pelo menos até descobrir algum onde fosse mais lógico estar. Além disso, detestava a ideia de embarcar os cachorros. Nos velhos tempos, quando Jude saía numa turnê, os cachorros iam sempre no ônibus com ele.

Apesar do que dissera a Geórgia, não tinha o menor interesse em chamar a polícia ou sua advogada. Desconfiava que colocar a Justiça no meio talvez fosse o que de pior poderia fazer. Podia abrir um processo contra Jessica McDermott Price e talvez encontrasse algum prazer nisso, mas acertar contas com ela não faria o morto ir embora. Sabia disso. Já vira muitos filmes de terror.

Além do mais, chamar a polícia para socorrê-lo entrava em choque com sua natureza, e isso tinha importância para ele. Sua identidade era sua primeira e mais grandiosa criação, a máquina que havia produzido todos os seus outros sucessos, tudo em sua vida que fosse digno de nota. Ele se importava com sua identidade e a protegeria até o fim.

Jude podia acreditar num fantasma, mas não num bicho-papão, pura encarnação do mal. Tinha de haver mais alguma coisa sobre o homem morto além das marcas pretas nos olhos e da lâmina curva na corrente de ouro. Jude se perguntou, abruptamente, com o que Anna havia cortado os pulsos e tomou de novo plena consciência de como estava frio na cozinha, a ponto de se inclinar para a chaleira tentando absorver um pouco de seu calor. De repente teve certeza de que ela cortara os pulsos com a lâmina na ponta do pêndulo do pai, o que ele usava para hipnotizar gente sugestionável e desesperada e procurar água de poço. Jude questionava o que mais haveria para saber sobre o modo como Anna havia morrido e sobre o homem que fora um pai para ela, o homem que encontrara seu corpo numa banheira gelada, a água escurecida pelo sangue.

Talvez Danny tivesse guardado as cartas de Anna. Jude tinha medo de reler o que ela escrevera e ao mesmo tempo sabia que precisava fazer isso. Lembrava-se suficientemente bem das cartas para perceber agora que Anna estava tentando lhe dizer o que ia fazer a si própria, mas na hora não entendera. Não – era mais terrível que isso. Tinha preferido não entender, tinha intencionalmente ignorado o que estava bem diante do seu nariz.

As primeiras cartas que ela escrevera de casa tinham transmitido um arejado otimismo e subentendia-se que Anna estava pondo em ordem sua vida, tomando decisões sensatas e adultas sobre o futuro. As cartas chegavam num rico sortimento de cartões brancos e eram escritas em bela caligrafia. Como fazia ao conversar, Anna recheava suas cartas de perguntas, embora, pelo menos na correspondência, não parecesse estar à espera de quaisquer respostas. Ela escreveu dizendo que passara o mês enviando currículos para possíveis empregos e questionava retoricamente se não seria um erro usar batom preto e botas de motoqueira numa entrevista numa creche. Descrevia duas universidades e se perguntava qual seria a melhor para ela. Tudo aquilo, no entanto, era fogo de palha e Jude sabia disso. Anna não pegou o trabalho na creche e após aquela carta o assunto nunca mais foi mencionado. Tempos depois, resolveu se candidatar a um lugar numa clínica de estética e a universidade caiu no esquecimento.

Suas últimas cartas eram um retrato mais fiel do lugar por onde vagava mentalmente. Vinham em papel pautado comum, arrancado de um caderno, a caligrafia cheia de garranchos, difícil de ler. Anna dizia que não conseguia mais descansar. Sua irmã morava em um novo condomínio e havia uma casa sendo construída no terreno vizinho. Escreveu que ouvia pregos sendo martelados o dia inteiro e tinha a sensação de morar ao lado de um fabricante de caixões após uma praga. Quando tentava dormir à noite, os martelos recomeçavam, exatamente quando ia pegando no sono. Pouco importava que não houvesse ninguém martelando. Andava desesperada para dormir. A irmã insistia em que ela fizesse um tratamento para a insônia. Havia coisas sobre as quais Anna queria falar, mas não tinha ninguém para conversar e estava cansada de falar sozinha. Escreveu que não aguentava mais se sentir tão exausta o tempo todo.

Anna tinha lhe implorado que telefonasse, mas ele não ligou. A infelicidade dela o afetava. Era trabalhoso demais ajudá-la a atravessar suas depressões. Havia tentado quando estavam juntos. Fez o melhor que pôde, mas não foi o bastante. Toda a sua dedicação não resultara em nada e Anna não o deixara mais em paz. Ele não sabia sequer por que ainda se dera o trabalho de ler as cartas, muito menos por que, vez por outra, as respondera. Jude queria simplesmente que parassem de chegar. Finalmente pararam.

Danny podia desenterrar aquelas cartas e depois marcar uma hora para Geórgia no médico. Esses planos não eram grande coisa, mas eram melhores do que o que havia em sua cabeça dez minutos atrás, ou seja, nada. Jude se serviu do chá e o tempo começou de novo a correr.

Entrou com sua caneca no escritório. Danny não estava na escrivaninha e Jude ficou parado na porta, fitando o quarto vazio, de ouvidos atentos ao silêncio, à espera de algum sinal dele. Nada. Estava no banheiro, talvez – mas não. A porta se achava ligeiramente entreaberta, como no dia anterior, e a fenda só mostrava escuridão. Talvez tivesse saído para o almoço.

Jude começou a avançar na direção da janela, para ver se o carro de Danny estava na entrada da garagem, mas se deteve antes de chegar lá e fez um desvio para a escrivaninha. Passou o polegar por algumas pilhas de papel, procurando as cartas de Anna. No entanto, se Danny tinha encontrado alguma coisa, sem dúvida enfiara em um lugar fora de vista. Quando viu que não ia achá-las, Jude se instalou na cadeira do assistente e abriu o navegador da internet no computador. Pretendia fazer uma busca sobre o padrasto de Anna. Aparentemente havia alguma coisa on-line sobre todo mundo. Talvez o morto tivesse seu próprio blog. Jude riu – um riso sufocado, feio – com o fundo da garganta.

Como não lembrava o primeiro nome do morto, fez uma busca com "McDermott hipnose falecido". No alto dos resultados da pesquisa havia um link para um obituário, que tinha sido publicado no *Pensacola News Journal* no verão passado e que se referia a Craddock James McDermott. Era isso: Craddock.

Jude clicou no link – e lá estava ele.

O homem na foto em preto e branco era uma versão mais jovem do velho que Jude vira duas vezes no corredor do andar de cima. No retrato ele parecia um vigoroso sessentão, o cabelo escovinha cortado em estilo militar, quase máquina zero. Com seu rosto comprido, cavalar, e extensos lábios finos, era mais do que apenas superficialmente parecido com Charlton Heston. O mais espantoso era descobrir que Craddock, em vida, tinha olhos como os de qualquer homem. Eram claros, diretos e encaravam a Eternidade com a desafiadora autoconfiança de palestrantes motivacionais e pastores evangélicos nos quatro cantos do mundo.

Jude leu. O obituário dizia que uma vida de aprendizado e ensino, exploração e aventura tinha terminado quando Craddock James McDermott morreu de embolia cerebral na casa de sua enteada em Testament, Flórida, na terça-feira, 10 de agosto. Um verdadeiro sulista, filho único de um ministro pentecostal, morara em Savannah e Atlanta, na Geórgia, e mais tarde em Galveston, no Texas.

Foi um grande jogador de futebol americano dos Longhorns em 1965 e alistou-se no serviço militar depois de formado, atuando como membro da divisão de operações psicológicas do Exército. Fora lá que descobrira sua vocação ao entrar em contato com as possibilidades da hipnose. No Vietnã, ganhou importantes condecorações. Deu baixa com honras e se estabeleceu na Flórida. Em 1980 se casou com Paula Joy Williams, uma bibliotecária, tornando-se padrasto de suas duas filhas, Jessica e Anna, que ele mais tarde adotou. Paula e Craddock compartilharam um amor construído sobre fé serena, confiança profunda e um fascínio mútuo pelas possibilidades inexploradas do espírito humano.

Nesse ponto, Jude franziu a testa. Era uma frase curiosa: "Um fascínio mútuo pelas possibilidades inexploradas do espírito humano." Sequer entendia o que isso queria dizer.

O relacionamento dos dois durou até o falecimento de Paula, em 1986. Em sua vida, Craddock atendera quase 10 mil "pacientes" – Jude riu com desdém da palavra – usando uma profunda técnica hipnótica para aliviar o sofrimento dos doentes e ajudar os que precisavam superar suas fraquezas, trabalho que Jessica McDermott Price, sua enteada mais velha, continuava levando adiante em consultas particulares. Jude repetiu o riso de deboche. Provavelmente fora ela mesma quem redigira o obituário. Achava espantoso que não tivesse incluído o número do telefone com que podia ser encontrada. *Diga que ficou sabendo de nós pelo obituário de meu pai e ganhe 10% de desconto na primeira sessão!!!*

O interesse de Craddock pelo espiritismo e pelo inesgotável potencial da mente levou-o a fazer experimentos com a radiestesia, a velha técnica rural para encontrar veios de água com o uso de uma vara ou um pêndulo. Mas seria mais lembrado por sua filha adotiva e por seus entes queridos pelo modo como levara tantos de seus companheiros de viagem a descobrir seus reservatórios ocultos de energia e autoestima. "Sua voz pode ter silenciado, mas nunca será esquecida."

Nada sobre o suicídio de Anna.

Jude passou de novo os olhos pelo obituário, detendo-se em certas combinações de palavras que não lhe agradavam muito: "operações psicológicas", "possibilidades inexploradas", "o inesgotável potencial da mente". Olhou de novo para o rosto de Craddock, reparando na fria autoconfiança dos olhos, um preto e branco sem brilho, e no sorriso quase de raiva nos lábios finos, sem cor. Era um filho da puta de ar cruel.

O computador de Danny zumbiu anunciando que um e-mail havia chegado. Que diabo, onde afinal Danny se metera? Jude deu uma olhada no relógio do computador, viu que já estava sentado ali havia 20 minutos. Clicou no programa de correio eletrônico de Danny, que pegava mensagens para os dois. O novo e-mail era endereçado a Jude.

Jude deu uma olhada no endereço do remetente e se ajeitou na cadeira, sentando ereto, os músculos do peito e da barriga retesados, como se ele estivesse se preparando para um golpe. Em certo sentido, estava. O e-mail era de craddockm@box.closet.net.

Jude abriu o e-mail e começou a ler.

caro jude
vamos viajar ao cair da noite vamos viajar para o buraco eu estou morto você vai morrer qualquer um que chegue perto demais ficará infectado com a morte que há em você em nós estamos infectados os dois estaremos juntos no buraco da morte e a terra do túmulo cairá em cima de nós lá-lá-lá o morto ganha do vivo se tentarem ajudar você eu nós os puxamos para baixo e pisamos neles e ninguém sobe porque o buraco é fundo demais e a terra cai depressa demais e todo mundo que escuta sua voz vai saber que é verdade que jude está morto e eu estou morto e você vai morrer você vai ouvir minha

nossa voz e vamos viajar juntos na estrada da noite para o lugar final onde o vento geme por você por nós vamos caminhar para a beira do buraco vamos cair lá dentro um segurando o outro vamos cair cantar por nós cantar em nosso em seu túmulo cantar lá-lá-lá

O peito de Jude era um local sem ar, imóvel, cheio de agulhas e alfinetes gelados e quentes. *Operações psicológicas*, pensou ele quase ao acaso, e de repente estava com raiva, o pior tipo de raiva, aquele que tinha de ficar fechado com rolha, porque não havia ninguém por perto para ser xingado e ele não ia se permitir quebrar alguma coisa. Já passara parte da manhã atirando livros e isso não o tinha feito se sentir melhor. Ou, pelo menos, não muito melhor. Naquele momento, porém, pretendia se manter sob controle.

Tornou a clicar no navegador, pensando em dar mais uma olhada nos resultados da pesquisa, ver o que mais podia encontrar. Com ar inexpressivo, passou de novo os olhos pelo obituário do *Pensacola News* e de repente foi atraído pela fotografia. A foto estava diferente agora. Craddock era sorridente e velho, a face enrugada e magrela, quase famélica. Os olhos dele estavam cobertos de furiosos riscos pretos. As primeiras linhas do obituário diziam que uma vida de aprendizado e ensino, exploração e aventura tinha terminado quando Craddock James McDermott morreu de embolia cerebral na casa de sua enteada e agora estava chegando lá-lá-lá e estava gelado ele estava gelado Jude também ficaria gelado demais quando se cortasse ele ia se cortar e cortar a moça e ficariam no buraco da morte e Jude poderia cantar para eles, cantar para todos eles...

Jude se levantou tão depressa e com tanta força que a cadeira de Danny foi atirada para trás e tombou. Logo as mãos dele estavam no computador, por baixo do monitor, e ele se ergueu, puxando-o da escrivaninha e jogando-o no chão. O monitor bateu no chão com um som agudo e um espatifar de vidro, seguido pelo súbito estouro de uma faísca elétrica. Depois o silêncio. O ventilador que refrigerava a placa-mãe foi se calando até parar. Ele arremessara instintivamente o computador, agindo depressa demais para pensar. Foda-se. Tinha superestimado seu autocontrole.

Seu pulso estava disparado. Sentia-se trêmulo e fraco das pernas. Onde, diabos, estava Danny? Olhou para o relógio de parede, viu que eram quase duas horas, tarde demais para o almoço. Talvez ele tivesse saído para fazer alguma coisa. Geralmente, no entanto, ele chamava Jude pelo interfone para informá-lo de que ia dar uma saída.

Jude contornou a escrivaninha e finalmente chegou à janela de onde podia avistar a entrada da garagem. O pequeno Honda verde do assistente encontrava-se estacionado na estradinha de terra e Danny estava dentro do carro – totalmente imóvel no banco do motorista, uma das mãos no volante, a face acinzentada, rígida, inerte.

A visão de Danny, simplesmente sentado ali, não indo a lugar algum, não olhando para nada, teve um efeito calmante sobre Jude. Ficou observando o assistente pela janela, mas ele não fez nada. Não pôs o carro em movimento para sair. Não deu uma única olhada em volta. Danny parecia – Jude sentiu um incômodo latejar nas juntas diante da ideia – um homem em transe. Um minuto inteiro se passou, depois outro e, quanto mais Jude olhava, menos à vontade se sentia e maior era o seu mal-estar. Então sua mão estava na porta e ele saiu para descobrir qual era o problema com Danny.

13

O ar lhe deu um choque frio que fez seus olhos lacrimejarem. No momento em que Jude alcançou o lado do carro, suas faces queimavam e a ponta do nariz estava dormente. Embora já estivesse no início da tarde, Jude continuava usando seu velho roupão, uma camiseta sem mangas e uma cueca samba-canção listrada. Quando a brisa soprava, o ar congelante queimava sua pele nua.

Danny não se virou para ele. Continuou espreitando com ar inerte pelo para-brisa. De perto ele parecia ainda pior. Estava tremendo, ligeira e continuamente. Uma gota de suor lhe escorria pela maçã do rosto.

Jude bateu com os nós dos dedos na janela. Danny teve um sobressalto, como se estivesse acordando de um leve cochilo, piscou rapidamente, tateou pelo botão para arriar o vidro. Continuou sem olhar diretamente para Jude.

– O que está fazendo no carro, Danny? – perguntou Jude.

– Acho que eu devia ir pra casa.

– Você o viu?

– Acho que eu devia ir pra casa agora – disse Danny.

– Viu o morto? O que ele fez? – Jude era paciente. Quando era preciso, ele podia ser o homem mais paciente da Terra.

– Acho que estou com uma infecção intestinal. Só isso.

Danny tirou a mão direita do colo para enxugar o rosto e Jude viu que ele estava segurando um abridor de carta.

– Não minta, Danny – disse Jude. – Só quero saber o que você viu.

– Os olhos dele eram rabiscos pretos. Olhou direto pra mim. Preferia que não tivesse olhado direto pra mim.

– Ele não pode lhe fazer mal, Danny.

– Isso não se sabe. Não se sabe.

Jude estendeu a mão pela janela aberta para apertar o ombro dele. Danny se contraiu com o toque. Ao mesmo tempo, fez quase um gesto de estocada para Jude com o abridor de carta. Não chegou nem perto de cortá-lo, mas Jude encolheu a mão.

– Danny?

– Seus olhos estão exatamente como os dele – disse Danny, engatando a marcha a ré do carro.

Jude se afastou num salto antes que Danny desse a ré por cima do seu pé. Mas Danny hesitou, pisando no freio.

– Não vou voltar – disse ele para o volante.

– Tudo bem.

– Eu o ajudaria se pudesse, mas não posso. Simplesmente não posso.

– Eu compreendo.

Danny fez o carro descer devagar a estradinha de acesso, os pneus esmagando o cascalho, depois fez uma curva de 90 graus e desceu a encosta, rumo à estrada. Jude ficou olhando até Danny ultrapassar os portões, virar à esquerda e desaparecer de sua vista. Jude nunca mais o viu.

14

Ele foi em direção ao celeiro e ao canil.

Jude estava agradecido pela ardência em seu rosto provocada pelo ar gelado e pelo modo como cada inalação causava um terrível formigamento em seus pulmões. Era real. Desde que vira o morto naquela manhã, sentia-se cada vez mais perturbado por ideias antinaturais, como se fossem pesadelos escoando para a vida de todo dia, que não era o seu lugar. Precisava de algumas duras realidades em que se agarrar, torniquetes para deter o sangramento.

Os cães o observaram com cara de pena quando ele puxou o trinco. Jude entrou no canil antes que os cachorros pudessem passar por cima dele e sair. Agachou-se, deixou que colocassem as patas nele, cheirassem seu rosto. Os cachorros, eles também eram reais. Jude os encarava, observava os olhos cor de chocolate e as caras compridas, preocupadas.

– Se houvesse alguma coisa errada comigo, vocês veriam, não é? – perguntou ele. – Se houvesse riscos negros nos meus olhos?

Angus lambeu seu rosto, uma vez, duas, e Jude beijou-lhe o focinho molhado. Alisou as costas de Bon enquanto ela cheirava inquieta o meio de suas pernas.

Saiu do canil. Não estava pronto para voltar, por isso resolveu entrar no celeiro. Foi caminhando até esbarrar com o carro e se olhou no espelhinho da porta do motorista. Nenhuma marca negra. Seus olhos eram os mesmos de sempre: cinza-claros – sob grossas sobrancelhas negras – e intensos, como se ele estivesse pensando em assassinato.

Jude havia comprado o carro em mau estado de um caminhoneiro. Era um Mustang GT 65. Ficara em turnê, quase sem repouso, durante dez meses, pegara a estrada praticamente no momento em que a mulher o deixara e, ao voltar, se vira numa casa deserta sem nada para fazer. Passou todo o mês de julho e a maior parte de agosto no celeiro, abrindo as entranhas do Mustang, tirando peças que estavam enferrujadas, queimadas, estouradas, amassadas, corroídas, incrustadas de óleos e ácidos, e substituindo-as: pistões e cabeçotes, transmissão, embreagem, molas e bancos de couro branco – tudo original, exceto os alto-falantes e o rádio estéreo. Pôs um *bazooka bass* na mala, fixou uma antena no teto e instalou um sistema de som digital de última geração. Ele ficou coberto de óleo, machucou os nós dos dedos a ponto de sangrar na transmissão. Foi um tipo de namoro meio rude, que combinava bem com ele.

Mais ou menos nessa época Anna viera morar com ele. Se bem que Jude jamais a chamasse por esse nome. Ela era Flórida então, embora, por algum motivo, desde que ficara sabendo de seu suicídio, tivesse começado a pensar nela novamente como Anna. Talvez não se possa usar apelidos para os mortos.

Anna se sentava com os cachorros no banco de trás enquanto ele trabalhava, suas botas saindo por uma janela sem vidro. Ela o acompanhava nas canções que sabia, conversava com Bon como se a cadela fosse uma criança e continuava fazendo suas perguntas a Jude. Perguntava se um dia ele ia ficar careca ("Não sei"), porque ela o abandonaria se isso acontecesse ("Não poderia culpá-la"); se ele ainda a acharia sexy se ela raspasse todo o cabelo ("Não"); se ele a deixaria dirigir o Mustang quando o carro estivesse pronto ("Sim"); se ele já se metera em uma briga de socos ("Tento evitá-las, é difícil tocar guitarra com a mão quebrada"); por que ele nunca falava sobre os pais (ao que ele não respondeu); e se ele acreditava no destino ("Não", mas estava mentindo).

Antes de Anna e do Mustang, ele havia gravado um novo CD, um disco solo, viajado por uns 24 países e tocado em mais de uma centena de shows. Mas trabalhar no carro fez com que se sentisse (pela primeira vez desde que Shannon o deixara) produtivamente ocupado, realizando algo que tinha importância, no mais verdadeiro sentido da palavra – mesmo que não fosse capaz de explicar por que reconstruir um carro dava a impressão de ser trabalho honesto, não um hobby de homem rico, enquanto gravar discos e tocar em público começava a parecer diversão de homem rico, em vez de trabalho.

A ideia de que devia ir embora cruzou de novo sua mente. Olhar a fazenda pelo retrovisor e partir, não importa para onde.

O pensamento era tão urgente, tão insistente – *entre no carro e saia daqui* – que mexeu com seus nervos. Mas ele se ressentia de ser posto para correr. Entrar correndo no carro e arrancar não era uma opção, era pânico. Isso foi seguido por outro pensamento, desconcertante e sem base, mas curiosamente convincente: a ideia de que estava sendo manobrado, de que o morto *queria* que fugisse. Que o morto estava tentando forçá-lo a se afastar de... de quê? Jude não conseguia imaginar. Do lado de fora, os cachorros latiam em uníssono à passagem de um caminhão.

De qualquer modo, não iria a lugar algum sem trocar ideias com Geórgia. E, se finalmente decidisse dar no pé, provavelmente ia querer se vestir primeiro. Logo depois, no entanto, viu-se dentro do Mustang, atrás do volante. Era um lugar para pensar. Sempre fizera algumas de suas melhores reflexões no carro, com o rádio ligado.

Sentou-se com a janela meio abaixada, no escuro, na garagem com chão de terra. Se havia um fantasma por perto, era o de Anna, não o espírito raivoso de seu padrasto. Ela estaria tão próxima quanto o banco de trás. Tinham feito amor ali, é claro. Ele entrara em casa para pegar uma cerveja e voltara. Ela esperava na traseira do Mustang com suas botas e nada mais. Ele deixou cair as cervejas abertas, que ficaram fazendo espuma na terra. Naquele momento nada no mundo pareceu mais importante que a carne firme dos 26 anos de Anna, que o suor dos 26 anos de Anna, que sua risada e seus dentes no pescoço dele.

Agora estava sentado na sombra fria, recostado no couro branco, sentindo sua exaustão pela primeira vez no dia. Os braços estavam pesados, e os pés, descalços, meio entorpecidos por causa do frio. A chave estava na ignição e ele a virou para acionar a bateria e poder ligar o aquecimento.

Jude já não sabia muito bem por que entrara no carro, mas agora, ali sentado, era difícil se imaginar fazendo alguma coisa. Pôde ouvir os cachorros latindo de novo, vozes estridentes e alarmadas vindo do que parecia ser uma longa distância. Achou que conseguiria abafá-los ligando o rádio.

John Lennon cantava "I Am the Walrus". O ar quente roncou pelos difusores sobre as pernas nuas de Jude. Ele estremeceu um pouco, depois relaxou, deixando a cabeça descansar no encosto do banco. O grave furtivo de Paul McCartney continuou fluindo, perdendo-se sob o barulho baixo do motor do Mustang, o que era engraçado, pois Jude não ligara o motor, só a bateria. Os Beatles foram seguidos por um desfile de comerciais. Lew, da Imperial Autos, dizia: "Você não vai achar ofertas como as nossas em nenhum outro lugar da região. Nossos concorrentes não conseguem nem chegar perto das vantagens que temos para você. O morto ganha do vivo. Venha se sentar atrás do volante de seu próximo carro e dê uma girada na estrada de noite. Vamos juntos. Vamos cantar juntos. Você jamais vai querer que a viagem acabe. Ela não vai acabar."

Comerciais entediavam Jude, e ele encontrou a energia necessária para mudar de estação. Na FUM estavam tocando uma de suas canções, seu primeiro single, uma imitação do AC/DC intitulada "Almas à Venda". Era como se formas fantasmagóricas, nuvens de névoa ameaçadora, tivessem começado a rodopiar na escuridão ao redor do carro. Ele tornou a fechar os olhos e ouviu o som distante de sua própria voz.

Mais que prata e mais que ouro,
Você diz que vale minha alma,
Ok, eu gostaria de ficar bem com Deus,
Mas a grana para a cerveja vem primeiro.

Ele riu baixo, com desdém, para si mesmo. Não era vender almas que trazia problemas, era comprá-las. Da próxima vez teria de se certificar de que havia uma cláusula de devolução. Riu, abriu um pouco os olhos. O morto, Craddock, estava sentado ao seu lado, no banco do carona. Sorria para ele, mostrando dentes tortos, manchados, e a língua preta. Tinha cheiro de morte, também de escapamento de gás. Os olhos estavam escondidos atrás daqueles estranhos rabiscos pretos que não paravam de se mover.

– Sem devoluções, sem trocas – disse Jude a ele. O morto abanou compreensivamente a cabeça e Jude tornou a fechar os olhos. Em algum lugar, a quilômetros de distância, pôde ouvir alguém gritando seu nome.

– *... ude! Jude! Me responda Ju...*

Mas não queria ser incomodado, estava sonolento, queria ser deixado em paz. Moveu o banco para trás. Cruzou as mãos sobre a barriga. Respirou profundamente.

Tinha acabado de cochilar quando Geórgia o pegou pelo braço, puxou-o para fora do carro e o jogou no chão de terra. A voz dela vinha em pulsos, entrando e saindo de sua área da audição.

– ... *saia daí Jude tire a porra do...*

– ... não morra não...

– ... avoooooorrr, *por favor...*

– ... os olhos *abertos* a *porra dos...*

Ele abriu os olhos e sentou-se num movimento súbito, tossindo furiosamente. A porta do celeiro rolou para trás e o sol jorrou em raios brilhantes, cristalinos, de aparência sólida e pontas afiadas. A luz golpeou seus olhos e ele se encolheu. Inspirou profundamente o ar gelado, abriu a boca para dizer alguma coisa, para informá-la de que estava tudo bem, e sentiu a garganta cheia de bílis. Ficou de quatro, sentindo uma terrível ânsia de vômito. Geórgia o segurou pelo braço e se curvou sobre ele enquanto Jude vomitava no chão.

Jude estava tonto. O solo parecia se inclinar debaixo dele. Quando tentou olhar para fora, o mundo girou, como se fosse uma pintura feita num vaso que estivesse rodando num torno. A casa, o quintal, o acesso à garagem, o céu, tudo fluindo por ele junto com uma pastosa e flutuante sensação de náusea. Ele vomitou de novo.

Jude se agarrou à terra e esperou que o mundo parasse de se mover. Não que isso pudesse de fato acontecer. Era uma coisa que você descobria quando estava drogado, perdido ou febril: o mundo estava sempre girando e só uma mente saudável podia enfrentar o enjoo do rodopio.

Ele cuspiu, enxugou a boca. Os músculos do estômago pareciam doloridos, contraídos, como se ele tivesse acabado de fazer dezenas de flexões abdominais, o que, quando se pensava melhor na coisa, estava muito próximo da verdade. Ele se sentou, virou-se para olhar o Mustang. O carro continuava de motor ligado. Ninguém dentro dele.

Os cachorros dançavam ao seu redor. Angus pulou em seu colo, encostou o focinho frio, úmido em seu rosto, lambeu a boca azeda de Jude, que estava fraco demais para afastá-lo. Bon, sempre tímida, lançou-lhe um olhar ansioso, de esguelha, depois baixou a cabeça para o mingau ralo de vômito e, com ar dissimulado, começou a devorá-lo.

Agarrando o pulso de Geórgia, ele tentou se levantar, mas não teve força nas pernas e acabou puxando-a para baixo, fazendo Geórgia cair de joelhos. Teve um pensamento tolo – *o morto puxa o vivo para baixo* – que girou um instante em sua cabeça e sumiu. Geórgia tremia, seu rosto úmido contra o pescoço de Jude.

– Jude – disse ela. – Jude, não sei o que está acontecendo com você.

Por um minuto ele não pôde encontrar sua voz, ainda não tinha fôlego. Ficou encarando o Mustang preto, que estremecia em sua suspensão. A energia vertiginosa do motor girando com o carro parado sacudia toda a carroceria.

– Achei que tivesse morrido – continuou Geórgia. – Quando agarrei seu braço, pensei que estivesse morto. O que fazia aqui com o carro ligado e a porta do celeiro trancada?

– Nada.

– Fiz alguma coisa ruim? Estraguei tudo?

– Do que está falando?

– Não sei – disse ela, começando a chorar. – Deve haver algum motivo para você estar aqui fora querendo se matar.

Ele ficou de joelhos. Percebeu que continuava segurando um dos pulsos finos de Geórgia e pegou o outro. O ninho de cabelo preto flutuava em volta da cabeça dela, a franja caída nos olhos.

– Alguma coisa está errada, mas eu não estava tentando me matar. Sentei no carro para me aquecer, mas não liguei o motor. O carro ligou sozinho.

– Para com isso! – Ela puxou os pulsos com força.

– Foi o homem morto.

– Para com isso. Para.

– O fantasma do corredor. Tornei a vê-lo. Estava no carro comigo. Ou ele ligou o Mustang ou eu liguei sem saber o que estava fazendo, porque ele quis que eu ligasse.

– Faz ideia de como isso parece loucura? De como tudo isso parece loucura?

– Se estou louco, Danny também está. Danny o viu. Por isso foi embora. Ele não aguentou. Teve de ir.

Geórgia o encarou, os olhos lúcidos, brilhantes e temerosos atrás dos anéis sedosos da franja. Balançou a cabeça num gesto automático de negação.

– Vamos sair daqui – disse ele. – Me ajude a ficar de pé.

Geórgia pôs um braço sob a axila dele e conseguiu tirá-lo do chão. Os joelhos de Jude eram molas fracas, toda a resistência perdida e nenhum equilíbrio. No instante em que se apoiou nos calcanhares, começou a pender para a frente. Estendeu as mãos para deter a queda e se segurou no capô quente do carro.

– Desligue isso – disse ele. – Pegue as chaves.

Tossindo, sacudindo as mãos para se livrar da fumaça do escapamento, Geórgia entrou no carro e desligou o motor. O silêncio foi súbito e alarmante.

Bon fez pressão contra a perna de Jude, procurando se tranquilizar. Os joelhos dele ameaçaram se dobrar. Ele a empurrou para o lado com o joelho, depois deu um chute em seu traseiro. Ela ganiu, deu um pulo e correu.

– Porra, sai daqui – disse Jude.

– Por que não a deixou ficar? – perguntou Geórgia. – Os dois salvaram sua vida.

– Como assim?

– Não escutou os dois? Acabei saindo para fazê-los calar a boca. Estavam histéricos.

Então Jude lamentou ter chutado Bon e olhou em volta para ver se ela estava por perto para ganhar um carinho. Bon, no entanto, se retirara para o celeiro e andava no escuro de um lado para outro, observando Jude com olhos mal-humorados e acusadores. Ele deu uma olhada em volta à procura de Angus, que estava parado na porta do celeiro, de costas para eles, com a cauda em pé. Olhava fixamente para a entrada da garagem.

– O que ele está vendo? – perguntou Geórgia, algo absurdo de se perguntar.

Jude não fazia ideia. Ele continuava se apoiando no carro, longe demais da porta deslizante do celeiro para enxergar o quintal.

Geórgia enfiou as chaves no bolso da calça jeans preta (a certa altura dos acontecimentos, ela se vestira e pusera uma atadura no polegar direito), passou por Jude e foi para perto de Angus. Fez um carinho nas costas do cachorro, deu uma olhada na estradinha de acesso e voltou até onde Jude estava.

– O que foi? – perguntou Jude.

– Nada – disse ela, pondo a mão direita no alto do peito e esboçando uma careta, como se estivesse com dor. – Precisa de ajuda?

– Tudo sob controle – disse Jude, se afastando do Mustang. Estava sentindo uma pressão forte e crescente atrás do globo ocular, uma dor profunda, lenta, que aumentava rapidamente, ameaçando se transformar numa das maiores dores de cabeça de todos os tempos.

Junto às grandes portas de correr do celeiro, Jude parou, Angus entre ele e Geórgia. Deixou os olhos seguirem a estradinha de barro congelado até os portões abertos de sua fazenda. O céu estava clareando. O espesso, gélido manto cinzento de nuvens se rasgava e o sol começava a cintilar irregularmente através das fendas.

Do lado da rodovia estadual, o homem morto, com seu chapéu de feltro preto, também olhou para ele. Apareceu por um breve momento quando o sol passou atrás de uma nuvem, deixando a estrada na sombra. Sorriu, mostrando dentes manchados. Assim que a luz do sol despontou nas beiradas de uma nuvem, Craddock tremeu e sumiu. Sua cabeça e suas mãos desapareceram primeiro, restando apenas um paletó preto oco, em pé, mas vazio. Então o paletó também sumiu. O morto ressurgiu pouco depois, quando o sol se retirou mais uma vez atrás das nuvens.

Erguendo o chapéu para Jude, o homem inclinou a cabeça num gesto zombeteiro, estranhamente sulista. O sol veio e foi embora e veio de novo, e o homem morto piscava como em código Morse.

– Jude? – chamou Geórgia.

Jude percebeu que ele e Angus, parados um ao lado do outro, fitavam a estradinha de acesso exatamente da mesma maneira.

– Não há nada lá, não é, Jude? – perguntou Geórgia. Ela não via Craddock.

– Não – disse ele. – Não há nada lá.

O homem morto voltou mais uma vez a existir pelo tempo de uma piscadela. Então a brisa soprou mais forte e, lá no alto, o sol irrompeu de vez num lugar onde as nuvens pareciam um emaranhado de fios de lã sujos. O sol brilhou intensamente na estrada e o homem morto foi embora.

15

Geórgia levou-o para a biblioteca de música no primeiro andar. Jude só reparou que o braço dela estivera em volta de sua cintura, a suportá-lo e guiá-lo, quando ela o soltou. Jude afundou na poltrona cor de musgo e adormeceu praticamente no momento em que seus pés saíram do chão.

Ele cochilou, depois acordou brevemente, a visão embaçada e obscurecida, quando ela se curvou para jogar uma manta em cima dele. O rosto de Geórgia era um círculo de palidez, quase sem traços, não fosse a linha escura da boca e os buracos negros onde ficavam os olhos.

As pálpebras dele afundaram fechadas. Jude não conseguia se lembrar da última vez que estivera tão cansado. O sono o pegara, o estava puxando com firmeza para baixo, afogando a razão, afogando o juízo, mas, quando ele tornou a mergulhar, a imagem do rosto de Geórgia nadava na sua frente e ele teve um pensamento alarmante – que os olhos dela tinham se perdido, que estavam escondidos atrás de riscos negros. Ela estava morta e com os fantasmas.

Jude lutou para ficar acordado e, por alguns momentos, quase conseguiu. Entreabriu os olhos. Geórgia estava na porta da biblioteca olhando para ele, com suas pequenas mãos brancas fechadas como se estivesse preparando os punhos para dar socos, e seus olhos eram os de sempre. Jude sentiu um doce alívio ao vislumbrá-la.

Então viu o morto no corredor atrás dela. Nas maçãs do rosto, a pele do homem estava retesada, e ele sorria, mostrando os dentes manchados de nicotina.

Craddock McDermott movia-se em *stop motion*, como numa sequência de fotografias de tamanho natural. Num momento seus braços estavam do lado do corpo. No momento seguinte, uma das mãos ossudas pousava no ombro de Geórgia. As unhas eram amareladas, compridas e curvas nas pontas. As marcas negras pulavam e tremiam diante de seus olhos.

O tempo deu um novo salto. Abruptamente, a mão direita de Craddock estava no ar, erguida sobre a cabeça de Geórgia. Então a corrente de ouro despencou da mão dele. O pêndulo que havia na ponta, uma lâmina curva de sete centímetros, um gume de brilho prateado, caiu diante dos olhos dela. A lâmina começou a oscilar em arcos ligeiros e

Geórgia ficou olhando direto para ela, com os olhos subitamente arregalados e fascinados.

Outro arranco de *stop motion* no tempo e Craddock estava curvado para a frente numa pose congelada, os lábios no ouvido de Geórgia. A boca não se movia, mas Jude podia escutar o som de seu murmúrio, um ruído como o afiar da lâmina de uma faca numa correia de couro.

Jude queria chamá-la. Queria dizer a ela que tomasse cuidado, porque o homem morto estava bem do seu lado e era preciso correr, fugir, não lhe dar ouvidos. Mas a boca de Jude parecia amarrada com arame e o único som que ele conseguiu produzir foi um gemido entrecortado. O esforço que fizera para manter pelo menos as pálpebras abertas foi maior do que podia suportar, e as pálpebras rolaram para baixo e se fecharam. Jude tentava resistir ao sono, mas estava fraco – uma sensação incomum. Afundou de novo e dessa vez ficou lá embaixo.

CRADDOCK ESTAVA À ESPERA DELE com sua lâmina, mesmo no sono. A lâmina balançava na ponta da corrente de ouro diante da cara larga de um vietnamita, cuja nudez só era quebrada por um trapo branco amarrado em volta da cintura. O homem estava sentado em uma cadeira de encosto reto, numa sala úmida de concreto. A cabeça do vietnamita fora raspada e havia brilhantes círculos rosados em seu couro cabeludo, nos pontos onde fora queimado por eletrodos.

Uma janela dava para a frente do quintal de Jude, onde chovia. Os cães se erguiam contra o vidro, perto o suficiente para que suas respirações deixassem o vidro embaçado por causa da condensação. Estavam latindo furiosamente, mas eram como cães numa TV que estivesse com o som desligado; Jude não ouvia qualquer barulho.

Jude ficou quieto no canto, esperando não ser visto. A lâmina se movia de um lado para o outro na frente do rosto espantado, coberto de suor, do vietnamita.

– A sopa estava envenenada – disse Craddock. Falava vietnamita, mas, como nos sonhos, Jude compreendia perfeitamente o que ele estava dizendo. – Este é o antídoto. – Gesticulava com a mão livre para uma grande seringa pousada dentro de uma caixa preta em forma de coração. Na caixa, além da seringa, havia um facão com uma lâmina comprida e um cabo de Teflon. – Salve-se.

O vietcongue pegou a seringa e enfiou-a, sem hesitação, em seu próprio pescoço. A agulha devia ter uns 12 centímetros. Jude se encolheu, olhou para o lado.

Seu olhar saltou naturalmente para a janela. Os cachorros permaneciam encostados do outro lado de fora, pulando contra o vidro, e nenhum som vinha de lá. Atrás deles, Geórgia se sentava na ponta de uma gangorra. Na outra ponta estava uma menininha de cabelos muito claros, pés descalços e um bonito vestido florido. Geórgia e a menina tinham vendas nos olhos, diáfanos cachecóis pretos feitos de algum material semelhante a papel crepom. O descorado cabelo amarelo da menina estava preso num rabo de cavalo. A expressão dela era de uma indecifrável inércia. Embora a menina parecesse vagamente familiar, Jude precisou de um momento bastante prolongado antes de se dar conta de que estava olhando para Anna, como ela fora aos 9 ou 10 anos. Anna e Geórgia iam para cima e para baixo.

– Vou tentar ajudá-lo – estava dizendo Craddock, falando agora em inglês com o prisioneiro. – Você está ferrado, está ouvindo? Mas posso ajudá-lo e você só precisa ouvir com atenção. Não pense. Apenas escute o som da minha voz. Está quase anoitecendo. Está quase na hora. É no cair da noite que ligamos o rádio e ouvimos a voz. Fazemos o que o homem do rádio manda fazer. Sua cabeça é um rádio e minha voz é a única transmissão.

Jude olhou para trás e Craddock não estava mais lá. No lugar onde estivera sentado havia um rádio antigo, o mostrador todo iluminado em verde e a voz dele saindo de lá.

– Sua única chance de sobreviver é fazer exatamente o que eu disser. Minha voz é a única que você ouve.

Jude sentiu um frio no peito, não gostava do rumo que aquilo estava tomando. Sentiu-se solto e, em três passos, estava ao lado da mesa. Queria livrá-los da voz de Craddock. Agarrou o fio que ligava o rádio na tomada e puxou. Houve um estalo de eletricidade azul, que feriu sua mão. Ele recuou, atirando o fio no chão. E, no entanto, o rádio continuou a tagarelar, exatamente como antes.

– É o anoitecer. É o anoitecer, por fim. A hora é agora. Está vendo o facão na caixa? Pode apanhá-lo. É seu. Pegue. Parabéns para você.

O vietcongue olhou com alguma curiosidade para a caixa em forma de coração e pegou o facão. Quando o virou de um lado para o outro, a lâmina cintilou.

Jude se moveu para dar uma olhada no mostrador do rádio. Sua mão direita ainda latejava por causa do choque que havia levado, estava desajeitada, difícil de manipular. Como não viu um botão para desligar, girou o ponteiro do mostrador, tentando escapar da voz de Craddock. Houve um ruído que Jude a princípio julgou ser estática, mas que logo se desdobrou no zumbido firme, sem tonalidade, de uma grande multidão, mil e uma vozes tagarelando ao mesmo tempo.

Um homem com o tom esperto, malandro, de uma personalidade do rádio dos anos 1950 disse:

– Stottlemyre está hipnotizando todo mundo hoje com sua bola curva, e lá vai Tony Conigliaro. Você provavelmente já ouviu falar que não se pode conseguir que pessoas hipnotizadas façam coisas que não querem fazer. Mas aqui se pode ver que isso simplesmente não é verdade. Dá para perceber que Tony C. certamente não queria fazer um swing naquele último arremesso. Você pode conseguir que qualquer um faça alguma coisa terrível. Só precisa saber levá-los. Vou demonstrar o que eu quero dizer com Johnny Yellowman aqui do meu lado. Johnny, os dedos da sua mão direita são cobras venenosas. Não deixe que o mordam!

O vietcongue se jogou de volta na cadeira, contraído de medo. As narinas se abrasaram e os olhos se estreitaram com uma súbita expressão de febril determinação. Com os saltos dos sapatos rangendo no chão, Jude se virou para gritar, para lhe dizer que parasse, mas, antes que Jude pudesse falar, o prisioneiro vietnamita puxou bruscamente o facão.

Seus dedos caíram da mão, só que eram cabeças de serpentes, cabeças pretas, brilhantes. O vietcongue não gritou. O rosto úmido, amendoado e pardo iluminou-se com uma espécie de triunfo. Quase orgulhoso, ele ergueu a mão direita para mostrar os tocos dos dedos, o sangue borbulhando, escorrendo pela parte interna do braço.

– Este grotesco ato de automutilação é uma cortesia da laranja Moxie. Se você ainda não provou, está na hora de pôr a mão na bandeja e descobrir por que Mickey Mantle diz que Moxie é um néctar dos deuses...

Jude se virou e cambaleou para a porta, sentindo gosto de vômito no fundo da garganta. Sua visão periférica lhe permitia ver a janela e a gangorra. A gangorra continuava subindo e descendo. Não havia ninguém em cima dela. Os cachorros estavam deitados de lado, dormindo na grama.

Ele avançou, tropeçou em dois degraus empenados e caiu junto à soleira da porta, no pátio empoeirado, nos fundos da fazenda do pai. O pai estava sentado numa pedra, de costas, afiando a navalha com uma correia preta. O som era como a voz do morto ou talvez fosse o contrário, Jude não tinha mais certeza. Na grama, ao lado de Martin Cowzynski, havia uma banheira de aço cheia d'água. Um chapéu de feltro preto flutuava nela. Terrível aquele chapéu na água. Jude teve vontade de gritar quando o viu.

O sol estava forte e batia direto no seu rosto, um clarão firme. Ele oscilou sob o calor, cambaleando nos calcanhares, e ergueu a mão para proteger os olhos da luz. Martin puxava a navalha contra a correia e o sangue caía do couro preto em gotas grossas. Quando Martin raspava a lâmina para a frente, a correia sussurrava "morte". Quando puxava a navalha para trás, a correia fazia um som abafado que lembrava a palavra "amor". Jude não se deteve para falar com o pai. Continuou avançando pelos fundos da casa.

– Jude! – chamou Martin, e Jude lhe atirou um olhar de esguelha, não pôde evitar. O pai usava óculos escuros de cego, lentes redondas e pretas com armação prateada. Brilhavam quando captavam a luz do sol. – Tem de voltar para cama, rapaz. Você está pegando fogo. Onde pensa que vai assim todo arrumado?

Jude olhou de relance para baixo e viu que estava usando o paletó do homem morto. Sem diminuir o passo, começou a puxar os botões do paletó, tentando desabotoá-los. Sua mão direita, no entanto, estava entorpecida, desajeitada (como se ele fosse o homem que tinha acabado de decepar os dedos), e os botões não saíam das casas. Poucos passos depois, ele desistiu. Sentiu-se mal, cozinhando no sol da Louisiana, fervendo no paletó preto.

– Parece que você está indo ao enterro de alguém – disse o pai. – Precisa ter cuidado. Pode ser o seu.

Havia um corvo na banheira onde estivera o chapéu, mas ele levantou voo, abanando furiosamente as asas, atirando borrifos de água quando Jude passou por ele em sua cambaleante marcha de bêbado. Mais um passo e estava ao lado do Mustang. Caiu dentro dele e bateu a porta.

Jude estava encharcado de suor e ofegante no paletó do morto, que era quente demais, preto demais e apertado demais. Uma coisa fedorenta, desbotada, queimada. A sensação de quentura era ainda maior em sua mão direita. Não podia descrever o que sentia como dor, não mais. Era um peso venenoso e inchado – como se houvesse metal liquefeito no lugar de sangue.

Seu rádio digital desaparecera. Em seu lugar estava o rádio AM original do Mustang, de fábrica. Quando ele apertou o botão para ligá-lo, sua mão direita estava tão quente que o polegar afundou no mostrador deixando marcada sua impressão digital.

– Se há uma palavra que pode mudar nossas vidas, meus amigos – veio a voz no rádio, urgente, melodiosa, inequivocamente sulista. – Se há uma simples palavra, podem crer, essa palavra é "santoeternoJesus"!

Jude pousou a mão no volante. O plástico preto começou de imediato a amolecer, derretendo para se acomodar à forma de seus dedos. Ele observava atordoado, curioso. O volante foi se deformando, encolhendo-se sobre si mesmo.

– Sim, se você guarda essa palavra em seu coração, prende essa palavra a seu coração, abraça a palavra como abraça seus filhos, ela pode salvar sua vida, realmente pode. Creio nisso. Agora vai dar ouvidos à minha voz? Vai escutar apenas a minha voz? Aqui está outra palavra que pode virar seu mundo de cabeça para baixo e abrir seus olhos para as intermináveis possibilidades da alma viva. Essa palavra é "anoitecer". Deixe-me repeti-la. O anoitecer. Por fim, o anoitecer. Os mortos puxam os vivos para baixo. Vamos seguir juntos pela estrada da glória, aleluia!

Jude tirou a mão do volante e colocou-a no banco a seu lado, que começou a soltar fumaça. Suspendeu a mão e sacudiu-a, mas agora a fumaça estava saindo de sua manga, do interior do paletó do morto. O carro estava na estrada, um trecho de asfalto comprido e reto, abrindo caminho pelas matas do Sul, com árvores estranguladas por trepadeiras e moitas sufocando os espaços entre uma árvore e outra. A distância, através das trêmulas ondas ascendentes de calor, o asfalto era irregular, disforme.

A sintonia do rádio ia e voltava num chiado e às vezes ele podia ouvir um fragmento de mais alguma coisa, música se sobrepondo à pregação do pastor, que na verdade não era um pastor, mas Craddock usando a voz de alguma outra pessoa. A música parecia um lamento arcaico, como alguma coisa saída de um disco de canções folclóricas ao mesmo tempo pesarosas e doces, com apenas uma guitarra tocada em tom menor. Jude pensou, sem sentido: *Ele pode conversar, mas não cantar.*

O cheiro no carro estava pior agora, cheiro de lã começando a chiar e a se incendiar. Jude estava queimando. A fumaça saía das duas mangas e da gola. Ele cerrou os dentes e começou a gritar. Sempre soubera que acabaria assim: no fogo. Sempre soubera que a raiva era inflamável, perigosa para ser guardada sob pressão, onde ele a mantivera por toda a sua vida. O Mustang disparava pelas intermináveis estradas vicinais, fumaça preta saindo do capô, das janelas, de modo que ele mal podia enxergar através da névoa. Seus olhos ardiam, embaçados, as lágrimas escorrendo. Não fazia mal. Não precisava ver aonde estava indo. Pisou ainda mais fundo no pedal.

JUDE ACORDOU COM UM SOLAVANCO, uma sensação de quentura insalubre no rosto. Estava virado de lado, deitado sobre o braço direito e, quando se sentou, não podia sentir a mão. Mesmo acordado, continuava sentindo o fedor de alguma coisa queimando, um odor que lembrava cabelo chamuscado. Olhou para baixo, quase esperando se encontrar vestido com o paletó do morto, como no sonho. Mas não; continuava em seu velho roupão de banho.

O paletó. A chave era o paletó. Tudo o que ele tinha a fazer era vendê-lo de novo, tanto o paletó quanto o fantasma. Era tão óbvio que não entendia por que não pensara naquilo antes. Alguém ia querer; talvez muita gente fosse querer. Vira fãs chutarem, cuspirem, morderem e se dilacerarem por causa de baquetas atiradas na plateia. Claro que iam querer um fantasma, vindo direto da casa de Judas Coyne, até mais de um. Algum babaca infeliz tiraria o paletó de suas mãos e o fantasma iria junto.

O que ia acontecer ao comprador depois disso não traria nenhum problema de consciência a Jude. Sua sobrevivência, e a de Geórgia, era a questão que o interessava acima de todas as outras.

Ficou parado, oscilando, flexionou a mão direita. A circulação estava voltando, acompanhada por uma gélida sensação de ferroada. Ia doer pra cacete.

A luz estava diferente, tinha se deslocado para o outro lado do quarto, pálida e fraca como se estivesse passando por cortinas de renda. Era difícil dizer quanto tempo ele dormira.

O cheiro de alguma coisa queimando instigou-o a descer para o térreo, atravessar a cozinha e entrar na copa. A porta que dava para o quintal dos fundos estava aberta. Geórgia estava lá fora, parecendo miseravelmente gelada. Vestia jaqueta preta de brim e uma camiseta dos Ramones que deixava exposta a curva branca e suave da barriga. Tinha um pegador de brasa na mão esquerda e sua respiração lançava vapor no ar gelado.

– Não sei o que você está cozinhando, mas com certeza está estragando a coisa – disse ele, sacudindo a mão para se livrar de toda aquela fumaça.

– Não, não estou – disse ela atirando-lhe um sorriso orgulhoso e desafiador. Era um tanto doloroso ver como estava bonita naquele instante (a brancura do pescoço, a cavidade que havia na garganta, o delicado contorno das clavículas quase invisíveis). – Descobri o que fazer. Descobri como fazer o fantasma ir embora.

– Descobriu? – perguntou Jude.

Ela suspendeu algo com o pegador. Era a ponta de um tecido preto queimando.

– O paletó – disse ela. – Eu queimei o paletó.

16

O crepúsculo seria dali a uma hora. Jude sentou no estúdio para ver os últimos raios de luz se escoarem do céu. Estava com a guitarra no colo. Precisava pensar. As duas coisas andavam juntas.

Estava numa cadeira, virado para uma janela que dava para o celeiro, o canil e as árvores mais atrás. Tinha aberto uma fresta da janela, por onde entrava um vento cortante. Jude não se importava. Não estava muito mais quente dentro de casa e ele precisava de ar fresco, estava grato por aquele aroma de meados de outubro, um perfume de maçãs apodrecidas e folhas caídas. Era um alívio depois do cheiro desagradável do escapamento. Mesmo após tomar uma ducha e mudar de roupa, continuava sentindo o fedor em seu corpo.

De costas para a porta, Jude viu o reflexo de Geórgia quando ela entrou. Geórgia trazia uma taça de vinho tinto em cada mão. Segurava uma delas desajeitadamente por causa da atadura em volta do polegar e, ao ficar de joelhos ao lado da cadeira dele, acabou se molhando um pouco. Ela chupou o vinho que se derramara em sua pele e colocou uma das taças na frente de Jude, no amplificador perto de seus pés.

– Ele não vai voltar – disse ela. – O homem morto. Aposto com você. Queimar o paletó nos livrou dele. Golpe de gênio. Sem dúvida, essa porra tinha de sair daqui. *Xô-ô*! Coloquei o paletó em dois sacos de lixo antes de levá-lo para baixo e, mesmo assim, achei que o fedor ia me fazer vomitar.

As palavras estavam na ponta da língua de Jude: *Ele queria que você fizesse isso*, mas Jude preferiu ficar calado. Não faria bem a Geórgia ouvir aquilo e não era possível voltar atrás: estava feito e acabado.

Geórgia apertou os olhos, estudando sua expressão. As dúvidas de Jude deviam estar transparecendo em seu rosto, pois ela disse:

– Está achando que ele vai voltar? – Quando Jude não respondeu, Geórgia se inclinou e tornou a falar, a voz baixa, urgente: – Então por que não vamos embora? Arranjamos um lugar na cidade e saímos da porra desta casa?

Ele refletiu, preparando sua resposta devagar e com esforço.

– Acho que sair correndo daqui não vai dar em nada – disse por fim. – O homem não está assombrando a casa. Está assombrando a mim.

Isso era parte da coisa, mas só uma parte. O resto era duro demais para colocar em palavras. Ele não conseguia deixar de pensar que tudo o que acontecera até aquele momento tinha uma razão: a razão do homem morto. A expressão "operações psicológicas" veio à mente de Jude provocando calafrios. Ele tornou a se perguntar se o próprio fantasma não estava tentando fazê-lo fugir. E por quê. Talvez a casa ou alguma coisa na casa desse a Jude uma vantagem, embora, por mais que tentasse, não conseguisse descobrir o quê.

– Já pensou que *você* devia ir embora? – perguntou Jude a ela.

– Hoje você quase morreu – disse Geórgia. – Não sei o que está acontecendo, mas não vou a parte alguma. Acho que nunca mais vou tirar os olhos de você. Além disso, seu fantasma não fez nada comigo. Aposto que não pode me tocar.

Mas Jude vira Craddock sussurrando na orelha dela. Vira o choque no rosto de Geórgia quando o morto ergueu diante de seus olhos a lâmina na corrente. E não esquecera a voz de Jessica Price ao telefone, a preguiçosa e venenosa fala arrastada de caipira preconceituosa: *Você não vai sobreviver e todo mundo que tentar ajudá-lo vai morrer.*

Craddock podia atingir Geórgia. Ela precisava ir. Agora Jude percebia claramente isso – no entanto, a ideia de mandá-la embora, de acordar sozinho no meio da noite e encontrar o morto ali, a vigiá-lo no escuro, o apavorava. Se Geórgia fosse embora, talvez levasse o que ainda restava da coragem de Jude. Ele não sabia se poderia suportar a noite e o silêncio sem a proximidade dela – aquela revelação era tão dura e inesperada que ele teve uma sensação de vertigem. Era um homem com medo de altura vendo o chão se distanciar debaixo dos seus pés enquanto a roda-gigante o puxava irremediavelmente para o alto.

– O que me diz de Danny? – perguntou Jude. Achou que sua voz parecia forçada, diferente, e limpou a garganta. – Danny achou que ele era perigoso.

– Mas o que o fantasma fez ao Danny? Ele simplesmente viu alguma coisa, se assustou e correu para salvar a própria pele. Na realidade, ninguém fez nada com ele.

– O fato de o fantasma *não ter* feito nada não significa que *não possa* fazer. Olhe o que me aconteceu hoje à tarde.

Geórgia balançou a cabeça. Tomou o resto do vinho de um gole só e fitou Jude com seus olhos brilhantes e indagadores.

– E você jura que não entrou naquele celeiro para se matar? Você jura, Jude? Não fique zangado por eu estar perguntando. Preciso saber.

– Acha que sou do tipo? – perguntou ele.

– Todo mundo é do tipo.

– Não eu.

– Todo mundo. Tentei fazer isso. Pílulas. Bammy me encontrou desmaiada no chão do banheiro. Meus lábios estavam azuis. Eu mal conseguia respirar. Isso foi três dias depois do meu último dia no colégio. Mais tarde minha mãe e meu pai foram até o hospital, e meu pai disse: "Nem isso você consegue fazer direito."

– Filho da puta.

– É. Era mesmo.

– Por que você quis se matar? Espero que tenha tido uma boa razão.

– Porque andava fazendo sexo com o melhor amigo do meu pai. Desde os 13 anos. Um cara de 40 anos, com uma filha. As pessoas descobriram. A filha descobriu. Era minha amiga. Disse que eu arruinei sua vida. Disse que eu era uma puta. – Geórgia girava a taça para um lado e para outro na mão esquerda e via o brilho da luz se mover ao redor da borda. – Muito difícil argumentar com ela. Ele me dava coisas e eu sempre aceitava. Por exemplo, um dia ele me deu um casaco novinho com 50 dólares dentro do bolso. Disse que o dinheiro era para eu comprar sapatos que combinassem com ele. Eu deixava ele me foder pelo preço de um sapato.

– Porra. Isso não era uma boa razão para se matar – disse Jude. – Era uma boa razão para matar o safado.

Geórgia riu.

– Como ele se chamava?

– George Ruger. Hoje é vendedor de carros usados na minha cidadezinha natal. É o chefe do comitê republicano no condado.

– Da próxima vez que eu for à Geórgia, dou uma passada por lá e mato o filho da puta.

Ela tornou a rir.

– Ou pelo menos afundo o traseiro dele definitivamente no barro da Geórgia – disse Jude, tocando os compassos iniciais de "Atos Sujos".

Ela tirou a outra taça de vinho de cima do amplificador, ergueu-a num brinde a Jude e tomou um gole.

– Sabe qual é a melhor coisa a seu respeito? – perguntou ela.

– Não faço ideia.

– Nada é capaz de chocá-lo. Quero dizer, eu simplesmente falei tudo isso e você não acha que eu esteja... como dizer... arruinada. Irremediavelmente fodida.

– Talvez eu ache e simplesmente não me importe.

– Você se importa – disse ela, pondo a mão no tornozelo dele. – Mas nada o deixa escandalizado.

Jude deixou passar, não disse que podia ter adivinhado, quase desde o primeiro momento, a tentativa de suicídio, o pai que não ligava para ela, o amigo da família que a molestava. Tinha intuído tudo aquilo ao vê-la usando uma coleira, o cabelo cortado com pontas irregulares e a boca pintada com um batom branco que lembrava glacê de bolo.

– E com você, o que aconteceu? – disse ela. – Sua vez.

Jude puxou o tornozelo, livrando-se da mão dela.

– Não estou numa competição de traumas.

Ele deu uma olhada pela janela. Nada havia sobrado do dia a não ser um jorro fraco de luz, de um bronze avermelhado, atrás das árvores sem folhas. Jude contemplou seu próprio reflexo semitransparente na vidraça, o rosto comprido, marcado, a barba preta escorrida que chegava quase ao peito. A fisionomia abatida e soturna de um fantasma.

– Fale sobre essa mulher que enviou o fantasma – disse Geórgia.

– Jessica Price. E ela não enviou simplesmente o fantasma. Não se esqueça: ela me induziu a pagar por ele.

– Certo. No eBay ou sei lá como se chama?

– Não. Num site diferente, um clone de terceira categoria. Parecia um leilão normal da internet, mas ela estava orquestrando as coisas nos bastidores para garantir que eu ganhasse. – Jude viu a pergunta se formando nos olhos de Geórgia e respondeu antes que ela pudesse falar. – Por que ela se deu todo esse trabalho? Não sei. Tenho a impressão de que não podia simplesmente enviá-lo para mim. Eu tinha de concordar em tomar posse dele. Tenho certeza de que há algum sentido profundo nisso.

– É – disse Geórgia. – Fique com o eBay. Não aceite imitadores. – Ela provou um pouco de vinho, lambeu os lábios e continuou. – E tudo isso porque a irmã se matou? Mas por que ela acha que a culpa é sua? Será por causa de alguma coisa que você escreveu numa música? Como aquele garoto que se matou depois de ouvir Ozzy Osbourne? Nunca escreveu alguma letra dizendo que tudo bem com o suicídio ou algo do gênero?

– Não. E Ozzy também não.

– Então não entendo por que ela está tão irritada com você. Vocês se conhecem? Você conhecia a moça que se matou? Ela escrevia para você cartas malucas de fã ou algo assim?

– Ela morou algum tempo comigo – disse ele. – Como você.

– Como eu? Ah.

– Tenho novidades para você, Geórgia. Eu não era virgem quando a encontrei. – Ele próprio achou sua voz dura e estranha.

– Por quanto tempo ela morou aqui?

– Não sei. Oito, nove meses. Tempo suficiente para eu achar que já estava na hora de ela partir.

Geórgia refletiu um pouco.

– Estou morando com você há uns nove meses.

– Sério?

– Será que já ultrapassei meu limite? Nove meses é o limite? Será que está na hora de alguma boceta nova? Bom, será que ela era loura e você decidiu que estava na hora de uma morena?

Ele tirou as mãos da guitarra.

– Ela era uma psicopata, por isso a coloquei no olho da rua. Acho que ela não reagiu muito bem.

– O que está querendo dizer com psicopata?

– Quero dizer maníaco-depressiva. Na fase maníaca só pensava em transar. Na depressiva, dava trabalho demais.

– Tinha problemas mentais e você simplesmente lhe deu um chute?

– Eu não estava a fim de segurar a mão dela pelo resto da vida. Também não me comprometi a segurar a sua. Vou lhe dizer mais uma coisa, Geórgia. Se você pensa que nossa história termina com "e viveram felizes para sempre", acho que pegou a porra do conto de fadas errado. – Enquanto falava, ele se deu conta de que tinha encontrado um modo de feri-la e se livrar dela. Agora percebia como estivera conduzindo a conversa exatamente para aquele momento. Ocorreu-lhe que se pudesse irritá-la a ponto de fazê-la ir embora (mesmo que fosse apenas por algum tempo, uma noite, algumas horas), isso podia ser a última coisa boa que faria por ela.

– Como se chamava? A moça que se matou?

Ele começou a dizer "Anna", mas acabou dizendo "Flórida".

Geórgia se levantou depressa, tão depressa que cambaleou, como se fosse cair. Ele podia ter estendido a mão para ampará-la, mas não o fez. Melhor deixá-la se machucar. A face de Geórgia empalideceu e ela deu um meio passo vacilante para trás. Ela o fitou, confusa, magoada – e então seus olhos se aguçaram, como se estivesse subitamente pondo o rosto de Jude em foco.

– Não – murmurou ela brandamente –, você não vai me afastar desse jeito. Pode dizer o que bem entender. Vou ficar por aqui, Jude.

Pousou cuidadosamente a taça que estava segurando na beira da escrivaninha dele, começou a se afastar e parou na porta. Virou a cabeça, mas não pareceu de todo capaz de olhar no rosto dele.

– Vou dormir um pouco. Venha para a cama também. – Ela estava dizendo a ele o que fazer, não perguntando.

Jude abriu a boca para responder e descobriu que não tinha nada a falar. Quando ela deixou o estúdio, ele encostou cuidadosamente a guitarra na parede e se levantou. Seu pulso estava acelerado e as pernas bambas, manifestações físicas de uma emoção que ele demorou algum tempo para identificar – tão pouco acostumado estava à sensação de alívio.

17

Geórgia não estava ali. Foi a primeira coisa que percebeu. Ela não estava ali e ainda era noite. Jude exalou e sua respiração deixou uma nuvem de vapor branco no quarto. Ele empurrou o lençol fino, saiu da cama e ficou abraçando a si mesmo durante um breve acesso de tremedeira.

A ideia de que ela estivesse de pé, rondando pela casa, o alarmou. A cabeça dele continuava turva de sono e o quarto devia estar próximo do ponto de congelamento. Seria razoável pensar que Geórgia tivesse saído para descobrir o que havia de errado com o aquecimento, mas Jude sabia que não era isso. Ela também vinha dormindo mal, virando-se na cama e murmurando. Podia ter acordado e ido ver televisão – mas ele também não acreditava nisso.

Quase gritou o nome dela, depois pensou melhor. Acovardou-se com a ideia de que ela podia não responder, que a voz dele podia se deparar com um sonoro silêncio. Não. Nada de gritos. Nada de agir impulsivamente. Teve a impressão de que sair correndo do quarto e investir pela casa às escuras chamando por ela o levaria irremediavelmente ao pânico. Pois é, o escuro e o silêncio do quarto o apavoravam, e ele estava com medo de procurar por ela, medo do que podia estar à espera do outro lado da porta.

Enquanto continuava parado, tomou consciência de um barulho rouco, o som de um motor em marcha lenta. Rolou os olhos para trás, fitou o teto. Estava iluminado por um branco glacial, os faróis de algum carro brotando da estradinha lá embaixo. Ouvia o latido dos cachorros.

Jude andou até a janela e puxou a cortina.

A caminhonete estacionada na frente da casa já fora azul, mas tinha pelo menos 20 anos de idade e, não vendo outra pintura em todo esse tempo, desbotara para um tom de fumaça. Era um Chevy, uma picape. Jude tinha perdido dois anos de sua vida trabalhando numa oficina mecânica por 1,75 dólar a hora e sabia pelo ronco profundo, feroz da marcha lenta que a caminhonete tinha um grande motor V-8 embaixo do capô. A frente era toda agressão e ameaça, com um amplo para-choque prateado que lembrava o protetor de boca de um boxeador e uma barra de ferro fixada com pinos sobre a grade. A luz, na verdade, vinha de dois poderosos faróis de milha presos à proteção de ferro, dois spots redondos derramando seu clarão na noite. A picape ficava a mais de 30 centímetros do solo sobre quatro pneus 35s, um veículo projetado para correr em estradas pantanosas, enfrentando valões enlameados e a vegetação cerrada dos cantões do Sul. O motor estava ligado. Não havia ninguém ao volante.

Os cachorros se atiravam contra a cerca de arame do canil, provocando um retinir contínuo. Não paravam de latir para a caminhonete vazia. Jude deu uma espiada no caminho de acesso à fazenda, na direção da estrada principal. Os portões estavam fechados. Era preciso usar uma senha de seis dígitos para eles se abrirem.

Era a picape do morto. Jude soube disso assim que a viu, soube com uma certeza calma, absoluta. Seu próximo pensamento foi: *Para onde vamos, meu velho?*

O telefone ao lado da cama tocou e Jude pulou sobressaltado, soltando a cortina. Ele se virou e olhou. O relógio marcava 3h12. O telefone tocou de novo.

Jude andou na direção dele, cruzando depressa, na ponta dos pés, as tábuas geladas do assoalho, com os olhos no telefone, que tocou uma terceira vez. Ele não queria atender. Tinha ideia de que seria o homem morto e Jude não queria falar com ele. Não queria ouvir a voz de Craddock.

– Foda-se – disse ele, e atendeu: – Quem é?

– Ei, chefe. É o Dan.

– Danny? São três da manhã.

– Oh. Eu não sabia que era tão tarde. Estava dormindo?

– Não. – Jude ficou calado, à espera.

– Desculpe por eu ter ido embora daquele jeito.

– Você está de porre? – perguntou Jude. De novo olhou para a janela, o clarão tingido de azul dos faróis de milha brilhando pelas beiradas da cortina. – Está ligando de porre porque quer o seu emprego de volta? Porque, se é isso, é a porra da hora errada para...

– Não. Não posso... Não posso voltar, Jude. Só estou ligando para dizer que sinto muito pelo que aconteceu. Sinto muito ter falado sobre o fantasma que estava à venda. Devia ter ficado de boca fechada.

– Vá se deitar.

– Não posso.

– Que porra está havendo com você?

– Estou fora de casa, andando no escuro. Nem sei onde estou.

Jude sentiu seus braços se arrepiarem. A imagem de Danny em algum lugar na rua, no escuro, vagando de um lado para outro, perturbou-o mais do que devia, mais do que fazia sentido.

– Como chegou aí?

– Simplesmente saí andando. Nem sei por quê.

– Jesus, você está de porre. Procure uma placa de rua. Chame a porra de um táxi! – disse Jude, desligando o telefone.

Ficou feliz em se livrar do telefone. Não tinha gostado nada do tom de confusão, aéreo e infeliz na voz de Danny.

Não que Danny tivesse dito algo incrível ou improvável demais. Mas nunca haviam tido uma conversa como aquela. Danny jamais telefonara para ele durante a noite e muito menos embriagado. Era difícil imaginar o assistente saindo para passear às três da madrugada ou se afastando tanto de casa a ponto de se perder. E fossem quais fossem suas outras falhas, Danny era um solucionador de problemas. Por isso é que Jude o mantivera oito anos na sua folha de pagamento. Mesmo caindo de porre, era improvável que Danny ligasse para ele se não soubesse onde estava. Caminharia até uma loja de conveniência e pediria informações. Faria sinal para um carro de polícia.

Não. Estava tudo errado. A chamada telefônica e a picape do morto na entrada da garagem eram duas faces da mesma moeda. Jude sabia. Seus nervos lhe diziam isso. A cama vazia lhe dizia isso.

Deu outra olhada na cortina, iluminada por trás pelos faróis. Lá fora os cachorros estavam ficando loucos.

Geórgia. O que importava agora era encontrar Geórgia. Depois podiam pensar naquela picape. Juntos poderiam dar conta da situação.

Jude olhou para a porta que levava ao corredor. Flexionou os dedos, as mãos entorpecidas pelo frio. Não queria ir lá fora, não queria abrir a porta e ver Craddock sentado na cadeira com o chapéu no joelho e aquela lâmina na corrente caindo de uma das mãos.

Mas a ideia de tornar a ver o morto – de encarar o que estivesse ali – só o deteve por mais um instante. Vencendo a inércia, foi até a porta e abriu.

– Vamos lá – disse para o corredor antes mesmo de ter visto se havia alguém.

Não havia ninguém.

Jude esperou, ouvindo o silêncio da casa por trás de sua própria respiração, levemente ofegante. O corredor comprido estava envolto em sombras, a cadeira Shaker vazia contra a parede. Não. Não estava vazia. Havia um chapéu preto de feltro pousado no assento.

Ruídos – abafados e distantes – atraíram sua atenção: o murmúrio de vozes numa televisão, ondas quebrando a distância. Desviou o olhar do chapéu e fitou o final do corredor. Uma luz azul piscava e corria pelas bordas da porta do estúdio. Então Geórgia estava lá dentro, vendo TV, afinal.

Jude parou diante da porta e ficou escutando. Ouviu uma voz gritando em espanhol, uma voz na TV. O som da arrebentação era mais alto. Jude pensou em chamá-la pelo nome, Marybeth – não Geórgia, Marybeth –, mas alguma coisa ruim aconteceu quando ele tentou: o ar se esgotou dentro dele. Jude só foi capaz de produzir um débil chiado ao dizer o nome dela.

Abriu a porta.

Geórgia estava na poltrona, do outro lado do estúdio, na frente da TV de tela plana. Da posição em que estava, Jude não conseguia ver nada além da nuca de Geórgia, o fofo redemoinho do cabelo preto cercado por uma auréola antinatural de luz azul. A cabeça dela bloqueava quase toda a visão do que estava passando na TV, embora ele pudesse ver palmeiras e um céu azul tropical. Estava escuro, as luzes do estúdio estavam apagadas.

Ela não respondeu quando ele chamou "Geórgia" e seu pensamento foi que estivesse morta. Quando se aproximasse, veria o branco tomando conta de seus olhos.

Moveu-se na direção dela, mas só tinha dado dois passos quando o telefone tocou na escrivaninha.

Jude agora podia enxergar a televisão, o bastante para ver um mexicano gorducho com óculos de sol e roupas de ginástica bege. Ele estava ao lado de uma estradinha de terra, num matagal, numa região montanhosa e afastada. Jude soube então o que ela estava vendo, embora há vários anos não assistisse àquilo. Era o vídeo policial.

Ao som do telefone, a cabeça de Geórgia pareceu se mover ligeiramente, e ele achou que a ouvira exalar, uma respiração forte, trabalhosa. Não estava morta, então. Mas, fora isso, não havia reação, ela não olhou para o lado, não se levantou para falar com ele.

Jude deu um passo para a escrivaninha, pegou o telefone no segundo toque.

– É você, Danny? – perguntou Jude. – Ainda está perdido?

– Estou – disse Danny com um riso fraco. – Ainda perdido. Num telefone público no meio do nada. É engraçado, a gente quase não vê mais telefones públicos.

Geórgia não se virou para o lado ao som da voz de Jude, não tirou os olhos da TV.

– Espero que não esteja ligando para pedir que eu vá procurá-lo – disse Jude. – No momento, estou muito ocupado. Se depender de mim para procurá-lo, acho que vai continuar perdido.

– Estive pensando, chefe. Em como cheguei até aqui. Como vim parar nesta estrada escura.

– Como foi isso?

– Eu me matei. Me enforquei algumas horas atrás. Esta estrada escura... é a morte.

O couro cabeludo de Jude formigou, uma sensação viscosa, glacial, quase dolorosa.

– Minha mãe – disse Danny – se enforcou exatamente do mesmo modo. Só que ela fez um trabalho melhor. Quebrou o pescoço. Morreu instantaneamente. Eu perdi a coragem no último segundo. Não caí com força suficiente. Sufoquei até a morte.

Da televisão do outro lado da sala vieram sons de engasgo, como se alguém estivesse sendo estrangulado até a morte.

– Demorou muito tempo, Jude – continuou Danny. – Me lembro de ficar balançando por muito tempo. Olhando para os pés. Agora me lembro de muitas coisas.

– Por que fez isso?

– Ele me levou a fazer. O homem morto. Veio me ver. Eu ia voltar ao escritório para procurar aquelas cartas para você. Estava pensando que isso pelo menos eu podia fazer. Estava pensando que não devia ter largado você como eu fiz. Mas, quando fui pegar meu casaco no quarto, ele estava esperando lá. Eu nem sabia como fazer um laço até ele me mostrar – disse Danny. – É como ele vai pegá-lo. Vai fazer com que você se mate.

– Não, não vai.

– É difícil não ouvir a voz dele. Não consegui resistir a ela. Ele sabia demais. Sabia que fui eu que dei à minha irmã a heroína com que ela tomou a overdose. Ele disse que foi por isso que minha mãe se matou, porque ela não podia viver sabendo o que eu tinha feito. Ele disse que eu é que devia ter me enforcado, não minha mãe. Disse que, se eu tivesse alguma decência, já teria me matado há muito tempo. Ele tinha razão.

– Não, Danny – disse Jude. – Não. Ele não tinha razão. Você não devia...

– Eu fiz. – Danny parecia com pouco fôlego. – *Tinha* de fazer. Não havia como discutir com ele. Você não pode discutir com uma voz daquelas.

– Veremos – disse Jude.

Danny não teve resposta para isso. Na fita de vídeo, dois homens discutiam em espanhol. Os sons engasgados continuavam sem parar. Geórgia ainda não desviara o olhar. Só se movia ligeiramente, os ombros se sacudindo de vez em quando em abanos casuais, quase espasmódicos.

– Tenho que desligar, Danny. – Danny, no entanto, não disse nada. Por um momento, Jude prestou atenção num débil estalido da linha, sentindo que Danny estava esperando alguma coisa, alguma palavra final e, por fim, ele acrescentou: – Continue andando, rapaz. Essa estrada tem de levar a algum lugar.

Danny riu.

– Você não é assim tão mau quanto pensa, Jude. Sabia?

– É? Não diga.

– Seu segredo está em segurança – disse Danny. – Até logo.

– Até logo, Danny.

Jude se inclinou para a frente, pousando gentilmente o fone no gancho. Quando se curvou sobre a escrivaninha, olhou de relance para baixo e para trás dela e viu que o cofre no chão fora aberto. Seu pensamento inicial foi que o fantasma o abrira, uma ideia que descartou quase de imediato. Geórgia, mais provavelmente. Ela conhecia a combinação.

Ele girou, olhou para a nuca de Geórgia, para a auréola de trêmula luz azul, para a televisão atrás.

– Geórgia? O que está fazendo, querida?

Ela não respondeu.

Ele se aproximou, movendo-se silenciosamente pelo tapete grosso. Viu primeiro a imagem na tela plana. Os matadores estavam acabando de liquidar o garoto magricela e muito branco. Mais tarde iam pegar a namorada numa cabana de tijolos de concreto, que ficava junto de uma praia. Agora, no entanto, se encontravam numa trilha cheia de mato em algum lugar nas montanhas sobre o golfo da Califórnia. O garoto estava de bruços, os pulsos presos por um par de algemas flexíveis de plástico branco. Sob a luz equatorial, a pele dele era branca como barriga de peixe. Um pequeno americano, vesgo, com o cabelo ruivo e crespo num arremedo de penteado afro, mantinha uma bota de caubói no pescoço do garoto. Estacionada na estrada havia uma van preta, as portas de trás escancaradas. Ao lado do para-lama traseiro estava o mexicano gorducho com roupa de ginástica, uma expressão de desagrado estampada no rosto.

– Nós estamos vendo – disse o homem com os óculos escuros. – *Ahora*.

O ruivo vesgo fez uma careta e balançou a cabeça, como se discordasse, mas apontou o pequeno revólver para a cabeça do garoto magricela e puxou o gatilho. A boca da arma faiscou. A cabeça do garoto estalou para a frente, atingiu o solo, balançou para trás. O ar em volta da cabeça foi repentinamente turvado por um fino borrifo de sangue.

O americano tirou a bota do pescoço do garoto e deu um passo cauteloso para o lado, tomando cuidado para não manchar de sangue suas botas de caubói.

A face de Geórgia estava pálida, completamente inerte, os olhos arregalados fixos na televisão, sem piscar. Ela estava com a camiseta dos Ramones que tinha usado antes, mas sem nada por baixo, e suas pernas estavam abertas. Numa das mãos – a ruim – ela segurava desajeitadamente a pistola de Jude, com o cano enfiado no fundo da boca. A outra mão estava entre as pernas, o polegar se movendo para cima e para baixo.

– Geórgia – disse ele e, por um instante, ela o olhou de soslaio (um olhar indefeso, suplicante), mas voltou imediatamente a atenção para a TV. Sua mão ruim girou a pistola, virando-a para apontar o cano para o céu da boca. Deixou escapar um fraco ruído engasgado.

O controle remoto estava no braço da poltrona. Jude tocou num botão. A televisão piscou e apagou. Os ombros dela se ergueram, numa reação involuntária, nervosa. A mão esquerda continuava se movendo entre as pernas. Ela estremeceu, fez um som forçado, doloroso, com a garganta.

– Pare com isso – disse Jude.

Ela puxou o cão da pistola com o polegar. Isso produziu um estalo alto no silêncio do estúdio.

Jude aproximou-se dela e retirou suavemente a arma da sua mão. De repente, todo o corpo de Geórgia ficou perfeitamente imóvel. A respiração assobiava, curta e rápida. A boca estava molhada, brilhando ligeiramente, e Jude percebeu que estava com uma certa ereção. O pau começava a ficar duro com o cheiro dela no ar e a visão dos dedos brincando com o clitóris. Ela estava na altura certa. Se ele fosse para a frente da poltrona, Geórgia poderia chupar sua pica enquanto ele apontava a pistola para sua cabeça; ele poderia enfiar o cano em sua orelha enquanto metesse o pau...

Ele viu um lampejo de movimento refletido na janela parcialmente aberta atrás da escrivaninha e seu olhar saltou para a imagem no vidro. Pôde ver a si mesmo ali e o homem morto parado ao seu lado, curvado e sussurrando no ouvido dele. No reflexo, Jude pôde ver que seu próprio braço tinha avançado e estava apontando a arma para a cabeça de Geórgia.

Seu coração deu um pulo, o sangue todo disparando numa explosão súbita, cheia de adrenalina. Olhou para baixo, viu que era verdade, estava segurando a pistola contra a cabeça dela, viu o dedo apertando o gatilho. Tentou se conter, mas era tarde demais – apertou e esperou aterrorizado que a arma disparasse.

Não disparou. O gatilho não desceu os últimos seis milímetros. A trava de segurança estava puxada.

– Porra – sibilou Jude e baixou a arma, tremendo freneticamente. Usou o polegar para fazer o gatilho voltar. Quando o viu encaixado no lugar, jogou a pistola longe.

Ela bateu com força na escrivaninha e Geórgia se encolheu com o barulho, chorando baixo. O olhar dela, no entanto, continuava fixo em algum ponto abstrato da escuridão.

Jude se virou, procurando o fantasma de Craddock. Não havia ninguém do seu lado. O estúdio estava vazio, só havia ele e Geórgia. Virou-se para ela e puxou com força seu delgado pulso branco.

– Levante-se – disse ele. – Vamos. Vamos embora. Agora mesmo. Não sei para onde, mas precisamos sair daqui. Vamos para algum lugar onde haja muita gente e luzes brilhantes, e vamos tentar resolver isso. Está me ouvindo? – Não se lembrava mais de seu raciocínio justificando a permanência na casa. A lógica saltara pela janela.

– Ele ainda não acertou contas conosco – disse ela, a voz um cochicho trêmulo.

Jude puxou-a, mas ela não se levantou. O corpo de Geórgia continuava duro na poltrona, nada cooperativo. Ela não olhava para Jude, não olhava para lugar algum a não ser diretamente à frente.

– Vamos – disse ele. – Enquanto é tempo.

– Não há mais tempo – disse ela.

A televisão piscou e ligou de novo.

18

Era o noticiário da noite. Bill Beutel, que tinha começado sua carreira no jornalismo quando o assassinato do arquiduque Ferdinando era a principal manchete do dia, estava empinado atrás da bancada do telejornal. Sua face era uma teia de rugas, irradiando-se da área ao redor dos olhos e dos cantos da boca. As feições tinham se imobilizado numa expressão de pesar, o olhar que dizia que havia mais notícias ruins sobre o Oriente Médio ou que um ônibus escolar tinha saído da rodovia e rolado numa ribanceira, matando todos os passageiros, ou que um tornado no Sul tinha engolido um monte de trailers e vomitado uma mistura de tábuas de passar, estilhaços de persianas e corpos humanos.

"... que não há sobreviventes. Traremos mais notícias à medida que a situação se esclarecer", dizia Beutel. Ele virou ligeiramente a cabeça e, por um momento, o reflexo da tela azul do *teleprompter* flutuou nas lentes dos óculos bifocais. "No final desta tarde o xerife do condado de Dutchess confirmou que Judas Coyne, o popular vocalista do Martelo de Judas, aparentemente matou com um tiro sua namorada, Marybeth Stacy Kimball, antes de virar a arma para si mesmo e tirar a própria vida."

A reportagem cortava para a imagem da casa de fazenda de Jude, desenhada contra um céu de um branco encardido, sem feições. As viaturas da polícia tinham estacionado ao acaso na estradinha de acesso e havia uma ambulância parada de ré, quase na porta do escritório de Danny.

Beutel continuava a falar em off: "A polícia está começando a juntar as peças para entender como foram os últimos dias de Coyne. Mas declarações daqueles que o conheciam sugerem que ele andava agitado e preocupado com sua saúde mental."

A gravação pulava para um plano dos cachorros no canil. Estavam caídos de lado no gramado curto, nenhum dos dois se mexia, as pernas se projetando do corpo, duras e esticadas. Estavam mortos. Jude se contraiu diante daquele quadro. Não era uma imagem agradável de se ver. Quis olhar para o lado, mas, ao que parecia, não conseguia desgrudar o olho da TV.

"Os detetives também acreditam que Coyne teve alguma participação na morte de seu assistente, Daniel Wooten, de 30 anos, encontrado em sua casa de Woodstock no início da manhã de hoje, aparentemente um suicídio."

Corte para dois paramédicos, um em cada ponta de um saco plástico azul para corpos. A garganta de Geórgia produziu um ruído baixo de desagrado ao ver um dos paramédicos subir de costas na ambulância, erguendo sua ponta do saco.

Beutel começou a falar da carreira de Jude e cortaram para uma sequência de arquivo de um show em Houston, um clipe de seis anos atrás. Jude usava uma calça jeans preta e botas pretas com biqueiras metálicas. Estava sem camisa, o torso brilhando de suor, o pelo de urso encharcado no peito, a barriga subindo e descendo ritmadamente. Um mar de 100 mil pessoas seminuas ondulava abaixo dele, uma enchente de punhos erguidos acompanhando a maré de humanidade abaixo.

Dizzy já estava morrendo então, embora na época quase ninguém além de Jude soubesse disso. Dizzy, com sua dependência de heroína e sua aids. Tocavam um de costas para o outro. A juba loura de Dizzy cobrindo a cara dele, o vento soprando-a para a frente da boca. Foi o último ano em que o grupo tocou junto. Dizzy morreu, depois Jerome, e então estava acabado.

Na sequência de arquivo, eles estavam tocando a canção título do último álbum do grupo, *Ponha-se No Seu Lugar*, o último sucesso, a última canção realmente boa que Jude havia escrito. E ao som daquela bateria – um furioso canhoneio – ele se libertara de todo e qualquer domínio que a televisão pudesse ter assumido sobre ele. Aquilo fora real. Houston havia acontecido, aquele dia realmente havia acontecido. A louca, devoradora agitação da multidão. A louca, devoradora agitação da música em torno dele. Era real, tinha acontecido e todo o resto era...

– Bobagem – disse Jude, e seu polegar tocou no botão de desligar. A televisão apagou com um estalo.

– Não é verdade – disse Geórgia, a voz pouco mais que um sussurro. – Não é verdade, certo? Você acha... acha... será que isso vai acontecer conosco?

– Não – disse Jude.

E a televisão voltou a estalar. Bill Beutel sentado novamente atrás da bancada do telejornal, segurando um maço de papéis, os ombros bem retos para a câmera.

– Sim – disse Bill. – Vocês dois vão morrer. O morto ganha do vivo. Você vai pegar a arma e ela vai tentar escapar, mas você vai agarrá-la e vai...

Jude tornou a tocar no botão para desligar e atirou o controle remoto na televisão. Depois encostou o pé na tela, esticou a perna e empurrou a

TV com força para o fundo da estante. Ela bateu na parede e alguma coisa faiscou, uma luz branca que brotou como um flash de fotografia. A TV saiu de vista ao mergulhar atrás da estante. Bateu no chão com um ruído de plástico se esmigalhando e um chiado curto, elétrico, que durou um instante e acabou. Outro dia assim e não sobraria nada na casa.

Jude se virou e o fantasma de Craddock estava atrás da poltrona de Geórgia. Chegara por trás e colocara a cabeça dela entre as suas mãos. Riscos pretos dançavam, cintilavam diante das órbitas do velho.

Geórgia não tentou se mexer ou olhar para o lado, ficou quieta como alguém que se defronta com uma cobra venenosa. Com medo de fazer qualquer coisa – até mesmo respirar – e ser atacada.

– Você não veio por causa dela – disse Jude. Enquanto falava, ia avançando para a esquerda, circundando um lado do estúdio e alcançando a porta do corredor. – Não é ela que você quer.

Num momento as mãos de Craddock estavam embalando suavemente a cabeça de Geórgia. No instante seguinte seu braço direito tinha se erguido e estava apontado para a frente numa saudação: *Sieg heil.* Em torno do homem morto, o tempo tinha um jeito de pular, como um DVD arranhado, a imagem gaguejando erraticamente de vez em quando, sem quaisquer transições entre um momento e outro. Agora a corrente de ouro caía da mão direita estendida. A lâmina, na forma de meia-lua, tinha um brilho muito forte na ponta. Sua borda estava ligeiramente iridescente, como um arco-íris numa mancha de óleo na água.

Hora de dar uma volta, Jude.

– Vá embora – disse Jude.

Se quer que eu vá, só tem de prestar atenção na minha voz. Tem de prestar bastante atenção. Tem de ser como um rádio transmissor da minha voz. Após o anoitecer é bom ter um rádio. Se quer que isto acabe, tem de prestar o máximo de atenção que você puder. Tem de querer que isto acabe com todo o seu coração. Não quer que acabe?

Jude contraiu o queixo, cerrou os dentes. Não ia responder; sentia de alguma forma que seria um erro dar qualquer resposta, mas se espantou quando se viu acenando devagar com a cabeça.

Não quer ouvir com atenção? Sei que quer. Eu sei. Escute. Você pode desligar o mundo interior e só escutar a minha voz. Porque você está ouvindo com muita atenção.

E Jude continuou assentindo, abanando devagar a cabeça para cima e para baixo, enquanto ao seu redor todos os outros sons do estúdio iam sumindo. Jude, na realidade, só tomou consciência desses ruídos quando eles desapareceram: o ronco baixo da caminhonete em marcha lenta do lado de fora, o gemido fino da respiração de Geórgia passando pela garganta, acompanhado pelas arfadas ásperas de sua própria respiração. Os ouvidos dele ressoaram ante a repentina e completa ausência de som, como se os tímpanos tivessem ficado entorpecidos por uma explosão ensurdecedora.

A lâmina balançava em pequenos arcos, de um lado para outro, de um lado para outro. Jude tinha medo de encará-la e fez força para desviar o olhar.

Não precisa olhar para isto, Craddock lhe disse. *Estou morto. Não preciso de um pêndulo para penetrar em sua mente. Já estou lá.*

E mesmo assim Jude percebia que seu olhar deslizava de volta para o pêndulo, não dava para resistir.

– Geórgia – disse Jude, ou tentou dizer. Sentiu a palavra nos lábios, na boca, na forma de sua respiração, mas não escutou sua voz, não escutou nada naquele silêncio terrível e envolvente. Jamais ouvira um barulho mais alto que aquele silêncio.

Não vou matá-la. Não, senhor, disse o morto. O tom da voz dele jamais variava, era paciente, um zumbido baixo, ressonante, compreensivo, que trazia à mente o ruído de abelhas na colmeia. *Você. Você vai. Você quer.*

Jude abriu a boca para dizer que ele estava completamente enganado.

– Sim – foi o que acabou dizendo. Ou presumiu que disse. Era mais como um pensamento em voz alta.

Craddock disse *Bom garoto.*

Geórgia estava começando a chorar, embora fosse visível o esforço que fazia para se manter imóvel, para não tremer. Jude não podia ouvi-la. A lâmina de Craddock chicoteava de um lado para outro, varrendo o ar.

Não quero machucá-la, não me faça machucá-la, pensou Jude.

Não vai ser como você quer. Pegue a pistola, está ouvindo? Faça isso agora.

Jude começou a se mover. Sentiu-se sutilmente desconectado do corpo, uma testemunha, não um participante da cena que parecia se desenrolar por conta própria. Ele não tinha controle de suas ações. Estava com a cabeça vazia demais para temer o que estava prestes a fazer. Só sabia que precisava fazer aquilo, se quisesse despertar.

Mas, antes que ele alcançasse a pistola, Geórgia estava fora da poltrona, disparando para a porta. Jude não fazia a menor ideia de que ela pudesse se mover, achava que Craddock a estava prendendo ali de alguma forma, mas fora apenas o medo que a segurara e ela já estava quase passando por ele.

Faça ela parar, disse a única voz que restava no mundo, e, quando Geórgia se lançou para ultrapassá-lo, Jude se viu pegando seu cabelo com o punho e puxando com força a cabeça dela para trás. Geórgia foi arrancada do chão. Jude girou e atirou-a para baixo. A mobília pulou quando ela se chocou contra o piso. Uma pilha de CDs numa mesinha escorregou e se espatifou no chão sem produzir nenhum som. O pé de Jude encontrou o estômago dela, um chute violento, e Geórgia se contraiu em posição fetal. Um instante depois Jude não sabia mais por que tinha feito aquilo.

É isso aí, disse o morto.

Isso desorientou Jude, o modo como a voz do morto saiu do silêncio e o alcançou, palavras que tinham uma presença quase física, abelhas zumbindo e caçando umas às outras no interior de sua cabeça. Sua cabeça era a colmeia onde elas entravam ou saíam voando, e sem elas havia um deserto coberto de cera e favos de mel. Sua cabeça estava leve demais, oca demais, e ele ia enlouquecer se não recuperasse seus próprios pensamentos, sua própria voz. O homem morto estava dizendo agora: *Você precisa mostrar a essa puta. Se não se importa que eu fale assim. Agora pegue a pistola. Rápido.*

Jude se virou para pegá-la, movendo-se rapidamente agora. Avançou pelo chão, para a escrivaninha, com a arma a seus pés, apoiando-se num joelho para alcançá-la.

Ele só ouviu os cachorros quando estava estendendo a mão para a pistola. Um latido alto, cortante, depois outro. Sua atenção desviou-se para aquele som como a manga de uma camisa prendendo num prego saliente. Aquilo o chocou, ouvir algo além da voz de Craddock naquele silêncio sem fundo. A janela atrás da escrivaninha continuava ligeiramente aberta, como ele a deixara. Outro latido, estridente, furioso, e outro. Angus. Depois Bon.

Vamos agora, rapaz. Vamos fazer.

O olhar de Jude relanceou rapidamente para a pequena cesta de lixo ao lado da escrivaninha e para os pedaços do disco de platina enfiados dentro dela. Um feixe de lâminas cromadas apontando bem para cima. Agora os dois cães latiam em uníssono, um rasgo no tecido do silêncio. O barulho naturalmente fazia recordar o cheiro deles, o odor de pelo úmido de cachorro, o quente cheiro animal da respiração deles. Jude pôde ver seu rosto refletido num daqueles cacos prateados, o que lhe causou um choque: incrível seu olhar rígido e fixo, de desespero, de horror. Logo depois, mesclado ao incessante ganir dos cachorros, Jude teve um pensamento que sem dúvida era dele mesmo e que vinha de fato com sua voz. *O único poder que ele tem, sobre qualquer um de vocês, é o poder que vocês lhe dão.*

No momento seguinte, Jude deixou a pistola de lado e pôs a mão na cesta de papel. Apoiou o lado macio da palma esquerda na ponta do arpão de prata de aparência mais comprida e afiada e deu uma estocada, jogando todo o seu peso sobre ele. A lâmina mergulhou na carne e Jude sentiu uma dor dilacerante cruzar sua mão e penetrar no pulso. Gritou, e seus olhos ficaram borrados, ardidos de lágrimas. Ele instantaneamente livrou sua palma da lâmina, depois bateu a mão direita contra a esquerda. O sangue jorrou entre as duas.

Que porra você está fazendo com você mesmo, garoto?, perguntou o fantasma de Craddock, mas Jude não estava mais ouvindo. Não podia prestar atenção por causa da sensação em sua mão, a sensação de ter sido profundamente cortado, quase até o osso.

Não acabei com você, disse Craddock, mas já tinha acabado, ele é que ainda não sabia disso. A mente de Jude procurou o latido dos cachorros como um homem se afogando agarra uma boia salva-vidas. O barulho foi encontrado e Jude se aferrou a ele. Ficou de pé e começou a se mover.

Ir até os cachorros. A vida dele – e a de Geórgia – dependia disso. Era uma ideia sem qualquer sentido racional, mas Jude não se importava com o que era racional. Só com o que era verdade.

A dor era uma fita vermelha que ele conservava entre as mãos para se afastar da voz do homem morto e voltar a seus próprios pensamentos. Tinha uma grande tolerância à dor, sempre tivera, e em alguns outros momentos de sua vida chegara a procurá-la voluntariamente. Havia uma dor no interior do pulso, na junta, um sinal de como o ferimento fora profundo, e uma parte dele apreciava essa dor, se maravilhava com ela. Jude reparou em seu reflexo na janela quando se levantou. Estava sorrindo por entre os fios dispersos da barba, uma visão ainda pior que a expressão de terror que observara um momento atrás em seu próprio rosto.

Volte aqui, disse Craddock, e Jude diminuiu um instante a marcha. Logo, no entanto, encontrou seu passo e continuou.

Atirou um olhar para Geórgia ao passar por ela – não podia se arriscar a virar para trás e ver o que Craddock estava fazendo. Geórgia estava enroscada no chão, os braços em volta do estômago e o cabelo no rosto. Ela o olhou de relance sob a franja. Suas faces estavam molhadas de suor. As pálpebras se agitavam. Os olhos embaixo delas suplicavam, questionavam, enevoavam-se de dor.

Ele desejou que houvesse tempo para falar que não pretendia feri-la. Gostaria de lhe dizer que não estava fugindo, não a estava abandonando, que estava levando o morto dali, mas a dor em sua mão era muito intensa. Não conseguia arrumar as palavras em frases claras. E não sabia por quanto tempo seria capaz de pensar por si mesmo, antes que Craddock conseguisse novamente dominá-lo. Tinha de se manter concentrado no que ia acontecer em seguida, e tinha de ser rápido. Era ótimo assim. Era melhor desse jeito. Sempre conseguira seus melhores resultados sob pressão.

Caminhou pelo corredor, pegou a escada e desceu-a depressa, quase depressa demais, quatro degraus de cada vez, o que era como cair. Saltou pelos últimos degraus para os ladrilhos de cerâmica vermelha da cozinha. Um tornozelo se curvou debaixo dele. Jude tropeçou no cepo de cortar carne cheio de sulcos e manchas de sangue coagulado. A ponta de um cutelo de açougueiro estava enterrada na madeira macia, e a lâmina larga, chata, brilhava no escuro como mercúrio líquido. Jude viu os degraus da escada refletidos nela e Craddock parado neles, seus traços borrados, suas mãos erguidas sobre a cabeça, com as palmas para fora, um pastor evangélico dando testemunho para o rebanho.

Espere, disse Craddock. *Pegue a faca*. Mas Jude se concentrou no latejar na palma da mão. A profunda lesão do músculo perfurado tinha o efeito de clarear sua cabeça e centrar suas ideias. O morto não conseguiria que Jude fizesse o que ele queria se Jude estivesse sentindo dor demais para escutá-lo. Ele se afastou de um salto do cepo de carne e, no impulso, acabou cruzando toda a extensão da cozinha.

Atingiu a porta do escritório de Danny, empurrou-a e correu para a escuridão.

19

Assim que atravessou a porta, ele parou, hesitou por um momento para se orientar. As persianas estavam arriadas. Não havia luz ali. Não conseguia enxergar nada em meio a toda aquela escuridão e teve de se mover mais devagar, arrastando os pés, as mãos estendidas à frente do corpo, tateando para se livrar de objetos que pudessem estar no caminho. A porta não estava longe e logo ele estaria do lado de fora.

Enquanto avançava, no entanto, sentiu uma angustiante pressão no peito. Estava mais difícil respirar do que ele gostaria. Tinha a sensação de que, a qualquer momento, suas mãos encostariam na face fria e morta de Craddock. Diante desse pensamento, teve de lutar para não entrar em pânico. O cotovelo atingiu um abajur de pé, que se espatifou no chão. Seu coração latejava. Ele continuava movendo os pés para a frente em vacilantes passos de bebê, mas não tinha a impressão de estar se aproximando do ponto para onde queria ir.

Um olho vermelho, o olho de um gato, se abriu devagar no escuro. Os alto-falantes que ladeavam o estéreo despertaram com uma batida grave e um zumbido baixo, oco. O aperto estava em volta do coração de Jude, uma nauseante constrição. *Continue respirando*, disse ele a si mesmo. *Continue andando. Ele vai tentar impedi-lo de sair.* Os cachorros latiam e latiam, vozes rudes, tensas, já não tão distantes agora.

O estéreo estava ligado e devia haver o som de rádio, mas não havia. Não havia absolutamente qualquer som. Os dedos de Jude roçaram na parede, no batente da porta, e de repente ele agarrou a maçaneta com a mão esquerda perfurada. Uma imaginária agulha de costura se moveu lentamente na ferida, produzindo um frio lampejo de dor.

Jude virou a maçaneta, puxou a porta. Uma fresta se abriu no escuro, dando para o clarão dos faróis de milha na frente da caminhonete do morto.

– Você pensa que é alguma coisa especial porque aprendeu a tocar uma porra de guitarra? – disse o pai de Jude da extremidade do escritório. Estava no estéreo, a voz alta e cavernosa.

Logo depois Jude tomou consciência dos outros sons que saíam dos alto-falantes (respiração pesada, arrastar de sapatos, o baque de alguém chocando-se com uma mesa), ruídos que sugeriam dois homens brigando, uma silenciosa, desesperada competição de luta livre. Era um pequeno radioteatro se desenrolando. Uma peça que Jude conhecia bem. Fora um dos atores na versão original.

Jude parou com a porta entreaberta, incapaz de mergulhar na noite, fincado no lugar pelos sons vindos do estéreo do escritório.

– Acha que saber fazer isso o torna melhor que eu? – Era Martin Cowzynski, o tom divertido e raivoso, tudo ao mesmo tempo. – Venha cá.

Então veio a própria voz de Jude. Não, não a voz de Jude – ele não era Jude então. Era a de Justin, uma voz quase uma oitava acima, uma voz às vezes fanhosa, sem a ressonância que chega com o desenvolvimento das vias respiratórias adultas.

– Mamãe! Mamãe, socorro!

Mamãe não dizia nada, não produzia um único som, mas Jude se lembrava do que ela havia feito. Tinha se levantado da mesa da cozinha, caminhado para o quarto onde fazia sua costura e, sem se atrever a olhar para nenhum dos dois, fechara suavemente a porta. Jude e a mãe nunca se ajudaram um ao outro. Por mais que precisassem fazer isso, jamais se atreveram.

– Eu mandei vir aqui, porra – disse-lhe Martin.

O som de alguém esbarrando numa cadeira. O som da cadeira batendo no chão. Quando Justin tornou a gritar, era uma voz que tremia, muito assustada.

– Minha mão não! Não, papai, minha mão não!

– Você vai ver – disse o pai.

Houve uma grande pancada, como uma porta batendo. Justin-o-garoto-no-rádio gritou e tornou a gritar. Com esse barulho, Jude se lançou no ar noturno.

Deu um passo em falso, tropeçou, caiu de joelhos no barro congelado da estradinha de acesso. Levantou-se, deu duas passadas largas e tornou a tropeçar. Jude caiu de quatro na frente da picape do morto. Observou sobre o para-choque da frente a brutal estrutura da proteção de ferro com os faróis de milha presos a ela.

A frente de uma casa, um carro ou um caminhão podia às vezes parecer um rosto, e era isso o que acontecia com o Chevy de Craddock. Os faróis eram os olhos brilhantes, cegos, fixos do enlouquecimento. A barra cromada do para-choque era uma maliciosa boca prateada. Jude esperou que o Chevy investisse contra ele, pneus rodopiando no cascalho, mas isso não aconteceu.

Bon e Angus pulavam de encontro à cerca de arame do canil, latindo sem cessar – roncos de terror e cólera vindos do fundo da garganta, a linguagem eterna, primitiva dos cachorros: *Veja meus dentes, recue ou vai experimentá-los, recue, eu sou pior que você.* Por um instante ele pensou que estavam latindo para a caminhonete, mas Angus estava olhando para trás dele. Jude se virou para ver o que era. O fantasma de Craddock estava parado na porta do escritório de Danny. O morto levantou o chapéu de feltro preto e tornou a colocá-lo cuidadosamente na cabeça.

Filho. Volte aqui, filho, dizia o morto, mas Jude estava tentando não lhe dar ouvidos, fazia força para se concentrar no barulho dos cachorros. Como os latidos tinham quebrado o feitiço sob o qual fora mantido no estúdio, aproximar-se deles parecia a coisa mais importante do mundo, embora Jude fosse incapaz de explicar a alguém, incluindo ele próprio, o porquê. Só sabia que, quando ouvia as vozes dos cachorros, lembrava-se da dele.

Jude conseguiu se erguer do cascalho, correu, caiu, se levantou, correu de novo, tropeçou na beirada da estradinha da garagem e mais uma vez acabou batendo de joelhos no chão. Rastejou pela grama, mas não teve energia nas pernas para se colocar novamente de pé. O ar gelado dava ferroadas no ferimento da mão.

Olhou para trás. Craddock estava vindo. A corrente de ouro pendia de sua mão direita. A lâmina na ponta da corrente começou a balançar, um talho prateado, uma listra de brilho rasgando a noite. O brilho e o lampejo deixaram Jude fascinado. Sentiu seu olhar grudado naquilo, sentiu o pensamento se escoando por ele – e de repente rastejou direto para a cerca de arame do canil e se jogou de lado. Rolou de costas.

Ficou de pé encostado no portão que conservava o canil trancado. Angus dava pancadas pelo outro lado, os olhos virados para cima. Bon permanecia rígida atrás de Angus, latindo com uma firme, estridente insistência. O homem morto caminhava para eles.

Vamos dar uma volta, Jude, dizia o fantasma. *Vamos dar uma volta na estrada da noite.*

Jude sentiu um vazio, de novo se rendendo àquela voz, à visão daquela lâmina prateada cortando para um lado e para o outro no escuro.

Angus atingiu com tanta força o aramado que ricocheteou e caiu de lado. O impacto tirou novamente Jude do transe.

Angus.

Angus queria sair. Já tinha se levantado e latia para o homem morto, raspando as patas na cerca.

E Jude teve uma ideia. Selvagem, meio informe. Lembrou-se de algo que lera na manhã do dia anterior num dos livros de ocultismo. Algo sobre espíritos de animais e como podiam lidar diretamente com os mortos.

O fantasma parou diante de Jude. A face esbranquiçada e sombria de Craddock estava rígida, fixada numa expressão de desprezo. As marcas negras tremiam diante de seus olhos.

Preste atenção agora. Preste atenção no som da minha voz.

– Já ouvi o bastante – disse Jude.

Estendeu a mão, alcançou o trinco do canil e o abriu.

Um instante depois Angus se chocou contra o portão, escancarando-o. Ele pulou em cima do morto, produzindo um som que Jude nunca tinha ouvido seu cachorro fazer, um rosnado abafado e grave, vindo bem do fundo do peito. Bon disparou um momento depois, os lábios pretos contraídos para mostrar os dentes, a língua pendente.

O morto deu um passo cambaleante para trás, a expressão confusa. Nos segundos que se seguiram, Jude achou difícil entender o que estava vendo. Angus atacou o velho – só que nesse instante parecia que Angus não era apenas um cachorro, mas dois. O primeiro era o pastor alemão elegante, de constituição sólida, que ele sempre fora. Mas, ligado àquele pastor, havia uma negra escuridão na forma de cachorro, achatada e sem feições, mas de certa maneira sólida, uma sombra viva.

O corpo material de Angus cobria aquela forma de sombra, mas não perfeitamente. O cachorro-sombra continuava aparecendo pelas bordas, especialmente na área do focinho – e da boca escancarada. Esse segundo e sombrio Angus atingiu o homem morto uma fração de segundo à frente do Angus real, alcançando-o a partir do lado esquerdo, distante da mão com a corrente de ouro e a lâmina prateada balançando. O morto gritou – um grito sufocado, furioso – e foi *rodopiado*, posto a rodar para trás. O morto deu um safanão em Angus e prendeu-lhe o focinho com um cotovelo. Mas não; não era Angus que ele estava agarrando, era o outro, o cão negro que afundou e vergou como uma sombra atirada pela chama de uma vela.

Bon atacou pelo outro lado de Craddock. Ela também era duas cadelas, tinha uma sombra ondulante que a duplicava. Quando ela pulou, o velho arremessou a corrente de ouro. A lâmina prateada em forma de meia-lua zuniu no ar. Passou pela pata dianteira direita de Bon e contornou seu ombro sem deixar marca. Mas mergulhou na cadela negra ligada a ela, prendendo sua pata. A sombra Bon por um momento ficou um tanto disforme, convertida em algo não de todo cachorro, não de todo... nada. A lâmina se soltou, voltando rápida à mão do homem morto. Bon ganiu, um horrendo, penetrante grito de dor. Jude não soube que versão de Bon deu o ganido, se o pastor ou a sombra.

Angus se atirou mais uma vez contra o homem morto, maxilares abertos, tentando alcançar a garganta, o rosto dele. Craddock não conseguiu girar rápido o bastante para atingi-lo com sua lâmina em movimento. A sombra Angus pôs as garras dianteiras em seu peito e empurrou com força. O morto perdeu o equilíbrio, caindo na estradinha. Quando o cachorro negro atacou, distanciou-se quase um metro do pastor alemão a que estava ligado, alongou-se e ficou fino como sombra no final do dia. Os caninos pretos fecharam-se a poucos centímetros da cara do homem morto. O chapéu de Craddock voou. Angus – tanto o pastor alemão quanto o cachorro cor de meia-noite ligado a ele – subiu em cima do homem morto, arranhando-o com suas garras.

O quadro pulou.

O morto estava novamente em pé, apoiado contra a picape. Angus tinha mudado de quadro com ele, agora estava mergulhando rapidamente e destroçando o que via pela frente. Dentes pretos arrancavam a perna da calça do morto. Uma sombra líquida pingava dos arranhões no rosto do fantasma. Quando batiam no chão, as gotas assobiavam e faziam fumaça, como gordura caindo em frigideira quente. Craddock deu um chute, acertou, mas Angus rolou e ficou de pé.

Angus se agachou, aquele profundo rosnado fervendo dentro dele, o olhar fixo em Craddock e na corrente de ouro com a lâmina em forma de meia-lua balançando na ponta. Procurando uma brecha. Os músculos nas costas do grande cachorro se retesaram sob o lustroso pelo curto, preparando-se para o salto. O cão negro ligado a Angus pulou primeiro, uma diferença de fração de segundo, a boca se escancarando, os dentes mordendo no meio das pernas do morto, alcançando suas bolas. Craddock deu um grito estridente.

Pula.

O ar ressoou com o barulho de uma porta batendo. O velho estava dentro da sua Chevy. O chapéu caído na estrada, virado pelo avesso e amassado.

Angus atingiu o lado da caminhonete, que balançou sobre as molas. Bon atacou pelo outro lado, suas garras arranhando freneticamente a lataria. A respiração dela embaçou a janela, a baba manchou o vidro, exatamente como se fosse uma picape de verdade. Jude não sabia como ela conseguira chegar até aquele ponto. Um momento atrás Bon estava encolhida do seu lado.

A cadela escorregou, girou em círculo, atirou-se mais uma vez contra a picape. Do outro lado, Angus pulava também. No instante seguinte, porém, a Chevy sumiu e os dois cachorros bateram um contra o outro. O choque das cabeças foi ouvido com nitidez e os dois desabaram no barro congelado onde, um momento atrás, estava a caminhonete.

Só que a Chevy não sumira. Não inteiramente. Os faróis de milha permaneciam, dois círculos de luz flutuando em pleno ar. Os cães saltaram para trás, viraram as cabeças para as luzes e começaram a ladrar furiosamente. A espinha de Bon estava arqueada, o pelo arrepiado, e ela foi se afastando das luzes desencarnadas com um latido agudo. Angus já não tinha mais garganta e cada latido soava mais rouco que o anterior. Jude notou que os gêmeos-sombras tinham desaparecido, sumido com a picape. Ou teriam voltado aos corpos físicos dos dois cães, onde talvez sempre estiveram escondidos. Jude supunha – o pensamento parecia inteiramente razoável – que aqueles cachorros negros ligados a Bon e a Angus eram suas almas.

Os círculos redondos da luz dos faróis começaram a desbotar, tornando-se frios e azuis, contraindo-se sobre si mesmos. De repente apagaram, não deixando nada além de débeis pós-imagens impressas atrás das retinas de Jude, discos pálidos, cor de lua, que flutuaram na frente dele por alguns momentos antes de se dissolverem.

20

Jude só ficou pronto quando o céu no leste começou a se iluminar com a primeira amostra de falso amanhecer. Então deixou Bon no carro e levou Angus com ele para dentro. Subiu correndo as escadas e entrou no estúdio. Geórgia estava onde ele a deixara, dormindo no sofá, sob um lençol branco de algodão que tirara da cama no quarto de hóspedes.

– Acorde, querida – disse ele, pondo a mão em seu ombro.

Com o toque, Geórgia rolou em sua direção. Um longo fio de cabelo preto estava colado à face suada, cuja cor não era nada boa – bochechas coradas de um vermelho quase feio, enquanto o resto da pele parecia branca como papel. Jude pôs as costas da mão na testa dela. A fronte estava úmida e febril. Geórgia lambeu os lábios.

– Que horas são?

– Quatro e meia.

Ela deu uma olhada em volta e se apoiou nos cotovelos.

– O que estou fazendo aqui?

– Você não sabe?

Ela o fitou no fundo dos olhos. Então o queixo começou a tremer e ela teve de olhar para o lado. Cobriu os olhos com uma das mãos.

– Oh, Deus – disse.

Angus se inclinou sobre Jude e enfiou o focinho no pescoço de Geórgia, sob o queixo, cutucando de leve, como se estivesse lhe dizendo para manter o queixo erguido. Os olhos grandes e fixos de Angus estavam úmidos de preocupação.

Quando o focinho molhado de Angus encostou em sua pele, Geórgia pulou, completando o que faltava para ficar de fato sentada. Ela devolveu um olhar sobressaltado e desorientado ao cachorro, pousando a mão gentilmente em sua cabeça, entre as orelhas.

– O que ele está fazendo aqui dentro? – Olhou para Jude, viu que ele estava vestido, com botas pretas Doc Martens e um sobretudo que chegava aos tornozelos. Quase ao mesmo tempo, ela percebeu o ronco profundo do Mustang em marcha lenta na estradinha de acesso. As bagagens já estavam lá. – Aonde você vai?

– Nós – disse ele. – Sul.

Na estrada

21

A luz do dia começou a falhar quando eles estavam bem ao norte de Fredericksburg e foi nesse momento que Jude viu a picape do homem morto atrás deles, seguindo a uma distância de cerca de 400 metros.

Craddock McDermott ia ao volante, embora fosse difícil avistá-lo com clareza naquela luz fraca, sob o amarelo do céu, onde as nuvens brilhavam como um amontoado de brasas. Jude, porém, pôde ver que ele estava usando de novo o chapéu de feltro e ia curvado sobre o volante, os ombros erguidos ao nível das orelhas. Também havia colocado óculos redondos. Sob as lâmpadas de vapor de sódio da rodovia I-95, as lentes cintilavam com uma estranha luz alaranjada, formando círculos flamejantes – à semelhança dos faróis de milha na barra de proteção.

Jude pegou a saída seguinte. Geórgia perguntou por quê. Ele disse que estava cansado. Ela não tinha visto o fantasma.

– Eu podia dirigir – disse ela.

Geórgia havia dormido a maior parte da tarde e agora se sentava no banco do carona com os pés encaixados sob o corpo e a cabeça caída sobre o ombro.

Quando Jude não respondeu, ela examinou o rosto dele.

– Está tudo bem? – perguntou.

– Só quero sair da estrada antes que anoiteça.

Bon enfiou a cabeça no espaço entre os bancos da frente para ouvi-los. Ela gostava de ser incluída nas conversas dos dois. Enquanto Geórgia alisava sua cabeça, Bon se virou para Jude. Era visível um ar nervoso de receio naqueles olhos cor de chocolate.

Encontraram um motel Days Inn a menos de 800 metros do desvio. Jude mandou Geórgia pegar um quarto. Ele ficaria esperando no Mustang com os cachorros. Não queria correr o risco de ser reconhecido, não estava no clima. Não estava no clima há 15 anos.

Assim que Geórgia saiu do carro, Bon subiu no banco vazio e se aninhou sobre a marca que o bumbum de Geórgia deixara no couro. Depois de acomodar o queixo sobre as patas da frente, Bon lançou um olhar de culpa para Jude, esperando que ele gritasse, mandando que ficasse atrás com Angus. Ele não gritou. Os cachorros podiam fazer o que bem entendessem.

Não muito depois de terem pegado a estrada, Jude contara a Geórgia como os cachorros tinham enfrentado Craddock.

– Desconfio que nem o homem morto sabia que Angus e Bonnie poderiam atacá-lo daquela maneira. Mas acredito que Craddock sentiu que os dois constituíam algum tipo de ameaça, e acho que deve ter ficado satisfeito em nos fazer fugir de casa antes que descobríssemos como usar os cachorros contra ele.

A essa altura, Geórgia se virara no banco para estender a mão e coçar as orelhas de Angus, inclinando-se para trás o suficiente para esfregar o nariz contra o focinho de Bon.

– Cadê meus cachorrinhos heróis? Cadê? Ah, estão aqui, muito bom! – E assim por diante, até Jude começar a enlouquecer ouvindo aquilo.

Geórgia saiu da recepção com uma chave pendurada no dedo. Sacudiu-a para ele antes de se virar e contornar o prédio. Ele a seguiu de carro e estacionou numa vaga. Ficava na frente de uma porta bege, entre outras portas beges, nos fundos do motel.

Geórgia entrou com Angus enquanto Jude caminhava com Bon ao longo de uma mata ao lado do estacionamento. Depois ele voltou, deixou Bon com Geórgia e levou Angus para passear. Era importante que nenhum dos dois se afastasse dos cachorros.

Aquele bosque atrás do Days Inn era diferente da mata ao redor de sua casa de fazenda em Piecliff, Nova York. Era inequivocamente um bosque sulista, cheirando a podridão doce, musgo molhado e barro vermelho, a enxofre e esgoto, orquídeas e óleo de motor. A própria atmosfera era diferente, o ar mais denso, mais quente, pegajoso de tão úmido. Como um sovaco. Como Moore's Corner, onde Jude fora criado. Angus tentava morder os vaga-lumes que, como gotas de luz etérea e esverdeada, esvoaçavam aqui e ali entre as samambaias.

Jude retornou ao quarto. Nos dez minutos que levaram para atravessar Delaware, tinham parado num posto para abastecer e Jude se lembrara de comprar meia dúzia de latas de ração na loja de conveniência. Não lhe ocorrera, porém, comprar pratos de papel. Enquanto Geórgia usava o banheiro, Jude puxou uma das gavetas da cômoda, abriu duas latas e derramou-as lá dentro. Depois colocou a gaveta no chão para os cachorros. Eles caíram sobre a comida e o quarto se encheu de grunhidos ásperos, de arfadas em busca de ar e do som molhado de babar e engolir.

Geórgia saiu do banheiro e parou na porta. Usava uma calcinha branca desbotada e uma blusa de alças amarradas que deixava a barriga à mostra, qualquer evidência de seu eu gótico eliminada, não fossem as unhas dos pés brilhantes, pintadas de preto. A mão direita estava enrolada num novo nó de atadura. Olhou para os cachorros, o nariz franzido numa divertida expressão de repugnância.

– Isso está ficando nojento. Se o dono do motel descobrir que usamos as gavetas da cômoda para dar comida aos cachorros, certamente *não* seremos convidados para uma nova visita ao Days Inn de Fredericksburg.

Falara com um sotaque do Sul, contribuindo para o espanto de Jude. Já havia passado a tarde toda arrastando as palavras e esticando as vogais; às vezes fazendo isso para ser engraçada e outras vezes, Jude acreditava, sem se dar conta. Como se ao deixar Nova York também estivesse abandonando a pessoa que fora lá, inconscientemente resvalando para a voz e para as atitudes de quem havia sido antes: a menina magricela da Geórgia que achava engraçado nadar nua em companhia dos garotos.

– Já vi gente se comportando mais mal num quarto de hotel – disse ele. "Mais mal" em vez de "pior". O próprio sotaque de Jude, que se tornara muito leve com o passar dos anos, também estava ficando mais forte. Era difícil alguém retornar ao lugar onde foi criado sem assumir as características da pessoa que tinha sido lá. – Um dia, meu baixista Dizzy cagou numa gaveta, porque eu demorei muito a sair do banheiro.

Geórgia riu, embora parecesse contemplá-lo com alguma coisa próxima da preocupação – se perguntando, talvez, o que ele estava pensando. Dizzy tinha morrido. Aids. Jerome, que tocava guitarra rítmica, teclados e praticamente qualquer outra coisa, também havia morrido. Seu carro tinha saído da estrada a mais de 140 quilômetros por hora. Ele havia rolado seis vezes com o Porsche antes de o carro explodir num mar de chamas. Só algumas pessoas ficaram sabendo que não fora um acidente provocado pela bebida, que ele fizera aquilo totalmente sóbrio, de propósito.

Não muito tempo depois de Jerome sair de cena, Kenny disse que estava na hora de encerrar o expediente, que queria passar algum tempo com os filhos. Kenny estava cansado de argolas nos mamilos, calças de couro preto, efeitos pirotécnicos e quartos de hotel – vinha vivendo aquela farsa havia muito tempo. E foi assim que a banda acabou. Desde então, Jude fora um número solo.

Talvez não fosse mais nem isso. Tinha no estúdio, em casa, uma caixa de demos, quase 30 músicas novas. Mas era uma coleção particular. Não se preocupara em tocá-las para ninguém. Eram apenas uma variação das mesmas coisas. O que Kurt Cobain dissera? Verso refrão verso. Sempre a mesma coisa. Jude não se importava mais. A aids pegara Dizzy, a estrada pegara Jerome. Ele não se importava mais com a música.

Não fazia sentido o modo como as coisas tinham se desenrolado. Judas Coyne sempre fora o astro; a banda se chamava O Martelo de Judas. Era ele quem devia ter morrido tragicamente jovem. Jerome e Dizzy deviam ter sobrevivido para poder contar, anos mais tarde, numa retrospectiva, 13 histórias selecionadas a seu respeito (ambos ficando calvos, gordos, com mãos e unhas tratadas, em paz com sua riqueza e com seu rude, ruidoso passado). Só que Jude nunca foi bom em seguir o script.

Jude e Geórgia comeram os sanduíches que haviam comprado no posto de gasolina de Delaware onde pegaram a ração. Eram tão saborosos quanto o papel em que vinham embrulhados.

Os integrantes do My Chemical Romance estavam num talk show na TV. Tinham cabelos espetados e argolas nos lábios e sobrancelhas, mas sob o pó branco da maquiagem e o batom preto havia uma coleção de garotos gorduchos que provavelmente tinham participado, alguns anos antes, da banda do colégio. Pulavam de um lado para outro, caíam um em cima do outro, como se o palco debaixo deles fosse uma placa eletrificada. Brincavam febrilmente, atemorizando uns aos outros. Jude gostava dos rapazes. E se perguntava qual deles ia morrer primeiro.

Depois Geórgia desligou o abajur ao lado da cama e os dois ficaram deitados juntos no escuro, os cachorros enroscados no chão.

– Acho que aquilo não nos livrou dele – disse ela. – Ter queimado o paletó. – Agora sem sotaque caipira.

– Mas foi uma boa ideia.

– Não, não foi. – E então: – Ele me fez fazer aquilo, não fez?

Jude não respondeu.

– E se não conseguirmos achar um meio de mandá-lo embora? – perguntou ela.

– O jeito é se acostumar ao cheiro de comida de cachorro.

Ela riu, sua respiração fazendo cócegas no pescoço dele.

– O que vamos fazer quando chegarmos ao lugar para onde estamos indo? – disse ela.

– Vamos conversar com a mulher que me mandou o paletó. Vamos descobrir se ela sabe como se livrar do morto.

Carros zumbiam na I-95. Grilos cantavam.

– Vai machucá-la?

– Não sei. Talvez. Como está sua mão?

– Melhor – disse ela. – Como está a sua?

– Melhor – disse ele.

Jude estava mentindo e tinha certeza absoluta de que ela também estava. Geórgia entrara no banheiro para trocar a atadura assim que chegaram ao quarto. Ele fora depois para substituir a dele e havia encontrado no lixo o curativo antigo de Geórgia. Puxara os rolos de gaze da cesta de lixo para examiná-los. Cheiravam a infecção e antisséptico. E estavam manchados de sangue coagulado e mais alguma coisa, uma crosta amarela, que só podia ser pus.

Quanto à sua própria mão, o corte que dera nela provavelmente precisava de uns pontos. Antes de deixar a casa naquela manhã, tirara um estojo de primeiros socorros do alto de um armário de cozinha e usara alguns esparadrapos para fechar o talho, depois o amarrara com atadura branca. Mas o corte não tinha parado de sangrar e, no momento em que tirou as bandagens, o sangue já começava a ensopá-las. O buraco na mão esquerda apareceu entre os esparadrapos, um olho vermelho, líquido.

– A moça que se matou – começou Geórgia. – A moça que está por trás de tudo isso...

– Anna McDermott. – Agora o verdadeiro nome dela.

– Anna – repetiu Geórgia. – Sabe por que ela se matou? Foi porque você a mandou cair fora?

– A irmã obviamente pensa que sim. O padrasto também, eu acho, ou não estaria nos assombrando.

– O fantasma... pode induzir as pessoas a fazerem coisas. Como me fazer queimar o paletó. Como fazer Danny se enforcar.

No carro, Jude contara sobre Danny. Geórgia tinha virado o rosto para a janela e, durante algum tempo, ele a ouvira chorando baixo, deixando escapar pequenos sons abafados, desalentados, que pouco depois se nivelaram nas lentas e regulares inalações do sono. Esta era a primeira vez que qualquer um dos dois fazia menção a Danny desde então.

Jude continuou:

– O morto, o padrasto de Anna, aprendeu hipnose torturando vietcongues no Exército e guardou esse conhecimento depois que deu baixa. Gostava de se chamar de mentalista. Quando era vivo, usava aquela corrente com a lâmina prateada na ponta para pôr as pessoas em transe, mas agora está morto, não precisa mais dela. Na realidade, quando ele fala, a pessoa tem de obedecer. De um momento para o outro o sujeito fica simplesmente inerte, vendo como ele o dirige para cá e para lá. Você nem sequer sente alguma coisa. Seu corpo é como uma roupa, e é ele quem está usando a roupa, não você. – *O paletó de um morto*, pensou Jude e seus braços ficaram ásperos com o arrepio. – Não sei muita coisa sobre ele – continuou Jude. – Anna não gostava de falar dele. Mas sei que ela trabalhou algum tempo fazendo leitura de mãos e disse que foi o padrasto que a ensinou a fazer isso. Ele tinha interesse pelos aspectos menos conhecidos da mente humana. Nos fins de semana, por exemplo, trabalhava como radiestesista.

– Não são aquelas pessoas que encontram água sacudindo varinhas no ar? Minha avó empregou um velho caipira com a boca cheia de dentes de ouro para ajudá-la a encontrar uma nova nascente depois que o poço secou. O homem tinha uma bengala de madeira.

– O padrasto de Anna, Craddock, não trabalhava com uma varinha. Simplesmente usava sua bela lâmina pendurada numa corrente. Pêndulos funcionam igualmente bem, eu acho. De qualquer modo, a puta psicótica que me mandou o paletó, Jessica McDermott Price, queria que eu soubesse que seu papai tinha dito que acertaria as contas comigo depois de morrer. Acho que o velho tinha algumas ideias sobre como voltar. Em outras palavras, ele não é um fantasma casual, se isso faz sentido. Pegou de propósito o caminho em que está agora.

Ao longe, um cachorro latiu. Bon levantou a cabeça, olhou atenta na direção da porta, depois pousou novamente o queixo nas patas dianteiras.

– Ela era bonita? – perguntou Geórgia.

– Anna? Sim. Claro. Quer saber se era boa de cama?

– Perguntei por perguntar. Não precisa responder como um filho da puta.

– Está bem. Mas não faça perguntas se não quer realmente saber as respostas. Nunca reparou que eu jamais a interroguei sobre seus antigos parceiros de foda?

– Antigos parceiros de foda. Porra! É assim que você me vê? A atual parceira de foda que logo vai ser passado?

– Cristo. Aqui vamos nós.

– Não estou sendo xereta. Estou tentando entender a coisa.

– E de que modo saber se ela era bonita ou não vai ajudá-la a entender o problema do nosso fantasma?

Ela segurou o lençol contra o queixo e encarou-o no escuro.

– Então ela era Flórida e eu sou Geórgia. Quantos outros estados foram visitados por sua pica?

– Não saberia dizer. Não tenho um mapa com alfinetes espetados. Quer realmente que eu faça uma estimativa? Já que entramos no assunto, por que nos limitarmos aos estados? Já fiz 13 turnês mundiais e sempre levei meu pau comigo.

– Você é um filho da puta mesmo.

Ele arreganhou os dentes dentro da barba.

– Sei que provavelmente é chocante para uma virgem como você, mas vou lhe confessar uma coisa: eu tenho um passado. Cinquenta e quatro anos dele.

– Você a amava?

– Será que não dá para mudar de assunto?

– Isso é importante, porra.

– Importante como?

Ela não quis responder.

Ele se recostou na cabeceira da cama.

– Durante umas três semanas – disse.

– Ela ficou apaixonada por você?

Ele balançou afirmativamente a cabeça.

– Ela te escreveu? Depois que você a mandou pra casa?

– Escreveu.

– Cartas rancorosas?

Ele ficou pensando na pergunta e demorou a responder.

– Será que você nem chegou a abrir a porra das cartas?

Havia de novo na voz de Geórgia uma cadência inequivocamente rural e sulista. Estava prestes a perder a cabeça, e por um momento se esquecera de si mesma. Ou talvez não tivesse realmente esquecido de si mesma. Muito pelo contrário.

– Sim, eu li as cartas – disse ele. – Estava procurando por elas quando a merda explodiu na nossa cara lá na fazenda.

Lamentava que Danny não tivesse encontrado as cartas. Jude amara Anna, vivera com ela, conversara todo dia com ela, mas agora compreendia que ficara sabendo muito pouco a seu respeito. Sabia muito pouco da vida que Anna tivera antes (e depois) dele.

– Você merece o que vier a te acontecer – disse Geórgia rolando para o lado. – Nós dois merecemos.

– As cartas não eram raivosas – disse Jude. – Às vezes eram emotivas. E às vezes assustadoras, pelo pouco de emoção que havia nelas. Na última, lembro que Anna falou que tinha coisas que queria conversar comigo, coisas que estava cansada de manter em segredo. Disse que não aguentava mais estar sempre tão cansada. Acho que isso era um sinal de alerta, bem ali na minha frente. Só que não era a primeira vez que ela falava coisas assim e afinal de contas Anna nunca... O que estou querendo dizer é que ela não estava bem. Não estava feliz.

– Mas você acha que ela ainda gostava de você? Mesmo depois de ter levado um chute na bunda?

– Não dei um... – começou ele, soltando o ar com irritação. Não ia engolir a isca com tanta facilidade. – Acho que provavelmente sim.

Geórgia ficou um bom tempo sem falar, de costas para ele. Jude estudava a curva de seu ombro.

– Sinto pena de Anna – disse ela por fim. – Não é lá muito agradável, sabe?

– O quê?

– Estar apaixonada por você. Conheci muitos maus elementos que me deixaram com nojo de mim mesma, Jude, mas você é um caso à parte. Porque eu sabia que nenhum deles realmente se importava comigo, mas você se importa, e, seja como for, você faz com que eu me sinta como uma puta de rua. – Falou sem rodeios, calmamente, sem olhar para ele.

Aquilo o deixou meio sem fôlego. Por um instante Jude teve vontade de pedir desculpas, mas a palavra o assustava. Ele estava enferrujado no quesito desculpas, e explicações sensatas simplesmente não faziam parte do seu repertório. Geórgia esperou que Jude respondesse e, quando isso não aconteceu, ela puxou o cobertor para cobrir o ombro.

Jude deslizou pelo travesseiro, pôs as mãos atrás da cabeça.

– Amanhã vamos atravessar a Geórgia – disse ela, ainda sem se virar. – Quero dar uma parada na casa da minha avó.

– Sua avó – repetiu Jude, como se não tivesse certeza de ter ouvido bem.

– Bammy é a pessoa de quem mais gosto no mundo. Um dia fez 300 pontos no boliche. – Geórgia disse isso como se uma coisa fosse complemento natural da outra. Talvez fosse.

– Tem noção da encrenca em que nos metemos?

– Sim, tenho.

– Acha que é uma boa ideia começarmos a nos desviar do caminho?

– Quero visitá-la.

– Que tal pararmos lá na volta? Aí vocês duas vão poder falar com tranquilidade sobre os velhos tempos. Quem sabe não saem para jogar boliche?

Geórgia demorou um pouco para responder.

– Tenho a sensação de que devo visitá-la agora – disse por fim. – Isso não me sai da cabeça. Além do mais, não há qualquer garantia de que vamos fazer a viagem de volta. Não acha?

Jude puxava a barba, contemplando as formas dela sob o lençol. Não gostava, sob nenhuma hipótese, da ideia de ceder, mas sentiu que era preciso oferecer-lhe alguma coisa, fazer alguma concessão, para que ela o desprezasse um pouco menos. E, se Geórgia tinha algo a dizer a alguém que a amava, não fazia sentido esperar pela volta. Já não parecia sensato adiar qualquer coisa que tivesse importância.

– Ela tem limonada na geladeira?

– Sempre fresca.

– Tudo bem – disse Jude. – Então vamos dar uma passada rápida, ok? Podemos chegar à Flórida amanhã se não fizermos corpo mole.

Um dos cachorros suspirou. Geórgia tinha aberto uma janela para deixar sair o cheiro da ração, a janela que dava para o pátio no centro do motel. Jude podia sentir o leve odor de ferrugem na cerca de arame e um vago cheiro de cloro, embora não houvesse água na piscina.

– Além disso, eu já tive uma mesa Ouija. Quando chegarmos à casa de minha avó, quero ver se consigo encontrá-la.

– Já disse a você. Não preciso conversar com Craddock. Já sei o que ele quer.

– Não! – disse Geórgia, num tom ríspido, impaciente. – Não estou dizendo que é para falar com *ele*.

– Então para que você quer a mesa?

– Precisaremos dela se formos falar com Anna – disse Geórgia. – Você afirmou que ela o amava. Talvez ela possa nos dizer como sair desta encrenca. Talvez possa mandá-lo embora.

22

– Lago Pontchartrain, hã? Não fui criada muito longe de lá. Uma vez meus pais nos levaram para acampar no lago. Meu padrasto pescava. Não me lembro como ele fazia isso. Você vai sempre pescar no lago Pontchartrain?

Ela estava sempre atrás de Jude com suas perguntas. Ele nunca chegou a concluir se ela prestava atenção nas respostas ou se simplesmente usava o tempo em que ele estava falando para pensar em alguma outra coisa acerca da qual pudesse infernizá-lo.

– Você gosta de pescar? Gosta de peixe cru? Sushi? Só não acho o sushi repugnante quando estou bebendo e consigo entrar no clima. A repulsa dissimula uma atração. Quantas vezes você esteve em Tóquio? Ouvi dizer que a comida é realmente nojenta... lula crua, água-viva crua. Tudo lá é cru. Será que não inventaram o fogo no Japão? Você já foi intoxicado por comida ruim? Claro que foi. Sempre em turnê...

– Qual foi o pior vômito da sua vida? Já vomitou pelo nariz? Vomitou? Esse é o pior.

– Mas você ia sempre pescar no lago Pontchartrain? Seu pai o levava? O nome não é incrível? Lago Pontchartrain, lago Pontchartrain, quero ver a chuva no lago Pontchartrain. Sabe qual é o som mais romântico do mundo? Chuva num lago tranquilo. Uma bela chuva de primavera. Quando eu era menina, conseguia entrar em transe apenas sentando perto da janela para ver a chuva. Meu padrasto costumava dizer que nunca tinha conhecido alguém que entrasse em transe com a mesma facilidade que eu. Como você era na adolescência? Quando resolveu trocar de nome?

– Acha que eu devia trocar de nome? Você devia escolher um novo nome pra mim. Quero que me chame do que achar melhor.

– Já faço isso – *disse ele.*

– Está certo. Já faz. De agora em diante meu nome é Flórida. Para mim Anna McDermott acabou. É uma garota morta. Desapareceu. De qualquer modo eu nunca gostei dela. Prefiro ser a Flórida. Você tem saudades da Louisiana? Não é engraçado a gente ter morado a quatro horas um do outro? Nossos caminhos podiam ter se cruzado. Quem sabe não estivemos no mesmo lugar, na mesma hora, sem saber. Bem, provavelmente não, certo? Porque, quando você caiu fora da Louisiana, eu nem havia nascido.

Esse hábito de perguntar era o que fazia Jude sentir mais afeição por Flórida ou mais raiva dela. Ele nunca tinha certeza. Talvez as duas coisas ao mesmo tempo.

– Você nunca para com essas perguntas? – *perguntou ele na primeira noite em que dormiram juntos. Eram duas da manhã e Flórida o estava interrogando havia uma hora.* – Você devia ser uma daquelas pirralhas que deixam a mãe maluca, querendo saber "Por que o céu é azul?", "Por que a Terra não cai no Sol?", "O que acontece conosco quando a gente morre?".

– O que você acha que acontece conosco quando a gente morre? – *perguntou Anna.* – Você já viu um fantasma? Meu padrasto já. Meu padrasto fala com eles. Ele esteve no Vietnã e diz que o país inteiro é assombrado.

Àquela altura ele já sabia que o padrasto dela era radiestesista e hipnotizador. Tocava o negócio com a irmã mais velha de Anna. Essa irmã também praticava profissionalmente a hipnose e morava, assim como o padrasto, em Testament, na Flórida. Isso era quase o relato completo do que Jude sabia a respeito da família de Anna. Ele nunca a pressionara querendo saber mais – nem no início nem mais tarde. Dava-se por satisfeito em saber o que ela queria que ele soubesse a respeito de sua vida.

Tinha conhecido Anna três dias antes, em Nova York. Tinha sido convidado para fazer um dueto com Trent Reznor para a trilha sonora de um filme – dinheiro fácil. Acabou ficando para assistir ao show que Trent estava fazendo no Roseland. Anna estava nos bastidores, uma garota miúda usando batom violeta e calças de couro que rangiam quando ela andava. Era uma rara loura gótica. Anna perguntou se ele queria um rolinho primavera.

– Não é difícil comer com uma barba assim? – *perguntou depois de pegar um rolinho para ele.* – Não fica comida agarrada? – *Sempre fazendo perguntas, quase desde o primeiro oi.* – Por que tantos caras, como os motoqueiros, por exemplo, deixam a barba crescer para ficar com ar ameaçador? Não acha que a barba pode atrapalhar numa luta?

– Como a barba pode atrapalhar numa luta? – *perguntou ele.*

Flórida agarrou a barba dele e puxou. Ele se curvou para a frente, sentindo uma dor lancinante no queixo. Rangeu os dentes, sufocou um grito de raiva. Ela soltou e continuou falando:

– Se eu entrasse numa luta com um homem barbudo, essa seria a primeira coisa que faria. Enfrentar o ZZ Top seria moleza. Eu poderia cuidar sozinha de todos os três, por menor que eu seja. É claro, aqueles caras *não podem* fazer a barba. Se fizessem a barba, ninguém mais ia reconhecê-los. De repente você está no mesmo barco, acho que é por aí. É quem você é. Essa barba me dava pesadelos quando eu era menininha e via você em vídeos. Ei! Você poderia andar completamente incógnito sem a barba. Já pensou nisso? Férias instantâneas das pressões da celebridade. Além disso, a barba é um perigo num combate. Razões de sobra para raspá-la.

– Raspada é que minha cara seria um perigo – *disse ele.* – Se minha barba fazia você ter pesadelos, devia me ver sem ela. Provavelmente você nunca mais ia conseguir dormir.

– Então é um disfarce. Um ato de encobrimento. Como seu nome.

– O que há com meu nome?

– Não é seu verdadeiro nome. Judas Coyne é um jogo de palavras. – *Anna se inclinou para ele.* – Ou será que você é de uma família católica pirada para ter um nome desses? Será? Meu padrasto diz que a Bíblia não passa de mistificação. Ele foi educado para ser pentecostal, mas virou espírita e foi como nos educou. Ele tem um pêndulo... Pode balançá-lo em cima de você fazendo perguntas e dizer se você está mentindo ou não pelo modo como o pêndulo oscilar. Também pode ler sua aura com o pêndulo. Minha aura é negra como o pecado. A sua como é? Quer que eu leia a sua mão? Leitura de mão é moleza. É o truque mais fácil de aprender.

Leu três vezes a sorte dele. Da primeira estava ajoelhada nua na cama a seu lado, uma linha brilhante de suor aparecendo na fenda entre os seios. Estava corada, ainda meio ofegante pelo esforço da transa. Pegou a mão de Jude, moveu as pontas dos dedos pela sua palma, examinou-a com atenção.

– Veja esta linha da vida – *disse Anna.* – Avança por quilômetros. Acho que você vai viver para sempre. Eu não gostaria de viver para sempre. Com que idade uma pessoa é muito velha? Talvez esta linha seja metafórica. Algo como sua música vai viver para sempre, uma bobagem qualquer desse tipo. Leitura de mão não é uma ciência exata.

E então, um dia, não muito depois de ele ter acabado de reconstruir o Mustang, os dois foram dar um passeio nas montanhas com vista para o Hudson. Trocaram carícias estacionados numa rampa para botes, contemplando o rio. Sob um céu muito alto, de um azul desbotado, a água parecia salpicada de escamas cor de diamante. Nuvens brancas e fofas enchiam o horizonte. Jude pensara em levar Anna a uma consulta com um psiquiatra (Danny marcara a consulta), mas ela o dissuadiu, dizendo que estava um dia bonito demais para ser desperdiçado num consultório médico.

Ficaram sentados no carro, vidros arriados, música baixa, e ela pegou a mão dele pousada no assento entre os dois. Anna estava num de seus dias bons. Que estavam se tornando cada vez menos frequentes.

– Ame de novo depois de mim – *disse ela.* – Você terá outra chance de ser feliz. Não sei se você vai se permitir aproveitá-la. Chego a pensar que não. Por que não quer ser feliz?

– O que está querendo dizer, depois de você? – *perguntou ele. E depois acrescentou:* – Sou feliz agora.

– Não, não é. Você ainda tem raiva.

– De quem?

– De você mesmo – *disse ela, como se fosse a coisa mais óbvia do mundo.* – Como se tivesse culpa da morte de Jerome e Dizzy. Como se algum deles pudesse ter sido salvo de si mesmo. Além disso, você continua realmente irritado com seu pai. Pelo que ele fez à sua mãe. Pelo que ele fez à sua mão.

Essa última afirmativa lhe tirou o fôlego.

– Do que está falando? Como sabe o que ele fez à minha mão?

Ela deu uma espiada nele: um olhar divertido, malicioso.

– Estou olhando para ela bem agora, não estou? – *Virou a mão dele para cima, moveu o polegar pelas cicatrizes nos nós dos dedos.* – Não é preciso ser paranormal. Só é preciso ter dedos sensíveis. Posso sentir onde os ossos quebraram. Com o que ele bateu na sua mão para estraçalhá-la dessa maneira? Uma marreta? Os ossos realmente custaram para calcificar.

– Foi com a porta do porão. Eu tinha passado o fim de semana fora, tocando num show em Nova Orleans. Uma competição de bandas. Tinha 15 anos. Para pagar a passagem de ônibus, tirei 100 dólares do cofre de casa. Achei que aquilo não seria um roubo porque eu ia ganhar o concurso. Havia um prêmio de 500 dólares em dinheiro. Tudo seria pago com juros.

– Você se deu bem?

– Fiquei em terceiro lugar – *disse Jude.* – Ganhamos camisetas. Quando voltei, meu pai me arrastou até a porta do porão e esmagou minha mão esquerda com ela. A mão que fazia os acordes.

Flórida ficou imóvel, franziu a testa, olhou-o com ar confuso.

– Achei que você fazia os acordes com a outra mão.

– É como faço agora.

Ela o encarou com atenção.

– Consegui me acostumar a fazê-los com a mão direita enquanto a esquerda melhorava e acabei nunca voltando atrás.

– Foi difícil?

– Bem, eu não tinha certeza se algum dia minha mão esquerda ficaria boa. Era mudar de mão ou parar de tocar. E parar teria sido muito mais difícil.

– E sua mãe, onde ela estava quando isso aconteceu?

– Não consigo lembrar. – *Mentira. A verdade era que não conseguia esquecer. A mãe estava na mesa quando o pai começou a puxá-lo pela cozinha na direção do porão. Ele gritou pedindo ajuda, mas a mãe simplesmente se levantou, pôs as mãos nas orelhas e foi para o quarto de costura. Na verdade, Jude não podia censurá-la por ter se recusado a intervir. Aquilo ia acontecer mais cedo ou mais tarde, mesmo que ele não tivesse pegado os 100 dólares.* – Mas tudo bem. Acabei tocando guitarra ainda melhor depois que troquei de mão. Só levei mais ou menos um mês fazendo a porra dos ruídos mais terríveis que alguém já ouviu. Até que me explicaram que eu tinha de pôr as cordas da guitarra ao contrário se quisesse tocar com as mãos trocadas. Depois que fiz isso foi muito fácil pegar o jeito.

– E você mostrou ao seu pai, não foi?

Ele não respondeu. Anna examinou mais uma vez a palma da mão de Jude e passou o polegar pelo pulso dele.

– Ele ainda não acertou as contas com você – *disse ela.* – Seu pai. Você vai tornar a vê-lo.

– Não, não vou. Há 30 anos não vejo a cara dele. Ele não faz mais parte da minha vida.

– Claro que faz. Ele está presente em cada um dos seus dias.

– Engraçado, achei que tínhamos decidido pular a visita ao psiquiatra.

– Você tem cinco linhas da sorte – *disse ela.* – Tem mais sorte que um gato, Jude Coyne! O mundo ainda deve estar compensando você por tudo o que seu pai lhe fez. Cinco linhas da sorte. O mundo jamais vai conseguir ficar quite com você. – *Pôs a mão dele de lado.* – Sua barba, sua grande jaqueta de couro, seu grande carro preto e suas grandes botas pretas. Ninguém põe toda essa blindagem a não ser que tenha sido ferido por alguém que não tinha o direito de feri-lo.

– Olha quem fala – *disse ele.* – Existe alguma parte de você sem alguma coisa espetada? – *Anna tinha piercing nas orelhas, na língua, num mamilo, nos lábios vaginais.* – Quem você está tentando espantar?

Anna fez uma última leitura da mão de Jude poucos dias antes de ele colocá-la na rua. Certa noite, Jude olhara pela janela da cozinha e a vira caminhando sob uma fria chuva de inverno na direção do celeiro. Usava apenas um sutiã preto e uma calcinha preta. A carne nua era de uma brancura chocante.

Quando Jude conseguiu alcançá-la, ela já havia se arrastado para o canil, para a parte que ficava dentro do celeiro, aonde Angus e Bon iam quando queriam se proteger da chuva. Anna se sentou na terra, deixando a lama lambuzar a parte de trás de suas coxas. Os cachorros se moviam agitados, atirando-lhe olhares preocupados e abrindo espaço para ela.

Jude entrou no canil de quatro, furioso com ela, realmente farto do modo como as coisas vinham se desenrolando nos últimos dois meses. Estava cansado de falar com ela e receber respostas estúpidas em três palavras, de saco cheio do riso e das lágrimas sem qualquer razão. Não faziam mais amor. A ideia o repugnava. Ela não tomava banho, não trocava de roupa, não escovava os dentes. O cabelo amarelo como mel era um ninho de ratos. Das últimas poucas vezes que tinham tentado fazer sexo, ela o constrangera com as coisas que queria, o deixara embaraçado e nauseado. Ele não se importava com um pouco de perversão, poderia amarrá-la se ela quisesse, beliscar seus mamilos, virá-la e meter por trás. Mas ela não se satisfazia com isso. Queria que ele colocasse um saco plástico em sua cabeça. E a cortasse.

No canil, ela estava curvada para a frente com uma agulha na mão. De repente empurrou a agulha contra o polegar da outra mão, um gesto pensado e executado com decisão – picou-se uma vez, depois outra, produzindo gotas de sangue gordas e brilhantes como pedras preciosas.

– Que diabo está fazendo? – *perguntou ele, lutando para manter a raiva longe da voz e não conseguindo. Ele a pegou pelo pulso para impedi-la de continuar se picando.*

Anna deixou a agulha cair na lama, girou o pulso, segurou a mão dele entre as suas e se concentrou na palma. Os olhos brilhavam febris em suas cavidades escuras, que lembravam contusões. Ela havia passado a dormir três horas por noite, no máximo.

– Seu tempo está se esgotando quase tão depressa quanto o meu. Serei mais útil quando for embora. Vou embora. Nós não temos futuro. Alguém vai tentar lhe fazer mal. Alguém que quer tirar tudo de você. – *Ela virou os olhos para cima e o encarou.* – Alguém contra quem você não pode lutar.

Você vai lutar de qualquer maneira, mas não pode vencer. Você não vai vencer. Todas as coisas boas em sua vida logo vão passar.

Angus deu um ganido ansioso e se aninhou entre eles, pondo o focinho no meio das pernas de Anna. Ela sorriu (o primeiro sorriso que Jude via num mês) e fez carinho atrás das orelhas do animal.

– Bem – *disse ela.* – Você sempre terá os cachorros.

Jude se contorceu, livrando-se da mão dela, pegou-a pelos braços, colocou-a de pé.

– Não ligo para nada que você diz. Você leu pelo menos três vezes a minha sorte e cada leitura foi diferente da outra.

– Eu sei – *disse ela.* – Mesmo assim todas são verdadeiras.

– Por que estava se picando com uma agulha? Por que resolveu fazer isso?

– Faço desde menina. É me picando vez por outra que consigo fazer os maus pensamentos irem embora. É um truque que ensinei a mim mesma para clarear a cabeça. É como beliscar a si próprio num sonho. Você sabe, a dor serve para despertar você. Ou fazer com que se lembre de quem você é.

Jude sabia.

Quase como uma reflexão tardia, ela acrescentou:

– Acho que não está mais funcionando muito bem. – *Ele a tirou do canil e a conduziu através do celeiro. Ela falou de novo:* – Não sei o que estou fazendo aqui fora. De calcinha e sutiã.

– Eu também não sei.

– Já namorou uma maluca como eu, Jude? Você me odeia? Você teve um monte de garotas, seja sincero, eu sou a pior? Quem foi a pior?

– Por que você tem de fazer todas essas malditas perguntas? – *quis saber ele.*

Quando saíram do celeiro para a chuva, Jude abriu o sobretudo preto e fechou-o sobre o corpo fino e trêmulo de Anna, apertando-a contra si.

– Prefiro fazer perguntas – *disse ela* – a respondê-las.

23

Ele acordou um pouco depois das nove com uma melodia na cabeça, algo que parecia um hino apalache. Empurrou Bon (que havia se deitado à noite com eles) para fora da cama e jogou as cobertas para o lado. Jude se sentou na beira do colchão, repassando mentalmente a melodia, tentando identificá-la, recordar a letra. Só que a melodia não podia ser identificada nem a letra recordada porque elas não existiam até então. A música só teria um nome quando Jude lhe desse um.

Ele se levantou, atravessou o quarto e saiu, ainda de cueca samba-canção, para o corredor. Foi até o Mustang, destrancou a mala e tirou de lá um velho estojo de guitarra com uma Les Paul 68, que levou para o quarto.

Geórgia não se mexia. Estava deitada com o rosto no travesseiro, um braço branco sobre os lençóis, apertado contra seu corpo. Já tinham se passado anos desde a última vez que ele saíra com uma mulher de corpo bronzeado. Quando a pessoa era gótica, era importante dar a impressão de que explodiria em chamas se fosse diretamente exposta ao sol.

Ele entrou no banheiro. A essa altura Angus e Bon já estavam atrás dele, e Jude mandou, num murmúrio, que ficassem do lado de fora. Eles se deitaram de barriga na frente da porta, encarando-o com ar infeliz, acusando-o com os olhos de não amá-los o bastante.

Não tinha certeza se poderia tocar a guitarra com aquele furo transformado em ferida na mão esquerda. A esquerda dedilhava e a direita fazia os acordes. Tirou a Les Paul do estojo e começou a bater nas cordas, afinando o instrumento. Quando dedilhou um grupo de cordas, o movimento disparou uma pontada fraca de dor (não de todo má, pouco mais que uma quentura desconfortável) no centro de sua palma. A sensação era a de um fio de aço que tivesse penetrado profundamente na carne e estivesse começando a aquecer. Podia tocar sentindo isso, pensou.

Depois de afinar a guitarra, Jude procurou os acordes certos e começou a tocar, reproduzindo a música que estava em sua cabeça quando ele acordou. Sem o amplificador, a guitarra ficava toda abafada, produzindo um som baixo e metálico, e cada acorde saía com um tom áspero.

A canção lembrava uma melodia tradicional de música country. Soava como algo saído de um disco de canções populares. Algo do tipo *No Clima para Cavar meu Túmulo*, *Jesus Trouxe sua Carruagem* ou *Brinde ao Demônio*.

– "Brinde aos Mortos" – disse ele.

Pousou a guitarra e voltou para o quarto. Na mesa de cabeceira havia um bloquinho de notas e uma esferográfica. Ele os levou para o banheiro e escreveu "Brinde aos Mortos". Agora a música tinha título. Pegou a guitarra e tocou-a de novo.

O som – de banjos dos Ozarks, de música gospel – deu-lhe uma sensação de prazer. Sentiu-a subir pelos antebraços e pela nuca. Muitas de suas canções, quando começavam a brotar, soavam como música antiga. Chegavam assim à soleira da sua porta, como órfãs sem rumo, como crianças perdidas de grandes e veneráveis famílias musicais. Chegavam a ele como o som de piano dos ragtimes e dos blues na Tin Pan Alley ou dos empolgantes riffs de Chuck Berry. Jude as vestia de preto e as ensinava a gritar.

Lamentava não estar com seu gravador DAT; queria colocar o que já tinha numa fita. Em vez disso pôs mais uma vez a guitarra de lado e rabiscou os acordes no bloquinho de notas, embaixo do título. Então pegou a Les Paul e tocou de novo o improviso, curioso para saber aonde poderia levá-lo. Vinte minutos depois havia manchas de sangue nas bandagens ao redor da mão esquerda e Jude tinha terminado o refrão, que brotava naturalmente do gancho inicial, passando de sussurro a grito: um firme, crescente, ensurdecedor refrão, um ato de violência contra a beleza e a suavidade da melodia que tinha vindo antes.

– De quem é essa? – perguntou Geórgia, inclinando-se na porta do banheiro, esfregando a sonolência dos olhos.

– Minha.

– Gosto dela.

– Está ok. Soaria ainda melhor se esta coisa estivesse ligada.

O cabelo preto e liso flutuava em volta da cabeça de Geórgia, com um ar etéreo, e as sombras sob seus olhos chamaram a atenção de Jude para o tamanho deles. Geórgia sorriu sonolenta e Jude devolveu o sorriso.

– Jude – disse ela num tom quase insuportável de ternura erótica.

– Sim?

– Quem sabe você não tira o seu traseiro do banheiro para eu fazer um xixi?

Quando ela fechou a porta, Jude jogou o estojo da guitarra na cama e ficou parado no quarto escuro, ouvindo o som abafado do mundo atrás das persianas puxadas: o ronco do tráfego na estrada, uma porta de carro batendo, o ruído de um aspirador no quarto de cima. Ocorreu-lhe então que o fantasma havia sumido.

Desde que o paletó chegara à sua casa na caixa preta em forma de coração, Jude havia sentido a presença do homem morto a seu lado. Mesmo que não pudesse vê-lo, estava consciente daquela presença, sentindo-a como uma espécie de pressão e eletricidade no ar, como a que precede um temporal. Vivera os últimos dias naquela atmosfera de terrível expectativa, um contínuo fluir de tensão que tornava difícil saborear a comida ou encontrar o caminho para o sono. Agora, no entanto, a tensão havia se dissipado. De alguma forma, Jude esquecera o fantasma enquanto estivera compondo a nova música – e de alguma forma o fantasma o havia esquecido, ou pelo menos não fora capaz de se introduzir em seus pensamentos, em seu novo ambiente.

Caminhou para Angus sem se afobar. Jude estava de mangas curtas, calça jeans e o sol batia gostoso em sua nuca. O cheiro da manhã – a fumaça dos escapamentos na I-95, os lírios do pântano entre os arbustos, o asfalto quente – fazia seu sangue correr, dava-lhe vontade de estar na estrada, de estar dirigindo em algum lugar, para algum lugar. *Ele* se sentia bem: uma sensação que não lhe era familiar. Talvez estivesse lascivo, pensando no cabelo agradavelmente despenteado de Geórgia, os olhos inchados de sono, as pernas macias e brancas. Estava com fome, queria ovos, um empanado de frango. Angus correu atrás de uma marmota até um mato da altura da cintura de um homem, depois parou na beira das árvores, latindo feliz para o bosque. Jude voltou para dar uma volta com Bon e esticar as pernas dela. Ouviu o chuveiro.

Ele entrou no banheiro. O lugar estava fumegando, o ar quente e sufocante. Despiu-se, contornou a cortina e entrou na banheira.

Geórgia pulou quando os nós dos dedos dele esfregaram suas costas e torceu a cabeça para olhá-lo. Tinha uma borboleta preta tatuada no ombro esquerdo e um coração preto no quadril. Virou-se para Jude, e ele pousou a mão no coração.

Ela pressionou o corpo molhado e ágil contra o dele e os dois se beijaram. Jude se inclinou para ela, sobre ela e, para não perder o equilíbrio, Geórgia encostou a mão direita na parede – então ofegou, deixou escapar um som fino, agudo de dor, e puxou a mão como se ela a tivesse queimado.

Geórgia tentou baixar a mão para o lado do corpo, mas Jude pegou-a pelo pulso. O polegar estava inflamado, vermelho. Jude o tocou de leve e pôde sentir o calor doentio guardado lá dentro. A palma, em volta da parte de baixo do polegar, também ficara vermelha e inchada. Na ponta do polegar estava a ferida branca, brilhando com pus recente.

– O que vamos fazer com esta ferida? – perguntou ele.

– Está tudo bem. Estou passando antisséptico.

– Não está tudo bem. Você devia ser levada para um pronto-socorro.

– Não vou ficar sentada três horas numa sala de emergência para alguém dar uma olhada no lugar onde eu me espetei com um alfinete.

– Você não sabe o que a picou. Não esqueça no que estava mexendo quando aconteceu.

– Não esqueci. Só não acredito que um médico possa deixar isto melhor. Não mesmo.

– Acha que vai ficar boa sozinha?

– Acho que meu polegar vai ficar ótimo... se conseguirmos fazer o homem morto ir embora. Se conseguirmos tirá-lo de nossas costas, acho que *nós dois* vamos ficar ótimos – disse ela. – Não sei o que está errado com minha mão, mas sei que faz parte de toda esta coisa. Você também sabe disso, não é?

Ele não sabia de nada, mas tinha algumas ideias e não ficou contente em descobrir que coincidiam com as dela. Baixou a cabeça, pensando, tirando a água do rosto.

– Na fase pior de Anna – disse por fim –, ela espetava seu polegar com uma agulha. Para clarear a cabeça, ela me disse. Não sei. Talvez não seja nada. Só que está me deixando inquieto ver você espetada como ela costumava se espetar.

– Bem, isso não me preocupa. Na realidade, quase faz com que eu me sinta melhor.

A mão boa movia-se pelo peito dele, os dedos explorando uma paisagem de músculos que começavam a perder definição e de pele que ia ficando flácida por causa da idade. Tudo coberto por uma esteira de pelos prateados e crespos.

– Faz mesmo?

– Com certeza. É outra coisa que ela e eu temos em comum. Além de você. Eu nunca a encontrei e praticamente não sei nada sobre Anna, mas de alguma forma me sinto ligada a ela. E isso não me assusta.

– Felizmente não a está incomodando. Eu gostaria de poder dizer o mesmo. Acho que não gosto muito de pensar no assunto.

– Então não pense – disse Geórgia se inclinando para ele e enfiando a língua na sua boca para fazer com que se calasse.

24

Jude pegou Bon para dar o passeio que lhe estava devendo enquanto Geórgia ficou no banheiro se vestindo, trocando a atadura da mão e pondo seus ornamentos na orelha. Sabendo que ela ainda ia demorar uns 20 minutos, Jude deu uma passada no carro e tirou o laptop de Geórgia da mala. Ela nem sabia que o computador viera. Jude o colocara automaticamente no carro, sem pensar, porque Geórgia o levava consigo para onde quer que fosse. Usava-o para ficar em contato, por e-mail e MSN, com um bando de amigos espalhados por vários cantos do país. E passava um número incontável de horas navegando na internet, trocando mensagens, levantando informações sobre shows, visitando blogs e sites de erotismo dark (que seriam hilariantes se não fossem tão deprimentes). Assim que pegara a estrada, no entanto, Jude havia esquecido que o laptop estava com eles, e Geórgia nem uma vez sequer perguntara sobre o computador, que passara a noite na mala.

Jude não trouxera seu computador – não tinha um. Danny cuidava de seu e-mail e de todo o resto de suas obrigações on-line. Jude estava consciente de pertencer a um segmento da sociedade cada vez menor, aquele que conseguia não ceder inteiramente ao fascínio da era digital. Ele não queria ser dependente de nada. Passara quatro anos viciado em cocaína, um período em que tudo parecia superacelerado, como num daqueles filmes em que o tempo parece dar saltos: um dia e uma noite inteiros são condensados em alguns segundos, o tráfego reduzido a fantásticos riscos de luz, as pessoas transformadas em manequins borrados movendo-se abruptamente de um lado para outro. Aqueles quatro anos pareciam agora quatro dias ruins, loucos e passados em claro – dias que tinham começado com uma ressaca de véspera de ano-novo e acabado em reuniões de Natal, enfumaçadas, abarrotadas de gente, onde ele se via cercado por estranhos que tentavam tocá-lo e davam risadas não humanas, estridentes demais. Não queria nunca mais ser dependente.

Um dia tentara explicar a Danny de que modo se sentia e falou sobre comportamento compulsivo, o tempo correndo depressa demais, internet e drogas. Danny se limitara a levantar uma de suas sobrancelhas finas, agitadas, e a contemplá-lo com um desdenhoso ar de confusão. Danny não achava que coca e computadores tivessem algo em comum. Mas Jude via o modo como as pessoas se debruçavam sobre os monitores, clicando repetidamente no botão atualizar, esperando alguma informação crucial que no fundo não tinha a menor importância, e achava que os dois eram praticamente idênticos.

Agora, no entanto, estava no clima para navegar. Levou o laptop para o quarto, ligou-o e entrou na rede. Não fez nenhuma tentativa de acessar sua conta de e-mail. Na verdade, não sabia muito bem *como* fazer isso. Danny tinha instalado um programa que baixava automaticamente as mensagens que Jude recebia na web, mas Jude não sabia como acessá-las do computador de outra pessoa. Sabia, no entanto, como pesquisar um nome no Google e escreveu o nome de Anna.

O obituário era curto, metade do tamanho do de seu pai. Jude leu num relance, que era tudo o que o texto merecia. Foi a fotografia dela que captou sua atenção e lhe provocou uma breve sensação de vazio no estômago. Achou que a foto fora tirada perto do fim de sua vida. Anna olhava sem expressão para a câmera, alguns fios do cabelo claro jogados no rosto abatido, as faces encovadas sob as maçãs do rosto.

Quando se conheceram, Anna usava argolas nas sobrancelhas e quatro em cada orelha, mas na foto elas tinham desaparecido, o que deixava seu rosto muito pálido, com um aspecto ainda mais vulnerável. Ao olhar com mais atenção, ele pôde ver as marcas deixadas pelos piercings. Anna abrira mão deles, desistira das argolas, cruzes, dos emblemas egípcios e gemas brilhantes, dos tachões, anzóis e anéis que enfiara na pele para ficar com uma aparência suja, durona, perigosa, louca e bela. Parte disso não deixava de ser verdade. Ela realmente fora louca e bela; perigosa, não. Só para si própria.

O obituário não dizia nada sobre um bilhete suicida. Não falava em suicídio. Ela morrera menos de três meses antes do padrasto.

Jude fez outra busca. Digitou "Craddock McDermott, radiestesista" e pipocaram meia dúzia de links. Clicou no primeiro resultado, que o levou a um artigo do *Tampa Tribune*, publicado nove anos atrás na seção Comportamento/Artes. Jude olhou primeiro para as fotos – havia duas – e se endireitou na poltrona. Demorou um pouco para conseguir tirar o olho daquelas fotos e concentrar sua atenção no texto que havia ao lado.

O título da reportagem era "Um pêndulo para os mortos". O subtítulo dizia: *Vinte anos depois do Vietnã, o capitão Craddock McDermott está pronto para deixar alguns fantasmas descansarem... e levantar alguns outros.*

O artigo iniciava com a história de Roy Hayes, um professor de biologia aposentado que, aos 69 anos de idade, aprendera a pilotar pequenos aviões. Numa manhã de outono em 1991, Hayes sobrevoava o Parque Nacional Everglades com um ultraleve, fazendo a contabilidade das garças para um grupo ambiental quando, às 7h13 da manhã, um aeroclube ao sul de Naples recebera uma transmissão dele:

"Acho que estou tendo um derrame", dizia Hayes. "Estou tonto. Não sei a que altura estou. Preciso de ajuda."

Foi o último contato de Hayes. Um grupo de busca, envolvendo mais de 30 barcos e uma centena de homens, não conseguiu encontrar qualquer pista do professor ou do avião. Então, três anos após seu desaparecimento e morte presumida, a família tomou a extraordinária iniciativa de contratar Craddock McDermott, capitão (aposentado) do Exército americano, para liderar uma nova busca de seus restos mortais.

"Ele não desceu nos Everglades", declara McDermott com um grande sorriso de confiança. "Os grupos de busca procuraram no lugar errado. Os ventos daquela manhã carregaram o avião bem para o norte, fazendo-o sobrevoar a reserva de Big Cypress. Calculo sua posição a menos de um quilômetro e meio ao sul da I-94."

McDermott acredita que pode delimitar o local da queda a uma área de pouco mais de um quilômetro quadrado. Mas ele não chegou a essa estimativa consultando dados meteorológicos da manhã do desaparecimento, examinando as últimas transmissões de rádio do Dr. Hayes ou lendo relatórios de testemunhas. Simplesmente balançou um pêndulo de prata sobre um enorme mapa da região. Quando o pêndulo começou a oscilar rapidamente sobre um ponto ao sul de Big Cypress, McDermott anunciou que tinha encontrado a zona de impacto.

Assim, no final desta semana, quando entrar com um grupo particular de busca nos pântanos de Big Cypress para procurar o ultraleve acidentado, ele não estará levando sonar, detectores de metal ou cães farejadores. Seu plano para localizar o professor desaparecido é muito mais simples – e assustador. Ele pretende apelar diretamente a Roy Hayes, pedir a cooperação do falecido para conduzir o grupo até seu derradeiro lugar de descanso.

A reportagem se desviava para uma história em segundo plano, explorando os primeiros encontros de Craddock com o oculto. Algumas linhas foram gastas detalhando os episódios mais góticos da vida da família de Craddock. Tratava brevemente de seu pai, ministro pentecostal com uma queda por manuseio de cobras, que tinha desaparecido quando Craddock era ainda garoto. Detinha-se por um parágrafo em sua mãe, que os fizera se mudar duas vezes para o outro extremo do país após ver um espectro que chamara "o homem andando para trás", uma visão que pressagiava má sorte. Depois de uma dessas visitas do homem andando para trás, o pequeno Craddock e sua mãe abandonaram um condomínio em Atlanta, menos de três semanas antes de o prédio ser reduzido a escombros pelo fogo provocado por um curto-circuito.

Em 1967, McDermott estava baseado no Vietnã como oficial do Exército americano e se tornara responsável pelo interrogatório dos prisioneiros da elite da Frente de Libertação Nacional. Um dia foi encarregado do caso de um certo Nguyen Trung, um quiromante que, segundo se afirmava, tinha aprendido seu ofício de adivinho com o próprio irmão de Ho Chi Minh e que oferecera seus serviços a várias pessoas do alto escalão vietcongue. Para pôr o prisioneiro à vontade, McDermott pediu que Trung o ajudasse a compreender suas crenças espirituais. Os dois tiveram uma série de conversas extraordinárias sobre profecia, alma humana e os mortos – discussões que, segundo McDermott, abriram seus olhos para o sobrenatural que o cercava.

"No Vietnã os fantasmas são muito ativos", afirma McDermott. "Nguyen Trung me ensinou a vê-los. Depois que você aprende a procurar, vai localizá-los em cada esquina, sempre com os olhos riscados e os pés sem tocar no chão. Lá é comum os vivos empregarem os mortos. Um espírito que acredita que tem trabalho a fazer não deixará nosso mundo. Vai permanecer até a tarefa ser concluída.

"Foi quando pela primeira vez comecei a acreditar que íamos perder a guerra. Via a coisa acontecer no campo de batalha. Quando nossos rapazes morriam, a alma deles saía pela boca, como vapor de uma chaleira de chá, e se lançava para o céu. Quando os vietcongues morriam, seus espíritos permaneciam. Os mortos não paravam de lutar."

Após suas sessões serem concluídas, o capitão perdeu contato com Trung, que desapareceu mais ou menos na época da ofensiva de Tet. Quanto ao professor Hayes, McDermott acreditava que seu último paradeiro logo seria conhecido.

"Vamos encontrá-lo", disse McDermott. "Seu espírito está desocupado no momento, mas vou lhe dar algum trabalho. Vamos dar um passeio juntos – Hayes e eu. Ele vai me levar até onde está seu corpo."

Ao ler aquela frase (*Vamos dar um passeio juntos*), Jude sentiu um calafrio nos braços. Pior foi a estranha sensação de medo que o dominou quando ele viu as fotografias.

A primeira era uma foto de Craddock apoiado na proteção da picape azul-esfumaçada. Suas enteadas – Anna tinha talvez 12 anos, Jessica uns 15 – estavam descalças e sentadas no capô, uma de cada lado de Craddock. Era a primeira vez que Jude via a irmã mais velha de Anna, mas não a primeira vez que via Anna quando criança – era exatamente como aparecera em seu sonho, mas sem o cachecol tapando os olhos.

Na foto, Jessica tinha os braços em volta do pescoço do padrasto, um homem sorridente, ossudo. Era quase tão esguia quanto ele, alta e em boa forma, a pele cor de mel, saudável, bronzeada. Havia, no entanto, algo de intrigante em seu sorriso: era um sorriso largo, com os dentes à mostra, talvez largo demais, entusiástico demais, o arreganhar de dentes *vender-vender-vender* de um frenético corretor de imóveis. E também havia algo com os olhos dela, brilhantes, negros como nanquim e desconcertantemente ávidos.

Anna estava sentada um tanto à parte. Também era ossuda, toda cotovelos e joelhos, e o cabelo chegava quase à cintura – um comprido, dourado derramar de luz. Era também a única dos três que não sorria para a câmera. Não mostrava, aliás, qualquer tipo de expressão. O rosto estava atônito e inerte, os olhos sem foco, como os de uma sonâmbula. Jude reconheceu ali a fisionomia que Anna revelava quando estava mergulhada no mundo monocromático, virado de cabeça para baixo, de sua depressão. Ficou perturbado com a ideia incômoda de que ela tivesse vagado por aquele mundo durante a maior parte de sua infância.

Pior que tudo, no entanto, era uma segunda foto, menor, do capitão Craddock McDermott de uniforme, chapéu de pesca manchado de suor e a M16 pendurada no ombro. Posava com outros militares numa estrada de lama ressecada e amarela. Atrás dele havia palmeiras e água estagnada; não fosse pelos soldados e pelo prisioneiro vietnamita, poderia ser uma foto batida nos Everglades.

O prisioneiro se achava um pouco atrás de Craddock, um homem de constituição sólida numa túnica preta, cabeça raspada, traços bem marcados, vistosos, e os olhos calmos de um monge. Jude reconheceu-o de imediato como o vietcongue que encontrara em seu sonho. Os dedos perdidos da mão direita de Trung eram um detalhe inconfundível. Na foto granulada, de colorido pobre, os cotos daqueles dedos tinham sido recentemente costurados com linha preta.

A mesma legenda que identificava aquele homem como Nguyen Trung descrevia o cenário como um hospital de campo em Dong Tam, onde o prisioneiro recebera cuidados por ferimentos em combate. Isso era quase verdade. Trung havia decepado seus próprios dedos porque pensava que eles estivessem prestes a atacá-lo – não deixava, então, de ser uma espécie de combate. Quanto ao que tinha acontecido depois, Jude achava que sabia. Provavelmente, quando Trung não tinha mais nada para contar a Craddock McDermott (sobre fantasmas e o trabalho que os fantasmas faziam), ele fora levado para dar um passeio na estrada da noite.

A reportagem não dizia se McDermott tinha mesmo encontrado Roy Hayes, professor aposentado e piloto de ultraleve, mas Jude acreditava que sim, embora não houvesse um motivo racional para isso. Para satisfazer sua curiosidade, ele fez outra busca. Os restos de Roy Hayes tinham sido enterrados cinco semanas depois, e na verdade Craddock não o encontrara – não pessoalmente. A água era muito profunda. Uma equipe de mergulho da polícia estadual tinha conseguido tirá-lo. O grupo de resgate encontrou o corpo no local onde Craddock mandara que mergulhassem.

Geórgia escancarou a porta do banheiro e Jude saiu do computador.

– O que está fazendo? – perguntou ela.

– Tentando descobrir como acessar meu e-mail – mentiu ele. – Quer checar os seus?

Depois de olhar um instante para o computador, ela balançou a cabeça e torceu o nariz.

– Não. Não tenho o menor interesse em entrar na internet. Não é engraçado? Geralmente ninguém consegue me tirar de lá.

– Bem, está vendo? Fugir para salvar a vida não é tão mau assim. Veja como está fortalecendo seu caráter.

Jude tornou a abrir a gaveta da cômoda e derramou outra lata de ração dentro dela.

– Ontem à noite o cheiro dessa merda estava me dando vontade de vomitar – disse Geórgia. – Hoje, por incrível que pareça, está me deixando com fome.

– Vamos. Há um Denny's no alto da rua. Vamos dar uma andada.

Jude abriu a porta, depois estendeu a mão para ela. Geórgia estava sentada na beira da cama com sua calça jeans stonewashed preta, botas pretas pesadas e blusa preta sem mangas, que caía folgada sobre seu corpo delicado. Sob o raio dourado de sol que passava pela porta, sua pele estava tão pálida e fina que parecia quase translúcida, capaz de se ferir ao mais leve toque.

Jude viu o olhar de Geórgia recair sobre os cachorros. Angus e Bon se curvavam sobre a gaveta, as cabeças juntas como se estivessem mergulhando na comida. A testa franzida de Geórgia demonstrava o que se passava na sua mente: estariam seguros desde que mantivessem os cachorros por perto. Mas então ela virou para Jude, parado no sol, pegou a mão dele e deixou que a puxasse até ficar de pé. O dia estava muito claro. Do outro lado da porta a manhã os esperava.

Jude não estava assustado. Ainda se sentia sob a proteção da nova canção, sentia que ao compô-la atraíra um círculo mágico que cercava os dois e onde o homem morto não poderia penetrar. Afugentara o fantasma – pelo menos por algum tempo.

Mas, quando cruzaram o estacionamento (impensadamente de mãos dadas, coisa que nunca tinham feito), ele se virou e deu uma olhada casual na direção do quarto. Angus e Bon estavam de pé, lado a lado, encarando-os pela janela envidraçada. Apoiavam-se sobre as patas traseiras e tinham as da frente encostadas no vidro, suas caras mostrando idêntico ar de apreensão.

25

O Denny's estava barulhento, superlotado, tinha o cheiro rançoso de gordura de bacon, café fervendo e fumaça de cigarro. O balcão, logo à direita das portas, era uma área reservada para fumantes. Isso significava que, após cinco minutos de espera, você podia apostar que estaria cheirando como um cinzeiro ao ser conduzido à sua mesa.

Jude não fumava e nunca tinha fumado. Fora o único hábito autodestrutivo que conseguira evitar. O pai fumava. Jude sempre fora de bom grado à cidade para lhe comprar os pacotes compridos e baratos de cigarros sem filtro. Fazia isso sem que o pai precisasse pedir e os dois sabiam por quê. Jude ficava encarando o pai do outro lado da mesa da cozinha. Via Martin acender um cigarro, dar a primeira tragada, transformar a ponta numa brasa flamejante.

– Se olhares pudessem matar, eu já teria câncer – disse-lhe Martin uma noite, sem qualquer preâmbulo. Ele moveu a mão, desenhou um círculo no ar com o cigarro, estreitando os olhos para Jude através da fumaça. – Tenho uma constituição forte. Se quiser me matar a distância, vai ter de esperar um pouco. Se realmente quer que eu morra, há modos mais fáceis de fazer isso.

A mãe de Jude não dizia nada, ocupada em descascar ervilhas. Com a cara fechada e um ar de grande concentração, ela parecia uma surda-muda.

Jude – Justin, naquela época – também não abriu a boca, continuando simplesmente a encarar o pai. Não estava irritado demais para falar, mas chocado, porque era como se o pai tivesse lido sua mente. Estivera contemplando as dobras, a pele de galinha no pescoço de Martin Cowzynski com uma espécie de fúria, desejando que um câncer nascesse ali, um caroço de células escuras que devorassem a voz do pai, que asfixiassem sua respiração. Desejava isso de todo o coração: um câncer que fizesse os médicos escavarem a garganta dele, calando-o para sempre.

O homem na mesa ao lado tivera a garganta escavada e usava uma eletrolaringe para falar, um estridente aparelho eletrônico cheio de estalidos que segurava sob o queixo para dizer à garçonete (e a todas as outras pessoas presentes):

– VOCÊS TÊM AR-CONDICIONADO? BEM, LIGUEM. NÃO SE PREOCUPAM EM COZINHAR DIREITO A COMIDA, MAS QUEREM FRITAR OS CLIENTES? JESUS CRISTO, TENHO 87 ANOS. – Era um fato que julgava de tão excepcional importância que tornou a mencioná-lo quando a garçonete já estava se afastando. – TENHO 87 ANOS. CRISTO. ESTÃO NOS FRITANDO COMO OVOS – repetia para a esposa, uma mulher fantasticamente obesa que não tirava os olhos do jornal. Parecia o velho daquela pintura, *American Gothic*, até o último fio de cabelo grisalho penteado sobre a cabeça calva.

– Só fico imaginando que tipo de casal de velhos nós daríamos – disse Geórgia.

– Bem. Eu ainda teria muito cabelo. Só que branco. E que provavelmente estaria brotando em tufos de todos os lugares errados. Dos ouvidos. Do nariz. Grandes pelos revoltos saltando das sobrancelhas. Basicamente um Papai Noel, numa versão terrivelmente equivocada.

Ela pôs as mãos em concha sob os seios.

– A gordura vai decididamente descer daqui até a minha bunda. Tenho dentes fracos, que provavelmente vão cair. Mas, se quiser ver o lado bom das coisas, vou poder tirar a dentadura e dar uma boa chupada, daquelas de velhinha desdentada.

Jude tocou-lhe o queixo, erguendo seu rosto para ele. Examinou as bochechas pronunciadas, as olheiras profundas e o olhar zombeteiro que não mascarava inteiramente seu desejo de ter a aprovação dele.

– Você tem boas feições – disse Jude. – Tem bons olhos. Vai ficar bem. O problema das senhoras idosas são sempre os olhos. Para ser uma velhinha com olhos vivos, você terá de parecer estar sempre pensando em alguma coisa engraçada. Pronta para se meter em confusão.

Ele tirou a mão. Geórgia baixou os olhos para a xícara de café, sorrindo lisonjeada e repentinamente tomada por uma estranha timidez.

– É como se você estivesse falando de minha avó Bammy – disse ela. – Você vai adorá-la. Podemos estar lá na hora do almoço.

– Claro.

– Minha avó é a coisinha mais amistosa, mais inofensiva que existe. Oh, mas ela gosta de atormentar as pessoas. Eu morava com ela na época em que estava na oitava série. Levava meu namorado Jimmy Elliott para casa... para jogar comigo no computador, eu dizia, mas na verdade era para surrupiar um pouco de vinho. Quase todo dia, Bammy deixava meia garrafa de vinho tinto na geladeira, uma sobra do jantar da noite anterior. Ela sabia o que estávamos fazendo e um dia trocou a bebida por corante roxo e pôs a garrafa no mesmo lugar. Jimmy me ofereceu o primeiro gole. Enchi a boca e cuspi tudo em cima de mim mesma. Quando ela chegou em casa, eu ainda tinha um grande círculo roxo na boca, manchas roxas por todo o queixo, a língua roxa. Demorou uma semana para sair. Esperei que Bammy fosse me dar uma boa surra, mas ela só achou engraçado.

A garçonete veio anotar os pedidos. Quando foi embora, Geórgia perguntou:

– Como era ser casado, Jude?

– Tranquilo.

– Por que se divorciou?

– Não fiz isso. Ela se divorciou de mim.

– Pegou você na cama com o estado do Alasca ou algo do gênero?

– Não. Eu não pulava a cerca... bem, não com muita frequência. E ela não encarava isso como ofensa pessoal.

– Não? Está falando sério? Se fôssemos casados e você saísse da linha, eu jogaria em cima de você a primeira coisa que estivesse à mão. E a segunda também. E não ia levá-lo para o hospital. Deixava sangrar. – Ela fez uma pausa, se debruçou sobre sua xícara e perguntou: – E daí, o que houve?

– Seria difícil explicar.

– Por quê? Sou estúpida demais?

– Não – disse ele. – O mais provável é que eu não seja esperto o bastante para explicar a coisa para mim mesmo, muito menos para outra pessoa. Durante bastante tempo quis me esforçar para ser um bom marido. De repente não quis mais. E quando não quis mais... ela simplesmente percebeu. Talvez eu tenha feito tudo para ela perceber.

Enquanto falava, Jude ia se lembrando de como havia começado a ficar acordado até tarde, esperando que ela ficasse cansada e fosse para a cama sem ele. Jude só ia para o quarto depois que Shannon estivesse dormindo, para não precisar fazer sexo com ela. Além disso, às vezes começava a tocar guitarra, dedilhando uma música, no meio de algo que ela estivesse dizendo... Tocava exatamente por cima do que ela falava. Também se lembrou de como ele se apegara àquele filme *snuff* em vez de jogá-lo fora. Como deixara a fita onde ela pudesse encontrá-la... onde supostamente sabia que ela *ia* encontrar.

– Isso não faz sentido. Assim, de repente, você não sente mais vontade de fazer o esforço? Não combina com você. Você não é do tipo que desiste das coisas sem nenhuma razão.

Não fora por nenhuma razão, mas qualquer razão que tenha havido desafiava explicações, não podia ser posta em palavras de um modo que fizesse sentido. Comprara a casa de fazenda para a mulher, comprara para os dois. Comprara um Mercedes para Shannon, depois outro, um grande sedã e um conversível. Às vezes passavam fins de semana em Cannes. Voavam até lá num jatinho particular onde se serviam de camarão da Malásia e cauda de lagosta no gelo. E então Dizzy morreu – da maneira mais dolorosa que uma pessoa pode morrer – e Jerome se matou. Mesmo assim Shannon entrava no estúdio dizendo "Estou preocupada com você. Vamos para o Havaí" ou "Comprei uma jaqueta de couro para você... experimente". Então ele começava a arranhar a guitarra, detestando o trinado da voz dela e tocando por cima do que ela dizia, detestando a ideia de gastar mais dinheiro, de ter outra jaqueta, de fazer outra viagem. Mas detestando principalmente o ar satisfeito, imaturo e mimado do rosto dela, os dedos gordos com todos aqueles anéis, o frio ar de preocupação nos olhos.

Bem no final, quando Dizzy estava cego, ardendo em febre e se sujando quase a cada hora, ele cismou que Jude era seu pai. Dizzy chorava e dizia que não queria ser gay: "Não tenha mais raiva de mim, papai, não tenha." E Jude respondia: "Não tenho. Nunca tive." E então Dizzy se foi, e Shannon continuou comprando roupas para Jude e pensando onde deviam almoçar.

– Por que não teve filhos com ela? – perguntou Geórgia.

– Tive medo de ter puxado ao meu pai.

– Duvido que você seja como ele.

Jude ficou pensando naquilo diante de uma garfada de comida.

– Não duvide. Eu e ele temos quase exatamente o mesmo temperamento.

– O que mais me assusta é a ideia de ter filhos e eles descobrirem a verdade a meu respeito – disse Geórgia. – Os filhos sempre descobrem. Eu descobri tudo sobre meus pais.

– O que seus filhos poderiam descobrir a seu respeito?

– Que larguei o colégio. Que aos 13 anos deixei um cara me transformar numa prostituta. Que o único trabalho em que sempre me saí bem foi tirar a roupa ao som do Mötley Crue num salão cheio de bêbados. Tentei me matar. Fui presa três vezes. Roubei dinheiro de minha avó e a fiz sofrer. Passei uns dois anos sem escovar os dentes. Será que esqueci alguma coisa?

– Acho que seu filho ia descobrir o seguinte: mesmo que alguma coisa muito ruim venha a me acontecer, posso sempre conversar com minha mãe porque ela passou por tudo isso; mesmo que algo foda venha a me acontecer, vou conseguir sobreviver porque minha mãe passou por coisa pior e sobreviveu.

Geórgia ergueu a cabeça, sorrindo de novo, os olhos muito brilhantes de prazer e malícia – o tipo de olhos de que Jude estivera falando alguns minutos atrás.

– Sabe, Jude... – disse ela, estendendo os dedos da mão com as ataduras para a xícara de café. A garçonete estava atrás dela, inclinando-se com a cafeteira para tornar a encher a xícara de Geórgia. Em vez de olhar para o que estava fazendo, prestava atenção no bloquinho da conta. Jude viu o que ia acontecer, mas sua garganta não conseguiu dar o aviso a tempo. Geórgia continuava falando: – Às vezes você é um cara tão decente que eu quase consigo esquecer que baba...

A garçonete virou a cafeteira justo quando Geórgia puxava a xícara, derramando o café quente na mão com as bandagens. Geórgia soltou um gemido e puxou a mão, encolhendo-a com força contra o peito, o rosto se contorcendo numa careta ferida, irritada. Por um momento o choque deixou seus olhos vidrados, com um brilho inerte e vazio, o que fez Jude achar que ela estava prestes a desmaiar.

Logo, porém, Geórgia assumiu o controle, agarrando a mão ruim com a boa.

– Não é melhor olhar em que porra de lugar está derramando isso, sua piranha? – gritou para a garçonete, o sotaque de novo se apoderando dela, a voz ganhando novamente o jeitão caipira.

– Geórgia... – disse Jude, começando a se levantar.

Ela fez uma careta e acenou para que Jude voltasse a sentar. Depois deu um encontrão com o ombro na garçonete quando passou por ela a caminho da área dos banheiros.

Jude pôs seu prato de lado.

– Acho que vou pagar assim que você puder fechar a conta.

– Sinto muito – disse a garçonete.

– Acidentes acontecem.

– Sinto muito – repetiu a garçonete. – Mas isso não é motivo para ela falar comigo desse jeito.

– Ela se queimou. Até me espanta que você não tenha ouvido coisa pior.

– Você e ela – disse a garçonete. – Soube que tipo de gente estava servindo no momento em que pus os olhos nos dois. E servi tão bem quanto serviria qualquer outra pessoa.

– Ah é? E que tipo de gente era?

– Gente da ralé. Você parece um traficante de drogas.

Ele riu.

– E só precisei olhar pra ela uma vez pra saber o que ela é. Você está pagando por hora?

Ele parou de rir.

– Me traga a conta – disse. – E tire esse traseiro gordo da minha vista.

A garçonete o encarou mais um momento, a boca contorcida, como se estivesse preparada para cuspir. Depois se afastou depressa, sem dizer mais nada.

As pessoas nas mesas ao redor tinham parado de conversar e olhavam embasbacadas, prestando atenção no bate-boca. O olhar de Jude foi de um lado para o outro, enfrentando cada um que se atrevesse a encará-lo. Um por um, voltaram todos a seus pratos. Jude era destemido no contato olho a olho. Tinha enfrentado multidões durante muitos anos e não era agora que ia perder um campeonato de olhares.

Por fim, as únicas pessoas que continuavam a encará-lo eram o velho saído da pintura *American Gothic* e sua mulher, que poderia atuar como a dona gorda de algum circo nas horas vagas. Ela pelo menos fazia um esforço para ser discreta, espreitando Jude pelos cantos dos olhos e fingindo estar interessada no jornal que tinha na frente. O velho, no entanto, não disfarçava. Os olhos cor de chá julgavam e, ao mesmo tempo, pareciam se divertir. Uma das mãos segurava a eletrolaringe – que zumbia baixo – contra a garganta, como se estivesse prestes a fazer algum comentário. Contudo, ele não disse nada.

– Tem alguma coisa em mente? – perguntou Jude ao velho, que não se intimidara com seu olhar e continuava a encará-lo em vez de ir cuidar da própria vida.

O velho ergueu as sobrancelhas, depois abanou a cabeça de um lado para o outro: *Não, nada a declarar*. Acabou baixando o olhar para o prato com uma cômica e pequena fungada. Pousou a eletrolaringe ao lado do sal e da pimenta.

Quando Jude ia desviar os olhos, o aparelho entrou em atividade e começou a vibrar sobre a mesa. A voz elétrica zumbiu alta e sem inflexões:

– VOCÊ VAI MORRER.

O velho ficou rijo, se recostou na cadeira de rodas e arregalou os olhos para a eletrolaringe, atônito, talvez não de todo certo de ter ouvido alguma coisa. A senhora gorda dobrou o jornal e espreitou o aparelho por cima da folha, um franzido de espanto despontando no rosto liso e rechonchudo.

– ESTOU MORTO – zumbiu a eletrolaringe, trepidando pela superfície da mesa como um brinquedo barato de corda. O velho colocou-a entre os dedos, de onde ela continuou a zumbir alegremente: – VOCÊ VAI MORRER. VAMOS ESTAR JUNTOS NO BURACO DA MORTE.

– O que isso está fazendo? – disse a mulher gorda. – Está pegando de novo uma estação de rádio?

O velho balançou a cabeça: *Não sei*. Seus olhos foram da eletrolaringe, que agora descansava na palma da sua mão, para Jude. Espreitou Jude através de óculos que ampliavam seu olhar de espanto. O velho estendeu a mão, como se estivesse oferecendo a eletrolaringe a Jude. O aparelho zumbia e vibrava.

– VOCÊ VAI MATÁ-LA VOCÊ VAI SE MATAR OS CACHORROS VÃO MORRER OS CACHORROS NÃO VÃO SALVÁ-LO VAMOS PASSEAR JUNTOS ESCUTE AGORA ESCUTE MINHA VOZ VAMOS PASSEAR AO CAIR DA NOITE. VOCÊ NÃO ME POSSUI. EU TE POSSUO. AGORA EU TE POSSUO.

– Peter – disse a mulher gorda. Estava tentando murmurar, mas engasgou e, quando forçou a respiração, a voz saiu estridente e trêmula. – Faça isso parar, Peter!

Peter simplesmente continuou estendendo o aparelho para Jude, como se fosse um telefone e a chamada fosse para ele.

Todos estavam olhando, a sala tinha se enchido de correntes cruzadas de murmúrios de ansiedade. Alguns fregueses tinham se levantado das cadeiras para observar, não queriam perder o que pudesse acontecer em seguida.

Jude também estava de pé, pensando: *Geórgia*. Quando levantou e se dirigiu ao corredor que levava aos banheiros, seu olhar varreu as janelas envidraçadas que davam para fora. Parou no meio de um movimento, o olhar captando algo no estacionamento e se detendo no que estava vendo. A picape do homem morto estava ali parada, esperando perto das portas da frente, os faróis de milha acesos, globos de luz branca e fria. Ninguém sentado lá dentro.

Alguns dos espectadores estavam se levantando de mesas atrás dele e parando ao seu redor. Jude teve de empurrá-los para alcançar o corredor que levava aos banheiros. Encontrou uma porta que dizia MULHERES, escancarou-a e entrou.

Geórgia estava parada numa das duas pias. Não levantou os olhos com o som da porta batendo na parede. Encarava a si mesma no espelho, mas os olhos fora de foco não se fixavam realmente em coisa alguma. A face mostrava a expressão pensativa e grave de uma criança quase adormecida na frente da televisão.

Sem se conter, ela empinou o punho com bandagens e impeliu-o contra o espelho, com a maior força que pôde. Pulverizou o espelho numa área circular do tamanho do pulso e linhas estilhaçadas se projetaram em todas as direções. Um instante mais tarde lanças prateadas de espelho caíram com um retinir, partindo-se musicalmente contra as pias.

Uma mulher magra, de cabelo amarelado e com um recém-nascido nos braços, estava a um metro de distância, ao lado de um trocador dobrável que saía da parede. Agarrando o bebê contra o peito, ela começou a gritar:

– Oh, meu Deus! Oh, meu *Deus!*

Geórgia pegou um caco com 20 centímetros de comprimento – uma brilhante meia-lua –, levou-o em direção à garganta e inclinou o queixo para aplicá-lo na carne. Jude saiu do choque que o mantivera parado na porta e segurou o pulso dela, torcendo-o para o lado e curvando-o para trás até ela dar um grito doloroso e soltar a lâmina. O caco do espelho caiu nos ladrilhos brancos e se espatifou ruidosamente.

Jude a fez girar, torcendo de novo seu braço, machucando-a. Ela arfou, fechou os olhos cheios de lágrimas, mas deixou que ele a forçasse para a frente, que a fizesse marchar para a porta.

Jude não sabia muito bem por que tivera de machucá-la, não sabia se fora por pânico ou de propósito, se tinha feito aquilo porque estava irritado com Geórgia por ela ter se afastado ou consigo mesmo por deixá-la sozinha.

O homem morto estava no corredor na frente do banheiro. Jude não registrou sua presença até ter passado por ele, e então um tremor percorreu seu corpo, deixando-o sobre pernas que não paravam de tremer. Craddock inclinou o chapéu preto para eles quando passaram.

Geórgia mal podia se manter de pé. Jude passou a segurá-la pelo alto do braço, escorando-a, enquanto a fazia avançar pelo salão do restaurante. A senhora gorda e o homem idoso cochichavam com as cabeças bem próximas.

– ... NÃO ERA ESTAÇÃO DE RÁDIO...

– Excêntricos. Excêntricos fazendo uma travessura.

– CALADO. AÍ VÊM ELES.

Outros olhavam, pulavam para sair do caminho. A garçonete que um minuto atrás tinha acusado Jude de ser traficante de drogas e Geórgia de ser sua puta estava parada no balcão da frente conversando com o gerente, um homenzinho com canetas no bolso da camisa e os olhos tristes de um bassê. Ela apontava para os dois, que agora cruzavam o salão.

Jude se deteve junto à mesa o tempo suficiente para jogar ali duas notas de 20. Ao passarem pelo gerente, o homenzinho ergueu a cabeça para fitá-los com seu olhar trágico, mas não disse nada. A garçonete continuava enchendo seu ouvido.

– Jude! – disse Geórgia ao atravessarem o primeiro par de portas. – Você está me machucando.

Ele relaxou o aperto no alto do braço dela e viu que seus dedos tinham deixado, na carne já bastante pálida, marcas brancas como cera. Marcharam pelo segundo par de portas e saíram.

– Estamos seguros? – perguntou ela.

– Não – disse ele. – Mas logo estaremos. O fantasma tem um saudável medo dos cachorros.

Passaram rapidamente pela picape vazia de Craddock. A caminhonete estava em marcha lenta. A janela do lado do carona fora abaixada cerca de um terço. O rádio do veículo estava ligado. Uma daquelas rádios AM de direita falava num tom aliciante, confiante, quase arrogante.

"... é bom abraçar esses cruciais valores americanos, é bom ver as pessoas direitas ganharem uma eleição, mesmo que o outro lado vá dizer que a coisa não foi lícita, é bom ver mais e mais gente retornando à política do bom senso cristão – dizia a voz grave, melodiosa. – Mas você sabe o que poderia ser ainda melhor? Estrangular essa puta aí do seu lado, estrangular a puta, depois se jogar na estrada na frente de uma carreta, deitar-se no chão, deitar-se e..."

Os dois logo se distanciaram e a voz ficou fora do alcance de seus ouvidos.

– Vamos perder esta batalha – disse Geórgia.

– Não, não vamos. Continue. São menos de 100 metros até o motel.

– Se ele não nos pegar agora, vai nos pegar mais tarde. Ele me disse. Disse que eu podia me matar e acabar logo com isso, e era o que eu ia fazer. Não pude me conter.

– Eu sei. É isso o que ele faz.

Começaram a andar pela rodovia, bem na beira do cascalho do acostamento. Pontas compridas e afiadas de capim chicoteavam a calça jeans de Jude.

– Acho que minha mão não está bem – disse Geórgia.

Ele parou, levantou a mão para dar uma olhada. Não estava sangrando, mesmo depois de Geórgia ter socado o espelho e agarrado o caco de lâmina curva. As ataduras grossas e macias tinham protegido a pele. Ainda assim, mesmo através do curativo, ele pôde sentir um calor doentio se irradiando do ferimento e se perguntou se Geórgia não teria quebrado um osso.

– Você bateu no espelho com muita força. A essa hora podia estar toda cheia de cortes. – Jude a cutucou para a frente, pondo novamente os dois em movimento.

– Está latejando como um coração. Fazendo *tum-tum-tum*. – Ela cuspiu, tornou a cuspir.

Entre eles e o motel havia um viaduto, na realidade uma ponte ferroviária apoiada sobre pilastras de pedra. O túnel embaixo era estreito e escuro. Não havia calçada, não havia espaço sequer para acostamento nos lados da pista. Pingava água do teto.

– Vamos – disse ele.

O viaduto era uma moldura escura encaixada ao redor do Days Inn. Os olhos de Jude estavam concentrados no motel. Podia ver o Mustang. Podia ver o quarto deles.

Não diminuíram o passo quando começaram a atravessar o túnel, que fedia a água estagnada, maconha e urina.

– Espere – disse Geórgia.

Ela se virou, se curvou e pareceu engasgar, vomitando os ovos, a torrada mal digerida e o suco de laranja.

Jude segurou o braço esquerdo de Geórgia com uma das mãos, enquanto tirava o cabelo do rosto dela com a outra. Aquilo o deixava nervoso, ficar parado naquele lugar escuro e malcheiroso esperando que ela acabasse.

– Jude – disse ela.

– Vamos – respondeu ele agarrando seu braço.

– Espere...

– Vamos.

Ela enxugou a boca com a ponta da blusa.

– Acho... – Geórgia continuava curvada.

Ele ouviu a picape antes de vê-la, ouviu a rotação do motor, um furioso resmungo se transformando em rugido. A luz dos faróis se chocando contra os ásperos blocos de pedra da parede. Jude teve tempo de dar uma olhada para trás e ver a picape do homem morto arremetendo contra eles. Craddock sorria atrás do volante e os faróis de milha eram dois círculos de luz ofuscante, buracos incandescentes para dentro do mundo. A fumaça saía fervendo dos pneus.

Jude pôs um braço debaixo de Geórgia e se atirou para a frente, carregando-a até a extremidade do túnel.

O Chevy azul-esfumaçado bateu no muro atrás de Jude com um estrondo. O barulho de aço colidindo com pedra atingiu os tímpanos de Jude, fazendo-os zumbir. Ele e Geórgia caíram no cascalho molhado, agora já fora do túnel. Rolaram pela margem da estrada, voaram pelo mato e aterrissaram em samambaias molhadas pelo sereno. Geórgia gritou e bateu no olho esquerdo de Jude com o cotovelo ossudo. Ele colocou a mão em alguma coisa mole; era a sensação fria e nada agradável da sujeira de um pântano.

Jude se levantou, ofegante. Olhou para trás. Não era o velho Chevy do homem morto que havia batido na parede de pedra, mas um jipe oliva, todo aberto com uma cobertura de lona franzida na traseira. Um negro com um cabelo cortado bem curto segurava a testa atrás do volante. O para-brisa rachara numa rede de anéis interligados onde o crânio dele batera. Toda a frente do jipe do lado do motorista fora aberta até a carroceria. De cima a baixo havia pedaços fumegantes de ferro retorcido.

– O que aconteceu? – perguntou Geórgia, a voz baixa e fraca, difícil de ser ouvida sobre o zumbido nos ouvidos de Jude.

– O fantasma. Ele se deu mal.

– Tem certeza?

– Que era o fantasma?

– Que ele tenha se dado mal.

Ele ficou de pé, as pernas pouco firmes, os joelhos ameaçando ceder. Pegou o pulso de Geórgia, ajudou-a a se levantar. O zumbido nos tímpanos começava a se dissipar. Lá longe podia ouvir os cachorros latindo histericamente, enlouquecidos.

26

Empilhando as bagagens na traseira do Mustang, Jude tomou consciência de um latejar contínuo e profundo na mão esquerda, diferente da dor vaga que persistia desde que se furara na véspera. Quando olhou para baixo, viu o curativo se soltando, ensopado de sangue novo.

Geórgia estava dirigindo. Ele ia no banco do carona, o estojo de primeiros socorros que o acompanhara desde Nova York aberto no colo. Jude soltou as gazes úmidas, pegajosas, deixando-as cair no piso do carro, ao lado de seus pés. O curativo que aplicara ao ferimento no dia anterior tinha se soltado e a perfuração se abrira de novo, brilhante, obscena. A ferida se rompera quando Jude tentava se esquivar da picape de Craddock.

– O que vai fazer com essa mão? – perguntou Geórgia, lançando-lhe um olhar ansioso antes de voltar a prestar atenção na estrada.

– A mesma coisa que você está fazendo com a sua – disse ele. – Nada.

Jude começou a aplicar desajeitadamente um novo curativo na ferida. Era como se estivesse apagando um cigarro aceso na palma da mão. Quando fechou o talho o melhor que pôde, enfaixou a mão com gaze limpa.

– Também está sangrando na cabeça – disse ela. – Sabia disso?

– Um pequeno arranhão. Não se preocupe.

– O que vai acontecer da próxima vez? Da próxima vez que tentarmos ir a algum lugar sem os cachorros para cuidar de nós?

– Não sei.

– Era um lugar público. Devíamos estar seguros num lugar público. Havia gente por toda parte e era dia claro. Mesmo assim ele foi atrás de nós. Como vamos poder lutar contra uma coisa dessas?

– Não sei – disse Jude. – Se soubesse o que fazer, já estaria fazendo, Flórida. Você e suas perguntas. Dê um tempo, não é melhor?

Seguiram em frente. Só quando ouviu o lamento abafado de Geórgia – lutando para chorar em silêncio – ele percebeu que a chamara de Flórida, embora tivesse pretendido dizer Geórgia. As perguntas é que tinham provocado aquilo, uma atrás da outra. As perguntas e o sotaque com aquelas inflexões de Filha da Confederação que, nos últimos dois dias, vinham se introduzindo cada vez mais na voz dela.

O ruído que Geórgia fazia tentando não chorar sem dúvida era pior que um choro convulsivo. Se ela fosse em frente e chorasse mesmo, Jude poderia lhe dizer alguma coisa, mas daquele jeito ele achou melhor deixá-la sofrer no seu canto, fingir que não estava notando. Recostou-se no banco do carona e virou a cara para a janela.

O sol era um firme clarão passando pelo para-brisa e, um pouco ao sul de Richmond, Jude sentiu um certo mal-estar provocado pelo calor. Tentou pensar no que sabia sobre o morto que os perseguia, no que Anna havia contado sobre o padrasto quando estavam juntos. Mas era difícil pensar, exigia demasiado esforço – estava ferido, havia todo aquele sol em seu rosto e Geórgia ainda soltava gemidos baixos e miseráveis atrás do volante. De qualquer modo tinha certeza de que Anna não havia dito grande coisa.

– Prefiro fazer perguntas – *disse-lhe ela* – a respondê-las.

Por quase meio ano, ela o mantivera a distância com aquelas perguntas tolas e sem sentido: *Você já foi escoteiro? Você passa xampu na barba? Do que você gosta mais, da minha bunda ou dos meus peitos?*

O pouco que ele sabia deveria ter despertado sua curiosidade: o hipnotismo como negócio de família, o padrasto radiestesista que ensinava as meninas a ler mãos e a conversar com espíritos, uma infância obscurecida pelas alucinações de esquizofrenia pré-adolescente. Mas Anna – Flórida – não queria conversar sobre quem ela havia sido antes de conhecê-lo e, no que lhe dizia respeito, Jude se sentia feliz em deixar para trás o passado dela.

O que ela não queria lhe contar, sem dúvida, era algo ruim. Os detalhes não importavam – era nisso que Jude acreditava na época. Julgara que esse era um dos seus pontos fortes, sua disposição de aceitá-la como ela era, sem perguntas, sem julgamentos. Anna estava segura com ele, segura dos fantasmas que a estivessem perseguindo.

Só que Jude não a mantivera em segurança, ele agora sabia. Os fantasmas sempre nos alcançam, é impossível trancá-los do lado de fora. Eles simplesmente atravessam a porta, mesmo que esteja fechada. O que Jude havia considerado seu ponto forte – o fato de achar ótimo só saber o que ela queria que ele soubesse sobre sua vida – era uma coisa mais parecida com egoísmo. Uma disposição infantil de permanecer no escuro, de evitar conversas penosas, verdades perturbadoras. Temera os segredos dela – ou, mais especificamente, o envolvimento emocional que esse conhecimento poderia gerar.

Só uma vez Anna se arriscara a alguma coisa próxima da confissão, alguma coisa próxima da autorrevelação. Foi bem no final, pouco antes de Jude mandá-la para casa.

Ela estava deprimida havia meses. Primeiro o sexo ficou ruim, depois não houve mais sexo algum. Ele a encontrara no banho, de molho em água gelada, tremendo indefesa, confusa e infeliz demais para sair da banheira. Era como se Anna estivesse treinando para seu primeiro dia como cadáver, para a noite que passaria ficando fria e enrugada numa banheira cheia de água gelada e de sangue. Naquele dia Anna estava balbuciando com uma voz de criança, mas ficou muda quando Jude tentou falar com ela. Encarou-o com um ar de choque e de confusão, como se tivesse acabado de ouvir os móveis falarem.

Então, uma noite, ele saiu. Não lembrava mais para fazer o quê. Talvez para pegar um filme na locadora ou comer um sanduíche. Só voltou para casa depois que escureceu. A uns 800 metros de casa ouviu carros buzinando e viu os motoristas que passavam em sentido contrário piscarem os faróis.

Então passou por ela. Anna estava do outro lado da estrada, correndo pelo acostamento, usando apenas uma das camisetas folgadas de Jude. O cabelo amarelo estava revolto por causa do vento e todo embaraçado. Ela o viu do outro lado da pista e se lançou pela estrada atrás dele, acenando freneticamente e parando na frente de uma carreta de 18 rodas que se aproximava.

Os pneus do caminhão travaram e fizeram um ruído estridente. A traseira da carreta rabeou para a esquerda enquanto a cabine girava para a direita, parando com um baque forte, meio metro antes de passar por cima de Anna. Ela nem pareceu se dar conta. A essa altura Jude já tinha parado e ela abriu com violência a porta do lado do motorista e se jogou contra ele.

– Onde você foi? – *gritou ela.* – Procurei por todo lado. Corri, corri e achei que você tinha ido embora, então fiquei correndo, correndo para procurar.

O motorista da carreta tinha aberto sua porta e colocado um pé no estribo.

– O que que deu nessa maluca?

– Eu cuido disso – *falou Jude.*

O caminhoneiro abriu a boca para falar de novo, mas se calou quando Jude puxou Anna por cima das suas pernas. O movimento fez subir a camiseta dela e deixou visíveis as nádegas nuas.

Jude a atirou no banco do carona e imediatamente ela se levantou, caiu sobre ele, impeliu o rosto quente, úmido, contra seu peito.

– Eu estava com medo, eu estava com tanto medo e eu corri...

Ele a empurrou para longe com o cotovelo. A força foi suficiente para fazer com que Anna batesse na porta do carona. Ela caiu num silêncio chocado.

– Já chega! – *disse ele.* – Você é encrenca pura! Pra mim basta. Está ouvindo? Você não é a única pessoa que pode adivinhar o futuro. Quer que eu fale sobre o seu futuro? Vejo você pegando suas coisas e esperando um ônibus!

O peito de Jude estava apertado – o suficiente para fazê-lo se lembrar de que não tinha 33 anos, mas 53; era quase 30 anos mais velho que ela. Anna o encarava. Olhos redondos, arregalados, que não compreendiam.

Jude pôs o carro na pista e rumou para casa. Quando ele virou na estradinha de acesso, Anna se curvou e tentou puxar o fecho da calça dele para dar uma mamada, mas a ideia revirou o estômago de Jude. Era um ato inimaginável, uma coisa que não podia deixar que ela fizesse, por isso acertou-a de novo com o cotovelo, jogando-a novamente para trás.

Evitou-a pela maior parte do dia seguinte, mas à noite, quando ele voltava do passeio com os cachorros, Anna o chamou do alto da escada dos fundos. Perguntou se ele não lhe faria uma sopa, só um pacote de alguma coisa. Ele disse que tudo bem.

Quando serviu a sopa de macarrão com galinha numa pequena bandeja, Jude pôde ver que ela estava de novo senhora de si. Exausta, sem forças, mas com a mente clara. Tentou sorrir para ele, algo que ele não queria ver. O que tinha a fazer ia ser bastante duro.

Ela se aprumou e pôs a bandeja nos joelhos. Ele se sentou do lado da cama e a observou enquanto ela tomava alguns golinhos. Ela não estava realmente com vontade. Fora apenas uma desculpa para fazê-lo subir até o quarto. Isso era óbvio pelo modo como o queixo se contraía antes de cada diminuto, ansioso gole. Anna havia perdido cinco quilos e meio nos últimos três meses.

Ela pôs a tigela de lado depois de tomar menos de um quarto do caldo. Então sorriu com um jeito de criança a quem prometeram sorvete se comesse os aspargos. Disse obrigada, estava boa. Disse que se sentia melhor.

– Tenho que ir a Nova York na segunda-feira – *disse Jude.* – Para uma entrevista com Howard Stern.

Um brilho de ansiedade se agitou nos olhos mortiços de Anna.

– Acho... acho que é melhor eu não ir.

– Não ia pedir que fosse. A cidade seria a pior coisa para você.

Ela o olhou tão agradecida que ele teve de virar para o lado.

– Também não posso deixá-la aqui – *disse ele.* – Não sozinha. Eu estava pensando que talvez você devesse passar algum tempo com sua família. Na Flórida. – *Quando ela não respondeu, ele continuou:* – Há alguém para quem eu possa ligar?

Ela deslizou para os travesseiros. Depois puxou o lençol até o queixo. Jude teve medo de que começasse a chorar, mas, quando se virou, Anna estava olhando calmamente para o teto, as mãos dobradas embaixo dos seios, uma sobre a outra.

– Claro – *disse ela por fim.* – Bondade sua conseguir me aguentar por tanto tempo.

– O que eu disse naquela noite...

– Não me lembro.

– Que bom. É melhor esquecer o que eu disse. De qualquer modo, eu não pretendia dizer nada daquilo. – *Embora tivesse dito exatamente o que pretendia dizer, o que aliás fora apenas a versão mais áspera possível do que estava lhe dizendo agora.*

O silêncio se prolongou até ficar incômodo e Jude sentiu que devia dizer mais alguma coisa. Mas, quando ele ia abrir a boca, ela se adiantou:

– Pode telefonar para o meu pai – *falou.* – Quer dizer, meu padrasto. Não pode ligar para o meu pai verdadeiro. Ele está morto. Mas pode falar com o meu padrasto. Ele virá de carro até aqui para me pegar pessoalmente se você quiser. É só falar com ele. Meu padrasto gosta de dizer que sou sua cebolinha. Porque faço ele ficar com lágrimas nos olhos. Não é uma gracinha ouvir uma coisa dessas?

– Eu não o faria vir até aqui para pegá-la. Vou mandá-la de avião.

– Sem avião. Aviões são rápidos demais. Você não pode ir para o Sul de avião. Precisa ir dirigindo. Ou tomar um trem. Precisa ver a terra se transformando em barro. Precisa olhar para todos os ferros-velhos cheios de carros enferrujando. Precisa cruzar algumas pontes. Dizem que os maus espíritos não podem seguir as pessoas através de água corrente, mas isso é bobagem. Já reparou que os rios no Norte não são como os rios no Sul? Os rios no Sul são cor de chocolate e têm cheiro de brejo e musgo. Por aqui eles são negros e têm cheiro doce, como os pinheiros. Como o Natal.

– Posso levá-la até a Penn Station e colocá-la no trem. Seria devagar o suficiente?

– Claro.

– Então vou ligar para seu pai... seu padrasto?

– Talvez seja melhor eu ligar – *disse Anna. Passou então pela mente de Jude como era raro ela falar com alguém da família. Estavam juntos havia mais de um ano. Será que nesse período ela havia ligado para o padrasto alguma vez, para lhe dar parabéns pelo aniversário ou para contar como estava indo? Uma ou duas vezes Jude entrara em sua biblioteca de música e encontrara Anna ao telefone. Falava com a irmã, a testa franzida de concentração, a voz baixa e lacônica. Naquelas ocasiões parecia outra pessoa, alguém empenhado na prática de algum esporte desagradável, um jogo sem graça, mas que a pessoa se sentisse obrigada a jogar.* – Você não tem que falar com ele.

– Por que você não quer que eu fale com ele? Está com medo de não nos darmos bem?

– Não, não tenho medo de que ele seja grosseiro com você ou algo assim. Ele não é desse tipo. É fácil conversar com o papai. Todo mundo é amigo.

– Então qual é o problema?

– Nunca conversei com ele sobre o assunto, mas sei o que ele acha do fato de termos nos envolvido um com o outro. Certamente não aprova. Você com a idade que tem e o tipo de música que faz. Ele detesta esse tipo de música.

– A maioria das pessoas não gosta. A ideia é essa mesmo.

– Ele realmente não pensa muito bem dos músicos. Jamais vi um homem com menos sensibilidade para a música. Quando éramos pequenas, ele nos levava para longos passeios de carro. Íamos para algum lugar onde ele fosse trabalhar com o pêndulo, apontar onde deveriam cavar um poço. Papai nos fazia ouvir falatórios no rádio por todo o caminho. Não importava o quê. Às vezes nos fazia ficar quatro horas ouvindo a previsão do tempo. – *Devagar ela foi enfiando dois dedos pelo cabelo, ergueu um comprido fio dourado e deixou que fosse escorregando até cair. Continuou:* – Havia outro truque sinistro que ele gostava de fazer. Procurava alguém falando, como um desses pastores eletrônicos que estão sempre bradando por Jesus nas rádios AM. E ficávamos ouvindo e ouvindo até eu e Jessie implorarmos que ele mudasse de estação. Mas ele não dizia nada e continuava um bom tempo sem dizer nada. De repente, quando realmente não conseguíamos mais suportar aquilo, ele começava a falar sozinho. E dizia exatamente o que o pastor do rádio estava dizendo, exatamente no mesmo momento, só que com sua própria voz. Recitava a coisa, sem nenhuma expressão no rosto: "Cristo, o Redentor, foi sacrificado e morreu por você. O que você vai fazer por Ele? Ele carregou Sua própria cruz enquanto cuspiam Nele. Que fardo você vai carregar?" Como se os dois estivessem lendo o mesmo texto. E ele continuaria assim até mamãe mandá-lo parar, dizendo que não gostava daquilo. Aí ele ria e desligava o rádio. Mas continuava falando consigo mesmo. Uma espécie de murmúrio. Dizendo todas as falas do pastor, mesmo com o rádio desligado. Como se estivesse ouvindo-o na cabeça, captando a transmissão pelo metal das obturações. Ele conseguia me deixar com muito medo quando fazia isso.

Jude não respondeu, não achou que fosse o caso de responder e de qualquer maneira não tinha certeza se a história era verdadeira ou só a última de uma sucessão de fantasias que a obcecavam.

Ela suspirou, deixou outro fio de cabelo esvoaçar.

– Mas eu estava dizendo que ele não gostaria de você e ele tem meios de se livrar dos meus amigos quando não gosta deles. Muitos pais são superprotetores com relação às suas menininhas e, quando um rapaz com quem não simpatizam se aproxima, podem tentar afugentá-lo. Fazer um pouco de pressão. Claro que não funciona, pois a moça sempre toma o partido do rapaz, e o rapaz continua atrás dela. Ou porque não fica com medo ou porque não quer que ela *pense* que ele ficou com medo. Meu padrasto é mais esperto. Ele sempre se mostra o mais amistoso possível, mesmo com pessoas que gostaria de ver sendo queimadas vivas. Quando deseja se livrar de alguém que não quer ver à minha volta, ele espanta a pessoa lhe dizendo a verdade. Geralmente a verdade é suficiente.

Anna fez uma pausa antes de prosseguir.

– Vou dar um exemplo. Quando eu tinha 16 anos, comecei a sair com um rapaz que eu já sabia que não ia agradar ao meu padrasto porque era judeu e também porque nós dois ouvíamos rap. Ele odeia rap acima de tudo. Assim, um dia, meu padrasto falou que aquilo ia ter que parar, e eu respondi que podia me encontrar com quem bem entendesse, e ele disse claro, o que não significava que o garoto ia continuar querendo sair comigo. Não gostei do tom daquelas palavras, mas ele não deu explicações.

Anna prosseguiu:

– Bem, você viu como às vezes eu fico deprimida e começo a pensar em loucuras. Tudo isso começou quando eu tinha 12 anos, talvez na época em que entrei na puberdade. Não fui a nenhum médico. Meu padrasto me tratou, com hipnoterapia. Ele conseguia manter as coisas sob controle com a terapia, desde que fizéssemos uma ou duas sessões por semana. Eu não me metia mais em coisas malucas. Não pensava que houvesse um caminhão negro rodando em volta da casa. Não via mais menininhas com brasas de carvão no lugar dos olhos me observando à noite debaixo das árvores. Mas ele precisou se afastar. Teve de ir a Austin para uma conferência sobre drogas hipnóticas. Geralmente ele me levava quando saía para uma de suas viagens, mas daquela vez me deixou em casa com Jessie. Minha mãe já havia morrido e Jessie tinha 18 anos e cuidava da casa. E enquanto ele estava fora comecei a ter dificuldade para dormir. Esse sempre foi o primeiro sinal de que eu estava entrando em depressão, quando começava a ter insônia.

Anna tomou fôlego:

– Após duas noites, comecei a ver as meninas com os olhos em brasa. Não consegui ir para a escola na segunda-feira porque elas estavam esperando lá fora, embaixo do carvalho. Fiquei morrendo de medo de sair. Contei a Jessie. Disse que ela precisava fazer o papai voltar para casa, que eu estava tendo de novo ideias ruins sobre as coisas. Ela me disse que estava cansada da merda da minha maluquice e que ele estava ocupado e eu ficaria muito bem até ele voltar. Tentou me fazer ir para a escola, mas não fui. Ficava vendo televisão no quarto. Mas logo elas começaram a falar comigo pela TV. As meninas mortas. Diziam que eu estava morta como elas. Que eu pertencia ao pó como elas.

Ela prosseguiu:

– Geralmente Jessie voltava da escola às duas ou três. Mas um dia ela não foi para casa. Foi ficando tarde e sempre que eu olhava pela janela via as meninas de olhos fixos em mim. Estavam bem do outro lado da vidraça. Meu padrasto ligou e eu disse que estava com problemas e pedi que voltasse, por favor. Ele disse que ia voltar o mais depressa possível, mas que chegaria tarde. Disse que estava com medo de que eu me machucasse e que ia ligar para alguém ficar comigo. Depois que desligou, ele telefonou para os pais de Philip, que moravam do outro lado da rua.

– Philip? Era seu namorado? O guri judeu? – *perguntou Jude.*

– Hã-hã. Phil veio logo. Não o reconheci. Me escondi debaixo da cama e gritei quando ele tentou me tocar. Perguntei se ele estava com as meninas mortas. Contei tudo sobre elas. Jessie apareceu logo depois e Philip fugiu o mais rápido que pôde. Depois disso ele ficou tão horrorizado que não quis mais nada comigo. E meu padrasto disse que era uma vergonha. Achava que Philip era meu amigo e que poderíamos contar com ele para me ajudar num momento difícil.

– Então é isso que a está preocupando? – *quis saber Jude.* – Seu velho pai vai me dizer que você é uma lunática e eu vou ficar tão chocado que não vou mais querer vê-la de novo? Porque, para ser franco, Flórida, saber que de vez em quando você fica mais ou menos maluca não seria exatamente uma novidade.

– Não sei o que ele ia dizer, mas ele não diria isso. – *Ela riu, um riso leve e suspirado. Depois disse:* – Simplesmente encontraria alguma coisa para fazer você gostar um pouco menos de mim. Se você *puder* gostar ainda menos de mim.

– Não vamos começar com isso.

– Não. Pensando bem, talvez fosse melhor você telefonar para minha irmã. Ela é uma grossa... Não nos damos nada bem. Ela nunca me perdoou por ser mais engraçadinha que ela e ganhar melhores presentes de Natal. Depois que mamãe morreu, ela teve de virar dona de casa, mas eu continuei sendo uma criança. Aos 12 anos, Jessie já estava lavando nossa roupa e fazendo nossa comida. Ninguém jamais reconheceu como ela teve de trabalhar duro, como foi curto o tempo que teve para se divertir. Mas ela vai providenciar a minha volta para casa sem problemas. Vai gostar da coisa. Poderá andar atrás de mim dando ordens e ditando regras.

Quando ligou para a casa da irmã dela, Jude acabou falando com o velho, que atendeu no terceiro toque.

– O que posso fazer por você? Vá em frente e fale. Vou ajudar se puder.

Jude se apresentou. Disse que Anna queria voltar para casa por algum tempo, fazendo parecer mais ideia dela que dele. Jude se esforçou mentalmente para encontrar um modo de descrever o estado de Anna, mas Craddock saiu em seu socorro.

– Ela tem dormido? – *perguntou Craddock.*

– Não muito bem – *disse Jude, aliviado, percebendo que, de alguma forma, aquilo dizia tudo.*

Jude se ofereceu para mandar um carro esperar Anna na estação ferroviária de Jacksonville e levá-la à casa de Jessica em Testament, mas Craddock disse que não, ele mesmo iria apanhá-la na estação de trem.

– Uma ida a Jacksonville vai me fazer muito bem. Adoro uma desculpa para sair por algumas horas na picape. Abaixo os vidros e faço careta para as vacas.

– Muito bem – *disse Jude, esquecendo o cuidado e se animando com o velho.*

– Agradeço por ter tomado conta da minha menininha como tomou. Sabe, desde pequena ela tinha pôsteres seus em todas as paredes do quarto. Sempre quis conhecê-lo. Você e aqueles sujeitos da... como era o nome da banda? Mötley Crue, não é? Sim, ela *realmente* os amava. Seguiu-os por meio ano. Foi a todos os shows. Também chegou a conhecer alguns deles. Não a banda, eu acho, mas a equipe de estrada. Foram seus anos selvagens. Não que agora ela tenha realmente se acalmado, não é? É, ela adorava todos os seus álbuns. Adorava todas as variedades dessa música heavy metal. Sempre soube que ela acabaria vivendo com um astro de rock.

Jude sentiu um formigamento frio e seco se espalhando por trás do peito. Sabia o que Craddock estava lhe dizendo: que ela havia trepado com os roadies – *os caras que cuidavam do equipamento durante a turnê – para ficar colada no Mötley Crue, que trepar com estrela era com ela mesmo e que, se não estivesse dormindo com ele, estaria colada em Vince Neil ou em Slash. Também sabia por que Craddock estava lhe dizendo isso. Era pela mesma razão que deixara o amigo judeu de Anna encontrá-la quando estava fora de si – para afastá-lo.*

O que Jude não tinha previsto era que ele pudesse perceber o que Craddock estava fazendo e que, mesmo assim, o truque funcionasse. Assim que Craddock falou aquelas coisas, Jude começou a pensar onde ele e Anna haviam se conhecido, nos bastidores de um show do Trent Reznor. Como ela havia chegado lá? Quem conhecia e o que teve de fazer para ter acesso aos camarins? Se Trent tivesse entrado na sala naquele momento, será que ela também não teria sentado aos pés dele e feito as mesmas perguntas encantadoras e inúteis?

– Vou cuidar dela, Sr. Coyne – *lhe disse Craddock.* – Só quero que a mande de volta. Vou ficar à espera.

O próprio Jude levou-a até a Penn Station. Ela passara toda a manhã muito bem-humorada (se empenhando ao máximo, ele percebeu, para ser a pessoa que ele conhecera, não a pessoa infeliz que realmente era), mas sempre que a olhava Jude tornava a sentir aquela áspera sensação gelada no peito. Os sorrisos maliciosos, o modo como punha o cabelo atrás das orelhas para mostrar os pequenos lóbulos rosados cheios de piercings, a última rodada de perguntas tolas, tudo parecia uma fria manipulação que só o deixava com vontade de se livrar dela ainda mais depressa.

Se Anna percebeu que ele a estava mantendo a distância, não deu sinal algum. Na Penn Station ficou na ponta dos pés e pôs os braços em volta do pescoço de Jude num abraço febril – um abraço absolutamente sem qualquer conotação sexual. Quando o beijou, foi com um fraternal toque dos lábios no rosto dele.

– Até que nos divertimos um pouco, não foi? – *perguntou ela. Sempre com suas perguntas.*

– Claro – *disse ele. Podia ter dito mais alguma coisa (que logo telefonaria, que queria que ela cuidasse melhor de si mesma), mas não sentia isso dentro dele, não conseguia lhe desejar que fosse feliz. Quando o impulso ameaçou dominá-lo, o impulso de ser carinhoso, de ter compaixão, ouviu a voz do padrasto de Anna em sua cabeça, uma voz calorosa, amistosa, persuasiva:* "Sempre soube que ela acabaria vivendo com um astro de rock."

Anna deu um sorriso largo, como se ele tivesse respondido com alguma coisa bastante simpática, e apertou a mão dele. Jude ficou parado o tempo necessário para vê-la embarcar, mas não esperou a partida do trem. A plataforma estava apinhada de gente, barulhenta, com o eco de muitas vozes. Ele estava se sentindo incomodado, acotovelado, e o fedor do lugar – um cheiro de ferro aquecido, mijo rançoso e corpos quentes e suados – o oprimia.

Mas não parecia nada melhor do lado de fora, no chuvoso frio de outono em Manhattan. A sensação de estar levando encontrões, cotoveladas de todos os lados, continuou com ele durante todo o caminho de volta ao Pierre Hotel, inclusive durante todo o trajeto que levava à tranquilidade de sua suíte deserta. O estado de espírito de Jude era belicoso – ele precisava fazer alguma coisa, produzir alguns ruídos feios.

Quatro horas mais tarde estava no lugar certo, o estúdio do programa de Howard Stern, onde ele insultou, intimidou e humilhou a entourage de puxa-sacos imbecis de Stern porque eles cometeram a tolice de interrompê-lo. Jude proferiu seu violento sermão de perversão e ódio, caos e ridículo. Stern adorou. Seu pessoal quis saber quando Jude poderia voltar.

Ele ainda estava em Nova York no fim de semana, e ainda com o mesmo humor, quando concordou em se encontrar com alguns caras da equipe de Stern numa boate de striptease da Broadway. Eram os mesmos indivíduos de quem havia zombado, no início da semana, diante de uma audiência de milhões. Não tinham encarado como ofensa pessoal. Ser alvo de deboche era o trabalho deles. Eram malucos por Jude. Acharam que ele havia arrasado.

Seu humor, no entanto, não havia melhorado. Pediu uma cerveja que não tomou e sentou-se na ponta de uma passarela que parecia uma lâmina de vidro comprida, crestada pelo frio. Suaves spots azuis a iluminavam por baixo. Os rostos agrupados nas sombras ao redor da passarela pareciam estranhos, artificiais, doentios: rostos de afogados. Sua cabeça doía. Ao fechar os olhos, viu o sinistro, cintilante show de fogos de artifício que era o prelúdio de uma enxaqueca.

Quando abriu os olhos, uma moça com uma faca na mão caiu de joelhos na sua frente. Os olhos dela estavam fechados. Ela se curvou devagar para trás, até a cabeça encostar no piso de vidro e o cabelo preto, macio e desfiado, se espalhar pela pista. Ela continuou de joelhos.

Movia a faca pelo corpo, uma faca com uma lâmina grande, de beirada larga e serrilhada. Usava uma coleira com argolas de prata presas nela, um body *com laços no busto que apertavam seus seios um contra o outro e meias pretas.*

Quando o cabo da faca ficou entre suas pernas, com a lâmina apontada para o alto – paródia de um pênis –, ela jogou a faca para cima. Aí seus olhos se abriram e ela pegou a faca que caía e, ao mesmo tempo, arqueou as costas, erguendo o peito para o teto como uma oferenda. Então fez a faca penetrar.

Rasgou a renda preta no meio, abrindo um talho vermelho-escuro, como se estivesse se cortando da garganta até o meio das pernas. Rolou no piso e atirou a roupa longe. Estava quase nua por baixo. Nada além de argolas prateadas nos mamilos e um fio-dental puxado até em cima dos ossos do quadril. O tronco maleável, acetinado como pele de foca, estava rubro com a tinta imitando sangue.

AC/DC estava tocando "If You Want Blood You Got It" *e o que o excitou não foi o corpo jovem, atlético, o modo como os seios balançavam com aqueles aros de prata atravessados neles ou o olhar direto e destemido quando ela o encarava.*

O excitante era que seus lábios estavam se movendo, só de leve. Duvidava que houvesse mais alguém no salão reparando naquilo. Ela estava cantando para si mesma, cantando com o AC/DC. Conhecia todas as palavras. Há meses Jude não via uma coisa tão sensual.

Ergueu o copo de cerveja para ela, mas logo viu que estava vazio. Não se lembrava de tê-lo bebido. A garçonete lhe trouxe outro alguns minutos depois. Pela garçonete ficou sabendo que a dançarina com a faca se chamava Morphina e era uma das garotas mais populares do estabelecimento. Pagou 100 dólares para conseguir seu número de telefone e ser informado de que ela estava dançando havia uns dois anos, quase desde que saltara do ônibus vindo da Geórgia. Pagou mais 100 dólares para descobrir que, quando não estava tirando a roupa, ela atendia pelo nome de Marybeth.

27

Jude pegou o volante pouco antes de entrarem na Geórgia. Sua cabeça doía, sendo o pior de tudo uma desagradável sensação de pressão nos globos oculares. A sensação era agravada pela força do sol meridional brilhando sobre quase tudo: para-lamas, para-brisa, placas na beira da estrada. Se não fosse a cabeça doendo, teria sido um prazer estar sob o azul intenso, profundo, sem nuvens daquele céu.

À medida que a divisa do estado da Flórida ia se aproximando, ele foi tomando consciência de uma expectativa cada vez maior, uma comichão nervosa no estômago. Testament estava a menos de quatro horas de viagem. Chegaria naquela noite à casa de Jessie – Jessica Price, McDermott de nascimento, irmã de Anna, enteada mais velha de Craddock – e não sabia o que ia fazer quando chegasse lá.

Passara pela sua mente que o encontro dos dois poderia resultar na morte de alguém. Tinha pensado que seria capaz de matá-la pelo que ela havia feito, ela estava *pedindo* isso. Agora que estava perto de se defrontar com Jessica, a ideia se tornava pela primeira vez algo mais que apenas uma especulação raivosa.

Matara porcos quando garoto, pegando os leitões pelas pernas e esmagando seus cérebros no chão de cimento do matadouro do pai. Você os atira para cima e depois bate com eles no chão, calando-os no meio de um guincho com um barulho de rachar nauseante e meio abafado, como o de uma melancia caindo de uma grande altura. Também tinha atirado em outros porcos com a espingarda de ferrolho e imaginado que estava matando seu pai.

Jude estava decidido a fazer o que fosse preciso. Só não sabia ainda exatamente o que seria. E quando pensou no assunto mais detidamente, ficou com medo de saber. Tinha quase tanto medo de suas alternativas quanto da coisa que vinha atrás dele, a coisa que um dia fora Craddock McDermott.

Achou que Geórgia estava cochilando. Só percebeu que estava acordada quando ela falou.

– É a próxima saída – disse ela num tom meio rouco.

A avó de Geórgia. Esquecera-se dela, esquecera-se da promessa de dar uma passada por lá.

Seguiu as instruções de Geórgia, virou à esquerda no final da rampa de saída e pegou uma rodovia estadual de duas pistas que atravessava a periferia miserável de Crickets, na Geórgia. Passaram por terrenos com carros usados à venda e milhares de bandeirolas de plástico – vermelhas, brancas e azuis – agitando-se ao vento. Deixaram o fluxo do tráfego conduzi-los para o centro da cidade, cruzaram uma ponta da ajardinada praça, ultrapassaram o fórum, a prefeitura e o corroído prédio de tijolos do Eagle Theater.

O trajeto para a casa de Bammy levou-os por áreas verdes de uma pequena universidade batista. Rapazes com gravatas enfiadas nos suéteres com gola em V caminhavam ao lado de moças em saias plissadas, com belos e vistosos penteados que pareciam ter saído de velhos comerciais de xampu. Alguns dos estudantes ficaram olhando para Jude e Geórgia no Mustang, os cães pastores de pé no banco de trás. Bon e Angus respiravam vapor pelas janelas. Uma moça, caminhando ao lado de um rapaz alto que ostentava uma gravata-borboleta amarela, se aproximou do acompanhante quando o carro passou. O Gravata-Borboleta pôs um braço tranquilizador em volta dos ombros dela. Jude resistiu à tentação de fazer um gesto obsceno para eles e dirigiu algumas quadras se sentindo bem consigo mesmo, orgulhoso de seu comedimento. Seu autocontrole era de ferro.

Passando a universidade, entraram numa avenida cheia de casas vitorianas e coloniais bem conservadas. Nas fachadas havia placas de advogados e dentistas. Mais no final da rua, as casas ficavam menores e havia gente morando nelas.

– Entre aqui – disse Geórgia, diante de um chalé cor de limão, com rosas amarelas florescendo num caramanchão.

A mulher que atendeu à porta não era gorda, e sim atarracada, com a constituição de um zagueiro de futebol americano, um rosto largo, escuro, um bigode sedoso e olhos espertos, de garota, num tom castanho misturado com verde-jade. Suas sandálias japonesas estalavam no chão. Encarou os dois por alguns segundos enquanto Geórgia dava um sorriso tímido, embaraçado. Então alguma coisa nos olhos da avó (Avó? Qual a idade dela? Sessenta? Cinquenta e cinco? Uma ideia atordoante passou pela mente de Jude: talvez ela fosse mais nova que ele) se aguçou, como se uma lente tivesse sido colocada em foco. Ela gritou e abriu os braços. Geórgia caiu dentro deles.

– M.B.! – gritou Bammy. Ela recuou um pouco e, ainda segurando Geórgia pelos quadris, encarou-a bem de frente. – O que está havendo com você?

Pôs a palma da mão na testa de Geórgia, que se esquivou do toque. Bammy viu a mão enfaixada, segurou-a pelo pulso e lançou-lhe um olhar especulativo. Então soltou a mão – quase a atirando para o lado.

– Você está drogada? Cristo! Está com cheiro de cachorro.

– Não, Bammy, juro por Deus, agora não estou usando drogas! Estou cheirando a cachorro porque, há quase dois dias, cães de verdade estão o tempo todo em cima de mim. Por que cargas-d'água você tem sempre de pensar no pior?

Um processo que havia se iniciado quase 1.500 quilômetros atrás, quando começaram a viajar para o Sul, parecia ter se completado. Agora tudo que Geórgia dizia tinha uma sonoridade caipira.

Será que o sotaque começara realmente a se acentuar assim que pegaram a estrada? Ou será que a derrapada se iniciara ainda mais cedo? Jude achou que talvez estivesse ouvindo um tom simplório, do campo, na voz dela desde o dia em que Geórgia se espetara com o alfinete não existente no paletó do homem morto. Aquela transformação verbal o desconcertava e o deixava inquieto. Quando Geórgia falava daquele jeito – *Por que cargas-d'água você tem sempre de pensar no pior?* –, soava como Anna.

Bon se espremeu no espaço entre Jude e Geórgia e olhou esperançosa para Bammy. A longa tira rosada da sua língua balançava, saliva pingando dela. No retângulo verde do quintal, Angus farejava por todo lado, roçando o focinho pelas flores que cresciam em volta da cerca de madeira.

Bammy olhou primeiro para as botas Doc Martens de Jude, depois ergueu os olhos para a barba áspera e desalinhada, observou os arranhões, a sujeira, viu a atadura enrolada em sua mão esquerda.

– Você é o astro de rock?

– Sim, senhora.

– Está parecendo que vocês se meteram numa briga. Bateram um no outro?

– Não, Bammy – disse Geórgia.

– É engraçado como as bandagens nas mãos de vocês estão combinando. É alguma espécie de pacto romântico? Marcaram um ao outro como símbolo de afeto? No meu tempo, costumávamos trocar alianças.

– Não, Bammy. Estamos bem. Estávamos passando por aqui a caminho da Flórida e achei que devíamos dar uma parada. Queria que conhecesse o Jude.

– Devia ter telefonado. Eu teria colocado o jantar no fogo.

– Não podemos demorar. Temos de chegar à Flórida esta noite.

– Não vai conseguir chegar a lugar algum, só a uma cama. Talvez ao hospital.

– Estou bem.

– Só se for no inferno! Nunca vi uma pessoa tão longe de estar bem. – Puxou um fio de cabelo preto que estava grudado na face úmida de Geórgia. – Você está coberta de suor. Sei quando uma pessoa está doente ou não.

– Estou estourada, só isso. Passei as últimas oito horas dentro do carro com esses cachorros terríveis e o ar-condicionado funcionando mal. Vai tirar seu traseiro do caminho ou vai me obrigar a entrar de novo naquele carro e rodar mais um pouco?

– Ainda não decidi.

– Qual é o problema?

– Estou tentando avaliar as chances de vocês dois terem passado aqui para me liquidarem pelo dinheiro que tenho na bolsa e que poderiam usar para comprar essa tal de Oxy Contin. Todo mundo está nessa nos dias de hoje. Há gente se prostituindo por essa droga desde a sétima série. Fiquei sabendo pelo noticiário desta manhã.

– Sorte sua não estarmos na sétima série.

Pareceu que Bammy ia responder, mas então seu olhar deslizou pelo cotovelo de Jude e se fixou em algo no quintal.

Ele se virou para ver o que era. Angus estava acocorado, o corpo contraído como se o torso fosse um acordeão, o brilhante pelo preto do lombo se arqueando em dobras. Angus fazia cocô na grama.

– Vou limpar – disse Jude. – Me desculpe.

– Eu não vou me desculpar – disse Geórgia. – E dá licença, Bammy. Se eu não entrar num banheiro daqui a um ou dois minutos, vai ser a minha vez.

Bammy baixou as pálpebras, deixando ver os cílios cobertos por uma boa quantidade de rímel, e saiu do caminho.

– Vamos entrar, então. Até porque não quero que os vizinhos vejam vocês dois parados aqui fora. Vão achar que estou fundando minha própria filial dos Hells Angels.

28

Depois de serem formalmente apresentados, Jude ficou sabendo que ela era a Sra. Fordham e foi assim que passou a tratá-la daí por diante. Não conseguia chamá-la de Bammy; paradoxalmente, também não conseguia pensar nela como Sra. Fordham. Era Bammy, não importava como a chamasse.

– Vamos colocar os cachorros lá atrás, onde eles possam correr – disse Bammy.

Geórgia e Jude trocaram um olhar. Estavam todos na cozinha, Bon debaixo da mesa e Angus com a cabeça erguida para cheirar a bancada, onde havia brownies num prato coberto com filme plástico.

O espaço era pequeno demais para acomodar os cachorros. O vestíbulo também tinha sido pequeno demais para eles. Quando passaram correndo, esbarraram numa mesa lateral, sacudindo a louça em cima dela. Cambalearam batendo nas paredes com força suficiente para entortar alguns quadros.

Quando Jude se virou novamente para Bammy, ela estava de cara feia. Bammy tinha visto a troca de olhares entre Jude e Geórgia e sabia que aquilo significava alguma coisa, mas não sabia o quê. Geórgia falou primeiro.

– Hã, Bammy, não podemos colocá-los lá fora, num ambiente estranho. Eles vão se enfiar no seu jardim.

Bon empurrou algumas cadeiras quando se contorceu para sair de seu esconderijo debaixo da mesa. Uma das cadeiras caiu fazendo uma barulheira. Geórgia avançou na direção da cadela, pegando-a pela coleira.

– Fico com ela – disse Geórgia. – Tudo bem se eu der uma passada no chuveiro? Preciso tomar um banho e talvez me deitar um pouco. Ela pode ficar comigo, não vai criar problemas.

Angus pôs as patas na bancada para ficar com o focinho mais perto dos brownies.

– Angus! – disse Jude. – Venha sentar aqui!

Bammy tinha frango frio e salada de repolho na geladeira. E também limonada, como fora prometido, numa jarra de vidro suada. Quando Geórgia subiu a escada, Bammy fez um prato para Jude, que se sentou para comer. Angus se jogou nos pés dele.

De seu lugar na mesa da cozinha Jude tinha uma boa visão dos fundos do quintal. Uma corda cheia de musgo pendia do galho de uma nogueira alta e velha. O pneu que um dia estivera preso a ela há muito desaparecera. Do outro lado da cerca dos fundos havia uma viela, irregularmente pavimentada com velhas lajotas.

Bammy se serviu de limonada e se recostou na pia da cozinha. O peitoril da janela atrás dela estava cheio de troféus de boliche. Tinha as mangas arregaçadas, mostrando antebraços peludos como os de Jude.

– Não ouvi a história romântica de como vocês dois se conheceram.

– Estávamos os dois no Central Park – disse Jude – colhendo margaridas. Começamos a conversar e decidimos fazer um piquenique juntos.

– Foi isso mesmo ou se conheceram em alguma pervertida boate fetichista?

– Pensando bem, pode ter sido numa pervertida boate fetichista.

– Você está comendo como se nunca tivesse visto comida antes.

– Hoje acabamos nem almoçando.

– Por que a pressa? O que está acontecendo na Flórida que deixa você tão ansioso para chegar lá? Alguns amigos estão dando uma orgia que você não quer perder?

– Você mesma fez esta salada?

– Pode apostar.

– Está boa.

– Quer a receita?

A cozinha estava silenciosa exceto pelo barulho do garfo de Jude arranhando o prato e pela batida da cauda do cachorro no chão. Bammy encarava Jude.

– Marybeth a chama de Bammy – disse Jude por fim, para preencher o silêncio. – Por quê?

– Abreviatura do meu primeiro nome – disse Bammy. – Alabama. M.B. me chama assim desde que ainda usava fraldas.

Um pedaço de galinha fria se alojou no meio da traqueia de Jude. Ele tossiu, bateu no peito e piscou com olhos lacrimejantes. Seus ouvidos queimavam.

– Bem – disse ele depois de limpar a garganta –, o que eu vou perguntar pode não ter nada a ver, mas você já foi a um dos meus shows? Quem sabe a uma apresentação conjunta com o AC/DC em 1979?

– É pouco provável. Eu não gostava desse tipo de música mesmo quando era nova. Um bando de gorilas pulando no palco, gritando palavrões, berrando até perder a voz. Eu podia ter conhecido você se a banda tivesse feito a abertura de algum show dos Bay City Rollers. Por quê?

Jude enxugou o suor que escorria da testa. Uma estranha sensação de alívio penetrara em seu corpo.

– Por nada. É que certa vez conheci uma mulher chamada Alabama. Mas deixa pra lá.

– Como vocês dois ficaram com essa aparência tão surrada? É um arranhão atrás do outro.

– Estávamos na Virgínia e caminhamos de nosso motel até uma lanchonete Denny's. No caminho de volta, quase fomos atropelados.

– Tem certeza a respeito do "quase"?

– Estávamos passando por baixo de uma ponte ferroviária. Um sujeito bateu com o jipe bem na parede de pedra. Também enfiou a cara no para-brisa.

– Como ele acabou?

– Acabou se safando, eu acho.

– Estava embriagado?

– Não sei. Acho que não.

– E quando os tiras chegaram, o que houve?

– Não ficamos para falar com eles.

– Vocês não ficaram... – começou ela, então parou e atirou o resto da limonada na pia, limpando a boca com o braço. Os lábios estavam franzidos, como se o último gole da limonada tivesse sido mais amargo do que ela queria. – Estão mesmo com pressa.

– Um pouquinho.

– Filho – disse ela –, qual é exatamente o tamanho da encrenca em que se meteram?

Geórgia o chamou do alto da escada.

– Venha se deitar, Jude. Suba! Vamos dormir no meu quarto. Você nos acorda, Bammy, daqui a uma hora? Ainda temos muito chão pela frente.

– Não precisam ir hoje à noite. Vocês sabem que podem ficar.

– Melhor não – disse Jude.

– Não entendo o sentido disso. Já são quase cinco horas. Vão chegar muito tarde no lugar para onde estão indo.

– Não faz mal. Somos pessoas da noite.

Ele colocou seu prato na pia. Bammy o examinava.

– Mas vão jantar antes de sair... – disse ela.

– Não, senhora. Não se preocupe com isso. Obrigado.

– Vou improvisar alguma coisa enquanto tiram o cochilo – disse ela balançando a cabeça. – De que parte do Sul você é?

– Louisiana. Um lugar chamado Moore's Corner. Não deve ter ouvido falar. Não há nada lá.

– Conheço o lugar. Minha irmã se casou com um homem que a levou para Slidell. Moore's Corner fica logo depois. Há boas pessoas vivendo por lá.

– As que eu conheci não eram – disse Jude e subiu, com Angus saltando os degraus atrás dele.

Geórgia estava esperando no alto da escada, na fria escuridão do corredor do andar de cima. Com o cabelo enrolado numa toalha, usava uma camiseta desbotada da Duke University e um short azul folgado. Os braços estavam cruzados sob os seios e em sua mão esquerda havia uma caixa branca chata, rachada nos cantos e remendada com fita adesiva marrom.

Os olhos dela eram a coisa mais brilhante nas sombras do corredor, centelhas esverdeadas de luz artificial. No rosto lívido, exausto, havia uma espécie de avidez.

– O que é isso? – perguntou ele, e Geórgia virou a caixa para que ele pudesse ler o que estava escrito do lado.

OUIJA – PARKER BROS. – MESA FALANTE

29

Geórgia levou Jude para o quarto dela, onde tirou a toalha da cabeça e atirou-a numa cadeira.

Era um quarto pequeno, o forro seguindo a curvatura do telhado, com um espaço quase insuficiente para eles e os cachorros. Bon já estava enroscada na cama de solteiro encostada numa parede. Quando Geórgia deu um estalo com a língua e tapinhas no travesseiro, Angus saltou para o lado da irmã. Ele também se acomodou.

Jude estava parado junto à porta fechada – agora era ele quem segurava a mesa Ouija – e sua cabeça descreveu um círculo lento, examinando o local onde Geórgia passara a maior parte da infância. Não estava preparado para nada tão lugar-comum. O edredom fino, costurado à mão, reproduzia a bandeira americana. Num canto, agrupados numa cesta de vime, havia um rebanho de unicórnios de pelúcia empoeirados, em cores variadas e fortes.

Geórgia tinha uma antiga cômoda de madeira de lei com um espelho que podia ser inclinado para a frente e para trás. Fotos haviam sido afixadas na moldura do espelho. Estavam meio desbotadas e amassadas, e mostravam uma adolescente de dentes salientes e cabelo preto, com um corpo magricela, parecendo um garoto. Numa foto Geórgia usava um uniforme da liga juvenil de beisebol, grande demais para ela, as orelhas se projetando sob o boné. Em outra estava parada entre amigas, todas bronzeadas, de peito chato e meio sem jeito em seus biquínis. Estavam em alguma praia com um píer ao fundo.

O único sinal da pessoa que ela ia se tornar estava na última fotografia, uma foto de formatura. Geórgia com o barrete e a beca preta. Estava ao lado dos pais: a mãe, uma mulher mirrada com um vestido florido saído direto de uma prateleira do Wal-Mart, e o pai barrigudo, com um penteado horrível e um blazer xadrez ordinário. Geórgia fazia pose entre eles, sorrindo, embora os olhos parecessem hostis, ardilosos e ressentidos. E enquanto uma das mãos segurava o diploma, a outra estava erguida numa saudação metaleira, o dedo mínimo e o indicador erguidos como chifres do diabo, as unhas pintadas de preto. Assim foi.

Geórgia encontrou o que estava procurando na escrivaninha, uma caixa de fósforos. Inclinou-se para o peitoril da janela e acendeu umas velas pretas. Impressa na traseira de seu short estava a palavra TITULAR. A parte de trás das coxas era dura, fortalecida por cinco anos de dança.

– Titular de quê? – perguntou Jude.

Ela se virou e olhou-o de relance, testa franzida. Quando percebeu para onde ele estava olhando, deu uma espiada em seu próprio traseiro e riu.

– Titular na ginástica. Daí é que saiu a maioria dos movimentos do meu número.

– Foi onde aprendeu a atirar uma faca?

No palco fazia seu número com uma faca de mentira, mas era capaz de manejar uma de verdade. Um dia, exibindo-se para ele, havia atirado um facão num tronco a uma distância de seis metros. E tinha acertado. O facão entrara com um baque sólido, seguido por um som metálico oscilante, a harmonia musical grave do aço tremendo.

Ela olhou para ele timidamente.

– Não, foi Bammy quem me ensinou a mexer com facas – disse. – Ela tem um braço bom para atirar coisas. Bolas de boliche. Bolas de softball. Aos 50 anos ainda era arremessadora de seu time de softball. Ninguém conseguia batê-la. Foi o pai quem a ensinou a atirar uma faca, e ela repassou seus conhecimentos para mim.

Depois de acender as velas, Geórgia abriu alguns centímetros das duas janelas sem levantar as persianas brancas. Quando a brisa soprou, as persianas se moveram e uma pálida luz do sol entrou no aposento. Logo as persianas recuaram, ocultando as ondas de brilho.

As velas não acrescentavam muita luz, mas o cheiro delas, mesclado ao frescor do aroma de mato que vinha do lado de fora, era agradável.

Geórgia se virou, cruzou as pernas e se sentou no chão. Jude se abaixou, ficando de joelhos diante dela. As juntas estalaram.

Ele pôs a caixa entre os dois, abriu-a e tirou um tabuleiro – será que a mesa Ouija podia ser chamada de tabuleiro? Sobre a tábua de cor sépia estavam dispostas todas as letras do alfabeto, as palavras **SIM** e **NÃO** e duas figuras, um sol com uma cara insanamente sorridente e uma lua brilhando. Jude pôs uma seta de plástico preto com rodízios sobre a mesa. Tinha a forma de um naipe de espadas.

– Eu não tinha certeza se conseguiria encontrá-la – disse Geórgia. – Provavelmente há oito anos não olho para esta maldita coisa. Está lembrado da história que contei, sobre como um dia vi um fantasma no quintal de Bammy?

– A irmã gêmea dela.

– Fiquei morrendo de medo, mas ao mesmo tempo curiosa. É engraçado como as pessoas são. Quando eu vi a menininha morta no quintal, simplesmente quis que ela fosse embora. Mas, quando ela desapareceu, tive vontade de vê-la de novo, de ter outra experiência como aquela, de me deparar com outro fantasma.

– E agora você está aqui, com um fantasma na sua cola. Quem disse que os sonhos não viram realidade?

Ela riu.

– Bom, pouco depois de ter visto a irmã de Bammy no quintal, comprei esta mesa Ouija por cinco dólares. Eu costumava brincar com uma amiga. Interrogávamos os espíritos sobre os garotos da escola. E muitas vezes movi a seta às escondidas, fazendo-a dizer coisas. Sheryll Jane, minha amiga, sabia que era eu quem fazia o truque, mas fingia realmente acreditar que falávamos com um fantasma. Seus olhos ficavam redondos, arregalados e salientes. Eu fazia a seta deslizar e a mesa Ouija dizia que algum garoto da escola tinha uma calcinha dela no armário. Sheryll deixava escapar um grito estridente e dizia: "Sempre achei que ele estava me olhando de maneira estranha!" Ela era tão boazinha, não se incomodava de andar comigo pra lá e pra cá, fazendo papel de boba e participando das minhas brincadeiras. – Geórgia coçou a nuca e, quase como um pensamento tardio, acrescentou: – Só que um dia estávamos brincando com a Ouija e a mesa começou a funcionar de verdade. Eu não estava movendo a seta.

– Talvez Sheryll Jane estivesse.

– Não. A seta se mexia sozinha e nós duas sabíamos disso. Tive certeza quando Sheryll não executou aquela encenação de arregalar os olhos. Ela quis que a coisa parasse. Quando o fantasma nos disse quem era, ela respondeu que não estava achando graça. Eu disse que não estava fazendo nada e ela me mandou parar com aquilo. Mas não tirou a mão da seta.

– Quem era o fantasma?

– Freddy, o primo dela. Havia se enforcado no verão. Tinha 15 anos e os dois eram realmente íntimos... Freddy e Sheryll.

– O que ele queria?

– Disse que havia fotos na garagem de sua família de caras de cuecas. Contou que as fotos estavam escondidas sob uma tábua do piso e nos indicou o local exato. Disse que não queria que os pais soubessem que ele era gay e ficassem ainda mais transtornados do que já estavam. Fora por isso que se matara, porque não queria mais ser gay. Depois disse que as almas não eram garotos nem garotas. Eram apenas almas. Disse que não existia gay e que havia deixado a mãe pesarosa por nada. Eu me lembro exatamente disso. Ele usou a palavra "pesarosa".

– Vocês foram atrás das fotos?

– Demos uma espiada na garagem na tarde do dia seguinte e encontramos a tábua solta, mas não havia nada escondido embaixo dela. Então o pai de Freddy apareceu atrás de nós e começou a berrar. Disse que não tínhamos nada de ficar xeretando em volta da casa dele e nos mandou cair fora. Sheryll achou que o fato de não termos encontrado as fotos provava que era tudo mentira e que eu tinha armado aquilo. Você nem imagina como ela ficou furiosa. Mas acho que o pai de Freddy encontrou as fotos antes de nós e se livrou delas para ninguém descobrir que o filho era uma boneca. Pelo modo como gritou, devia estar com medo do que pudéssemos saber. Do que pudéssemos estar procurando. – Ela fez uma pausa e acrescentou: – Eu e Sheryll não conseguimos superar o que aconteceu. Fingimos pôr uma pá de cal no assunto, mas nunca mais passamos muito tempo juntas. O que foi conveniente. Eu já estava transando com George Ruger, o amigo de meu pai, e não queria ter um monte de colegas no meu pé fazendo perguntas sobre como, de repente, eu passara a andar com tanto dinheiro no bolso.

As persianas foram para a frente e para trás. O quarto se iluminou e escureceu. Angus bocejou.

– Então o que fazemos? – disse Jude.

– Nunca brincou com isso?

Jude balançou negativamente a cabeça.

– Bem, cada participante põe a mão sobre a seta – disse ela. Geórgia esticou a mão direita, mas mudou de ideia logo em seguida e tentou puxá-la de volta.

Era tarde demais. Jude já tinha segurado seu pulso. Ela estremeceu, como se até o pulso estivesse dolorido.

Geórgia havia removido o curativo antes do banho e ainda não pusera novas ataduras. A visão daquela mão nua tirou o fôlego de Jude. Era como se tivesse ficado horas mergulhada numa banheira, a pele enrugada, branca e macia. O polegar estava pior. Por um instante, no escuro, a mão pareceu quase descarnada. A carne tinha se inflamado, adquirindo um chocante tom vermelho. Na base do polegar havia um largo círculo de infecção, um disco fundo, amarelo de pus, que ficava preto no centro.

– Cristo – disse Jude.

A cara de Geórgia, pálida demais, magra demais, estava surpreendentemente calma. Olhava para ele através das sombras trêmulas. Ela puxou a mão.

– Quer perder essa mão? – perguntou Jude. – Quer ver se pode morrer por causa do sangue contaminado?

– Estou com menos medo de morrer que dois dias atrás. Não é engraçado?

Quando abriu a boca para responder, Jude descobriu que não tinha nenhuma resposta a dar. Tinha um nó na barriga. O que havia de errado com a mão de Geórgia ia matá-la se nada fosse feito, os dois sabiam disso e ela não estava com medo.

– A morte não é o fim – disse Geórgia. – Agora eu sei. Nós dois sabemos.

– Não há nenhuma razão para simplesmente *decidir* morrer. Para não cuidar de si mesma.

– Eu não decidi morrer. Só decidi que não vou entrar em um hospital. Acho que já falamos sobre isso, estamos girando em torno da mesma ideia. Você sabe que não podemos levar os cachorros conosco para uma sala de emergência.

– Sou rico. Posso fazer um médico vir até nós.

– Já lhe disse, não acredito que o meu problema possa ser resolvido por um médico. – Ela se inclinou para a frente, bateu com os nós dos dedos da mão esquerda na mesa Ouija. – Isto é mais importante que o hospital. Mais cedo ou mais tarde, Craddock vai conseguir passar pelos cachorros. Acho que não vai demorar. Ele descobrirá um meio. Os cachorros não vão poder nos proteger para sempre. Estamos vivendo minuto a minuto e você sabe disso. Não me importo de morrer desde que ele não esteja à minha espera do outro lado.

– Você está doente. Esse é um pensamento febril. Você não precisa dessa porcaria. Precisa de antibióticos!

– Preciso de você – disse ela, os olhos brilhantes, vibrantes, parados no rosto dele. – Preciso que feche a porra da boca e ponha a mão na seta.

30

Geórgia disse que conduziria a conversa e pôs os dedos da mão esquerda na seta ao lado dos dedos dele. Jude ergueu os olhos quando a ouviu respirar profundamente. Geórgia fechou os olhos, não como se estivesse prestes a entrar num transe místico, mas como se fosse pular de um trampolim muito alto e tentasse superar a agitação no estômago.

– Tudo bem – disse ela. – Meu nome é Marybeth Stacy Kimball. Usei o codinome Morphina durante alguns anos ruins e o cara que eu amo me chama de Geórgia, embora isso me deixe furiosa, mas Marybeth é quem eu sou, meu verdadeiro nome. – Ela abriu um pouco os olhos apertados, deu uma espiada em Jude entre suas pestanas. – Se apresente também.

Ele estava prestes a falar quando ela levantou a mão para detê-lo.

– Seu verdadeiro nome. O nome que de fato lhe pertence. Nomes verdadeiros são muito importantes. Os nomes certos têm uma carga neles. Carga suficiente para trazer os mortos de volta à vida.

Ele se sentia estúpido – o que estavam fazendo não podia funcionar, era uma perda de tempo. Estavam agindo como crianças. Por outro lado, não seria a primeira vez que faria papel de bobo. Sua carreira tinha lhe propiciado uma variedade de oportunidades semelhantes. Certa vez, na gravação de um clipe, ele e sua banda (Dizzy, Jerome e Kenny) tiveram de simular uma fuga horrorizada por um campo de trevos. Eram perseguidos por um anão vestido com uma roupa suja de duende, que carregava uma serra elétrica. Com o tempo, Jude desenvolveu uma espécie de imunidade à sensação de se sentir estúpido. Assim, quando fez uma pausa, não foi por relutar em falar, mas porque de fato não sabia o que dizer.

– Meu nome é... Justin – disse por fim, olhando para Geórgia. – Justin Cowzynski, acho eu. Embora ninguém tenha me chamado assim desde os 19 anos.

Geórgia fechou os olhos, mergulhando para dentro de si mesma. Uma covinha apareceu entre as sobrancelhas finas, uma pequena ruga de expressão.

– Vai nessa. Ou melhor, vamos nessa. – Falava vagarosamente, suavemente. – Queremos falar com Anna McDermott. Justin e Marybeth precisam da sua ajuda. Você está aí? Anna, não quer falar hoje conosco?

Esperaram. A persiana se moveu. Crianças gritavam na rua.

– Alguém gostaria de falar com Justin e Marybeth? Anna McDermott, você não quer nos dizer alguma coisa? Por favor. Estamos com problemas, Anna! Por favor, nos atenda. Por favor, ajude. – Então, numa voz próxima de um sussurro, ela pediu: – Vamos. Faça alguma coisa – falava para a mesa Ouija. – Ela não me conhece – disse Geórgia. – Chame você.

– Anna McDermott? Há alguma Anna McDermott na casa? Poderia por favor entrar em contato com o centro de informação Ouija? – perguntou Jude num tom solene e abafado de chamada em alto-falante.

– Ah, sim! – Geórgia sorria, um riso largo, mas sem humor. – Eu sabia que era só uma questão de tempo até o deboche começar.

– Desculpe.

– Pergunte por ela. Pergunte de verdade.

– Não está funcionando.

– Você nem tentou.

– Sim, tentei.

– Não, não tentou.

– Bem, simplesmente não está funcionando.

Ele esperou hostilidade ou impaciência. Em vez disso, Geórgia abriu um sorriso ainda maior e contemplou-o com uma doçura serena de que ele instantaneamente desconfiou.

– Ela ficou esperando que você a procurasse até o dia de sua morte. Como se houvesse alguma chance de algo assim acontecer! Afinal, você não esperou nem uma semana para continuar sua busca, estado por estado, da presa mais fácil da América.

Ele ficou vermelho.

– Talvez você não quisesse continuar dançando por muito tempo com aquela coleira de cachorro – disse ele –, por isso acabou sendo a presa mais fácil.

– Eu sei e isso acaba comigo. Ponha! Sua! Mão! Ponha de volta na porra da seta! Ainda *não* acabamos aqui.

Jude fora retirando a mão, mas com a explosão de Geórgia tornou a encostar os dedos na seta.

– Estou desgostosa comigo e com você. Com você por ser quem você é e comigo por deixá-lo continuar desse jeito. Agora chame por ela. Anna não vai me responder, mas pode atender você. Ela ficou esperando que você a chamasse até o fim e, se você tivesse feito isso, ela teria voltado correndo. Talvez ainda volte.

Jude concentrou o olhar no tabuleiro, no estilo antigo das letras do alfabeto, no sol, na lua.

– Anna, está por aqui? – perguntou Jude. – Será que Anna McDermott pode vir falar conosco?

A seta continuava imóvel, plástico sem vida. Há dias ele não se sentia tão ancorado no mundo do real e das coisas comuns. Aquilo não ia funcionar. Não dava certo. Estava achando difícil manter a mão na seta. Estava impaciente para se levantar, para encerrar a sessão.

– Jude – disse Geórgia, logo se corrigindo –, Justin, não pare agora! Tente de novo.

Jude. Justin.

Ele observou seus próprios dedos na seta, o tabuleiro embaixo, e tentou avaliar se estava faltando algo. De repente sacou o que era. Geórgia tinha dito que nomes verdadeiros tinham uma carga neles, que as palavras certas tinham o poder de devolver os mortos à vida. E então se lembrou que Justin não era seu verdadeiro nome. Ele deixara Justin Cowzynski na Louisiana quando tinha 19 anos. O homem que saltara do ônibus em Nova York 40 horas depois era alguém totalmente diferente, capaz de fazer e dizer coisas que estariam além da capacidade de Justin Cowzynski. E o que ele e Geórgia estavam fazendo de errado era chamar por Anna McDermott. Ele nunca a chamara assim. No período em que ficaram juntos, ela não era Anna McDermott.

– Flórida... – disse Jude, quase num suspiro. Ele próprio se surpreendeu com o tom. Era uma voz calma, autoconfiante. – Venha falar comigo, Flórida. É o Jude, querida. Desculpe por eu não ter procurado você antes. Estou chamando agora. Está aí? Está ouvindo? Ainda está esperando por mim? Estou aqui agora. Estou bem aqui.

A seta pulou sob seus dedos, como se o tabuleiro tivesse sido golpeado por baixo. Geórgia pulou com ela e deu um grito abafado. Sua mão doente voou para a garganta. A brisa mudou de direção e puxou as persianas, jogando-as contra as janelas e escurecendo o quarto. Angus levantou a cabeça, os olhos revelando um brilho esverdeado e antinatural sob a luz fraca das velas.

A mão sadia de Geórgia permanecera sobre a seta, que voltou a se mexer assim que bateu de volta no tabuleiro. A sensação não era natural e fez o coração de Jude disparar. Era como se houvesse outro par de dedos, uma terceira mão abrindo espaço entre sua mão e a de Geórgia, fazendo a seta deslizar, girando-a sem aviso. A seta correu pelo tabuleiro, encostou numa letra, ficou parada um instante, depois *rodopiou* sob os dedos dos dois, forçando Jude a torcer o pulso para conservar a mão sobre ela.

– P – Geórgia leu a letra. Ela estava nitidamente sem fôlego. – O.R.Q.U.E.

– Por que – repetiu Jude. A seta continuou encontrando letras e Geórgia continuou a cantá-las: N, A, O. Jude prestava atenção, concentrava-se no que estava sendo soletrado. – Não me procurou.

A seta deu metade de uma volta – e parou, os rodízios guinchando debilmente.

– Por que não me procurou? – repetiu Jude.

– E se não for ela? Se for ele? Como vamos saber com quem estamos falando?

A seta se moveu antes que Geórgia tivesse acabado de falar. Era como ter um dedo num disco que tivesse de repente começado a rodar.

– P.O.R.Q.U.E.O... – Geórgia foi cantando as letras.

– Por. Que. O. Céu. É. Azul – completou Jude. A seta ficou imóvel. – É ela. Flórida sempre dizia que gostava mais de fazer perguntas do que de respondê-las. Chegou a ser uma espécie de piada entre nós.

Era ela. Imagens passaram pela cabeça de Jude, uma série de nítidos instantâneos. Ela no banco de trás do Mustang, nua sobre o couro branco, só com as botas e um chapéu de caubói com uma pena, espreitando-o por baixo da aba, os olhos brilhando de malícia. Ela puxando sua barba nos bastidores do show do Trent Reznor e ele mordendo o lado de dentro da bochecha para não dar um berro. Ela morta na banheira, algo que ele jamais vira, exceto na imaginação. A água estava escura, e o padrasto, em seu paletó preto de agente funerário, de joelhos ao lado da banheira, como se estivesse rezando.

– Vamos lá, Jude! – disse Geórgia. – Fale com ela.

Geórgia se esforçava para falar, sua voz pouco mais do que um sussurro. Quando Jude ergueu de relance os olhos, ela estava tremendo, embora o rosto suado parecesse em brasa. Os olhos brilhavam do fundo das órbitas escuras e ossudas... olhos febris.

– Tudo bem com você?

Geórgia sacudiu a cabeça – *Me esqueça* – e estremeceu furiosamente. Sua mão esquerda continuou sobre a seta.

– Fale com ela.

Jude tornou a olhar para o tabuleiro. A lua preta estampada num canto estava rindo. Não parecera sombria um momento atrás? Um cachorro negro na parte de baixo do tabuleiro uivava para a lua. Achou que o cachorro não estava lá da primeira vez que abrira a tábua Ouija.

– Eu não sabia como ajudá-la – disse ele. – Me desculpe, garota. Gostaria que você tivesse se apaixonado por outra pessoa que não eu. Gostaria que tivesse se apaixonado por um dos bons elementos. Alguém que simplesmente não a mandasse embora quando as coisas ficassem complicadas.

– V.O.C.E.E.S.T... – leu Geórgia naquele mesmo tom laborioso, quase sem fôlego. Jude podia ouvir o esforço que ela fazia para conter o tremor.

– Você. Está. Zangado.

A seta ficou imóvel.

Jude sentia um fervilhar de emoções, muitas coisas, todas ao mesmo tempo, não sabia se conseguiria colocá-las em palavras. Mas conseguiu, e com facilidade.

– Sim.

A seta voou para a palavra **NÃO**.

– Não devia ter feito isso – disse ele.

– F.E.I.T...

– Feito o quê? – leu Jude. – Feito o quê? Você sabe o quê. Se matado...

A seta tornou a derrapar para a palavra **NÃO**.

– O que está querendo dizer com esse não?

Geórgia soletrou em voz alta: E, S, E.

– E. Se. Eu. Não. Puder. Responder. – A seta parou novamente. Jude examinou o tabuleiro por um momento, então compreendeu. – Ela não pode responder a perguntas. Só pode fazê-las.

Mas Geórgia já estava soletrando de novo.

– E.L.E.E.S.T...

Um grande acesso de tremedeira tomou conta de Geórgia, os dentes começaram a bater e, quando Jude a olhou de relance, viu o vapor da respiração saindo de seus lábios, como se ela estivesse dentro de uma câmara frigorífica. Só que para Jude o quarto não parecia nem mais quente nem mais frio.

A próxima coisa em que ele reparou foi que Geórgia não estava olhando para sua mão na seta, nem para a mão dele, nem para coisa nenhuma. Seus olhos tinham perdido o foco, fixados numa distância etérea. Geórgia continuava cantando as letras em voz alta à medida que a seta as tocava. Não estava mais, porém, olhando para o tabuleiro, não podia ver o que estava fazendo.

– Ele. – Jude lia enquanto Geórgia ia soletrando numa tensa monotonia. – Está. Atrás. De. Você.

Geórgia parou de cantar as letras e ele percebeu que fora feita uma pergunta.

– Sim. Está. Acha que você se matou por minha culpa e agora está querendo ajustar contas.

NÃO. A seta ficou apontando por um longo tempo para a palavra, momento enfático antes de começar de novo a se mover sobre as letras.

– P.O.R.Q.U.E.V.O.C... – murmurou Geórgia com a voz embargada.

– Por. Que. Você. É. Tão. Burro. – Jude ficou em silêncio, olhando.

Um dos cachorros deu um ganido.

Então Jude compreendeu. Por um momento se sentiu dominado por uma sensação de tontura e profunda desorientação. Era como o atordoamento de alguém que se levanta repentinamente. Era também um pouco como sentir o gelo frágil cedendo sob os pés, o primeiro e chocante momento do mergulho. Achou incrível que tivesse demorado tanto tempo para compreender.

– Filho da puta – disse Jude, a voz sufocada de raiva. – Aquele filho da puta.

Reparou que Bon estava acordada, olhando apreensiva para a mesa Ouija. Angus também estava atento, a cauda batendo no colchão.

– O que podemos fazer? – disse Jude. – Ele está vindo atrás de nós e não sabemos como nos livrar dele. Pode nos ajudar?

A seta oscilou para a palavra **SIM**.

– A porta dourada – sussurrou Geórgia.

Jude olhou para ela... e recuou. Os olhos dela tinham rolado para cima, deixando visível somente a parte branca, e todo o seu corpo estava tremendo de cima a baixo, violentamente. O rosto, normalmente já pálido, perdera ainda mais a cor e parecia feito de cera, com um desagradável aspecto translúcido. Saía vapor de sua respiração. Jude ouviu a seta roçando no tabuleiro, deslizando febrilmente por ele. Olhou para baixo. Geórgia não estava mais soletrando, não falava mais. Ele próprio reuniu as palavras.

– Quem. Vai. Ser. A. Porta. Quem vai ser a porta?

– Eu vou ser a porta – disse Geórgia.

– Geórgia – disse Jude. – Do que você está falando?

A seta começou a se mover de novo. Jude agora não falou. Ficou vendo a seta encontrar as letras, não hesitando mais que um instante diante de cada uma antes de avançar para outra.

Você. Vai. Me. Fazer. Passar. Através.

– Sim – disse Geórgia. – Se eu puder. Vou ser a porta e vou fazer você atravessá-la para detê-lo.

Você. Jura.

– Eu juro. – O tom de Geórgia era baixo, sufocado, tenso de medo. – Juro, juro, meu Deus, eu juro! Faço qualquer coisa, só não sei o que fazer. Estou pronta para fazer o que tiver de fazer, só me diga o quê.

Você. Tem. Um. Espelho. Marybeth.

– Por quê? – disse Geórgia piscando, os olhos se revirando, olhando embaçados ao redor. Ela virou a cabeça para a cômoda. – Há um...

Gritou. Seus dedos saltaram da seta e ela apertou a boca com as mãos para sufocar o grito. No mesmo instante, Angus ficou de pé e começou a latir de cima da cama. Ele estava olhando para o que ela estava olhando. Então Jude se contorceu para olhar também, seus dedos abandonando a seta (que começou a rodopiar e rodopiar sozinha, como um garoto dando giros com sua bicicleta).

O espelho sobre a cômoda estava inclinado para a frente. Mostrava Geórgia sentada diante de Jude, a mesa Ouija entre os dois. Só que no espelho os olhos de Geórgia estavam cobertos por uma venda de gaze preta e sua garganta estava cortada. Uma boca vermelha se abria obscenamente na frente dela e a blusa estava ensopada de sangue.

Angus e Bon pularam da cama no mesmo momento. Bon bateu no chão e se atirou contra a seta, rosnando. Fechou os maxilares sobre ela, do modo como teria atacado um camundongo tentando escapar para a toca. A seta se espatifou entre seus dentes.

Angus se atirou contra a cômoda e pôs as patas da frente em cima dela, latindo furiosamente para a face no espelho. A força de seu peso fez a cômoda se inclinar sobre os pés traseiros. O espelho podia se mover para a frente e para trás e agora balançava para trás, inclinando-se até ficar virado para o teto. Angus caiu de quatro e, em seguida, a cômoda fez o mesmo, desabando de suas pernas de madeira com um poderoso estrondo. O espelho oscilou para a frente, girando para mostrar mais uma vez a Geórgia seu próprio reflexo. Era apenas seu reflexo. O sangue e a venda preta tinham desaparecido.

31

No frescor de final de tarde do quarto, Jude e Geórgia se esticaram juntos na cama de solteiro. Era pequena demais para os dois e Geórgia teve de virar de lado e jogar uma perna sobre Jude. Ela aninhou a face no pescoço dele, a ponta fria do nariz contra a pele de Jude.

Ele estava entorpecido. Sabia que precisava pensar sobre o que tinha acabado de acontecer, mas parecia incapaz de fazer seus pensamentos voltarem ao que vira no espelho, ao que Anna estivera tentando lhes dizer. Sua mente não queria ir até lá. Sua mente queria se afastar da morte por alguns momentos. Sentia-se tomado pela morte, sentia a promessa de morte por toda parte, sentia a morte em seu peito e cada morte como mais uma pedra empilhada sobre ele, sugando o ar de dentro dele: a morte de Anna, de Danny, de Dizzy, de Jerome, a possibilidade de sua própria morte e da morte de Geórgia, à espera deles em algum ponto da estrada. Não conseguia se mover por causa do peso de todas aquelas mortes fazendo pressão sobre ele.

Jude tinha a impressão de que, desde que ficasse bem quieto e não dissesse nada, ele e Geórgia poderiam prolongar indefinidamente aquele momento de tranquilidade, com as persianas batendo e aquela luminosidade pálida ondulando em volta. A coisa ruim que estava à espera deles jamais os alcançaria. Enquanto permanecessem na pequena cama, a coxa fresca de Geórgia sobre ele, o corpo dela apertado do seu lado, o inimaginável futuro não iria chegar.

De qualquer modo ele veio. Bammy bateu suavemente na porta e, quando falou, foi uma voz silenciosa e incerta.

– Tudo bem com vocês aí?

Geórgia se ergueu sobre um cotovelo. Passou as costas da mão nos olhos. Só naquele momento Jude percebeu que ela estivera chorando. Ela piscou, deu um sorriso torto, mas um sorriso *real*, não um sorriso de fingimento, embora fosse humanamente impossível conceber qual poderia ser a razão daquele sorriso.

A face de Geórgia fora lavada pelas lágrimas e aquele sorriso era doloroso em sua sinceridade fácil, juvenil. Parecia dizer *Oh, bem, nem tudo é como a gente quer*. Jude entendeu então que ela acreditava que o que ambos tinham visto no espelho fora uma espécie de visão, algo que ia acontecer, que talvez não pudessem evitar. Sentiu-se acovardado com a ideia. Não, não. Melhor Craddock conseguir pegá-lo e aquela coisa acabar do que Geórgia morrer afogada em seu próprio sangue. Por que Anna lhes mostraria aquilo, o que ela podia estar querendo?

– Querida? – chamou Bammy.

– Estamos bem – respondeu Geórgia.

Silêncio. Então:

– Não estão brigando aí dentro, estão? Ouvi coisas caindo.

– *Não* – disse Geórgia, um tom de quem achava a própria sugestão ultrajante. – Juro por Deus, Bammy! Desculpe o barulho.

– Bem – disse Bammy. – Precisa de alguma coisa?

– Lençóis limpos – disse Geórgia.

Outro silêncio. Jude sentia Geórgia tremendo em seu peito, um doce tremor. Ela mordia o lábio inferior para conter o riso. De repente ele também estava lutando com aquilo, dominado por uma súbita, convulsiva hilaridade. Apertou a boca com uma das mãos enquanto suas entranhas se reviravam com um riso encurralado, estrangulado.

– Jesus – disse Bammy, fazendo um barulho de quem queria cuspir. – Jesus Cristo. – Seus passos foram se afastando da porta enquanto ela dizia isso.

Geórgia caiu contra Jude, a face fria, úmida, apertada com força contra seu pescoço. Jude pôs os braços em volta dela e os dois se agarraram morrendo de rir.

32

Após o jantar, Jude disse que tinha de dar alguns telefonemas e deixou Geórgia e Bammy na sala de estar. Realmente não tinha de ligar para ninguém, mas sabia que Geórgia queria matar as saudades da avó e as duas ficariam mais à vontade sem a presença dele.

Contudo, assim que se viu na cozinha com um novo copo de limonada na sua frente e nada com o que se ocupar, acabou levando a mão ao telefone. Discou o número do escritório para pegar suas mensagens. Parecia estranho estar ocupado com um ato cotidiano tão banal depois de tudo o que tinha acontecido naquele dia, desde o enfrentamento com Craddock no Denny's ao encontro com Anna no quarto de Geórgia. Jude se sentia desconectado do homem que fora antes de ver pela primeira vez o morto. Sua carreira, sua vida, tanto o negócio quanto a arte que o haviam preocupado por mais de 30 anos pareciam assuntos sem grande importância. Discou o telefone, observando sua mão como se ela pertencesse a outra pessoa, sentindo-se um espectador passivo das ações de um personagem numa peça, um ator representando a si próprio.

Tinha cinco mensagens à sua espera. A primeira era de Herb Gross, seu contador e gerente comercial. A voz de Herb, geralmente pastosa e convencida, gravara a mensagem trêmula de emoção.

– Acabei de saber por Nan Shreve que Danny Wooten foi encontrado morto em seu apartamento hoje de manhã. Ao que parece, ele se enforcou. Estamos todos consternados aqui, como você pode imaginar. Será que você poderia me ligar quando receber esta mensagem? Não sei onde você está. Ninguém sabe. Obrigado.

Havia a mensagem de um tal de agente Beam, dizendo que a polícia de Piecliff estava tentando fazer contato com Jude, com quem tinham um assunto importante a tratar. Ele pedia que Jude retornasse a ligação. Havia uma mensagem de Nan Shreve, sua advogada, dizendo que estava cuidando de tudo, que a polícia queria pegar seu depoimento sobre Danny e que ele deveria ligar assim que pudesse.

A mensagem seguinte era de Jerome Presley, que morrera quatro anos atrás após ter jogado seu Porsche num salgueiro-chorão a mais de 140 quilômetros por hora.

– Ei, Jude, acho que estamos conseguindo juntar a banda de novo, hã? John Bonham na bateria. Joey Ramone nos vocais de apoio. – Ele riu, depois continuou no seu familiar tom arrastado, fatigado. A voz de Jerome sempre fizera Jude se lembrar do comediante Steven Wright. – Sei que agora está dirigindo um Mustang envenenado. Esse foi um ponto que sempre tivemos em comum, Jude... Podíamos conversar sobre carros. Suspensões, motores, sistemas de som, Mustangs, Thunderbirds, Chargers, Porsches. Você sabe no que eu estava pensando na noite em que joguei meu Porsche para fora da estrada? Estava pensando em toda a merda que *nunca* tinha dito a você. Toda a merda sobre a qual não conversávamos. Por exemplo, como você me fez ficar viciado em coca e, de repente, ficou careta e teve a coragem de vir me dizer que, se eu não fizesse o mesmo, você ia me chutar da banda. Por exemplo, como você deu dinheiro para Christine comprar sua própria casa depois que ela me deixou, quando ela fugiu com os garotos sem dizer uma palavra. Como você lhe deu dinheiro para arrumar um advogado. Sua lealdade foi incrível. Ou como você não me deu a simples porra de um dinheiro emprestado quando eu estava perdendo tudo... a casa, os carros! E, no entanto, eu o deixei dormir na cama do meu porão quando você saltou do ônibus que vinha da Louisiana e não tinha nem 30 dólares no bolso. – Jerome tornou a rir, seu riso áspero, corrosivo, de fumante. – Bem, em breve vamos ter a chance de finalmente conversar sobre todas essas coisas. Acho que vou vê-lo logo, logo. Sei que agora você está na estrada da noite. Sei aonde essa estrada leva. Direto para a porra de uma árvore. Eles me tiraram dos galhos, você sabe. Excluindo as partes que deixei no para-brisa. Sinto sua falta, Jude. Estou ansioso para pôr meus braços em volta de você. Vamos cantar exatamente como nos velhos tempos. Aqui todo mundo canta. Após algum tempo, a coisa soa mais ou menos como grito. Escute só. Escute e vai poder ouvi-los gritar.

O barulho era ensurdecedor quando Jerome tirou o fone do ouvido e esticou-o para que Jude pudesse escutar. O que veio pela linha foi um som como Jude jamais ouvira, algo estranho e horrível, como um zumbido de moscas amplificado uma centena de vezes, somado a pancadas e guinchos de uma máquina, uma prensa a vapor martelando e fervilhando. Escutando com cuidado, era possível discernir palavras em meio àquele rumor de moscas. Eram vozes inumanas, chamando pela mãe, pedindo para aquilo parar.

Jude ia apagar a mensagem seguinte, esperando outra pessoa morta, mas era um telefonema da acompanhante do pai, Arlene Wade. Ela estava tão fora de seus pensamentos que Jude demorou alguns momentos até ser capaz de identificar o velho e desafinado tom de voz. Quando conseguiu, a breve mensagem estava quase concluída.

– Alô, Justin, sou eu. Queria colocá-lo a par do estado de seu pai. Ele está inconsciente há 36 horas. O coração bate aos arrancos. Achei que ia querer saber. Ele não está sofrendo. Ligue se quiser.

Depois de desligar, Jude se inclinou sobre a bancada da cozinha, contemplando a noite. Tinha as mangas da camisa arregaçadas até os cotovelos, a janela estava aberta, a brisa que flutuava batia fria na sua pele e vinha cheia do aroma do jardim florido. Rãs coaxavam.

Jude pôde ver mentalmente o pai: o velho estendido em seu catre estreito, magricela, esgotado, o queixo coberto dos pelos brancos de uma barba suja, as têmporas afundadas e esbranquiçadas. Jude chegou quase a crer que podia sentir o cheiro dele, o suor malcheiroso, o fedor da casa, um odor que incluía mas não se limitava a cocô de galinha, porco e ao cheiro de nicotina agarrado em tudo: cortinas, cobertores, papel de parede. Quando Jude finalmente escapou da Louisiana, estava fugindo daquele cheiro tanto quanto escapando do pai.

Correra, correra e correra, fizera música, fizera milhões, passara muito tempo tentando pôr o máximo de distância entre ele e o velho. Agora, com um pouco de sorte, ele e o pai podiam morrer no mesmo dia. Poderiam caminhar juntos pela estrada da noite. Ou talvez fossem dividir o banco do carona da picape cor de fumaça de Craddock McDermott. Os dois sentados tão perto um do outro que Martin Cowzynski poderia pousar uma de suas garras descarnadas na nuca de Jude. O cheiro dele enchendo o carro. O cheiro de casa.

O inferno devia cheirar daquele jeito, e rodariam juntos para lá, pai e filho, acompanhados por aquele pavoroso chofer com o cabelo prateado cortado à escovinha, o paletó de Johnny Cash e o rádio ligado no comentarista conservador Rush Limbaugh. Se o inferno fosse alguma coisa, seria conversa de rádio – e família.

Na sala de estar, Bammy fazia algum comentário num murmúrio baixo, em tom de fofoca. Geórgia ria. Jude inclinou a cabeça para o som e pouco depois se surpreendeu ao se ver sorrindo numa reação automática. Não entendia como Geórgia podia estar às gargalhadas diante de todos os problemas que enfrentavam e depois de tudo o que tinham visto.

O riso de Geórgia era uma qualidade que Jude apreciava nela acima de todas as outras – adorava a música profunda, caótica daquele riso, e o modo como Geórgia se entregava completamente. Aquilo mexia com ele e também o fazia se abrir um pouco mais. Mal passava das sete no relógio do micro-ondas. Ia voltar para a sala e se juntaria às duas jogando conversa fora durante alguns minutos de descontração. Depois tentaria captar a atenção de Geórgia e daria um olhar significativo para a porta. A estrada estava à espera.

Tinha tomado sua decisão e já se afastava da bancada da cozinha quando foi atraído por um barulho, um canto desafinado mas no ritmo: *bye-bye, bay-bee*. Ele se virou e deu uma olhada no quintal atrás da casa.

O recanto mais distante do quintal era iluminado por um poste que ficava numa viela, lançando uma luz azulada através da cerca de madeira e do grande e frondoso carvalho com a corda pendurada num galho. Havia uma menininha debaixo da árvore, agachada na grama, uma criança de talvez uns seis ou sete anos. Usava um vestido simples, de xadrez vermelho e branco, e seu cabelo preto estava preso num rabo de cavalo. Cantava sozinha, uma velha canção de Dean Martin que dizia que estava na hora de pegar a estrada para a terra do faz de conta. Ela colheu um dente-de-leão, respirou fundo e soprou. Os paraquedas de semente se fragmentaram, uma centena de guarda-chuvas brancos que flutuaram, esvoaçando na escuridão. Teria sido impossível vê-los se não fossem ligeiramente luminosos, pairando nos ares como improváveis centelhas esbranquiçadas. De cabeça erguida, ela quase parecia estar olhando diretamente para Jude pela janela. Era, no entanto, difícil ter certeza. Os olhos da menina estavam cobertos por marcas negras que se agitavam na frente deles.

Era Ruth. O nome dela era Ruth. Era a irmã gêmea de Bammy, a que desaparecera nos anos 1950. Os pais haviam chamado as duas para o almoço. Bammy fora correndo, mas Ruth havia se demorado no quintal e aquela fora a última vez que alguém a tinha visto... com vida.

Jude abriu a boca (para dizer o quê, ele não sabia), mas não conseguiu falar. O ar entrou em seu peito e ficou lá.

Ruth parou de cantar e a noite ficou silenciosa, agora sem barulho algum, nem mesmo de rãs ou de insetos. A menininha virou a cabeça para dar uma olhada na viela atrás da casa. Sorriu e a mão se agitou num breve aceno, como se ela tivesse acabado de ver alguém parado lá, alguém que conhecia, alguém amistoso da vizinhança. Só que não havia ninguém na ruela. Havia páginas velhas de um jornal grudadas no chão, vidros quebrados, mato crescendo entre as lajotas. Ruth saiu de sua posição agachada e caminhou devagar para a cerca, os lábios se movendo – conversando silenciosamente com uma pessoa que não estava lá. Quando Jude deixou de ouvir sua voz? Quando ela parou de cantar.

À medida que Ruth se aproximava da cerca, Jude sentia um alarme crescente, como se estivesse vendo uma criança prestes a se atirar no meio de uma rodovia movimentada. Queria chamá-la, mas não conseguia, não conseguia sequer respirar.

Lembrou-se então do que Geórgia tinha lhe contado. Que as pessoas que viam a pequena Ruth sempre queriam chamá-la, adverti-la de que estava em perigo, mandar que corresse, mas ninguém conseguia fazer isso. Todos ficavam assustados demais com a visão da menina para falar. Um pensamento brotou – o pensamento repentino, absurdo de que ali estava cada garota que Jude conhecera e que não fora capaz de ajudar; ela era ao mesmo tempo Anna e Geórgia. Se pudesse ao menos falar o nome dela, atrair sua atenção, fazer um sinal para alertá-la de que estava numa encrenca, tudo seria possível. Ele e Geórgia também poderiam derrotar o homem morto, sobrevivendo à situação impossível em que haviam se metido.

E, no entanto, Jude não conseguia encontrar sua voz. Era enlouquecedor ficar ali parado olhando e não ser capaz de falar. Bateu com a mão enfaixada, machucada, na bancada, sentiu uma pontada de dor percorrer o ferimento em sua mão – mesmo assim, não conseguiu forçar nenhum som a atravessar a passagem apertada da garganta.

Angus estava ao seu lado e pulou quando Jude bateu na bancada. Levantando o focinho, lambeu nervosamente o punho de Jude. O afago rude e quente da língua de Angus em sua pele nua o sobressaltou. Era imediato, real, e o arrancou de sua paralisia tão rápida e abruptamente quanto o riso de Geórgia o fizera sair, alguns momentos atrás, de uma sensação de desespero. Os pulmões sorveram um pouco de ar e ele chamou pela janela.

– Ruth! – gritou... e ela virou a cabeça. Tinha ouvido. Tinha *ouvido*. – Saia daí, Ruth! Corra para casa! Agora mesmo!

Ruth tornou a olhar de relance para a viela deserta, escura, e então deu um primeiro passo sem equilíbrio, um primeiro passo de recuo em direção à casa. Antes, no entanto, que pudesse chegar mais longe, seu braço magro e branco se ergueu, como se houvesse uma linha invisível amarrada em seu pulso esquerdo e alguém a estivesse puxando.

Só que não era uma linha invisível. Era uma mão invisível. E, no instante seguinte, a menina foi suspensa do solo, puxada para cima por alguém que não estava lá. As pernas compridas e magricelas se debatiam indefesas e uma de suas sandálias voou, desaparecendo no escuro. Ela resistia, lutava, suspensa a mais de meio metro, e era resolutamente arrastada. Quando foi levada por forças invisíveis sobre a cerca de madeira, seu rosto se virou para Jude, desamparado e suplicante, as marcas diante dos olhos rasurando o olhar desesperado.

– Ruth! – tornou ele a gritar, a voz poderosa como era no palco, quando gritava para suas multidões.

Ela começou a desaparecer aos poucos enquanto era puxada para a viela. Agora seu vestido era xadrez cinza e branco. Seu cabelo era da cor prata da lua. A outra sandália caiu, bateu numa poça d'água e desapareceu, embora ondas continuassem a se mover pela água rasa e barrenta – como se a sandália tivesse caído, de modo pouco plausível, diretamente do passado para o presente. A boca de Ruth estava aberta, mas ela não conseguia gritar, e Jude não sabia por quê. Talvez a coisa invisível que a estava levando tivesse colocado a mão sobre sua boca. Ela passou sob o brilhante clarão azul do poste e sumiu. A brisa fez o jornal sair rolando pela ruazinha deserta com um barulho seco de chocalho.

Angus tornou a ganir e deu outra lambida no dono. Jude tinha o olhar parado. Um gosto ruim na boca. Uma sensação de pressão nos tímpanos.

– Jude – murmurou Geórgia atrás dele.

Ele observou o reflexo dela na janela sobre a pia. Marcas negras dançavam na frente dos olhos de Geórgia. Estavam também em seus olhos. Estavam ambos mortos. Simplesmente ainda não tinham parado de se mexer.

– O que aconteceu, Jude?

– Não pude salvá-la – disse ele. – A menina. Ruth. Eu a vi sendo levada. – Não podia dizer a Geórgia que, de alguma forma, sua esperança de que pudessem salvar-se a si mesmos tinha ido com ela. – Chamei seu nome. Chamei seu nome, mas não pude alterar o que aconteceu.

– Claro que não pôde, querido – disse Bammy.

33

Jude girou na direção de Geórgia e Bammy. Geórgia estava no vão da porta da cozinha, parada diante dele. Seus olhos eram apenas seus olhos, sem marcas de morte sobre eles. Bammy tocou no quadril da neta, cutucando-a para poder passar. Entrou na cozinha e se aproximou de Jude.

– Conhece a história de Ruth? M.B. lhe contou?

– Ela me disse que a irmã da senhora foi raptada quando vocês eram pequenas. Disse que às vezes as pessoas a veem no quintal sendo novamente agarrada. Mas ver com os próprios olhos é incrível. Ouvi-a cantar. Vi quando foi levada.

Bammy pôs a mão no pulso dele.

– Não quer sentar?

Ele balançou negativamente a cabeça.

– Sabe por que ela continua voltando? – perguntou Bammy. – Por que as pessoas a veem? Porque os piores momentos da vida de Ruth aconteceram neste quintal, enquanto estavam todos sentados aqui, almoçando. Ela estava sozinha, assustada, e ninguém viu quando foi levada. Ninguém ouviu quando parou de cantar. Deve ter sido realmente uma coisa terrível. Sempre achei que, quando algo realmente ruim acontece a alguém, os outros têm de saber. A pessoa não pode ser como uma árvore caindo nos bosques sem ninguém para ouvir a queda. Posso pelo menos dar mais alguma coisa para você beber?

Só então ele reparou que sua boca estava desagradavelmente seca. Aceitou com um aceno de cabeça. Ela pegou a jarra de limonada, agora quase vazia, e derramou o que sobrara no copo dele.

– Eu sempre achei – disse Bammy enquanto o servia – que, se alguém conseguisse falar com Ruth, tiraria um peso de cima dela. Sempre achei que, se alguém conseguisse fazer com que ela se sentisse menos sozinha naqueles últimos minutos, isso poderia libertá-la. – Bammy inclinou a cabeça para o lado: um curioso gesto interrogatório que Jude vira Geórgia executar um milhão de vezes. – Sem saber, você pode ter feito algum bem a ela. Só por chamá-la pelo nome.

– Mas o que eu fiz? Ela continuou sendo levada.

Jude esvaziou o copo num trago e pousou-o na pia.

Bammy estava bem ao lado dele e o tom foi ao mesmo tempo gentil e clemente:

– Eu nunca pensei, por um momento sequer, que alguém pudesse alterar o que aconteceu a Ruth. Está feito. O passado já foi. Fique esta noite, Jude.

A última frase foi tão absolutamente sem relação com aquela que a precedera que Jude precisou de um momento para entender que Bammy acabara de lhe fazer um convite.

– Não posso – disse Jude.

– Por quê?

Porque qualquer um que lhes oferecesse ajuda ficaria infectado com a morte que havia neles. Quem sabe até que ponto teriam posto em risco a vida de Bammy só naquela visita de algumas horas? Pois ele e Geórgia já estavam mortos, e os mortos arrastavam os vivos para baixo.

– Porque não é seguro – disse ele por fim. Pelo menos aquilo era sincero.

A testa de Bammy franziu, afundada em pensamentos. Jude percebeu como ela procurava as palavras certas para quebrar sua resistência, para forçá-lo a falar sobre a situação em que estavam metidos.

Enquanto ela pensava, Geórgia avançou pela cozinha, quase na ponta dos pés, como se tivesse medo de fazer algum barulho. Bon ia em seus calcanhares, olhando atenta para eles com um ar de idiota ansiedade.

– Nem todo fantasma é como sua irmã, Bammy – disse Geórgia. – Alguns são realmente maus. Estamos tendo todo tipo de problema com pessoas mortas. Não peça a nenhum de nós para explicar. Só pareceria loucura.

– Seja como for, podem contar comigo. Deixem-me ajudar.

– Sra. Fordham – disse Jude –, a senhora já foi generosa demais ao nos receber. Obrigado pelo jantar.

Geórgia parou ao lado da avó, puxou a manga de sua blusa e, quando Bammy se virou, pôs os braços pálidos e magricelas em volta dela e abraçou-a com força.

– Você é uma boa pessoa e gosto muito de você – disse Geórgia.

A cabeça de Bammy continuava voltada para Jude.

– Se eu puder fazer alguma coisa...

– Mas não pode – disse Jude. – É o que acontece com sua irmã lá nos fundos. A pessoa pode gritar o quanto quiser, mas não conseguirá alterar o modo como as coisas se passaram.

– Não penso assim. Minha irmã está morta. Ninguém prestou atenção quando ela parou de cantar e alguém a pegou e a matou. Mas você não está morto. Você e minha neta estão vivos e aqui comigo, em minha casa! Não se entreguem. Os mortos ganham quando a pessoa para de cantar e se deixa levar pela estrada com eles.

Essa última frase fez Jude dar um solavanco nervoso, como se tivesse encostado a mão em metal e recebido uma carga inesperada de eletricidade estática. Havia uma ideia ali sobre se entregar, sobre cantar. Uma mensagem cujo sentido ele ainda não conseguia captar. A noção de que ele e Geórgia estavam prestes a sair definitivamente de cena (a sensação de que estavam tão mortos quanto a moça que acabara de ver no quintal) era um obstáculo que nenhum outro pensamento conseguiria contornar.

Geórgia beijou a face de Bammy uma vez, e outra: beijos cheios de lágrimas. E por fim Bammy se virou para olhá-la. Pôs as mãos nas bochechas da neta.

– Fique – disse Bammy. – Faça-o ficar. E se ele não ficar, deixe que parta sem você.

– Não posso fazer isso – disse Geórgia. – E ele tem razão. Não podemos continuar a envolvê-la nisso. Um homem que era nosso amigo morreu porque não se afastou de nós a tempo.

Com a respiração ofegante, Bammy pressionou a testa contra o seio de Geórgia. Suas mãos se elevaram e entraram no cabelo da neta. Por um momento as duas mulheres balançaram juntas, como se estivessem dançando muito devagar.

Quando retomou o controle – o que não demorou –, Bammy tornou a erguer os olhos para Geórgia. Bammy estava vermelha, com o rosto úmido e o queixo tremendo, mas aparentemente parara de vez de chorar.

– Vou rezar, Marybeth. Vou rezar por você.

– Obrigada – disse Geórgia.

– Estou contando com sua volta. Estou contando que vou vê-la de novo quando você achar um meio de acertar as coisas. E sei que vai achar. Porque é esperta, generosa e é a minha menina. – Bammy inalou ruidosamente o ar e deu uma olhada de lado, lacrimosa, na direção de Jude. – Espero que ele valha a pena.

Geórgia riu, um som baixo, convulso, quase um soluço, e abraçou a avó mais uma vez.

– Vá, então – disse Bammy. – Vá, se tem mesmo de ir.

– Já fomos – disse Geórgia.

34

Ele dirigia. As palmas das mãos estavam quentes e escorregadias no volante, o estômago dava voltas. Queria bater em alguma coisa com o punho. Queria dirigir a toda a velocidade e fez isso, avançando pelas luzes amarelas quando elas já ficavam vermelhas. E, quando não conseguia passar a tempo por um sinal e tinha de respeitar o tráfego, ficava bombeando o acelerador, aumentando impacientemente a rotação do motor. O que sentira na casa ao ver a menininha morta ser capturada, aquela sensação de impotência, tinha se condensado e se materializado em raiva e num gosto de leite talhado na boca.

Durante alguns quilômetros Geórgia só o observou, mas acabou pondo a mão em seu braço. Jude estremeceu, assustado com o contato pegajoso e frio da pele de Geórgia contra a dele. Queria respirar fundo e recuperar o autocontrole, mais por causa dela do que dele mesmo. Se um dos dois devia ficar daquele jeito, que fosse Geórgia. Tinha mais direito de estar nervosa depois do que Anna lhe mostrara no espelho. Depois de ter visto a si própria morta. Não compreendia sua serenidade, sua firmeza, a preocupação com ele, não conseguia respirar fundo e se acalmar. Quando um caminhão na sua frente demorou a arrancar depois de o sinal abrir, Jude pousou a mão na buzina.

– Tira essa porra do caminho! – gritou pela janela aberta, tirando um fino do caminhão e cruzando a dupla linha amarela para ultrapassar.

Geórgia removeu a mão do braço dele, pousou-a no colo. Virou a cabeça e ficou olhando pela janela. Avançaram uma quadra, pararam em outro cruzamento.

Quando ela falou de novo, foi num murmúrio baixo, divertido. Não era para Jude ouvir, falava sozinha, talvez nem estivesse de todo consciente de estar falando alto.

– Olha só! O mais detestável lote de carros usados de todo este vasto mundo. Onde se acha uma granada de mão quando se precisa de uma?

– O que foi? – perguntou ele, mas na realidade já sabia o que era e estava dando um puxão no volante, encostando o carro no meio-fio e pisando no freio.

À direita do Mustang ficava um amplo estacionamento, tudo brilhantemente iluminado por lâmpadas de vapor de sódio em postes de aço com dez metros de altura. Os postes se lançavam sobre o asfalto como fileiras de alienígenas com três pés, um silencioso Exército invasor do outro mundo. Cordões tinham sido esticados entre os postes e mil e uma bandeirolas azuis e vermelhas chacoalhavam ao vento, adicionando um toque festivo ao lugar. Passava das oito da noite, mas os vendedores ainda faziam negócios. Casais se moviam entre os carros e se inclinavam para examinar os adesivos de preço colocados nos vidros das janelas.

Geórgia franziu a testa. Sua boca se abriu de um modo que sugeria estar prestes a perguntar que diabo Jude estava fazendo.

– É este o lugar? – perguntou Jude.

– Que lugar?

– Não se faça de boba. O cara que a molestou e a tratou como puta.

– Ele não... Aquilo não foi... Eu não diria exatamente que ele...

– Eu diria. É aqui?

Ela observou as mãos de Jude agarrando o volante, a brancura dos nós dos dedos.

– Provavelmente ele nem está aí – disse ela.

Jude escancarou a porta e se lançou para fora. Passavam carros buzinando e o cheiro quente da fumaça dos escapamentos se agarrava às suas roupas. Geórgia saiu pelo outro lado e olhou para ele por cima do Mustang.

– Aonde você vai?

– Vou procurar o cara. Qual é mesmo o nome dele?

– Entre no carro.

– Quem eu estou procurando? Não me faça sair por aí esmurrando aleatoriamente vendedores de carros usados.

– Não vai entrar aí sozinho disposto a bater num sujeito que você nem conhece!

– Não. Não vou entrar sozinho. Vou levar o Angus. – Olhou para o interior do Mustang. O cachorro já estava enfiando a cabeça no espaço entre os dois bancos da frente e olhava para Jude com ar de expectativa. – Vamos, Angus!

O gigantesco cachorro negro saltou para o banco do motorista e depois para a estrada. Jude bateu a porta e começou a circundar a frente do carro, o torso denso e escorregadio de Angus rente a ele.

– Não vou dizer a você quem é – disse ela.

– Tudo bem. Vou perguntar.

Geórgia agarrou o braço dele.

– O que está querendo dizer com isso? O que vai fazer? Vai sair por aí perguntando aos vendedores se eles costumavam trepar com garotas de 13 anos?

Então o nome veio à tona, pipocou na cabeça de Jude sem qualquer aviso. Ele estava pensando em como gostaria de enfiar um revólver na cara do filho da puta e se lembrou:

– Ruger. O nome dele é Ruger. Como o revólver.

– Você vai ser preso. Não tem nada de entrar aí!

– É por isso que caras como ele conseguem escapar impunes. Porque pessoas como você não param de protegê-los, mesmo quando sabem melhor do que ninguém o que eles fazem.

– Não estou protegendo *ele*, seu babaca. Estou protegendo *você*.

Jude arrancou o braço da mão dela e começou a dar meia-volta, pronto para desistir, mas fervendo de raiva. Então reparou que Angus se afastara.

Deu uma rápida olhada em volta e localizou-o com facilidade. O cachorro estava no fundo do estacionamento de carros usados, trotando entre uma fileira de picapes. De repente virou e desapareceu atrás de uma delas.

– Angus! – gritou Jude, mas um caminhão de 18 rodas passou roncando e a voz dele se perdeu na barulheira do motor a diesel.

Jude foi atrás do cachorro. Ao olhar de relance por cima do ombro, viu Geórgia bem atrás dele, a face pálida, os olhos arregalados. Estavam numa grande rodovia, num estacionamento movimentado, sem dúvida um péssimo lugar para perder um cachorro.

Ele alcançou a fileira de picapes onde vira Angus pela última vez, virou-se e lá estava ele – a três metros de distância, sentado nas patas traseiras, deixando um homem calvo, muito magro, de blazer azul, coçá-lo atrás das orelhas. Era um dos vendedores e o crachá no bolso da frente dizia RUGER. Ao seu lado estava uma família rechonchuda vestindo camisetas promocionais, as barrigas volumosas fazendo hora extra como cartazes de propaganda. A pança do pai vendia cerveja Coors; o seio da mãe fazia uma campanha nada persuasiva da academia Curves; o filho, mais ou menos de 10 anos, tinha uma camiseta da rede de lanchonetes Hooters e provavelmente poderia usar o sutiã das suas garçonetes peitudas. Parado ao lado deles, Ruger parecia quase um elfo, impressão que era realçada pelas delicadas sobrancelhas arqueadas e pelas orelhas pontudas, com lóbulos cobertos de penugem. Seus mocassins tinham franjas. Jude sentia o maior desprezo por esse tipo de sapato.

– Bom garoto – dizia Ruger para Angus. – Olhem que bom garoto.

Jude diminuiu a marcha, permitindo que Geórgia o alcançasse. Ela estava prestes a passar por ele, mas então viu o vendedor calvo e recuou. Ruger levantou os olhos, sorrindo polidamente.

– O cachorro é da senhora? – Os olhos dele se estreitaram e um reconhecimento confuso cruzou suas feições. – Mas é a pequena Marybeth Kimball, toda crescida! Olhem como ela está! Veio nos visitar? Ouvi dizer que estava morando em Nova York.

Geórgia não respondeu. Olhou de lado para Jude, os olhos azuis brilhantes e chocados. Angus os levara diretamente a Ruger, como se soubesse exatamente quem estavam procurando. Talvez, de alguma forma, Angus *de fato* soubesse. Talvez o cachorro de fumaça negra que vivia dentro dele tivesse meios de saber. Geórgia começou a sacudir a cabeça para Jude (*Não, não faça*), mas ele não lhe deu atenção. Avançou um passo pelo lado dela, concentrado em Angus e em Ruger.

Ruger desviou o olhar para Jude. O rosto dele se iluminou de espanto e prazer.

– Oh, meu Deus! É Judas Coyne, o cara famoso do rock and roll. Meu filho tem todos os seus discos. Não posso dizer que gosto muito do volume em que ele os ouve... – Pôs um dedo no ouvido, como se os tímpanos ainda estivessem ressoando de um último encontro com a música de Jude. – Mas vou lhe dizer uma coisa, você realmente o marcou.

– Também estou a fim de deixar uma boa marca em você, seu babaca – disse Jude, impelindo o punho direito contra a cara de Ruger e ouvindo o nariz dele estalar.

Ruger cambaleou, meio curvado sobre si mesmo, uma das mãos tapando o nariz. O casal gorducho atrás dele se separou para deixá-lo tropeçar livremente. O filho sorriu e ficou na ponta dos pés para ver a briga por sobre o ombro do pai.

Jude lhe aplicou uma esquerda no estômago, ignorando a explosão de dor que disparou pelo talho na palma de sua mão. Segurou o vendedor de carros quando ele começou a cair de joelhos e atirou-o no capô de um Pontiac com um adesivo colado por dentro do para-brisa: SE VOCÊ QUISER É SEU!!! BARATO!!!

Ruger tentou se sentar, mas Jude o agarrou pelo meio das pernas, encontrou o saco, apertou e sentiu a dura geleia das bolas se esmigalharem em seu punho. Ruger sentou-se bem reto e gritou, um escuro sangue arterial gotejando das narinas. A calça do vendedor estava arregaçada e Angus pulou, rosnando, e cravou as mandíbulas no pé dele. Depois puxou, arrancando um dos mocassins.

A mulher gorda cobriu os olhos, mas manteve dois dedos separados para espreitar entre eles.

Jude só teve tempo de dar mais dois golpes antes de Geórgia segurá-lo pelo cotovelo e puxar. A meio caminho do carro, ela começou a rir e, assim que os dois se viram de novo sentados no Mustang, ela caiu sobre ele mordiscando a ponta da sua orelha, beijando-o acima da barba, tremendo ao lado de seu corpo.

Angus continuava agarrado ao mocassim de Ruger, mas, quando entraram na estrada, Geórgia conseguiu que ele aceitasse trocá-lo por um biscoito. Então ela amarrou o sapato no retrovisor pelos cordões.

– Gosta? – perguntou ela.

– Melhor que os penduricalhos que a gente vê por aí – disse Jude.

Dor

35

A casa de Jessica McDermott Price ficava em um bairro novo, uma grande variedade de belas construções em estilo colonial com cores de sorvete – baunilha, pistache. Elas se estendiam por ruas contorcidas e enroscadas como intestinos. Jude passou duas vezes pela casa antes de Geórgia localizar o número na caixa de correio. Ela era amarelo-fluorescente, como um sorvete de manga, e não tinha qualquer estilo arquitetônico particular, a não ser que grande, sem graça e típico dos subúrbios americanos fosse um estilo. Jude deslizou por ela e continuou descendo a quadra por mais uns 100 metros. Depois virou em uma entrada de garagem não pavimentada e rodou por um barro amarelado e seco até uma casa em obras.

A garagem fora apenas iniciada. Havia vigas de pinho brotando da fundação de cimento e mais vigas se entrecruzando no alto, tudo coberto com uma lona de plástico. A casa ligada a ela só estava um pouco mais acabada. Tinha chapas de compensado pregadas entre as vigas e retângulos abertos para mostrar onde iam ficar as portas e janelas.

Jude manobrou o Mustang para deixá-lo de frente para a rua e de ré para o espaço vazio, sem portas de garagem. De onde estacionaram, tinham uma boa vista da casa de Jessica Price. Ele desligou o carro. Ficaram algum tempo em silêncio, ouvindo o motor dar pequenos estalos enquanto esfriava.

Tinham feito a viagem da casa de Bammy até ali num ótimo tempo. Ainda não passava de uma da manhã.

– Temos um plano? – perguntou Geórgia.

Jude apontou para o outro lado da rua, onde havia umas grandes cestas de lixo no meio-fio. Depois fez um gesto para os lados, mostrando mais cestas de plástico verde.

– Parece que é dia do lixeiro passar – disse Jude. Acenou para a casa de Jessica. – Ela ainda não trouxe o lixo.

Geórgia o encarou. Um poste no final da rua atirou um pálido raio de luz nos olhos dela, que brilharam como água no fundo de um poço. Ela não disse nada.

– Vamos esperar até Jessica aparecer com o lixo e então a fazemos entrar no carro conosco.

– Fazemos entrar.

– Passeamos um pouco. Vamos ter uma conversa... nós três.

– E se for o marido dela que trouxer o lixo?

– Não vai ser. Ele estava na reserva, mas foi convocado e acabou sendo liquidado no Iraque. Foi uma das poucas coisas que Anna me contou sobre a irmã.

– Talvez agora ela tenha um namorado.

– Se ela tiver um namorado e se ele for muito maior que eu, vamos esperar e procurar outra oportunidade. Mas Anna nunca falou de um namorado. Pelo que entendi, Jessica estava morando aqui somente com seu padrasto, Craddock, e sua filha.

– Filha?

Jude fitou uma bicicleta rosa encostada na garagem de Jessica. Geórgia seguiu o olhar dele.

– É por isso que não vamos entrar esta noite – disse Jude. – Mas de dia a menina tem que ir ao colégio. Mais cedo ou mais tarde, Jessica vai ficar sozinha.

– E aí?

– Aí podemos fazer o que precisamos fazer, sem medo de que a filha possa ver.

Por algum tempo os dois ficaram calados. Um canto de insetos saía das palmeiras, e do mato atrás da casa inacabada, um pulsar ritmado, inumano. De resto, a rua estava tranquila.

– O que vamos fazer com ela? – disse Geórgia.

– O que tivermos de fazer.

Geórgia baixou o banco bem para trás e ficou olhando no escuro para o teto. Bon se inclinou para a frente e ganiu ansiosamente em seu ouvido. Geórgia fez carinho no focinho dela.

– Estes cachorros estão famintos, Jude.

– Vão ter de esperar – disse ele, fitando a casa de Jessica Price.

Jude estava com dor de cabeça e com os nós dos dedos feridos. Também se sentia extremamente cansado e sua exaustão tornava difícil seguir por muito tempo qualquer linha de raciocínio. Seus pensamentos eram cachorros negros correndo atrás da própria cauda. Rodavam sem parar em círculos enlouquecidos sem jamais chegar a parte alguma.

Ele havia feito algumas coisas ruins na vida – embarcado Anna naquele trem, por exemplo, mandá-la de volta à casa da família para morrer –, mas nada semelhante ao que achava que podia vir pela frente. Não tinha certeza do que teria de fazer, se aquilo terminaria em morte – podia terminar em morte –, e ouvia Johnny Cash na sua cabeça cantando "Folsom Prison Blues", mamãe me disse para ser um bom garoto, para não brincar com armas. Pensava na pistola que deixara em casa. Seria mais fácil conseguir as respostas de Jessica Price se tivesse uma arma. Só que, se estivesse armado, Craddock já o teria persuadido a atirar em Geórgia, em si próprio e nos cachorros. Jude pensou nas armas que possuíra, nos cães que possuíra e se viu correndo descalço com cachorros nas colinas atrás da fazenda do pai. Lembrou a emoção de correr com os cachorros à luz da aurora, o estampido da espingarda quando o pai atirava nos patos e como a mãe fugira com ele quando Jude tinha 9 anos. Só que, na rodoviária, a mãe perdeu a coragem e ligou para os pais dela. Chorou ao telefone e eles a mandaram levar o menino de volta para o pai e tentar fazer as pazes com o marido e com Deus. O pai estava esperando com a espingarda na varanda quando eles voltaram e golpeou-a no rosto com a coronha. Depois colocou o cano sobre seu seio esquerdo e disse que a mataria se algum dia tentasse escapar de novo. Por isso ela jamais fugiu novamente. Quando Jude – que então era Justin – tentou entrar na casa, o pai disse: "Não estou zangado com você, garoto, a culpa não foi sua." O pai envolveu-o com um braço e o apertou contra sua perna. Depois se curvou para beijá-lo e disse que gostava muito dele. Justin respondeu automaticamente que também gostava muito dele, uma lembrança que ainda o fazia tremer, um ato moralmente repugnante, tão vergonhoso que ele não podia suportar ser a pessoa que o praticara, por isso teve necessidade de se tornar outra pessoa. Não teria sido essa a pior coisa que fizera, plantar aquele beijo de Judas na face do pai enquanto a mãe sangrava, aceitar a moeda sem valor do afeto do pai? Não era pior que mandar Anna embora, e agora Jude voltava ao ponto de partida: a manhã que tinha pela frente. Ele se perguntava se conseguiria empurrar a irmã de Anna para a traseira do carro, tirá-la de sua casa, fazer o que fosse preciso para obrigá-la a falar.

Embora não estivesse quente no Mustang, Jude limpou o suor da testa com as costas do braço, antes que começasse a escorrer para os olhos. Vigiava a casa e a rua. A certa altura, uma viatura policial passou por eles, mas o carro estava fora de vista, enfiado nas sombras da garagem semiconstruída. A viatura nem diminuiu a marcha.

Geórgia cochilava, o rosto virado para o lado. Pouco depois das duas da manhã, ela começou a lutar com alguma coisa no sono. Sua mão direita se ergueu, como se quisesse chamar a atenção do professor. Geórgia não substituíra o curativo, e a ferida estava branca e enrugada, como se tivesse ficado horas mergulhada na água. Branca, enrugada e terrível. Ela começou a golpear o ar e a gemer, um arrepiante som de terror. Geórgia atirou a cabeça para trás.

Ele se inclinou sobre ela, dizendo seu nome. Firme, mas gentil, pegou-a pelo ombro e sacudiu-a para ela acordar. Geórgia bateu nele com a mão doente. De repente seus olhos se arregalaram e ela o encarou sem reconhecê-lo. Fitou-o com um horror cego, absoluto. Então, naqueles poucos momentos, Jude soube que ela estava vendo não o seu rosto, mas o do homem morto.

– Marybeth... – tornou ele a dizer. – É um sonho. *Shh!* Está tudo bem com você. Agora está tudo bem.

A névoa sumiu dos olhos dela. O corpo de Geórgia, antes rígido, encolhido, cedeu, relaxando a tensão. Ela ofegou. Ao puxar o cabelo empapado de suor que estava grudado no rosto de Geórgia, Jude ficou assustado com o calor que emanava dela.

– Sede – disse Geórgia.

Jude estendeu a mão para trás, remexeu na bolsa de plástico com as compras feitas num posto de gasolina e encontrou uma garrafa de água. Geórgia soltou a tampa e, em quatro grandes goles, tomou um terço da garrafa.

– E se a irmã de Anna não puder nos ajudar? – perguntou ela. – Se não puder fazê-lo ir embora? Vamos matá-la se ela não puder fazer Craddock ir embora?

– Por que não tenta descansar? Vamos ter de esperar algum tempo.

– Não quero matar ninguém, Jude. Não quero usar minhas últimas horas na Terra para assassinar uma pessoa.

– Estas não são suas últimas horas na Terra – disse ele. Teve, no entanto, o cuidado de não incluir a si próprio naquela declaração.

– Também não quero que você mate alguém. Não quero que seja esse tipo de pessoa. Além disso, se a matarmos, passaremos a ter dois fantasmas nos assombrando. Acho que não vou conseguir suportar outros fantasmas correndo atrás de mim.

– Quer ouvir um pouco de rádio?

– Prometa que não vai matá-la, Jude. Não importa o que aconteça.

Ele ligou o rádio. Encontrou o Foo Fighters numa emissora FM. David Grohl cantava que estava se segurando, se segurando. Jude baixou o volume, reduzindo-o ao murmúrio mais fraco possível.

– Marybeth... – começou ele.

Ela estremeceu e Jude continuou:

– Tudo bem com você?

– Gosto quando me chama pelo meu verdadeiro nome. Não me chame mais de Geórgia, está bem?

– Está bem.

– Gostaria que você não tivesse me conhecido tirando a roupa para bêbados. Gostaria que não tivéssemos nos conhecido num clube de striptease. Gostaria que você tivesse me conhecido antes de eu ter começado a fazer esse tipo de coisa. Antes que eu me tornasse o que sou. Antes que eu tivesse feito todas as coisas de que agora me arrependo.

– Não sabe como as pessoas gostam de móveis com aspecto usado? Como se chama a pintura para dar um ar envelhecido à mobília? Pátina? Sem dúvida, algo que teve um certo uso é mais interessante que algo novinho em folha, que nunca sofreu um arranhão.

– Tem a ver comigo – disse ela. – Sensualmente patinada.

Estava tendo novamente calafrios, agora sem parar.

– Como está se sentindo?

– Tudo bem – disse ela, a voz tremendo juntamente com o resto.

Ouviam o rádio através de um fraco assobio de estática. Jude sentia que estava ficando mais calmo, a cabeça clareava, os músculos que tinham dado um nó começavam a afrouxar, a relaxar. Por ora, não importava o que tinham pela frente ou o que teriam de fazer de manhã. Também não importava o que tinham deixado para trás – os dias no volante, o fantasma de Craddock McDermott com sua velha caminhonete e seus olhos rabiscados. Jude estava simplesmente em algum lugar no Sul, no Mustang, com o banco arriado e o Aerosmith no rádio.

Então Marybeth arruinou o momento.

– Se eu morrer, Jude, e você continuar vivo – disse ela –, vou tentar detê-lo. Do outro lado.

– Do que está falando? Você não vai morrer.

– Eu sei. É só por desencargo de consciência. Se tudo der errado, vou procurar Anna, e nós, garotas, tentaremos fazê-lo parar.

– Você não vai morrer. Pouco importa o que a mesa Ouija disse ou o que Anna mostrou a você no espelho. – Ele tinha decidido isso algumas horas atrás na estrada.

Marybeth franziu a testa, pensativa.

– Assim que ela começou a falar conosco, meu quarto ficou gelado. Eu não conseguia parar de tremer nem sentia minha mão na seta. E quando você perguntava alguma coisa a Anna, eu já sabia o que ela ia responder. Sabia o que estava tentando dizer. Eu não ouvia vozes ou algo assim. Só sabia. Tudo fazia sentido naquele momento, mas não agora. Não posso lembrar o que ela queria que eu fizesse ou o que queria dizer quando falou numa porta. Se bem que... acho que estava dizendo que, se Craddock pode voltar, ela também pode. Com uma pequena ajuda. De alguma forma eu posso ajudar. Só que... tenho isso bem claro na minha cabeça... eu posso ter de morrer para ajudar.

– Você não vai morrer. Não se depender de mim.

Ela sorriu. Era um sorriso cansado.

– Não depende de você.

Jude não soube o que responder, não a princípio. Já havia passado pela sua mente que ele tinha *um* meio de garantir a segurança de Marybeth, mas não se sentia disposto a pôr aquilo em palavras. Tinha lhe ocorrido que, se *ele* morresse, Craddock iria embora e Marybeth viveria. Craddock só queria ele, talvez só tivesse reivindicações neste mundo enquanto Jude estivesse vivo. Afinal, Jude o havia comprado, adquirira a posse do fantasma e de seu paletó. Craddock havia passado quase uma semana inteira tentando fazer Jude se matar. E ele andara tão ocupado se defendendo que não parara para se perguntar se o preço da sobrevivência não seria pior do que dar o braço a torcer ao morto. Ele certamente ia perder e, provavelmente, quanto mais resistisse, mais arrastaria Marybeth consigo. Porque o morto puxa o vivo para baixo.

Marybeth o encarava, os olhos de um brilho úmido e encantador na escuridão. Jude alisou o cabelo dela e tirou-o da testa. Era muito jovem e bonita com aquele rosto molhado do suor da febre. A ideia de que a morte dela devesse preceder a dele era mais que intolerável – era obscena.

Jude deslizou para ela, esticou os braços e pôs as mãos de Marybeth nas suas. Enquanto a testa dela estava molhada e muito quente, as mãos estavam molhadas e muito frias. Jude as virou no escuro. O que viu provocou um considerável choque. As duas mãos estavam secas como ameixa, brancas e enrugadas, não apenas a direita – embora a direita fosse a mais terrível, pois toda a parte de baixo do polegar era uma ferida podre, brilhante, e a unha do polegar se fora, caíra. Na superfície de ambas as palmas, linhas vermelhas de infecção acompanhavam as delicadas ramificações das veias, seguiam para os antebraços e ali se espalhavam, desenhando talhos rubros de aparência doentia através dos pulsos.

– O que está acontecendo com você? – perguntou ele como se já não soubesse. Era a história da morte de Anna escrita na pele de Marybeth.

– De certa forma, ela é parte de mim: Anna. Eu a estou levando dentro de mim. Já há algum tempo venho fazendo isso, eu acho. – Uma declaração que devia surpreendê-lo, mas não o fez. Jude sentira que Marybeth e Anna estavam se aproximando, se fundindo de alguma maneira. Percebera isso no modo como o sotaque de Marybeth voltara à tona, ficando cada vez mais parecido com a lacônica fala arrastada de garota da roça de Anna. E no modo como Marybeth brincava agora com o cabelo, exatamente como Anna costumava fazer. Marybeth continuou: – Ela quer que eu a ajude a voltar para o nosso mundo, para que ela possa detê-lo. Eu sou a porta... foi o que ela me disse.

– Marybeth... – começou ele, mas não pôde encontrar mais nada para dizer.

– Esse é meu nome. – Ela fechou os olhos e sorriu. – Não abuse dele. Ou melhor, vá em frente e use-o até o final. Gosto de ouvir você repeti-lo. Adoro a maneira como você o pronuncia, sílaba por sílaba. Não só o Mary.

– Marybeth – repetiu Jude, soltando as mãos dela e beijando-a logo acima da sobrancelha esquerda. – Marybeth... – Beijou sua bochecha esquerda. Ela estremeceu... de prazer, desta vez. – Marybeth... – Beijou-a na boca.

– Essa sou eu. Quem eu sou. Quem eu quero ser. Mary. Beth. Como se você estivesse levando duas garotas pelo preço de uma. Ei... talvez esteja realmente levando duas garotas! Se Anna estiver dentro de mim... – Marybeth abriu os olhos e encontrou os dele. – Quando você está transando comigo, talvez também esteja transando com ela. Não é um bom negócio, Jude? Não acha que sou uma tremenda pechincha? Como você poderia resistir?

– É o melhor negócio da minha vida – disse ele.

– Não se esqueça disso – disse Marybeth, beijando-o de volta.

Ele abriu a porta do carro, mandou os cachorros saírem e, por algum tempo, Jude e Marybeth ficaram sozinhos no Mustang enquanto os cães pastores tiveram de se acomodar no chão de cimento da garagem.

36

Ele acordou assustado, o coração batendo depressa demais, ao som dos cachorros latindo. Seu primeiro pensamento foi: é o fantasma. O fantasma está chegando.

Os cachorros estavam de novo no carro, tinham dormido atrás. Angus e Bon juntos no banco traseiro, ambos espreitando pelas janelas uma feia labradora amarela. A labradora estava com as costas rígidas e a cauda em pé, latindo sem parar para o Mustang. Angus e Bon a observavam com expressões ávidas, previdentes, e latiam ocasionalmente mas com vontade, sons estridentes que, no espaço confinado do Mustang, feriam os ouvidos de Jude. Marybeth se contorceu no banco do carona, fazendo careta. Já não estava mais dormindo, mas gostaria de ainda estar.

Jude mandou os dois cães fecharem a porra da boca. Eles não deram a menor atenção.

Ele olhou direto para o sol através do para-brisa, um buraco cor de bronze perfurado no céu, um brilhante e implacável holofote apontado para seu rosto. Deixou escapar um resmungo diante do clarão, mas, antes que pudesse erguer a mão para proteger os olhos, um homem se colocou na frente do carro e a cabeça dele bloqueou o sol.

Quando estreitou os olhos, Jude viu um rapaz usando um cinto de couro com ferramentas. Era um autêntico peão do Sul, a pele tostada num tom de vermelho profundo. Olhou sério para Jude que, por sua vez, acenou com a mão e com a cabeça para ele e deu a partida no Mustang. Quando o relógio no mostrador do rádio se iluminou, ele viu que eram sete da manhã.

O carpinteiro chegou para o lado e Jude saiu da garagem e contornou a picape estacionada do homem. A labradora amarela caçou-os pela estradinha de acesso à garagem, sempre latindo, até parar na beira do quintal. Bon latiu uma última vez para ela enquanto o carro se afastava. Jude passou devagar pela casa de Jessica Price. Ninguém havia trazido o lixo.

Ele concluiu que ainda era cedo e se afastou da pequena esquina suburbana de Jessica. Levou primeiro Angus e depois Bon para passear numa pracinha e comprou chá e donuts numa lanchonete drive-thru. Marybeth tornou a enfaixar a mão direita com um pouco de gaze dos suprimentos cada vez menores do estojo de primeiros socorros. Deixou a outra mão, que pelo menos não tinha feridas visíveis, como estava. Depois de abastecerem o carro, estacionaram num canto do posto para comer. Jude deu donuts sem recheio para os cachorros.

Depois dirigiu de volta até a casa de Jessica Price. Estacionou na esquina, a meia quadra de distância, do lado oposto da rua e consideravelmente longe da casa em construção. Não queria se arriscar a ser visto pela labradora que estava rondando o carro quando eles acordaram.

Passava das sete e meia e ele torcia para Jessica trazer logo o lixo. Quanto mais tempo ficassem parados ali, mais chamariam atenção – os dois num Mustang preto usando casacos de couro preto e calças jeans pretas, com todos aqueles ferimentos visíveis e tatuagens. Pareciam mesmo o que eram: dois delinquentes perigosos observando o local onde planejavam cometer um crime. Um aviso de VOCÊ ESTÁ SENDO FILMADO num poste das proximidades encarava-os de frente.

A essa altura, o sangue corria nas veias de Jude e sua cabeça estava clara. Estava pronto, mas não havia nada a fazer além de esperar. Ele se perguntava se o carpinteiro o reconhecera e o que ia dizer aos outros homens quando eles chegassem à obra. *Ainda não consigo acreditar. Um sujeito parecido com Judas Coyne cochilando na garagem. Ele e uma piranha gostosa. Era tão parecido com o cara real que quase pedi para ele cantar uma música.* E então Jude percebeu que o carpinteiro poderia efetivamente identificá-los depois que tivessem feito o que quer que estivessem prestes a fazer. Para uma pessoa famosa não era fácil viver como fora da lei.

Ele ficou pensando em quem, entre os astros de rock, havia passado mais tempo na cadeia. Rick James, talvez. Ele ficou – quanto tempo? Cinco anos? Três? Outros deviam ter cumprido penas maiores do que essa. Leadbelly foi condenado por assassinato, quebrou pedras durante dez anos, mas ganhou o indulto depois de fazer um show para o governador e sua família. Bem. Jude achava que, se o jogo terminasse como ele imaginava, ficaria mais tempo na cadeia do que os três juntos.

A prisão não chegava exatamente a assustá-lo. Tinha um monte de fãs lá dentro.

A porta da garagem da casa de Jessica McDermott Price se abriu fazendo barulho. Uma garota magra, de uns 11 ou 12 anos, com o cabelo dourado cortado em estilo chanel bem curtinho, levava uma cesta de lixo para a beira da rua. Ao ver a menina, Jude sentiu uma pontada de surpresa, pois a semelhança com Anna era muito grande. O queixo forte, pontudo, as mechas muito claras e os olhos azuis espaçados davam a impressão de que Anna tinha saído de sua infância nos anos 1980 e entrado diretamente naquela bela e luminosa manhã.

A menina largou o lixo, cruzou o quintal e entrou pela porta da frente. A mãe foi ao encontro dela logo na entrada. A garota deixou a porta aberta, permitindo que Jude e Marybeth observassem mãe e filha juntas.

Jessica McDermott Price era mais alta do que Anna tinha sido, seu cabelo possuía um tom mais escuro e sua boca era rodeada de rugas. Usava uma blusa de camponesa, com punhos soltos, cheios de babados, e uma saia pregueada com estampado de flores, uma roupa que – Jude imaginava – tinha como objetivo lhe dar uma aparência de liberdade, uma vigorosa e simpática cigana. Mas isso era uma imagem construída com muito cuidado e senso profissional. O que ele podia ver da casa era só mobília escura e envernizada, de aspecto caro, e paredes revestidas de madeira de lei. Era a casa de um dono de banco de investimentos quarentão, não de uma vidente.

Jessica entregou uma mochila à menina – uma coisa brilhante, roxa e rosa, combinando com o casaco e os tênis, assim como com a bicicleta que estava lá fora – e deu um beijo que roçou a testa da filha. A garota saiu depressa, bateu a porta e atravessou correndo o quintal, pondo a mochila nos ombros. Estava do lado da rua oposto a Jude e Marybeth. Lançou-lhes um olhar quando passou, avaliando-os. Torceu o nariz como se eles fossem um monte de lixo visto no quintal de alguém. Logo virou a esquina e desapareceu.

Assim que ela saiu de vista, a pele sob os braços de Jude começou a formigar e ele tomou consciência do suor pegajoso que colava sua camisa nas costas.

– Aí vamos nós – disse.

Sabia que seria perigoso hesitar, dar a si mesmo tempo para pensar. Saltou do carro. Angus foi atrás dele. Marybeth saiu pelo outro lado.

– Espere aqui – disse Jude.

– Não, porra.

Jude foi até a mala.

– Como vamos entrar? – perguntou Marybeth. – Vamos simplesmente bater na porta da frente? Ei, chegamos para matá-la?

Ele abriu a mala e tirou a chave de roda. Apontou para a garagem, que tinha sido deixada aberta. Depois bateu a mala e começou a atravessar a rua. Angus disparou na frente, voltou, avançou de novo, levantou uma perna e mijou numa caixa de correio.

Ainda era cedo e o sol batia quente na nuca de Jude. Seu punho agarrava a ponta da chave de roda onde ficava o encaixe e ele prendia a barra de metal com a parte interna de seu antebraço, tentando esconder a chave ao lado do corpo. Atrás dele uma porta de carro bateu. Bon passou decidida. Logo Marybeth estava do seu lado, sem fôlego, num passo acelerado para se manter emparelhada com ele.

– Jude. Jude. E se apenas... apenas tentássemos falar com ela? Talvez possamos... persuadi-la a nos ajudar voluntariamente. Podemos dizer que você nunca... nunca quis magoar Anna! Nunca quis que ela se matasse.

– Anna não se matou e a irmã dela sabe muito bem. Não é disso que se trata. Nunca foi. – Jude olhou de relance para Marybeth e viu que ela ficara alguns passos para trás e o contemplava com um ar infeliz e chocado. – Nesta confusão sempre houve mais do que imaginamos a princípio. Não tenho tanta certeza de que sejamos os vilões da história.

Ele subiu a estradinha de acesso, os cães nos seus calcanhares, um de cada lado, como guarda de honra. Deu uma olhada para a frente da casa, para as janelas com cortinas de renda branca e sombras atrás. Não sabia se ela os estaria observando ou não. Logo entraram na escuridão da garagem, onde havia um conversível vermelho-cereja de duas portas estacionado no chão de cimento recentemente varrido.

Ele encontrou a porta lateral da casa, pôs a mão na maçaneta, inclinou a cabeça e ficou parado ouvindo. Havia um rádio ligado. A voz mais tediosa do mundo dizia que as ações das grandes empresas estavam em baixa, o capital das empresas de ponta estava em baixa e todo o espectro da bolsa de futuros estava em baixa. De repente escutou passos no ladrilho, bem do outro lado da porta, e instintivamente deu um salto para trás. Mas era tarde. A porta estava se abrindo e Jessica McDermott Price vinha passando por ela.

Jessica quase deu uma cabeçada em Jude. Não estava olhando. Tinha as chaves do carro numa das mãos e uma pequena bolsa colorida e espalhafatosa na outra. Quando ela ergueu os olhos, Jude agarrou a frente de sua blusa, juntando um punhado de tecido sedoso no pulso, e empurrou-a para trás, porta adentro.

Jessica cambaleou, desequilibrando-se sobre os saltos. De repente torceu um tornozelo, fazendo o pé sair de um dos sapatos. Soltou a bolsinha esquisita, que caiu entre os dois. Jude chutou-a para o lado e seguiu em frente, impelindo Jessica pela lavanderia e avançando para a cozinha salpicada de sol, nos fundos da casa.

Nesse momento as pernas dela cederam. A blusa rasgou quando Jessica começou a cair, os botões estourando e ricocheteando. Um deles acertou o olho esquerdo de Jude – uma escura pontada de dor. O olho lacrimejou e ele piscou febrilmente para clareá-lo.

Jessica bateu com força contra a ilha no centro da cozinha e agarrou-se na beirada tentando se equilibrar. Pratos chacoalharam. De costas para a bancada da pia e encarando Jude, ela estendeu as mãos para trás e, sem olhar, agarrou um prato, quebrando-o na cabeça dele quando Jude partiu para cima dela.

Jude não sentiu nada. Era um prato sujo, com crostas de torrada e restos de ovos mexidos que saíram voando. Ele estendeu o braço direito, deixou a chave de roda escorregar, agarrou a ponta de cima e, segurando--a como um porrete, atingiu Jessica na rótula esquerda, logo abaixo da bainha da saia.

Ela caiu, como se ambas as pernas tivessem sido puxadas. Quando Jessica tentou se levantar, Angus jogou-a de novo para baixo, subindo em cima dela e pressionando as patas contra seu peito.

– Saia de cima dela! – disse Marybeth. Ela agarrou Angus pela coleira e puxou-o para trás com tanta força que ele foi lançado longe num daqueles saltos-mortais caninos um tanto ridículos, as patas se debatendo um instante no ar antes de conseguirem colocar-se novamente de pé.

Angus foi mais uma vez para cima de Jessica, mas Marybeth o segurou. Bon caminhou com um passo esquivo pelo aposento, lançou um nervoso olhar de culpa para Jessica Price, subiu em cacos de prato e começou a farejar uma crosta de torrada.

A voz zumbida no rádio, um aparelho de som portátil cor-de-rosa apoiado na bancada, dizia:

– Clubes de livros infantis andam fazendo muito sucesso entre os pais, que julgam a palavra escrita capaz de deixar os filhos protegidos do conteúdo sexual gratuito e da violência explícita que satura videogames, programas de TV e filmes.

A blusa de Jessica estava rasgada até a cintura. Ela usava um sutiã rendado cor de pêssego que deixava as curvas no alto dos seios expostas. Os seios tremiam e ondulavam com sua respiração. Ela mostrou os dentes – estava sorrindo? – e eles estavam manchados de sangue.

– Se veio me matar – disse ela –, saiba que não tenho medo de morrer. Meu pai está do outro lado para me receber de braços abertos.

– Aposto que está esperando ansiosamente esse encontro – disse Jude. – Fiquei com a impressão de que você e ele eram muito próximos. Pelo menos até Anna ficar mais velha e ele começar a trepar com ela em vez de com você.

37

Uma das pálpebras de Jessica McDermott Price se repuxou de maneira estranha. Surgiu uma gota de suor nas pestanas, pronta para cair. Seus lábios, que estavam pintados com aquele vermelho forte, quase negro, de cerejas maduras, continuaram muito esticados mostrando os dentes, mas não era mais um sorriso. Era uma careta de raiva e confusão.

– Quem é você para falar de meu pai? Ele limpou sujeiras piores que você das botas.

– Isso é uma meia verdade – disse Jude. Ele também respirava rápido, mas estava um tanto surpreso pela serenidade da própria voz. – Vocês dois pisaram num monte de merda quando se meteram comigo. Me diga uma coisa: você o ajudou a matá-la para impedir que ela falasse sobre o que ele fazia? Você ficou olhando enquanto sua própria irmã sangrava até a morte?

– A moça que voltou para esta casa não era minha irmã. Não tinha nada a ver com ela. Minha irmã já estava morta no momento em que você a mandou embora. Você a arruinou. A moça que voltou para nós estava envenenada por dentro. As coisas que dizia. As ameaças que fazia. Mandar nosso pai para a cadeia. Me mandar para a cadeia. E meu pai não tocou num fio de cabelo daquela cabeça desleal! Papai a amava. Não havia homem melhor que ele.

– Seu pai gostava de trepar com menininhas. Primeiro você, depois Anna. Isso estava o tempo todo bem na minha frente.

Agora Jude se curvava sobre ela. Sentia-se um pouco tonto. O sol penetrava pelas janelas, caindo sobre a pia. O ar estava quente, abafado e carregado do forte perfume de Jessica, uma essência de jasmim. Logo depois da cozinha havia uma porta corrediça de vidro que estava parcialmente aberta. Dava para uma varanda fechada com piso avermelhado de sequoia, onde havia uma mesa coberta com uma toalha de renda. Uma gata cinza e felpuda olhava temerosa de cima da mesa, o pelo arrepiado. Agora a voz do rádio falava monotonamente sobre um conteúdo que podia ser baixado da internet. Era um tom de abelhas zumbindo numa colmeia. Uma voz como aquela poderia embalar uma pessoa diretamente para o sono.

Jude se virou para o rádio, pensando em dar uma pancada com a chave de roda e calar aquela porcaria. Então viu uma foto ao lado do rádio e esqueceu o que queria fazer. Era um retrato de 20 por 25 centímetros numa moldura de prata de onde Craddock sorria para eles. Usava o paletó preto com os botões do tamanho de moedas de 25 centavos brilhando na frente e tinha uma das mãos no chapéu de feltro, como se estivesse prestes a levantá-lo em saudação. Sua outra mão estava no ombro da menininha, a filha de Jessica, tão parecida com Anna com aquela testa ampla e os grandes olhos azuis. O rosto bronzeado da garota era impenetrável, sem sorriso, como alguém esperando para saltar de um elevador vagaroso, olhos inteiramente vazios de sentimento. De fato a expressão deixava a menina muito parecida com Anna – pior ainda, com Anna no apogeu de uma de suas depressões. Jude achou a semelhança perturbadora.

Jessica estava se contorcendo para trás no chão, usando a distração dele para tentar ganhar alguma distância. Quando ela tentou avançar mais rápido, ele tornou a agarrá-la pela blusa e outro botão voou. Agora a blusa, aberta até a cintura, caía pelos seus ombros. Com as costas do braço, Jude enxugou o suor da testa. Ainda não acabara de falar.

– Anna nunca se aproximou de mim dizendo ter sido molestada quando criança, mas fazia tanta força para que ninguém lhe perguntasse sobre sua vida que era mais ou menos óbvio. Então, na última carta que me mandou, disse que estava cansada de guardar segredos, não podia mais aguentar. À primeira vista, parecia uma declaração suicida. Demorei algum tempo para perceber o que ela estava realmente querendo dizer, quanto precisava desabafar. Queria contar como o padrasto costumava colocá-la em transe para poder fazer o que quisesse com ela. Ele era bom... Conseguia fazê-la esquecer por algum tempo, mas não eliminar por completo as lembranças dos seus atos. Elas continuavam subindo à superfície sempre que Anna tinha um de seus colapsos emocionais. Finalmente, acho que, na adolescência, ela entendeu o que estava acontecendo, compreendeu até que ponto ele havia chegado. Anna passou muitos anos fugindo disso. Correndo dele. Só que eu a pus num trem, mandei-a de volta e ela acabou sendo obrigada a encará-lo de novo. Viu como ele estava velho e perto de morrer. E talvez tenha decidido que não precisava mais fugir de coisa alguma. Então Anna ameaçou contar o que Craddock tinha feito a ela. Foi isso, não foi? Disse que contaria a todo mundo e colocaria a polícia atrás dele. Por isso ele a matou. Colocou-a novamente em transe e cortou seus pulsos. Ele colocou-a na banheira, deu um talho em seu corpo e ficou observando o sangue jorrar, ficou lá observando...

– Pare de falar dele! – disse Jessica, a voz raivosa, estridente e áspera. – Aquela última noite foi terrível, as coisas que ela disse e fez com ele foram pavorosas. Anna cuspiu nele. Tentou matá-lo, tentou empurrá-lo escada abaixo, um homem velho e fraco. Ela nos ameaçou, a todos nós. Disse que ia tirar Reese de nós. Disse que usaria você, seu dinheiro e seus advogados para mandar papai para a cadeia.

– Então ele só fez o que tinha de fazer, hã? – disse Jude. – Foi praticamente legítima defesa.

Um lampejo surgiu nas feições de Jessica e sumiu tão depressa que Jude chegou a pensar que fora sua imaginação. Mas, por um instante, os cantos da boca de Jessica pareceram se contorcer numa espécie de sorriso sujo, astucioso, aterrador. Ela se sentou com o corpo um pouco mais ereto. Quando tornou a falar, o tom foi ao mesmo tempo de confidência e preleção.

– Minha irmã estava doente, confusa. Era uma suicida em potencial havia muito tempo. Anna cortou os pulsos na banheira como todos sempre souberam que ela ia fazer e não há ninguém que possa dizer o contrário.

– Anna diz o contrário – falou Jude e, quando viu a confusão no rosto de Jessica, acrescentou: – Ultimamente, tenho entrado em contato com todo tipo de pessoas mortas. Sabe, toda essa história nunca fez muito sentido para mim. Se você queria mandar um fantasma para me assombrar, por que não o de Anna? Se ela morreu por minha culpa, por que mandar o papai? Só que seu padrasto não está atrás de mim por causa do que *eu* fiz, e sim por causa do que *ele* fez.

– Quem você pensa que é para chamar nosso pai de pedófilo? Quantos anos você dá para essa puta atrás de você? Trinta? Quarenta?

– Tome cuidado – disse Jude, apertando a chave de roda entre os dedos.

– Meu pai merecia qualquer coisa que nos pedisse – continuou Jessica, sem conseguir se controlar. – Sempre compreendi isso. Minha filha também. Mas Anna fez tudo parecer sujo, horrível. Ameaçou denunciá-lo por estupro, quando ele não fazia nada com Reese que ela não quisesse. Teria estragado os últimos dias de nosso pai na Terra só para ganhar a sua benevolência, para fazer com que você se preocupasse com ela novamente. Agora você está vendo no que dá jogar as pessoas contra suas famílias. Meter o nariz onde não é chamado.

– Meu Deus – disse Marybeth. – Se ela está dizendo o que eu acho que está dizendo, esta deve ser a conversa mais idiota e sem sentido que já ouvi.

Jude pôs o joelho entre as pernas de Jessica e, com a mão esquerda machucada, forçou as costas dela contra o chão.

– Já chega. Se ouvir mais alguma coisa sobre como seu padrasto merecia o que tinha e como ele gostava de todas vocês, vou vomitar! Como me livro dele? Se me disser como fazê-lo ir embora, saio daqui agora e colocamos um ponto final nessa história. – Dizia isso sem saber se era realmente verdade.

– O que aconteceu com o paletó? – perguntou Jessica.

– Que importância tem isso?

– O paletó foi destruído, não é? Comprou o paletó do homem morto e o destruiu e agora não há como se livrar dele. Todas as vendas são definitivas. Sem devoluções, principalmente depois que a mercadoria foi danificada. Acabou. Você está morto. Você e essa puta que está com você. Ele só vai parar quando vocês dois estiverem debaixo da terra.

Jude se inclinou para a frente, colocou a chave de roda no pescoço dela e fez um pouco de pressão. Ela começou a sufocar.

– Não – disse Jude –, não aceito isso! É melhor haver alguma outra maldita maneira ou... Tire a porra da mão daí!

As mãos dela estavam puxando a fivela do seu cinto. Ele recuou ante o toque, afastando a barra de metal da garganta de Jessica. Ela começou a rir.

– Vamos. Já estou sem blusa. Nunca teve vontade de dizer que trepou com duas irmãs? – perguntou ela. – Aposto que sua namorada gostaria de ver.

– Não encoste em mim!

– Olhe para você. O homem durão. O grande astro do rock. Está com medo de mim, está com medo do meu pai, está com medo de você mesmo. Bom. Devia estar. Você vai morrer. Por sua própria mão. Posso ver as marcas da morte nos seus olhos. – Virou os olhos brilhantes para Marybeth. – As marcas também estão sobre você, querida! Seu namorado vai matá-la antes de se matar, você sabe. Gostaria de estar lá para ver isso acontecer. Gostaria de ver como ele vai fazer. Espero que ele a corte, espero que corte seu rostinho de rameira...

De repente a chave de roda estava novamente sobre a garganta de Jessica e Jude a apertava com toda a força. Os olhos de Jessica se arregalaram e a língua se projetou da boca. Ela tentava se sentar apoiada nos cotovelos. Jude a lançou com força para trás, fazendo seu crânio bater no piso.

– Jude! – disse Marybeth. – Não, Jude.

Ele relaxou a pressão, deixando que Jessica tomasse um pouco de ar – e ela gritou. Era a primeira vez que gritava. Ele tornou a pressionar, cortando o som.

– A garagem – disse Jude.

– Jude.

– Feche a porta da garagem. A porra inteira da rua vai ouvi-la gritar!

Jessica tentava arranhar o rosto de Jude. Os braços dele eram mais compridos que os dela, permitindo que se esquivasse das mãos vergadas como garras. Ele bateu a cabeça dela no chão pela segunda vez.

– Se gritar de novo, vou espancá-la até a morte. Vou afrouxar esta coisa em sua garganta e é melhor começar a falar, é melhor me dizer logo como fazê-lo ir embora. Não pode se comunicar diretamente com ele? Usando uma mesa Ouija ou coisa parecida? Não pode invocá-lo de alguma forma?

Ele tornou a relaxar a pressão e ela gritou pela segunda vez – um grito demorado, penetrante, que acabou se dissolvendo numa risada que parecia um cacarejo. Ele desferiu um soco no estômago de Jessica, deixando-a inteiramente sem fôlego e fazendo com que se calasse.

– Jude! – repetiu Marybeth atrás dele. Fora fechar a porta da garagem, mas já estava de volta.

– Depois.

– Jude!

– O que é? – disse ele, torcendo a cintura para encará-la.

Numa das mãos, Marybeth erguia a bolsa brilhante, espalhafatosa e colorida de Jessica Price para ele ver. Só que não era uma bolsa. Era uma merendeira, com uma foto lustrosa de Hillary Duff do lado.

Jude continuava olhando confuso para Marybeth e para a merendeira – não compreendia qual a importância daquilo – quando Bon começou a latir de maneira decidida e barulhenta, como se o latido viesse do fundo do seu peito. Quando Jude virou a cabeça para ver o que estava provocando aquela reação, ouviu outro barulho, um clique agudo, metálico, o inconfundível som de alguém puxando para trás o gatilho de uma pistola.

A menina, filha de Jessica Price, havia entrado pela porta corrediça de vidro da varanda. De onde viera a arma, Jude não sabia. Era uma enorme Colt 45, com incrustações de marfim e um cano comprido, tão pesada que ela mal conseguia segurar. Espreitava atenta sob a franja. Um orvalho de suor brilhava em seu lábio superior. Quando falou, foi com a voz de Anna, embora o mais chocante fosse a calma que ela aparentava.

– Se afaste da minha mãe – disse.

38

O homem no rádio disse: "Qual é o produto número um de exportação da Flórida? Você poderia responder laranjas... mas, se dissesse isso, estaria enganado."

Por um momento aquela foi a única voz no aposento. Marybeth segurava novamente Angus pela coleira e tentava contê-lo, tarefa nada fácil. Ele se lançava para a frente com toda a sua musculatura e toda a sua força de vontade. Marybeth tinha de manter os dois calcanhares muito bem plantados no chão para impedi-lo de avançar. Angus começou a rosnar, um ronco baixo, sufocado, uma ameaça sem palavras mas perfeitamente articulada. A barulheira dele fez Bon recomeçar a latir, um latido atrás do outro, todos explosivos.

Marybeth foi a primeira a falar.

– Não precisa usar isso. Nós vamos embora. Vamos, Jude! Vamos sair daqui. Vamos pegar os cachorros e cair fora.

– Cuidado com eles, Reese! – gritou Jessica. – Vieram para nos matar!

Jude encontrou o olhar de Marybeth e acenou com a cabeça na direção da porta da garagem.

– Saia daqui – disse ele levantando o corpo, o joelho estalando (velhas juntas), a mão posta na bancada em busca de apoio. Então Jude encarou a menina, fazendo um bom contato olho a olho, observando-a sobre a 45 apontada para seu rosto. – Só quero pegar minha cachorra. E não vamos mais perturbar. Bon, venha cá!

Parada entre Jude e Reese, Bon latia sem parar. Jude deu um passo para a frente como se fosse agarrar a coleira dela.

– Não deixe que ele chegue perto! – gritou Jessica. – Vai tentar pegar a arma!

– Pare! – disse a menininha.

– Reese – disse ele, usando o nome para tranquilizar e criar confiança. Jude também conhecia uma ou duas coisas sobre persuasão psicológica. – Estou largando isto. – Suspendeu a chave de roda para que ela pudesse ver e colocou-a na bancada. – Pronto. Agora você tem uma pistola e eu estou desarmado. Só quero minha cachorra.

– Vamos embora, Jude – disse Marybeth. – Bonnie vai nos seguir. Vamos sair daqui agora!

Marybeth entrou na garagem, olhando para trás pelo vão da porta. Angus latiu pela primeira vez. O barulho ecoou no piso de cimento e no teto alto.

– Venha cá, Bon – disse Jude, mas a cadela o ignorou. Na realidade, deu um nervoso meio salto na direção de Reese.

Os ombros da menina estremeceram com o susto. Por um momento ela virou a arma para a cadela, mas logo voltou a apontá-la para Jude.

Dando outro passo arrastado na direção de Bon, Jude ficou a uma distância quase suficiente para agarrar a cachorra pela coleira.

– Saia de perto dela! – gritou Jessica, e Jude viu um lampejo de movimento na orla de sua visão.

Jessica estava se arrastando pelo chão e, quando Jude se virou, ela ficou de pé num salto e se jogou sobre ele. Ele viu o brilho de alguma coisa lisa e branca na mão dela, mas só soube o que era quando foi atingido no rosto: uma lâmina de louça, o grande caco de um prato quebrado. Jessica tentou furar seu olho, mas ele virou a cabeça e ela só conseguiu enfiar a lâmina no rosto dele.

Jude ergueu o braço esquerdo e golpeou o maxilar de Jessica com o cotovelo. Depois tirou do rosto o caco do prato quebrado e jogou-o no chão. Sua outra mão agarrou a chave de roda na bancada, arremetendo contra a lateral do pescoço de Jessica. Ele sentiu a barra de metal se chocar com um baque sólido. Viu os olhos dela saltarem das órbitas.

– Não, Jude, não! – gritou Marybeth.

Ele girou e mergulhou quando Marybeth gritou. Viu de relance a cara da menina, a expressão de susto, os olhos arregalados, sobressaltados. Então a arma nas mãos dela disparou. O barulho foi ensurdecedor. Um vaso cheio de pedrinhas, de onde brotavam algumas orquídeas artificiais, explodiu na bancada da cozinha. Fragmentos de vidro e pedacinhos de rocha esvoaçaram em volta dele.

A menina cambaleou para trás. O salto de seu sapato prendeu na beira de um tapete e ela quase caiu. Bon deu um salto em sua direção, mas Reese conseguiu se endireitar e, quando a cadela a atingiu – atacando-a com força suficiente para tirar seus pés do chão –, a pistola tornou a disparar.

A bala atingiu Bon na barriga, lançando seu traseiro para cima. Bon girou no ar como num salto-mortal. Ela rolou e bateu nas portas do armário sob a pia. Seus olhos se reviraram mostrando a parte branca e a boca ficou mole e aberta. Então a cadela negra de fumaça que havia dentro dela saltou do meio das mandíbulas, como um gênio brotando do gargalo de uma lâmpada mágica. A cadela preta correu pela cozinha, ultrapassou a menina e ganhou a varanda.

A gata que estava agachada na mesa viu o vulto negro se aproximar e deu um berro, o pelo cinzento se arrepiando por todo o lombo. Ela mergulhou para a direita quando a cadela de fumaça se lançou sobre a mesa. A sombra deu uma dentada brincalhona na cauda da gata e pulou atrás dela. Quando o espírito de Bon saltou para o chão, passou através de um forte raio de sol do início da manhã e deixou de existir.

Jude olhou para o lugar onde o impossível animal de sombra negra tinha desaparecido. Por um momento ficou atônito demais para agir, para fazer qualquer coisa além de ter sensações. E o que ele experimentava eram impressões de assombro tão intensas que pareciam uma espécie de choque. Jude sentia que fora honrado com o vislumbre de algo belo e eterno.

E então contemplou o corpo morto, vazio de Bon. A ferida no estômago era realmente horrível, uma pasta sangrenta, um nó azul de intestinos se derramando. A comprida faixa rosada da língua caía obscenamente da boca. Não parecia possível que ela pudesse ter ficado tão completamente aberta. Bon não parecia ter sido baleada, mas eviscerada. O sangue estava por toda parte, nas paredes, nos armários, sobre ele, espalhando-se pelo chão num lago escuro. Bon já estava morta quando bateu no chão. A visão de seu corpo foi outro tipo de choque, afetando as terminações nervosas de Jude.

Jude voltou seu olhar de perplexidade para a menina. Não sabia se ela havia visto a cadela de fumaça negra passar. Teve quase vontade de perguntar, mas não conseguiria dizer nada, estava momentaneamente desprovido de palavras. Apoiada nos cotovelos, Reese apontava a Colt 45 com uma das mãos.

Ninguém falava nem se movia. Naquela tranquilidade, veio a voz sibilante do rádio.

– Garanhões selvagens no Parque Yosemite estão morrendo após meses de seca e os peritos temem que muitos ainda morram se não houver alguma ação rápida. Sua mãe vai morrer se você não atirar nele. Você vai morrer!

Reese não deu mostras de ter ouvido o que o homem dizia no rádio. Talvez não tivesse ouvido, não conscientemente. Jude olhou de relance para o rádio. Na foto ao lado da caixa de som, Craddock continuava com a mão no ombro da menina, mas agora os olhos dele estavam cobertos com as marcas da morte.

– Não deixe que ele chegue mais perto. Ele está aqui para matar vocês duas – disse a voz do rádio. – Atire nele, Reese! Atire.

Jude precisava silenciar o rádio, devia ter seguido seu primeiro impulso de espatifá-lo. Virou-se para a bancada, movendo-se um pouco depressa demais, e o calcanhar saiu de baixo dele derrapando no sangue com um guincho estridente. Ele cambaleou, mas foi nesse momento que investiu com um passo sem equilíbrio na direção da menina. Os olhos de Reese se arregalaram de alarme quando Jude deu aquela guinada. Ele ergueu a mão direita, num gesto que significava calma, fique tranquila, mas percebeu no último instante que estava segurando a chave de roda e que Reese ia achar que ele estava se preparando para acertá-la.

Ela puxou o gatilho e a bala acertou a chave com um *bangue* metálico, ricocheteou para cima e decepou o dedo indicador de Jude. Um jorro quente de sangue atingiu-o no rosto. Ele baixou a cabeça e ficou boquiaberto ao ver sua mão, tão espantado com o sumiço de seu dedo quanto ficara com o milagre do desaparecimento da cadela negra. A mão que fazia os acordes. Quase o dedo inteiro se fora. Ele continuava agarrando a barra de metal com os dedos que sobravam. Então soltou a chave de roda, que caiu no chão ruidosamente.

Marybeth gritava o nome dele, mas a voz vinha de muito longe, como se ela estivesse na rua. Mal conseguia ouvi-la por entre o zumbido nos ouvidos. Sentia-se perigosamente perto de um desmaio, tinha de se sentar. Não sentou. Pôs a mão esquerda na bancada e começou a recuar, retirando-se lentamente na direção de Marybeth e da garagem.

O cheiro de pólvora queimada e de metal aquecido tomava conta da cozinha. Suspendeu a mão direita até apontá-la para o céu. O coto do dedo indicador não estava sangrando muito. O sangue molhava a palma da mão, gotejava pela parte de dentro do braço, mas era um gotejar lento, o que o surpreendeu. E a dor também não estava assim tão terrível. O que sentia era uma desconfortável sensação de peso, de pressão concentrada no coto. E não sentia absolutamente o talho no rosto. Olhou de relance para o chão e viu que estava deixando um rastro de grossas gotas de sangue e pegadas vermelhas de botas.

Sua visão parecia ao mesmo tempo ampliada e distorcida, como se ele tivesse um aquário na cabeça. Jessica Price estava de joelhos, agarrando a garganta. Tinha a cara vermelha e inchada, como se estivesse sofrendo uma severa reação alérgica. Ele quase riu. Quem não era alérgico a uma porrada com uma barra de metal no pescoço? Então se deu conta de que conseguira mutilar suas duas mãos no espaço de apenas três dias e lutou contra uma necessidade quase convulsiva de rir. Teria de aprender a tocar guitarra com os pés.

Reese o encarava através da negra fumaça produzida pelo disparo, olhos arregalados e chocados – e com um certo ar de desculpas –, a pistola no chão, do seu lado. Jude sacudiu a mão esquerda, a das ataduras, diante dela, embora nem ele soubesse muito bem o que aquele gesto significava. Tinha a impressão de que estava tentando tranquilizá-la, dizer a ela que estava bem. Ficou preocupado com a palidez da menina. Ela jamais ia ficar bem depois daquilo, embora não tivesse culpa de nada do que acontecera.

De repente Marybeth o segurava pelo braço. Estavam na garagem. Não, estavam fora da garagem, no clarão branco do sol. Angus pôs as patas da frente no peito dele e Jude quase se estatelou no chão.

– Pare! – gritou Marybeth com o cachorro, mas ainda parecia estar muito longe.

Jude queria sentar – ali mesmo na entrada da garagem, onde o sol podia bater em seu rosto.

– Não! – disse Marybeth quando ele começou a escorregar para o cimento. – Não. O carro. Vamos.

Para manter Jude de pé, segurava o braço dele com ambas as mãos.

Jude oscilou para a frente, cambaleou de encontro a ela, pôs o braço em seu ombro e os dois avançaram trôpegos pelo declive da estradinha de acesso. Lembravam um casal de adolescentes chapados na festa de formatura do colégio, tentando dançar ao som de "Stairway to Heaven". Dessa vez ele realmente deu uma risada. Marybeth olhou-o com muito medo.

– Jude! Você tem de ajudar. Não posso carregá-lo. Não vamos conseguir se você cair.

O nervosismo na voz dela o preocupou e Jude resolveu ser mais cooperativo. Respirou fundo para se estabilizar e encarou suas botas Doc Martens. Concentrou-se em arrastá-las para a frente. O chão debaixo dos seus pés era traiçoeiro. Mais ou menos como se estivesse andando embriagado sobre um trampolim. O solo parecia se flexionar e oscilar embaixo dele, o céu se inclinava perigosamente.

– Hospital – disse ela.

– Não. Você sabe por quê.

– Vamos para...

– Não temos de ir. Vou parar de sangrar. – Quem estava respondendo a ela? Soava como sua própria voz, surpreendentemente racional.

Jude ergueu os olhos, viu o Mustang. O mundo girava à sua volta, um caleidoscópio de quintais verdejantes muito ensolarados, jardins floridos e a face horrorizada, branca como giz de Marybeth. Ela parecia tão perto que o nariz de Jude ficava praticamente enfiado no torvelinho escuro, flutuante do cabelo dela. Ele respirou fundo para inalar o perfume doce, tranquilizador que emanava de Marybeth, depois se encolheu ante o fedor de pólvora e cachorro morto.

Contornaram o carro e ela o jogou no banco do carona. Depois correu pela frente do Mustang, pegou Angus pela coleira e começou a puxá-lo para a porta do lado do motorista.

Estava tentando abri-la quando a picape de Craddock saiu derrapando da garagem, pneus cantando no cimento, rolos de fumaça escura brotando e o morto atrás do volante. A caminhonete saltou por cima da lateral da estradinha de acesso e avançou pelo gramado. Chocou-se contra a cerca de madeira com um estalo, derrubou-a, pulou sobre a calçada e bateu com força na rua.

Marybeth soltou Angus e se atirou sobre o capô, deslizando de barriga, pouco antes de a picape acertar a lateral do Mustang. A força do impacto atirou Jude contra a porta do lado do carona. Com a colisão, o Mustang girou, a traseira ficou virada para o meio da rua e a parte da frente foi empurrada para cima do meio-fio com tamanha violência que Marybeth foi catapultada e jogada no chão. A picape atingiu o carro deles com um ruído de triturar estranhamente plástico misturado a um ganido estridente.

Fragmentos de vidro quebrado caíram tilintando na rua. Jude se virou e viu o conversível cereja de Jessica McDermott Price ao lado do Mustang. A picape se fora. Na realidade, jamais estivera lá. O airbag explodira do volante e Jessica estava segurando a cabeça com as duas mãos.

Jude sabia que deveria estar sentindo alguma coisa – alguma urgência, algum alarme –, mas estava, ao contrário, desatento, aparvalhado. Seus ouvidos pareciam tampados e ele engoliu algumas vezes para abri-los, fazê-los estalar.

Jude se descolou da porta do carona e se virou para ver o que acontecera com Marybeth. Ela estava sentada na calçada. Não havia razão para se preocupar. Estava tudo bem com ela. Parecia tão atordoada quanto ele, piscando à luz do sol, com um grande esfolado na ponta do queixo e o cabelo caído nos olhos. Jude deu uma olhada no conversível. A janela do lado do motorista fora abaixada – ou havia caído na rua – e a mão de Jessica pendia flácida pela abertura. Com exceção da mão, o resto do corpo estava afundado no banco, fora de vista.

Em algum lugar, alguém começou a gritar. Parecia uma menina. Chamava pela mãe.

Suor, ou talvez sangue, gotejou pelo olho direito de Jude e ardeu. Sem pensar, ele ergueu a mão direita e passou o coto do dedo indicador na testa. Foi como se tivesse encostado a mão numa grelha ardente. A dor disparou por todo o seu braço e foi até o peito, onde se transformou em outra coisa, numa falta de fôlego, num gélido formigamento atrás do esterno – uma sensação ao mesmo tempo terrível e meio fascinante.

Marybeth contornou com passo incerto a frente do Mustang e puxou a porta do motorista, provocando um guincho de metal retorcido. Deparou-se com o que parecia ser uma grande bolsa preta e felpuda. A bolsa estava gotejando. Não... não era uma bolsa, mas Angus. Ela puxou o banco do motorista para a frente e ajeitou o encosto antes de entrar.

Jude se virou quando ela ligou o carro, precisando e ao mesmo tempo quase se recusando, em seu desespero, a olhar para o cachorro no banco de trás. Angus levantou a cabeça para contemplá-lo. Tinha os olhos úmidos, vidrados, congestionados. Deu um ganido baixo. As patas traseiras estavam esmagadas. Um osso vermelho saltava de uma delas através do pelo, logo acima da articulação.

Judas olhou de Angus para Marybeth. Viu o queixo esfolado contraído e a linha decidida e fina dos lábios. As ataduras em volta da mão direita, que parecia horrivelmente enrugada, estavam ensopadas. Eles e suas mãos. Estariam se abraçando com ganchos antes que aquilo acabasse.

– Olhe para nós três – disse Jude. – Não somos um belo quadro?

Tossiu. A sensação de ter agulhas e alfinetes no peito estava se abrandando... mas aos poucos.

– Vou encontrar um hospital.

– Nada de hospital! Pegue a estrada.

– Você pode morrer sem um hospital.

– Se formos para um hospital, vou morrer com certeza e você também. Craddock vai acabar facilmente conosco. Enquanto Angus estiver vivo, temos uma chance.

– O que Angus vai...

– Craddock não tem medo do cachorro. Tem medo do cachorro *dentro* do cachorro.

– Do que está falando, Jude? Não estou entendendo.

– Vá em frente. Posso estancar o sangramento no meu dedo. É só um dedo. Vá, pegue a estrada! Vamos seguir para o oeste.

Para diminuir o sangramento, conservava a mão direita erguida ao lado da cabeça. Agora começava a raciocinar. Não que precisasse pensar muito para saber aonde estavam indo. O único lugar para onde poderiam ir.

– Como assim, oeste? – perguntou Marybeth.

– Louisiana – disse ele. – Pra casa.

39

O estojo de primeiros socorros que tinham trazido de Nova York estava no chão, diante do banco de trás. Ainda havia um pequeno rolo de gaze, outro de esparadrapo e anti-inflamatórios em embalagens lustrosas, difíceis de abrir. Ele pegou primeiro o anti-inflamatório, abriu os pacotes com os dentes e engoliu os comprimidos sem água, seis de uma vez, um total de 1.200 miligramas. Não era suficiente. Sua mão ainda parecia um pedaço de ferro quente pousado numa bigorna, onde, lenta mas metodicamente, ia sendo achatado por uma marreta.

Ao mesmo tempo, a dor afastava o atordoamento mental, era uma âncora para sua consciência, um cabo que o prendia ao mundo real – a estrada, as placas verdes que marcavam a quilometragem e passavam depressa, o barulho do ar-condicionado.

Jude não tinha certeza se permaneceria lúcido e queria usar o tempo que lhe restava para explicar algumas coisas. Falou hesitantemente, por entre dentes cerrados, enquanto enrolava a gaze, dando inúmeras voltas, na mão arruinada.

– A fazenda do meu pai fica logo depois da divisa da Louisiana, em Moore's Corner. Podemos chegar lá em menos de três horas. Não vou sangrar até a morte nesse intervalo de tempo. Meu pai está doente, raramente consciente. Há uma mulher idosa na fazenda, uma tia postiça, enfermeira diplomada. Cuida dele e é paga por mim. Há morfina. Para as dores dele. E com certeza há cachorros. Acho que meu pai tem... Ai, que dor filha da puta! Ai, puta... merda. Dois cachorros. Pastores, como os meus. Animais ferozes.

Quando a gaze acabou, ele a prendeu com esparadrapo. Usou os dedos dos pés para descalçar as botas. Usou uma das meias para cobrir a mão direita. Amarrou a outra meia em volta do pulso e deu o apertão necessário para ela diminuir, mas não cortar, a circulação. Fitou a mão vestida como uma marionete e tentou imaginar se conseguiria aprender a fazer acordes sem o dedo indicador. Era sempre possível deslizar pelas cordas. Ou talvez pudesse voltar a usar a mão esquerda, como fazia quando era garoto. Ao pensar nisso, começou novamente a rir.

– Pare – disse Marybeth.

Jude cerrou os dentes de trás, forçou-se a parar, teve de admitir que aquilo parecia, inclusive para ele próprio, histeria.

– Não acha que ela pode jogar a polícia em cima de nós? Essa velha tiazinha de que está falando? Não acha que ela ia querer chamar um médico para atendê-lo?

– Não vai fazer isso.

– Por que não?

– Nós não vamos deixar.

Depois disso Marybeth ficou algum tempo sem dizer nada. Continuou a dirigir suavemente, automaticamente, ultrapassando os carros pela pista da esquerda e retornando à pista da direita, mantendo a velocidade em 110 quilômetros por hora. Segurava o volante de forma cuidadosa com a mão esquerda machucada, enrugada, branca, mas não encostava em nenhum momento nele com a mão direita infeccionada.

– Como acha que isso tudo vai terminar? – perguntou Geórgia finalmente.

Jude não teve uma resposta para dar. Foi Angus quem respondeu – um ganido baixo, miserável.

40

Jude tentou se manter atento à estrada atrás deles, para ver se a polícia ou a picape do homem morto apareciam, mas no início da tarde recostou a cabeça na janela e fechou os olhos por um momento. Os pneus faziam um som hipnótico no asfalto, um monótono *tum-tum-tum*. O ar-condicionado, que nunca fizera barulho antes, de vez em quando começava a roncar. Isso também tinha um certo efeito hipnótico, o modo cíclico como as ventoinhas vibravam violentamente e ficavam em silêncio, vibravam e ficavam em silêncio.

Ele passara meses reconstruindo o Mustang e Jessica McDermott Price conseguira, num piscar de olhos, transformá-lo de novo numa lata velha. Jessica fizera coisas que Jude achava que só podiam acontecer com personagens de música country, como destruir seu carro, acabar com seus cachorros, fazê-lo abandonar sua casa para se transformar num fora da lei. Era quase engraçado. E quem poderia imaginar que ter um dedo arrancado por um tiro e perder um quarto de litro de sangue podia ser tão bom para o senso de humor?

Não. Não era engraçado. Era importante não rir de novo. Não queria assustar Marybeth, não queria que ela achasse que ele estava ficando meio ruim da cabeça.

– Você não está boa da cabeça – disse Jessica Price. – Não vai a lugar algum. Você precisa se acalmar. Vou pegar alguma coisa para ajudá-la a relaxar e vamos conversar.

Ao som da voz dela, Jude abriu os olhos.

Estava sentado numa cadeira de vime encostada na parede, no sombrio corredor do andar de cima da casa de Jessica Price. Ele nunca estivera no segundo andar, não chegara assim tão longe na casa de Jessica, mas soube de imediato onde estava. Podia reconhecer pelas fotos, pelos grandes retratos emoldurados que pendiam das paredes forradas com escuros lambris de madeira de lei. Um era o retrato meio fora de foco de Reese na escola, por volta dos 8 anos. Ela fazia pose na frente de uma cortina azul e sorria mostrando o aparelho nos dentes.

O outro retrato era mais antigo, as cores ligeiramente desbotadas. Mostrava um capitão espadaúdo, de corpo empinado. Com o rosto comprido, estreito, os olhos muito azuis e a boca larga, de lábios finos, era muito,

muito parecido com Charlton Heston. O olhar de Craddock naquele retrato era ao mesmo tempo distante e arrogante.

No corredor à esquerda de Jude ficava a ampla escada central, que subia do vestíbulo. Anna estava no meio da escada com Jessica bem atrás. Anna estava com as faces afogueadas e magra demais. Os ossos dos pulsos e cotovelos se destacavam sob a pele e as roupas pareciam muito folgadas. Não era mais gótica. Nenhuma maquiagem, nenhum esmalte preto nas unhas, nada de brincos ou argolas no nariz. Usava uma túnica branca, short de ginástica de um rosa desbotado e tênis desamarrados. Era possível que não escovasse nem penteasse o cabelo há semanas. Devia estar com uma aparência terrível, suja e faminta, mas não estava. Parecia bonita como naquele verão que tinham passado no celeiro trabalhando no Mustang, com os cachorros em volta.

Ao vê-la, Jude experimentou uma emoção quase esmagadora: choque, saudade e adoração, tudo junto. Mal conseguia aguentar sentir tanta coisa ao mesmo tempo. Parecia que a realidade à sua volta também não podia suportar tantas sensações – o mundo se vergou nas bordas de sua visão, ficou borrado e distorcido. O corredor dava a impressão de ter saído de *Alice no País das Maravilhas*: pequeno demais numa ponta, com portas tão diminutas que só um gatinho poderia passar por elas, e grande demais na outra, onde o retrato de Craddock se ampliava até ficar de tamanho natural. As vozes das mulheres na escada foram ficando graves e arrastadas a ponto de se tornarem incoerentes. Era como ouvir um disco de vinil rodando cada vez mais devagar depois de o toca-discos ser bruscamente desligado.

Jude estivera prestes a gritar chamando Anna, queria mais que tudo aproximar-se dela – mas, quando o mundo se arqueou e saiu de forma, ele tornou a se recostar na cadeira, as batidas do coração disparando. Pouco depois sua visão clareou, o corredor se endireitou e de novo ele pôde ouvir Anna e Jessica com nitidez. Percebeu, então, que a visão ao seu redor era frágil e que não devia forçá-la demais. Era melhor ficar quieto, não tomar nenhuma atitude intempestiva. Devia fazer e sentir o mínimo possível; devia se limitar a observar.

As mãos de Anna estavam fechadas em pequenos punhos ossudos. Quando ela subiu a escada num ímpeto agressivo, a irmã teve dificuldade em manter o equilíbrio e precisou se agarrar no corrimão para não cair sentada no degrau.

– Espere... Anna... *pare!* – disse Jessica conseguindo se firmar e logo se lançando degraus acima para agarrar a manga da blusa da irmã. – Você está histérica...

– Não não estou não encoste em mim – disse Anna numa frase única, sem pausa. Deu um puxão no braço.

Anna alcançou o patamar e se virou para a irmã mais velha. Jessica se mantinha imóvel, dois degraus abaixo. Usava uma saia clara de seda e uma blusa de seda cor de café. O pescoço de Jessica estava tenso, com os tendões retesados. Ela contorcia o rosto e naquele momento pareceu velha – não uma mulher de uns 40 anos, mas alguém bem acima dos 50 – e assustada. Sua palidez, especialmente nas têmporas, ganhava um tom acinzentado e os cantos da boca estavam apertados, cobertos de rugas.

– *Está!* Está imaginando coisas, tendo uma de suas terríveis fantasias. Não sabe o que é real e o que não é. Não pode ir a lugar algum como está!

– Isto aqui é imaginação? – disse Anna segurando o envelope. – Estas fotos? – Tirou as fotos do envelope, sacudiu-as numa das mãos para mostrar a Jessica e atirou-as contra ela. – Jesus! É sua filha. Ela tem 11 anos.

Jessica Price se esquivou das fotos que voavam. Elas caíram nos degraus, ao redor de seus pés. Jude reparou que Anna ainda segurava uma delas, uma foto que tornara a colocar no envelope.

– Sei o que é real – disse Anna. – Talvez pela primeira vez na vida.

– Papai! – chamou Jessica, a voz fraca, abafada.

– Estou indo embora – continuou Anna. – Da próxima vez que nos encontrarmos, os advogados dele vão estar do meu lado. Vamos pegar Reese.

– Acha que *ele vai* ajudá-la? – perguntou Jessica, a voz reduzida a um murmúrio trêmulo. *Ele?* Os advogados *dele?* A mente de Jude demorou um momento para concluir que estavam se referindo a ele. Sua mão direita começava a coçar. Parecia inchada, quente, mordida por algum inseto.

– Claro que vai.

– Papai! – tornou a chamar Jessica, a voz agora mais alta, vibrando.

Uma porta estalou no fundo do corredor escuro, à direita de Jude. Ele deu uma olhada esperando ver Craddock, mas era Reese. A menina espreitava por trás do umbral da porta, uma criança com o cabelo dourado claro de Anna, um fio comprido caindo num olho. Jude lamentou encontrá-la ali, sentiu uma pontada de dor ao ver aqueles olhos grandes e alarmados. As coisas que algumas crianças tinham de ver... Mesmo assim, não eram tão más, ele supunha, quanto certas coisas que tinham sido feitas a elas.

– Vão saber disso, Jessie. De tudo isso – disse Anna. – Estou satisfeita. Quero de fato falar sobre o assunto. Espero que ele vá para a cadeia.

– Papai! – gritou Jessica.

E então a porta diretamente na frente do quarto de Reese se abriu e um vulto alto, abatido, anguloso entrou no corredor. Craddock era um contorno negro nas sombras, cujas feições só eram indicadas pelos óculos de aros grossos e escuros, aqueles que aparentemente ele só usava de vez em quando. As lentes daqueles óculos captavam e punham em foco a luz disponível, por isso brilhavam, um fraco, pálido brilho rosado na escuridão. No quarto atrás dele o ar-condicionado fazia barulho, um zumbido contínuo, cíclico, curiosamente familiar.

– Por que tanto barulho? – perguntou Craddock, num tom áspero adocicado.

– Papai – disse Jessica –, Anna está indo embora. Ela diz que vai voltar a Nova York, à casa de Judas Coyne, e que vai recorrer aos advogados dele...

Anna olhou para o final do corredor, na direção do pai. Não via Jude. Evidentemente, não via. Tinha o rosto muito vermelho de raiva, embora dois pontos absolutamente sem cor aparecessem no alto das maçãs do rosto. Estava tremendo.

– ... aos advogados e à polícia. Vai contar a todo mundo que você e Reese...

– Reese está aqui, Jessie – disse Craddock. – Calma. Procure se controlar.

– E ela... ela encontrou umas fotos – concluiu Jessica num tom de lamento, olhando pela primeira vez para a filha.

– Encontrou? – disse Craddock, parecendo perfeitamente à vontade. – Anna, meu bem. Lamento que você esteja abalada. Mas não é hora de sair por aí transtornada desse jeito. É tarde, menina. É quase noite. Por que não se senta comigo e conversamos sobre o que a está atormentando? Quem sabe não consigo acalmar sua mente. Se me der uma pequena chance, aposto que vou conseguir.

De repente Anna parecia estar tendo dificuldade para encontrar a própria voz. Seus olhos estavam vidrados, brilhantes e assustados. Seu olhar passou de Craddock para Reese e acabou voltando à irmã.

– Faça com que ele fique longe de mim – disse Anna. – Faça isso ou vou matá-lo!

– Ela não pode ir – disse Jessica a Craddock. – Ainda não.

Ainda não? Jude se perguntou o que isso podia significar. Será que Jessica achava que tinham mais para conversar? Na opinião dele, a conversa já estava encerrada.

Craddock olhou de lado para Reese.

– Vá para seu quarto, Reese – disse ele, se aproximando da menina para pousar tranquilizadoramente a mão em sua cabecinha.

– *Não encoste nela!* – gritou Anna.

A mão de Craddock parou de se mexer, ficou suspensa no ar, logo acima da cabeça de Reese – depois desceu para o lado do corpo.

Algo então se alterou. Na escuridão do corredor, Jude não podia ver muito bem as feições de Craddock, mas achou que havia detectado alguma mudança sutil na linguagem corporal do homem. Na postura dos ombros, na inclinação da cabeça ou no modo como os pés estavam plantados no chão. Jude pensou em alguém se preparando para agarrar uma cobra no meio do mato.

Por fim Craddock voltou a falar com Reese, mas sem desgrudar o olho de Anna.

– Vá, minha querida. Deixe os mais velhos conversarem. Está escurecendo e é hora de os adultos falarem sem meninas por perto.

O olhar de Reese resvalou pelo corredor até se concentrar em Anna e na mãe. Quando o olho da menina encontrou o seu, Anna abanou ligeiramente a cabeça.

– Pode ir, Reese – disse Anna. – Deixe os adultos conversarem.

A cabeça da menina recuou para dentro do quarto e a porta se fechou. Pouco depois o som da música de Reese chegou numa explosão amortecida pela porta, um bombardeio de bateria misturado com guinchos de trem descarrilando na guitarra, seguidos por crianças gritando festivamente em áspera harmonia. Era a versão Kidz Bop do mais recente hit de Jude, "Ponha-se No Seu Lugar".

Craddock se sacudiu ouvindo aquilo e as mãos se fecharam em punhos.

– Aquele homem – sussurrou.

Quando ele se aproximou de Anna e Jessica, uma coisa curiosa aconteceu. O patamar no alto da escada estava iluminado pelo sol declinante que brilhava através da grande janela da sacada na frente da casa. Quando

Craddock se aproximou das enteadas, a luz bateu em seu rosto reforçando alguns detalhes, como o declive das maçãs do rosto e as rugas profundamente marcadas em volta da boca. As lentes dos óculos, no entanto, escureceram, escondendo os olhos atrás de círculos negros.

– Você não tem sido a mesma desde que voltou da casa daquele homem – disse ele. – Não sei o que aconteceu, Anna querida. Você passou por alguns maus momentos, ninguém sabe disso melhor que eu. Mas parece que o tal de Coyne pegou sua infelicidade e tornou-a ainda mais intensa. Aumentou tanto o volume dela que você não consegue mais ouvir minha voz quando tento conversar. Detesto vê-la assim tão infeliz e confusa.

– Não estou confusa e não sou sua querida. E estou lhe dizendo: se chegar a um metro de mim, vai se arrepender!

– Dez minutos, papai – disse Jessica.

Craddock fez um gesto impaciente para silenciá-la. Anna olhou para a irmã, depois virou novamente para Craddock.

– Vocês estão enganados se acham que vão me manter aqui à força!

– Ninguém vai obrigá-la a fazer qualquer coisa que não queira – disse Craddock, passando por Jude.

Seu rosto estava vincado pelas rugas e seu aspecto era doentio. As sardas se destacavam na carne branca como cera. Seu andar era na verdade um arrastar dos pés, e o corpo vergado – Jude acreditava – era consequência de uma curvatura permanente da espinha. Morto, ele tinha uma aparência melhor.

– Acha que Coyne vai lhe dar alguma cobertura? – continuou Craddock. – Se não estou enganado, ele lhe deu um chute no rabo. Nem responde mais às suas cartas. Ele não a ajudou antes... Por que acha que ia fazer isso agora?

– Ele não sabia como me ajudar. Eu mesma não sabia. Agora sei. Vou contar a ele o que você fez. Vou mostrar por que o seu lugar é na cadeia! E sabe de uma coisa? Ele vai chamar os advogados e mandá-lo pra prisão. – Anna olhou rapidamente para Jessica. – Ela também... se é que não vão querer interná-la na porra de uma colônia de malucos! Pra mim não faz diferença, desde que a coloquem bem longe de Reese.

– Papai! – gritou Jessica, mas Craddock sacudiu rapidamente a cabeça: *Calada*.

– Acha que ele vai atendê-la, abrir a porta quando você bater? – disse Craddock. – A essa altura, já deve estar com alguma outra. Há uma infinidade de garotas bonitas que não hesitariam em levantar a saia para um astro de rock. Você não tem nada para oferecer que ele não possa conseguir em outro lugar. E livre de dores de cabeça emocionais.

Uma expressão de dor cobriu por um instante as feições de Anna e ela vacilou um pouco: parecia uma corredora machucada e sem fôlego.

– Não importa se está com alguma outra – disse Anna num tom abafado. – Ele é meu amigo.

– Não vai acreditar em você. Ninguém vai acreditar, porque simplesmente não é verdade, querida! Não há uma só palavra de verdade nisso tudo – disse Craddock, avançando um passo na direção dela. – Está novamente ficando confusa, Anna.

– Tem razão – disse Jessica com fervor.

– Mesmo as fotos não são o que você está pensando. Posso esclarecer tudo, se me permitir. Posso ajudá-la se...

Mas Craddock havia se aproximado demais. Anna deu um pulo. Pôs a mão em seu rosto, arrancou os óculos redondos de aros grossos e os esmagou. Pôs a outra mão, que ainda agarrava o envelope, no centro do peito dele e empurrou. Craddock perdeu o equilíbrio, deu um grito. Seu tornozelo esquerdo se vergou e ele caiu. Mas longe dos degraus – Anna nem chegara perto de atirá-lo pela escada, a despeito do que Jessica pudesse dizer.

O traseiro magricela de Craddock aterrissou com um baque que sacudiu todo o corredor e entortou o retrato dele na parede. Quando o homem começou a se endireitar, Anna pôs o salto do sapato em seu ombro e empurrou, fazendo-o cair de costas. Ela tremia violentamente.

Jessica gritou e subiu correndo os últimos degraus. Esquivou-se de Anna, caindo com um joelho no chão ao lado do padrasto.

De repente Jude se viu ficando de pé. Não aguentava mais continuar sentado. Esperava que o mundo se curvasse de novo e foi o que aconteceu. O que estava ao seu redor se expandiu absurdamente, como uma imagem refletida numa bolha de sabão sendo soprada. Seus ouvidos estalavam. A cabeça parecia estar muito distante dos pés... Quilômetros. Quando deu um primeiro passo para a frente, teve a curiosa sensação de estar flutuando, quase sem peso, como um mergulhador nas profundezas do mar. Contudo, enquanto andava pelo corredor, *desejou* que o espaço à sua volta recuperasse sua forma e suas dimensões próprias, e foi o que aconteceu. Sua vontade, então, significava alguma coisa. Se tomasse cuidado, seria possível mover-se pelo mundo bolha de sabão que existia ao seu redor e não estourá-lo.

Suas mãos doíam, as duas, não só a direita. Era como se tivessem inchado e ficado do tamanho de luvas de boxe. A dor vinha em ondas rítmicas, constantes, que batiam junto com sua pulsação, *tum-tum-tum*, como pneus no asfalto. Mesclado ao ronco e ao zumbido do ar-condicionado no quarto de Craddock, isso criava um coro estranhamente tranquilizador de sons desconexos em segundo plano.

Queria desesperadamente mandar Anna ir embora, descer as escadas e sair da casa. Tinha a forte impressão, no entanto, de que não conseguiria se introduzir na cena sem rasgar o frágil tecido do sonho. E com certeza o passado era o passado. Ele não poderia alterar o que ia acontecer naquele momento, assim como não conseguira salvar Ruth, a irmã de Bammy, simplesmente chamando-a pelo nome. Não era possível alterar, mas era possível ser testemunha.

De início Jude não entendeu por que Anna teve de subir, mas depois achou provável que ela quisesse jogar algumas peças de roupa numa bolsa antes de partir. Anna não tinha medo do pai ou de Jessica, não imaginava que ainda pudessem ter algum poder sobre ela – sentia uma bela, pungente, fatal confiança em si mesma.

– Mandei que ficasse longe de mim – disse Anna.

– Está fazendo isso por ele? – perguntou Craddock. Até aquele momento, havia falado com gentis inflexões sulistas. De repente o tom cortês desapareceu, sendo substituído por um sotaque totalmente áspero e metálico. O velho boa-praça do Sul não tinha nada de bom dentro dele. – Tudo isso é parte de alguma ideia louca que você teve para reconquistá-lo? Acha que vai ganhar sua simpatia se for se arrastando para ele com uma história soluçante de como seu pai a obrigava a fazer coisas terríveis e como isso a arruinou para sempre? Aposto que não vê a hora de se gabar diante dele de como você me destratou e me empurrou, um velho que cuidou de você nos momentos de doença e que a protegeu de si mesma quando você estava com a cabeça virada. Acha de fato que ele ficaria orgulhoso de você se estivesse aqui do meu lado e a visse me atacar?

– Não – disse Anna –, acho que ele ficaria orgulhoso de mim se visse isto! – Ela deu um passo à frente e cuspiu na cara dele.

Craddock recuou, depois deixou escapar um berro estrangulado, como se algum agente corrosivo tivesse caído em cheio no seu olho. Jessica começou a ficar de pé, dedos curvados em garras, mas Anna pegou-a pelo ombro e empurrou-a para o lado do padrasto.

Anna ficou parada na frente dos dois, tremendo, mas não tão furiosa quanto estivera momentos atrás. Jude esticou o braço em direção ao ombro dela, pousou a mão enfaixada nele e apertou de leve. Finalmente se atrevera a tocá-la, mas Anna nem pareceu reparar. A realidade, no entanto, se deformou quando a mão de Jude encostou em Anna. Mas ele conseguiu fazer tudo voltar ao normal, concentrando-se nos sons em segundo plano, na música que marcava aquela ocasião: *tum-tum-tum*.

– Fez muito bem, Flórida – disse Jude. Sua voz saiu antes que ele pudesse se controlar. O mundo não acabou.

Anna moveu a cabeça de um lado para o outro, uma pequena sacudida para tirar alguma coisa de cima dela. Quando falou, foi num tom de fadiga.

– E pensar que já tive medo de você.

Ela se virou, escapando da mão de Jude, e avançou em direção a um quarto no final do corredor. Fechou a porta atrás de si.

Jude ouviu alguma coisa fazer *plim*, olhou para baixo. Sua mão direita, a que estava coberta pela meia, ficara ensopada de sangue, que pingava no chão. Os botões na frente do paletó estilo Johnny Cash cintilavam na última luz cor de salmão do dia. Só então ele reparou que estava usando o paletó do homem morto. Sem sombra de dúvida, o corte era excelente. Jude não se perguntara uma única vez como era possível que estivesse vendo aquela cena, mas então lhe ocorreu uma resposta à pergunta que não fizera. Tinha comprado o paletó do homem morto e o próprio homem morto – tornara-se dono do fantasma e do passado do fantasma. Aqueles momentos agora também lhe pertenciam.

Jessica se abaixou ao lado do padrasto, ambos muito ofegantes e contemplando a porta fechada do quarto de Anna. Jude ouvia gavetas se abrindo e se fechando lá dentro, a porta de um armário batendo.

– Anoiteceu – murmurou Jessica. – Finalmente anoiteceu.

Craddock abanou a cabeça. Tinha um arranhão no rosto, diretamente embaixo do olho esquerdo, onde Anna o acertara com uma unha ao lhe arrancar os óculos. Uma gota de sangue escorria pelo seu nariz. Ele a limpou com as costas da mão, deixando uma mancha vermelha no rosto.

Jude olhou para a grande janela da sacada no vestíbulo. O céu era uma sombra profunda, ainda azul, mas avançando para a noite. No horizonte, atrás das árvores e dos topos dos telhados do outro lado da rua, havia uma linha de um vermelho mais profundo, onde o sol acabara de desaparecer.

– O que você fez? – perguntou Craddock. Falava baixo, num tom pouco acima de um murmúrio, ainda trêmulo de raiva.

– Ela me deixou hipnotizá-la algumas vezes – disse Jessica também sussurrando. – Para ajudá-la a dormir à noite. E dei uma sugestão.

No quarto de Anna houve um breve silêncio. Então ouviu-se distintamente o tim-tim de uma garrafa batendo num copo, seguido por um leve gorgolejar.

– Que sugestão? – perguntou Craddock.

– Disse a ela que o anoitecer é uma ótima ocasião para se beber alguma coisa. Disse que é uma recompensa por se ter atravessado o dia. Ela guarda uma garrafa na gaveta de cima.

No quarto de Anna, um prolongado, terrível silêncio.

– O que vai acontecer?

– Há fenobarbital no gim – disse Jessica. – Tenho conseguido que ela durma como uma pedra.

Alguma coisa produziu um baque no chão de tábua corrida do quarto de Anna. Um copo caindo.

– Boa menina. – Craddock suspirou. – Sabia que estava escondendo alguma coisa.

– Papai – disse Jessica –, você precisa fazê-la se esquecer... das fotos que ela encontrou, *de tudo*. De tudo o que aconteceu! Você tem de fazer com que tudo desapareça.

– Não posso – disse Craddock. – Há muito tempo já não venho conseguindo. Quando ela era mais jovem... quando confiava em mim. Talvez você...

Jessica estava sacudindo a cabeça.

– Também não consigo levá-la mais fundo. Ela não deixa... Já tentei. Da última vez que a hipnotizei para ajudá-la com a insônia, procurei fazer algumas perguntas sobre Judas Coyne, o que ela escrevia nas cartas que mandava, se tinha lhe falado algo sobre... sobre você. Mas sempre que a conversa ficava muito pessoal, sempre que eu perguntava alguma coisa que ela não queria contar, Anna começava a cantar uma das músicas de Coyne. Como se estivesse me impedindo de avançar. Nunca vi nada parecido.

– Coyne foi o responsável – disse novamente Craddock, o lábio superior se encrespando. – Ele a destruiu. *Destruiu.* Jogou-a contra nós. Usou-a como bem entendeu, destroçou o mundo dela e depois a mandou de volta para que ela destruísse o nosso. Foi como se nos tivesse enviado uma bomba pelo correio.

– O que vamos fazer? Tem de haver um meio de detê-la! Ela não pode deixar esta casa nesse estado. Você a ouviu. Vai tirar Reese de mim. Também vai tirar você. Nós dois vamos ser presos e jamais tornaremos a nos encontrar, a não ser nos tribunais.

Agora Craddock respirava devagar e todas as emoções tinham abandonado sua fisionomia. Sobrara apenas um ar de pesada, sombria hostilidade.

– Você está certa em relação a isso. Ela não pode deixar esta casa.

Jessica pareceu demorar um segundo para registrar plenamente a declaração. Dirigiu um olhar assustado e confuso para o padrasto.

– Pai? Papai?

– Todo mundo sabe a respeito de Anna – continuou ele. – Como ela sempre foi infeliz. Todo mundo sempre soube como ela ia acabar. Que um dia desses ia cortar os pulsos no banheiro.

Jessica começou a sacudir negativamente a cabeça. Foi ficando de pé, mas Craddock segurou-a pelos pulsos, obrigando-a a ficar novamente de joelhos.

– O gim e as pílulas fazem sentido – disse. – Muitos tomam alguns drinques e comprimidos antes de se matarem. É como aquietam seus medos e amortecem a dor.

Jessica continuava balançando a cabeça, um tanto freneticamente, os olhos brilhantes, aterrorizados, cegos, não vendo mais o padrasto. A respiração estava entrecortada, ofegante. Quando Craddock voltou a falar, a voz era calma, firme:

– Pare com isso, agora! Quer que Anna leve Reese embora? Quer passar dez anos num presídio feminino? – Ele a segurou com mais força pelos pulsos e puxou-a para si, falando com o rosto quase grudado no de Jessica. Até que os olhos dela tornaram a se focar nos seus e a cabeça parou de balançar de um lado para outro. Craddock continuou: – A culpa disso tudo não é nossa, é de Coyne. Foi ele que nos deixou neste beco sem saída, está ouvindo? Foi ele que nos mandou essa estranha que quer nos destruir! Não sei o que aconteceu com a nossa Anna. Já nem consigo lembrar qual foi a última vez que vi a verdadeira Anna. A Anna com quem você cresceu está morta. Coyne se encarregou disso. Pelo que me diz respeito, ele já acabou com a vida dela. É como se ele próprio tivesse cortado os pulsos dela. E ele vai responder por isso. Pode acreditar. Vou ensiná-lo a não se meter com a família de um homem. *Shh!* Preste atenção ao som da minha voz. Vamos vencer as dificuldades. Vou fazê-la superar isto, assim como a fiz superar todas as outras coisas ruins em sua vida. Você confia em mim agora. Respire fundo. Respire de novo. Melhorou?

Os olhos azuis acinzentados de Jessica estavam arregalados e sôfregos: arrebatados. Sua respiração assobiava, uma longa, lenta expiração, depois outra.

– Você pode fazer isso – disse Craddock. – Sei que pode. Por Reese, você pode fazer o que tiver de ser feito.

– Vou tentar – disse Jessica. – Mas você tem de me dizer. Tem de me dizer o que fazer. Não consigo pensar.

– Então está bem. Vou pensar por nós dois – disse Craddock. – E você não precisa fazer nada além de se levantar e ir encher a banheira com água quente.

– Sim. Tudo bem.

Jessica começou a se levantar novamente, mas ele a puxou pelos pulsos, mantendo-a mais um momento do seu lado.

– E quando tiver acabado – disse Craddock –, dê um pulo lá embaixo e pegue meu velho pêndulo. Vou precisar de alguma coisa para os pulsos de Anna.

Com isso ele a soltou. Jessica ficou de pé com tanta rapidez que perdeu o equilíbrio e teve de pôr a mão na parede para se firmar. Ela o encarou por um momento com olhos atordoados, estarrecidos. Depois se virou numa espécie de transe, abriu uma porta bem à sua esquerda e entrou num banheiro de azulejos brancos.

Craddock continuou no chão até ouvir o barulho da água correndo na banheira. Aí conseguiu se levantar e ficou ombro a ombro com Jude.

– Seu velho filho da puta – disse Jude.

O mundo bolha de sabão se flexionou e oscilou. Jude cerrou os dentes, restabelecendo novamente sua forma.

Os lábios de Craddock, finos e esbranquiçados, repuxaram-se sobre os dentes numa careta feia e amarga. A velha carne nas costas dos braços balançava. Ele foi andando devagar para o quarto de Anna, cambaleando um pouco – ser empurrado e jogado no chão tinha lhe tirado alguma coisa. Empurrou a porta e entrou. Jude seguiu seus passos.

Havia duas janelas no quarto de Anna, mas ambas davam para os fundos da casa, longe de onde o sol havia se posto. Ali já era noite e o quarto mergulhara em sombras azuladas. Anna estava sentada bem na beirada da cama, um copo de vidro vazio no chão, entre os tênis. A bolsa comprida estava no colchão atrás dela, algumas roupas tinham sido rapidamente atiradas lá dentro e dava para ver a manga de um suéter vermelho pendendo para fora. A expressão de Anna era inerte, mas agradável. Tinha os antebraços pousados nos joelhos, os olhos vidrados, fixos num ponto de distância impossível. O envelope pardo com a foto de Reese – a prova – estava numa das mãos, esquecido. A visão de Anna daquele jeito deixou Jude com uma sensação de mal-estar.

Judas afundou na cama ao lado dela. O colchão rangeu, mas ninguém – nem Anna nem Craddock – pareceu se dar conta. Jude pôs a mão esquerda sobre a mão direita de Anna. A mão esquerda de Jude estava novamente sangrando no lugar onde fora perfurada, suas ataduras estavam manchadas e soltas. Quando aquilo havia começado? Quanto à sua mão direita, ficara pesada e dolorosa demais e ele não conseguia sequer levantá-la. A simples ideia de movê-la o deixava tonto.

Craddock parou na frente da enteada e se curvou, olhando especulativamente para seu rosto.

– Anna? Consegue me ouvir? Consegue ouvir minha voz?

A princípio ela continuou sorrindo, sem responder. Então piscou os olhos e disse:

– Que foi? Você disse alguma coisa, papai? Eu estava ouvindo "Jude". No rádio. É minha música preferida.

Os lábios do velho se apertaram até perderem a cor.

– Esse homem – disse ele quase cuspindo. Craddock pegou uma ponta do envelope, arrancando-o das mãos dela. Depois se endireitou, virou-se para uma das janelas e puxou a persiana.

– Eu te amo, Flórida – disse Jude. O quarto em volta dele se abaulou, a bolha de sabão foi inchando até ameaçar explodir, mas acabou se contraindo de novo.

– Te amo, Jude – disse Anna em voz baixa.

Ao ouvir aquilo, Craddock teve um sobressalto e seus ombros estremeceram. Ele olhou para trás, intrigado.

– Logo você e ele estarão juntos de novo – disse. – É o que você quer e é o que vai ter. O papai vai cuidar disso, vai fazer vocês dois ficarem juntos o mais rápido possível.

– Safado – disse Jude e, dessa vez, quando o quarto inchou, esticando e se deformando, ele não conseguiu, por mais que se concentrasse no *tum-tum-tum*, fazê-lo voltar à forma que devia ter. As paredes se inflavam e depois encolhiam, como roupas de cama num varal se movendo na brisa.

O ar no quarto era quente, sufocante, tinha cheiro de cano de descarga e cachorro. Jude ouviu um lamento baixo atrás dele e se virou para Angus, que jazia na cama onde a bolsa de Anna estivera um momento antes. A respiração do cachorro era difícil e seus olhos estavam viscosos e amarelos. Uma ponta afiada de osso vermelho despontava de uma perna dobrada.

Jude tornou a olhar para Anna, mas descobriu que agora era Marybeth quem estava sentada a seu lado na cama, o rosto sujo, o olhar duro.

Craddock baixou uma das persianas e o quarto escureceu mais um pouco. Jude deu uma olhada pela outra janela e viu o verde na margem da interestadual, as palmeiras, o lixo no mato e uma placa que dizia SAÍDA 9. Suas mãos faziam *tum-tum-tum*. O ar-condicionado roncava, zumbia, roncava. Pela primeira vez Jude estranhou que continuasse ouvindo o ar-condicionado de Craddock – o quarto do homem ficava no outro extremo do corredor. Alguma coisa começou a clicar, um som tão repetitivo quanto um metrônomo: era a seta do carro.

Craddock moveu-se para a outra janela, bloqueando a vista que Jude tinha da rodovia, e puxou a persiana, mergulhando o quarto de Anna na escuridão. Por fim, o anoitecer.

Jude tornou a olhar para Marybeth, seu queixo severo, uma das mãos no volante. A seta não parava de piscar no painel e ele abriu a boca para dizer alguma coisa, não sabia o quê, algo como...

41

– O que você está fazendo? – A voz dele saiu como um grasnido estranho. Marybeth dirigia o Mustang para um trevo de saída, estava quase lá. – Não é aqui.

– Estou sacudindo você há uns cinco minutos. Não estava conseguindo acordá-lo e achei que tinha entrado em coma ou algo parecido. Há um hospital aqui perto.

– Vamos em frente. Estou acordado agora.

Ela voltou para a rodovia no último momento e uma buzina tocou na sua traseira.

– Como está você, Angus? – perguntou Jude, dando uma olhada para trás.

Estendendo a mão entre os bancos, ele tocou numa pata de Angus. Por um instante o olhar do cachorro se iluminou um pouco. Os maxilares se moveram. A língua encontrou as costas da mão esquerda de Jude e deu uma lambida nos dedos.

– Bom garoto – sussurrou Jude. – Bom garoto.

Por fim, Jude recolheu a mão e se endireitou no banco. A meia que protegia a mão direita estava toda vermelha. Precisava desesperadamente de uma dose de alguma coisa para aplacar a dor. Achou que poderia encontrar sua droga no rádio: os Skynyrd ou, na falta deles, os Black Crows. Tocou no botão e o rádio passou rapidamente de uma explosão de estática para a pulsação doppler de uma transmissão militar em código para Hank Williams III, ou talvez só Hank Williams, Jude não poderia dizer porque o sinal era fraco demais, e então...

Então pegou uma transmissão perfeitamente clara: Craddock.

– Nunca imaginei que tivesse tanta resistência, garoto. – A voz era cordial e próxima, saindo dos alto-falantes fixados nas portas. – Você não se entrega mesmo. Costumo levar isso em conta. Só que estamos numa situação especial, é claro. Você entende... – Ele riu. – Bem, eu realmente gosto de passear de carro à tardinha, com a janela arriada. Pegue a estrada, simplesmente siga em frente. Não importa para onde. Qualquer lugar serve. Você sabe, a maioria das pessoas gosta de pensar que não conhece o significado da palavra "rendição", mas isso não é verdade. A maioria das pessoas, você as leva para um estado hipnótico, talvez com a ajuda de uma boa droga, você as mergulha num profundo estado de transe, e então sugere que elas estão pegando fogo. Elas vão gritar pedindo água até não terem mais voz. Vão fazer qualquer coisa para o fogo parar. Vão fazer o que você quiser. A natureza humana é simplesmente assim. Mas algumas pessoas, principalmente crianças e gente louca, você não pode dobrar, mesmo quando estão em transe. Anna era criança e louca, que Deus a tenha. Tentei fazê-la esquecer tudo o que a fazia se sentir tão mal. Era uma boa menina. Detestava o modo como ela se atormentava com as coisas... até mesmo com você. Mas não consegui deixar a mente de Anna inteiramente vazia, o que teria lhe poupado muito sofrimento. Algumas pessoas preferem sofrer. Não admira que ela gostasse de você. Reagem da mesma maneira. Quis lidar rapidamente com você. Mas você teve de reagir e prolongar a situação. E agora você deve estar se perguntando qual é o sentido disso. Acredite, quando esse cachorro no banco de trás parar de respirar, você também vai parar. E não vai ser fácil como poderia ter sido. Você está há três dias vivendo como cachorro, agora vai ter de morrer como um, o que também se aplica a essa puta de dois dólares que está do seu lado...

Marybeth desligou o rádio. Mas ele voltou a funcionar no mesmo instante.

– ... achou que podia jogar minha menininha contra mim e que não teria de pagar por isso...

Jude levantou o pé e chapou o salto da sua Doc Marten no painel, acertando-o com um ruído de plástico se estilhaçando. A voz de Craddock foi instantaneamente perdida numa súbita, ensurdecedora explosão de baixo. Jude chutou novamente o rádio, espatifando o mostrador. Houve silêncio.

– Está lembrada quando eu disse que o homem morto não tinha vindo para conversar? – perguntou Jude. – Esqueça o que eu falei. Ultimamente ando pensando que ele não veio para outra coisa.

Marybeth não respondeu. Trinta minutos depois Jude falou de novo, mandando que ela entrasse na próxima saída.

Pegaram uma rodovia estadual de duas pistas, com uma mata sulista, semitropical, crescendo nas margens da estrada e se inclinando sobre ela. Passaram por um drive-in que estava fechado desde que Jude era criança. A gigantesca tela de cinema se destacava ao lado da estrada, cheia de buracos por onde se tinha uma visão do céu. A atração de final de tarde era uma névoa flutuante de fumaça negra. Ultrapassaram o New South Motel, há muito fechado e sendo reclamado pela floresta, as janelas protegidas por tábuas pregadas. Passaram por um posto de gasolina, a primeira coisa que viram aberta naquela estrada. Dois homens gordos e muito bronzeados, sentados na frente do posto, observaram o Mustang passar. Os homens não sorriram, nem acenaram, nem reconheceram de forma alguma o carro. Um deles se limitou a se inclinar para a frente e cuspir na terra.

Jude orientou-a para pegar uma saída da rodovia à esquerda e logo avançavam por uma estrada que subia por colinas baixas. A luz da tarde estava estranha, um vermelho pálido, meio venenoso, uma penumbra de tempestade. Era a mesma cor que Jude via ao fechar os olhos, a cor de sua dor de cabeça. O cair da noite não estava próximo, mas parecia. No oeste, os bojos das nuvens eram escuros e ameaçadores. O vento açoitava os topos das palmeiras e sacudia as barbas-de-velho que caíam aqui e ali de galhos baixos de carvalho.

– Chegamos – disse ele.

Quando Marybeth virou na estradinha de acesso, um longo aclive até a casa, as rajadas de vento ficaram mais fortes que de hábito, atirando um jato de pesadas e duras gotas de chuva contra o para-brisa. Foi um açoitar repentino, um estrépito furioso, que Jude esperou que continuasse, mas logo parou.

A casa ficava no topo de uma pequena elevação do terreno. Havia mais de três décadas que Jude não ia lá e só naquele momento percebeu como a sua casa de Nova York era parecida com aquela onde passara a infância. Era como se tivesse saltado dez anos para o futuro e retornado a Nova York para encontrar sua própria fazenda deserta, abandonada, começando a ruir. A grande e solitária construção tinha o tom cinzento de um camundongo e era coberta com telhas pretas, muitas delas rachadas ou faltando. Enquanto se aproximavam, Jude viu o vento agarrar uma das telhas, arrancá-la dos caibros e impelir o quadrado negro para o céu.

O galinheiro abandonado era visível de um dos lados da casa. A porta de tela se escancarou e depois bateu com o estampido de um tiro de espingarda. Uma janela do primeiro andar estava sem vidro e o vento sacudia uma folha de plástico semitransparente presa no caixilho.

A estradinha de terra que levava à casa terminava numa curva. Marybeth percorreu-a, deixando o Mustang de frente para o caminho por onde tinham vindo. Estavam ambos fitando a estradinha quando os faróis de milha da picape de Craddock apareceram no início da subida.

– Oh, Deus – disse Marybeth e logo estava fora do Mustang, circundando a frente do carro a caminho da porta de Jude.

A caminhonete desbotada parecia ter feito uma pausa, mas começou a rodar colina acima, na direção deles.

Marybeth escancarou a porta. Jude quase caiu. Ela o puxou pelo braço.

– Fique de pé! Entre na casa.

– Angus... – disse ele, dando uma olhada em seu cachorro no banco de trás.

A cabeça de Angus descansava nas patas da frente. Ele encarava Jude com uma expressão exausta, olhos úmidos e vermelhos.

– Angus morreu.

– Não – disse Jude, certo de que ela estava enganada. – Como está você, garoto?

Angus o olhava com aquele ar doloroso, mas não se movia. O vento entrou no carro. Um copo de papel vazio rodopiou no chão fazendo um ruído baixo de chocalho. A brisa mexeu com o pelo de Angus, escovando-o na direção errada. Angus não se moveu.

Não parecia possível que ele pudesse ter morrido daquele jeito, sem nenhum espalhafato. Minutos atrás ainda vivia, Jude estava convencido disso. Ele ficou parado ao lado do Mustang, certo de que bastava esperar mais um instante para o cachorro se mexer, esticar as patas da frente e levantar a cabeça. Logo Marybeth começou a puxar de novo seu braço e Jude não teve energia para resistir. Era avançar cambaleando ou se arriscar a levar um tombo.

Caiu de joelhos a poucos metros dos degraus da frente. Não sabia por quê. Tinha um braço em volta dos ombros de Marybeth e um dos braços dela o agarrava pela cintura. Marybeth gemeu entre lábios apertados, conseguindo que ele ficasse novamente em pé. Jude ouviu a picape do homem morto, que avançou até parar na volta da estradinha, o cascalho triturado sob os pneus.

Ei, rapaz!, chamou Craddock da janela aberta do lado do motorista. Jude e Marybeth pararam na porta da casa e se viraram.

A caminhonete estava parada ao lado do Mustang, o motor em marcha lenta. Craddock, ao volante, usava seu terno preto, duro e formal, de botões prateados. Tinha o braço esquerdo apoiado na janela. Não dava para ver muito bem sua expressão através do vidro.

Foi criado neste lugar, filho?, disse Craddock. Deu uma risada. *Como conseguiu deixar tudo isso para trás?* Riu de novo.

O braço apoiado na janela se moveu e a lâmina em forma de meia-lua caiu da mão dele, balançando na corrente brilhante.

Você vai cortar a garganta dela. E ela vai ficar satisfeita. Pelo menos você vai acabar com isto. Devia ter ficado longe das minhas meninas, Jude.

Jude virou a maçaneta. Marybeth o empurrou para dentro com o ombro e os dois caíram na escuridão do vestíbulo. Marybeth chutou a porta que ficara aberta. Jude deu uma última olhada pela janela ao lado da porta – e a picape se fora. O Mustang estava sozinho na estradinha de acesso. Marybeth fez com que Jude se virasse e colocou-o de novo em movimento.

Começaram a descer o corredor, lado a lado, um apoiado no outro. O quadril dela esbarrou numa mesinha lateral, derrubando-a com força. Um telefone rolou pela beira da mesa e o receptor voou do gancho.

No final do corredor havia uma porta que levava à cozinha, onde as luzes estavam acesas. Ainda não tinham visto outra fonte de luz na casa. Pelo lado de fora as janelas estavam escuras e, depois que entraram, só haviam encontrado sombras no saguão e um escuro cavernoso no alto da escada.

Uma mulher idosa, usando uma blusa com estampa floral em tom pastel, apareceu na porta da cozinha. Seu cabelo era branco e ondulado, e as lentes dos óculos faziam os olhos azuis espantados parecerem quase comicamente aumentados.

Jude reconheceu de imediato Arlene Wade, embora não soubesse quanto tempo se passara desde a última vez que a vira. O fato é que ela não havia mudado nada – continuava esquelética, com o olhar eternamente sobressaltado, e velha.

– O que está acontecendo aqui? – gritou ela, a mão direita se fechando em volta da cruz pendurada no pescoço. Quando os dois chegaram à porta, ela recuou para deixá-los passar. – Meu Deus, Justin! O que, em nome de Maria e José, aconteceu com você?

A cozinha era amarela. Piso plastificado amarelo, azulejos amarelos na bancada da pia, cortinas de xadrez branco e amarelo, pratos com margaridas secando no escorredor ao lado da pia. Quando percebeu o conjunto do ambiente, Jude ouviu aquela música na cabeça, aquela do Coldplay que fizera um sucesso estrondoso alguns anos atrás, aquela sobre como tudo era amarelo.

Tendo em vista o aspecto da casa do lado de fora, ficou surpreso ao encontrar a cozinha tão cheia de cores vivas e bem cuidada. Nunca fora aconchegante em seus tempos de garoto. Era na cozinha que a mãe passava a maior parte do tempo, vendo TV de dia, com ar letárgico, enquanto descascava batatas ou lavava feijões. Seu ânimo entorpecido, emocionalmente exausto, havia drenado o colorido do lugar, transformando-o num aposento onde parecia importante falar baixo, se fosse preciso falar, um espaço privativo e infeliz por onde não se devia correr, assim como não se devia fazer bagunça num velório.

Mas sua mãe morrera 30 anos atrás e a cozinha agora era de Arlene Wade. Ela estava morando na casa havia mais de um ano e, muito provavelmente, passava a maior parte do tempo naquele cômodo, onde criara um clima que tinha tudo a ver com o seu cotidiano de mulher idosa com amigas para falar ao telefone, tortas a preparar para os parentes e um homem moribundo para cuidar. Na verdade, a cozinha estava um tanto aconchegante *demais*. Jude ficou meio tonto com o calor que havia lá dentro, com o ar sufocante. Marybeth conduziu-o para a mesa. Ele sentiu uma garra ossuda afundar em seu braço direito. Era Arlene segurando seu bíceps e a rígida energia daqueles dedos o deixou surpreso.

– Você está com uma meia na mão – disse ela.

– Ele teve um dos dedos decepado – disse Marybeth.

– Então o que estão fazendo aqui? – perguntou Arlene. – Devia levá-lo para o hospital.

Jude arriou numa cadeira. Curiosamente, mesmo sentado, imóvel, continuava com a impressão de estar se movendo. As paredes da cozinha iam passando lentamente pela frente dele, a cadeira avançava como um carro num parque temático: *As loucas aventuras do Sr. Jude.* Marybeth desabou numa cadeira, seus joelhos batendo nos de Jude. Estava tremendo. O rosto parecia engordurado de tanto suor e o cabelo virara uma casa de marimbondos, todo emaranhado, embaraçado. Fios se grudavam nas têmporas, no suor que escorria dos lados do rosto, na nuca.

– Onde estão seus cachorros? – perguntou Marybeth.

Arlene começou a soltar a meia amarrada no pulso de Jude, espreitando através das lentes de aumento dos óculos. Se achou a pergunta bizarra ou surpreendente, não deixou transparecer. Estava prestando atenção no que suas mãos faziam.

– Meu cachorro está ali – disse ela, fazendo sinal com a cabeça para o canto da cozinha. – E como você pode ver, está pronto para me defender. É um velho companheiro, mas feroz. Não apronte nada com ele.

Jude e Marybeth olharam para o canto. Viram um gordo e velho rottweiler numa almofada, num cesto de vime. Era grande demais para a almofada e o traseiro rosado e sem pelos pendia da borda. Ele ergueu debilmente o focinho, fitou-os com olhos lacrimosos, muito vermelhos, depois baixou de novo a cabeça e deu um suspiro baixo.

– Foi isso o que aconteceu com sua mão? – perguntou Arlene. – Foi mordido por um cachorro, Justin?

– O que houve com os cães pastores do meu pai? – perguntou Jude.

– Ele não tem condições de cuidar de cachorros há algum tempo, por isso deixei o Clinton e o Rather com a família do Jeffery. – Arlene puxou a meia da mão de Jude e respirou fundo ao ver as ataduras que havia por baixo. Estavam ensopadas, saturadas de sangue. – Será que entrou em alguma estúpida competição com seu pai para saber quem vai morrer primeiro? – Pousou a mão direita de Jude na mesa, sem desenrolar as bandagens para ver mais. Então se voltou para a mão esquerda, também enrolada em ataduras. – E dessa outra, perdeu alguma parte?

– Não. Aí foi só uma bela perfurada.

– Vou chamar a ambulância – disse Arlene.

Quando pegou o telefone na parede da cozinha, ouviu um barulho alto e repetitivo. Arlene afastou rapidamente o fone da orelha e desligou.

– Acho que vocês derrubaram o telefone do hall. Ele deve estar fora do gancho – disse ela, saindo para dar uma olhada na parte da frente da casa.

Marybeth não conseguia desgrudar os olhos da mão de Jude. Ele a levantou, revelando a marca úmida e vermelha deixada na mesa, e tornou a baixá-la num gesto fraco.

– Não devíamos ter vindo para cá – disse ela.

– Não tínhamos mais para onde ir.

Ela virou a cabeça, olhou para o gordo rottweiler de Arlene.

– Diga que ele vai nos ajudar.

– Tudo bem. Ele vai nos ajudar.

– Está falando sério?

– Não.

Marybeth interrogou-o com um olhar.

– Desculpe – disse Jude. – Acho que fiz você acreditar em algo errado a respeito dos cães. Nem todo cachorro serve. Eles têm de ser meus. Sabe essa história de cada feiticeira ter um gato preto? Bon e Angus eram mais ou menos isso em relação a mim. Não podem ser substituídos.

– Quando você descobriu isso?

– Há quatro dias.

– Por que não me disse?

– Imaginei que ia sangrar até a morte antes de Angus nos deixar. Aí você ficaria bem. O fantasma teria de deixá-la em paz. Seu negócio conosco estaria resolvido. Se minha mente estivesse mais clara, eu não teria posto essas ataduras com tanto cuidado.

– Você acha que tudo ficará bem se desistir de viver? Acha que tudo ficará bem se der a ele o que ele quer? Vá para o inferno! Acha que cheguei até aqui para vê-lo se matar? *Vá para o inferno* mesmo!

Arlene tornou a entrar pela porta da cozinha, a cara fechada, as sobrancelhas se unindo numa expressão de contrariedade, de reflexão profunda ou de ambas as coisas.

– Continua havendo alguma coisa errada com o telefone. Não dá linha. O que escuto, quando tiro do gancho, é uma estação AM local. Algum programa rural. Um sujeito falando sobre como abrir e limpar animais. Talvez o vento tenha derrubado a linha.

– Tenho um celular... – começou Marybeth.

– Eu também – disse Arlene. – Mas não há sinal por estes lados. Vou levar o Justin para o quarto e verei o que posso fazer por sua mão. Depois pego o carro, desço até os McGees e ligo de lá.

Sem qualquer aviso, ela se introduziu entre os dois e segurou o pulso de Marybeth, levantando por um momento a mão enfaixada. As manchas de sangue coagulado tinham deixado as bandagens duras e marrons.

– Que diabo vocês dois andaram fazendo? – perguntou ela.

– É o meu polegar – disse Marybeth.

– Tentou trocar pelo dedo dele?

– É só uma infecção.

Arlene pousou a mão enfaixada e deu uma olhada na outra mão, terrivelmente branca, a pele enrugada.

– Nunca vi uma infecção assim. Está nas duas mãos... Está em mais algum lugar?

– Não.

Arlene pôs a mão na testa de Marybeth.

– Está ardendo em febre. Meu Deus! São os dois. Pode descansar em meu quarto, querida. Vou colocar Justin com o pai. Pus lá uma cama extra duas semanas atrás, assim eu podia cochilar um pouco sem tirar o olho do homem. Vamos, garotão. Vamos andar mais um pouco. Procure ficar de pé.

– Se quer que eu mude de lugar, é melhor pegar um carrinho de mão e me levar dentro dele – disse Jude.

– Tenho morfina no quarto de seu pai.

– Está bem – disse Jude, pondo a mão esquerda na mesa e lutando para ficar de pé.

Marybeth deu um salto e pegou o cotovelo dele.

– Fique onde está! – disse Arlene. Ela apontou a cabeça na direção de uma porta atrás do rottweiler. Antigamente fora um quarto de costura, agora era um pequeno quarto de dormir. – Vá e descanse lá. Posso cuidar dele sozinha.

– Tudo bem – disse Jude a Marybeth. – Arlene cuida de mim.

– O que vamos fazer com relação a Craddock? – Marybeth perguntou. Estava quase encostada nele. Jude se inclinou, pôs o rosto em seu cabelo e beijou-a na parte de cima da cabeça.

– Não sei – disse. – Você não sabe como eu gostaria que não estivesse nisto comigo. Por que não foi embora? Por que não se afastou de mim quando ainda tinha chance? Por que teve de ser um pé no saco de tão teimosa?

– Fiquei nove meses com você – disse ela na ponta dos pés, pondo os braços em volta do pescoço dele, a boca procurando a de Jude. – Acho que acabei ficando viciada.

E então, por algum tempo, os dois permaneceram abraçados, balançando de um lado para outro.

42

Quando Jude se afastou de Marybeth, Arlene virou-o para o lado e o pôs para andar. Ele esperou que Arlene fosse conduzi-lo de volta pelo vestíbulo, de onde poderiam subir para o quarto principal, onde presumia que o pai estivesse. Em vez disso, continuaram avançando pela cozinha para o corredor de trás, que levava ao antigo quarto de Jude.

Naturalmente o pai estava lá, no primeiro andar. Jude recordava vagamente que Arlene havia lhe dito, numa conversa ao telefone, que estava transferindo Martin para o andar de baixo, para o antigo quarto de Jude, pois não era fácil ficar subindo e descendo a escada para atendê-lo.

Jude deu uma última olhada em Marybeth. Ela também o observava parada na porta do quarto de Arlene, os olhos exaustos brilhando de febre – e então Jude e Arlene se afastaram, deixando-a para trás. Ele não gostava da ideia de ficar tão longe de Marybeth no escuro e arruinado labirinto da casa de seu pai. Não parecia de todo absurdo imaginar que talvez jamais voltassem a se encontrar.

O corredor para o quarto dele era estreito e tortuoso, as paredes estavam visivelmente em mau estado. Passaram por uma porta de tela enferrujada e abaulada, com a armação presa com pregos. Dali se via um chiqueiro lamacento, onde havia três porcos de tamanho médio. Os porcos observaram Jude e Arlene quando eles passaram, os focinhos chatos exibindo um ar sábio e benevolente.

– Ainda há porcos aqui? – disse Jude. – Quem está cuidando deles?

– Quem você acha que está?

– Por que não os vendeu?

Ela encolheu os ombros.

– Seu pai cuidou a vida inteira dos porcos. Pode ouvi-los de onde está deitado. Achei que seria bom mantê-los para ele saber onde estava. E quem ele era. – Arlene ergueu os olhos para o rosto de Jude. – Acha que estou sendo tola?

– Não – disse Jude.

Arlene empurrou devagar a porta do velho quarto de Jude e os dois penetraram num calor sufocante. O cheiro de mentol, muito forte, fez os olhos de Jude lacrimejarem.

– Espere – disse Arlene. – Vou guardar minha caixa de costura.

Ela o deixou apoiado no umbral da porta e avançou para a pequena cama à esquerda, encostada na parede. Jude viu uma cama idêntica àquela do outro lado do quarto. Seu pai estava deitado nela.

Os olhos de Martin Cowzynski eram fendas estreitas, mostrando apenas lascas vidradas de globos oculares. A boca estava escancarada. As mãos eram garras pálidas, enroscadas contra o peito, as unhas tortas, amarelas, afiadas. Sempre fora magro, mas vigoroso. Jude calculou que tivesse perdido um terço de seu peso, não haviam sobrado mais de 45 quilos. As bochechas eram covas fundas. Dava a impressão de já estar morto, embora respirasse com um gemido rouco. Tinha filetes de espuma branca no queixo. Arlene estivera barbeando seu rosto. Uma vasilha com creme de barbear estava na mesinha de cabeceira com um pincel de barba de cabo de madeira pousado dentro dela.

Jude não via o pai havia 34 anos e aquela imagem – o pai morrendo de fome, com ar medonho, perdido em seu sonho particular de morte – lhe trouxe uma repentina onda de tontura. De certa forma era mais terrível que Martin ainda estivesse respirando. Seria mais fácil contemplá-lo, como estava agora, se já tivesse morrido. Jude odiara o pai por tanto tempo que não estava preparado para qualquer outra emoção. Para a piedade. Para o horror. O horror, afinal, originava-se da simpatia, da compreensão de como seria estar sofrendo daquela maneira. Jude não imaginara que pudesse sentir simpatia ou compreensão pelo homem na cama do outro lado do quarto.

– Será que ele pode me ver? – perguntou Jude.

Arlene se virou e olhou por cima do ombro para o pai de Jude.

– Duvido. Há dias não reage à visão de coisa alguma. Há meses não fala, é claro, mas até há pouco tempo fazia uma careta de vez em quando ou um sinal indicando que queria alguma coisa. Gostava quando eu o barbeava e continuo fazendo isso todo dia. Gostava da água quente no rosto. Talvez uma parte dele ainda goste, não sei. – Arlene fez uma pausa, avaliando a figura abatida que respirava ruidosamente na cama. – É uma pena vê-lo morrer desse jeito, mas é pior tentar manter um homem vivo além de certo ponto. É o que eu penso. A partir de um determinado momento, os mortos têm o direito de reclamar o que lhes pertence.

– Os mortos reclamam o que lhes pertence – disse Jude abanando a cabeça. – É o que fazem.

Olhou para o que Arlene estava tirando de cima da cama. Era a velha caixa de costura de sua mãe, uma coleção de dedais, agulhas e linhas – tudo guardado numa das grandes caixas de bombons que o pai costumava dar de presente para ela, uma caixa amarela em forma de coração. Arlene baixou a tampa, apertou-a e guardou a caixa no chão entre as camas. Jude observou a caixa cautelosamente, mas não viu nada de ameaçador.

Arlene o levou pelo cotovelo para a cama vazia. Havia uma lâmpada numa luminária aparafusada do lado da mesinha de cabeceira. Ela torceu a luminária – que fez um barulho metálico, rangente, quando o braço enferrujado foi esticado – e acendeu a lâmpada. Jude fechou os olhos para se proteger do brilho repentino.

– Vamos dar uma olhada nessa mão.

Ela colocou um banquinho ao lado da cama e, usando uma pinça, começou a desenrolar a gaze ensopada. Quando Arlene soltou a última camada grudada na pele de Jude, um formigamento gelado se espalhou pela mão e o dedo perdido começou, impossivelmente, a queimar, como se estivesse sendo mordido por uma multidão de formigas-de-fogo.

Arlene aplicou uma agulha na ferida, picando aqui e ali enquanto ele dizia palavrões. Então um surto de intenso e abençoado frio se propagou pela mão, pelo pulso de Jude e foi bombeado ao longo das veias, convertendo-o num boneco de gelo.

O quarto escureceu, depois ficou luminoso. O suor em seu corpo ia secando rapidamente. Estava deitado de costas. Não se lembrava de haver se deitado. Sentia, distante, um puxão na mão direita. De repente percebeu que aquele puxão era Arlene fazendo alguma coisa com o coto de seu dedo – apertando-o num torniquete, passando grampos de algum tipo por ele ou costurando.

– Vou vomitar – disse ele lutando contra a urgência que sentia até Arlene colocar uma vasilha de borracha ao lado do seu rosto. Jude virou a cabeça e vomitou na vasilha.

Depois, Arlene pousou a mão direita dele no peito. Coberta de camadas e camadas de bandagens, a mão ficara com o triplo do tamanho de antes e parecia um pequeno travesseiro. Jude estava grogue. Suas têmporas latejavam. Arlene tornou a virar a luz forte e áspera para os olhos dele e se inclinou para observar o talho no lado do rosto. Pegou um grande esparadrapo cor da pele e colocou-o cuidadosamente no rosto dele.

– Está com um belo vazamento – disse ela. – Sabe qual é o seu tipo de óleo de cárter? Quero ter certeza de que a ambulância vai trazer a coisa certa.

– Veja se a Marybeth está bem. Por favor.

– Era o que eu ia fazer.

Ela desligou a luz antes de sair. Para Jude foi um alívio mergulhar de novo na escuridão.

Ele fechou os olhos. Quando, de repente, tornou a abri-los, não sabia quanto tempo havia se passado, se um minuto ou uma hora. A casa de seu pai era um lugar de repousante silêncio e tranquilidade, fora, é claro, algum repentino uivo de vento, alguma tábua rangendo ou uma pancada de chuva nas janelas. Ele ficou imaginando se Arlene tinha ido chamar a ambulância e se Marybeth estava dormindo. Não sabia se Craddock estava na casa, sentado do outro lado da porta. Jude virou a cabeça e deparou com o pai a encará-lo.

A boca do pai estava caída e aberta. Os poucos dentes que sobravam tinham manchas marrons por causa da exposição à nicotina, as gengivas estavam enfermas. Martin o fitava, confusos olhos cinza-claros. Um metro de assoalho separava os dois.

– Você não está aqui – disse Martin Cowzynski, a voz ofegante.

– Achei que não podia falar – disse Jude.

O pai piscou devagar. Não deu sinal de ter ouvido.

– Não estará mais aqui quando eu acordar.

O tom demonstrava um forte desejo de que aquilo acontecesse. Uma tosse fraca começou. Cuspe voou e seu peito parecia que ficava oco, afundado, como se a cada tosse seca e dolorosa ele estivesse expelindo as entranhas e começando a esvaziar.

– Está interpretando mal a coisa, meu velho – disse Jude. – Você é meu pesadelo, não o contrário.

Martin continuou a encará-lo, com aquele ar de espanto, por mais alguns momentos. Depois voltou o olhar para o teto. Jude o observava com atenção, o velho em seu catre, a respiração gritando pela garganta, marcas secas de creme de barbear na cara.

Os olhos do pai foram gradualmente se fechando. Pouco depois os de Jude fizeram o mesmo.

43

Não tinha certeza do que o acordara. Ao erguer os olhos, saindo instantaneamente do sono, Jude encontrara Arlene ao pé da cama. Não sabia há quanto tempo estava parada ali. Usava uma capa impermeável vermelha, com o capuz puxado. Gotinhas de chuva brilhavam no plástico. A face velha, ossuda, estava imobilizada numa expressão de perplexidade, quase robótica, que Jude não entendeu a princípio e levou algum tempo para interpretar como medo. Jude não sabia se ela fora a algum lugar e estava de volta ou se ainda nem saíra.

– Ficamos sem luz – disse ela.

– Ficamos?

– Fui lá fora e, quando voltei, estávamos sem luz.

– Hã-hã.

– Há uma picape na nossa estradinha. Só parada lá. Não é de nenhuma cor definida. Não consigo ver quem está sentado dentro dela. Comecei a andar na direção da caminhonete, quem sabe o sujeito não podia chamar o pronto-socorro... Mas acabei ficando com medo. Fiquei com medo de quem estava lá e voltei.

– Deve ficar longe dele.

Arlene continuou como se Jude não tivesse dito nada.

– Quando entrei, estávamos sem luz. E aquele rádio maluco continua falando no telefone. Um monte de conversa religiosa sobre seguir a estrada da glória. A TV estava ligada na sala da frente. Estava simplesmente funcionando. Sei que não era possível porque não havia luz, mas o fato é que funcionava. Havia uma reportagem. No noticiário. Era sobre você. Era sobre todos nós. Sobre como estávamos todos mortos. Aparecia a casa e tudo o mais. Estavam cobrindo meu corpo com um lençol. Não chegaram a me identificar, mas vi minha mão saindo do lençol e minha pulseira. E havia policiais por todo lado. E aquela fita amarela bloqueando a estradinha. E Dennis Woltering contava como você matou todo mundo.

– É mentira. Nada disso vai realmente acontecer.

– Por fim, não pude mais suportar. Desliguei a TV. Ela voltou de imediato a funcionar, mas tornei a desligá-la e puxei o fio da parede, o que resolveu o problema. – Ela fez uma pausa e acrescentou: – Tenho que ir,

Justin. Vou chamar a ambulância da casa dos vizinhos. Tenho que ir... Só que estou com medo de passar pela picape. Quem está no volante?

– Alguém que você não gostaria de conhecer. Pegue o meu Mustang. As chaves estão na ignição.

– Não, obrigado. Eu vi o que está no banco de trás.

– Oh.

– Vou no meu carro.

– Só não mexa com a picape. Passe por cima da grama e atravesse a cerca, se for necessário. Faça o que for preciso para ficar longe dela. Já deu uma olhada em Marybeth?

Arlene balançou afirmativamente a cabeça.

– Como ela está?

– Dormindo. Pobre criança.

– É o que ela é.

– Até logo, Justin.

– Tome cuidado.

– Vou levar o cachorro comigo.

– Tudo bem.

Ela deu um meio passo arrastado em direção à porta. Então se virou e disse:

– Eu e seu tio Pete o levamos à Disney World quando tinha 7 anos. Está lembrado?

– Acho que não.

– Em toda a sua vida, eu nunca tinha visto você sorrir até aquele dia em que subiu nos elefantes e começou a girar e girar. Me senti muito bem com aquilo. Quando vi você sorrir, achei que tinha uma chance de ser feliz. Fiquei muito triste ao ver o que você se tornou. Tão deplorável. Usando roupas pretas e dizendo todas aquelas coisas terríveis em suas músicas. Morri de pena de você. Para onde foi aquele garoto, o que sorria no brinquedo dos elefantes voadores?

– Ele morreu de fome. Sou seu fantasma.

Arlene abanou a cabeça e, recuando um passo, levantou a mão num gesto de adeus. Virou-se e foi embora.

Jude ficou escutando os sons da casa, o fraco ruído do vento açoitando as paredes e o respingar da chuva. Uma porta de tela bateu com violência em algum lugar. Podia ser Arlene saindo. Ou a porta batendo no galinheiro do lado de fora.

Tirando a sensação de ardência do lado do rosto, onde Jessica Price o havia cortado, ele não sentia grande dor. Sua respiração estava lenta e regular. Jude ficou olhando para a porta, à espera de que Craddock aparecesse. Não tirou os olhos da porta até ouvir uma batida leve à sua direita.

Olhou para ver o que era. A grande caixa amarela em forma de coração estava no chão. Alguma coisa batia lá dentro. Então ela se moveu, como se sacudida por baixo. Avançou alguns centímetros pelo chão e pulou de novo. A tampa foi mais uma vez atingida por dentro, soltando-se num canto.

Quatro dedos esquálidos deslizaram de dentro da caixa. Outra batida e a tampa se soltou inteiramente, começando a subir. Craddock se içou do interior da caixa, como se, em vez da caixa, houvesse um buraco em forma de coração aberto no piso. A tampa ia em cima da cabeça dele, como um chapéu engraçado, absurdo. Craddock a jogou para o lado. Depois se ergueu até a cintura para fora da caixa. Um movimento único, surpreendentemente atlético para um homem que, além de idoso, estava morto. Craddock apoiou um joelho no chão, puxou o resto do corpo de dentro da caixa e se levantou. Os vincos nas pernas da calça preta estavam perfeitos.

No chiqueiro do lado de fora, os porcos começaram a guinchar. Craddock enfiou um braço comprido na caixa sem fundo, apalpou, encontrou o chapéu de feltro e colocou-o na cabeça. As marcas dançavam diante de seus olhos. Ele se virou e sorriu.

– Por que você demorou tanto? – perguntou Jude.

44

Aqui estamos nós, eu e você. Os dois fora da estrada, disse o homem morto. Os lábios estavam se movendo, mas não produziam som. A voz só existia na cabeça de Jude. Os botões prateados do paletó preto cintilavam no escuro.

– É – disse Jude. – Em algum momento a diversão tinha de parar.

Ainda cheio de disposição para lutar. Isso não é incrível? Craddock pousou a mão esquálida no tornozelo de Martin e passou-a pelo lençol, subindo pela perna dele. Os olhos de Martin estavam fechados, mas a boca continuava aberta e a respiração ia e vinha em sibilos. *Mais de 1.500 quilômetros depois e você continua cantando a mesma canção.*

A mão de Craddock deslizou pelo peito de Martin. Era uma coisa que ele parecia estar fazendo quase distraidamente, pois não olhou uma única vez para o velho que lutava para respirar na cama ao lado de Jude.

Jamais gostei de sua música. Anna costumava escutá-la numa altura tal que os ouvidos de uma pessoa normal poderiam sangrar. Você sabe que há uma estrada daqui até o inferno? Eu mesmo tenho passado por ela. Muitas vezes. E sabe de uma coisa: só há uma estação nessa estrada e só tocam a sua música lá. Acho que é o meio mais direto que o diabo encontrou para punir os pecadores. Ele riu.

– Deixe a garota em paz.

Oh, não. Ela vai ficar sentada bem entre nós enquanto seguimos pela estrada da noite. Já que ela chegou até aqui com você, não podemos deixá-la para trás.

– Estou lhe dizendo que Marybeth não tem nada a ver com isto.

Mas você não me diz nada, filho! Eu é que digo a você. Você vai estrangulá-la e eu vou assistir. Fale agora. Me diga como vai ser.

Jude pensou *Não vou fazer isso*, mas, enquanto estava pensando, ele disse:

– Vou estrangulá-la. Você vai assistir.

Agora você está cantando meu tipo de música.

Jude se lembrou da canção que fizera outro dia, no motel da Virgínia. Recordou como seus dedos sabiam onde ficavam os acordes certos e se lembrou da sensação de repouso e calma que o dominara enquanto tocava. Uma sensação de ordem e controle, como se o resto do mundo estivesse muito longe, mantido à parte por aquela parede invisível de som. O que Bammy havia lhe dito? Os mortos vencem quando você para de cantar. E em sua visão Jessica Price tinha dito que Anna cantava quando estava hipnotizada e queria bloquear vozes que não gostava de ouvir ou se proteger para não ser obrigada a fazer coisas contra a sua vontade.

Levante-se, disse o homem morto. *Pare de morrinhar por aí. Você tem o que fazer em outro quarto. A moça está à espera.*

Jude, entretanto, já não o ouvia. Estava concentrado na música em sua cabeça, ouvindo-a como ela haveria de soar quando fosse gravada por uma banda, o toque suave do prato e da caixa da bateria, o profundo, lento pulsar do contrabaixo. O velho estava falando com ele, mas Jude percebeu que, quando fixava a mente em sua nova canção, conseguia ignorá-lo quase completamente.

Lembrou-se do rádio no Mustang, o velho rádio, aquele que tirara do painel para substituir por um XM e um DVD-Audio disc player. O rádio original era um receptor AM com um mostrador de vidro que exibia um fantasmagórico tom de verde e deixava o interior do carro iluminado como um aquário. Em sua imaginação, Jude pôde ouvir sua canção sendo tocada por aquele rádio, pôde ouvir sua voz declamando a letra sobre o som trêmulo e cheio de ecos da guitarra. Isso acontecia numa estação. A voz do velho estava em outra, abafada embaixo dela, uma estação longínqua, sulista, um programa tarde da noite em que só havia falatório, algo tipo vamos-ouvir-a-palavra-de-Deus. A recepção estava horrível e tudo o que chegava até ele eram duas ou três palavras de cada vez, ficando o resto perdido em ondas de estática.

Craddock havia mandado que se levantasse. Jude demorou um momento para perceber que não tinha feito isso.

Mandei que ficasse de pé.

Jude começou a se mover – então parou. Em sua mente havia recostado mais o banco do motorista e posto os pés pela janela. Ouvia sua música no rádio e os grilos zumbiam na noite quente de verão. Ele também cantava e logo percebeu isso. Na realidade, era um murmúrio baixo, desafinado, mas que, mesmo assim, conseguiu identificar como a nova canção.

Não está me ouvindo falar com você, filho?, o homem morto perguntou. Jude sabia que fora o que ele dissera porque tinha visto os lábios se mexerem, a boca articulando muito claramente as palavras. Mas, na realidade, não conseguia ouvi-lo de modo algum.

– Não – disse Jude.

O lábio superior de Craddock recuou numa expressão de escárnio. Ele continuava com a mão no pai de Jude – movera-a pelo peito de Martin e agora a mantinha pousada em seu pescoço. O vento roncava contra as paredes da casa e gotas de chuva batiam nas vidraças. De repente as rajadas de vento diminuíram e, no silêncio que se seguiu, Martin Cowzynski gemeu.

Jude tinha se esquecido brevemente do pai – o pensamento fixo no eco da música imaginária –, mas o som atraiu sua atenção. Os olhos de Martin estavam abertos, arregalados, concentrados e horrorizados. Ele encarava Craddock. O homem morto tinha se virado para observar o pai de Jude. A expressão de escárnio desaparecera e a face esquálida, esbranquiçada, assumira um ar de serena reflexão.

Por fim, Martin falou, a voz um chiado sem tonalidade definida.

– É um mensageiro. É um mensageiro da morte.

O morto pareceu olhar de novo para Jude, as marcas negras fervendo na frente dos olhos. Os lábios de Craddock se moveram e, por um momento, sua voz vibrou e chegou clara, muda mas audível sob o som da música particular, interior de Jude.

Talvez você possa me tirar de sintonia, disse Craddock. *Mas ele não pode.*

Craddock se curvou sobre o pai de Jude e pôs as mãos nas faces dele, uma em cada bochecha. A respiração de Martin começou a engasgar, a prender. Cada inalação ia ficando mais curta, rápida e cheia de pânico. As pálpebras se agitaram. O homem morto se inclinou para a frente e colocou sua boca sobre a de Martin.

O pai de Jude pressionou a cabeça no travesseiro, enfiou os pés na cama e empurrou, como se pudesse se enterrar no colchão para escapar de Craddock. Ele fez uma última, desesperada, inalação – e sugou o homem morto para dentro de si. Tudo aconteceu num instante. Foi como ver um mágico passando um lenço pelo punho fechado para fazê-lo desaparecer. Craddock *se enrugou*, como um saco de papel sugado pelo tubo de um aspirador. Os mocassins pretos, engraxados, foram a última coisa a descer pela garganta de Martin. Por um momento o pescoço de Martin pareceu se distender e inchar – do modo como uma serpente se dilata depois de engolir a presa –, mas, depois que Craddock acabou de ser engolido, a garganta se contraiu, retomando seu tamanho normal, seu aspecto esquelético, flácido.

O pai de Jude parecia estar com ânsia de vômito. Ele tossiu, forçou de novo a garganta como se quisesse vomitar. Os quadris se ergueram na cama, as costas arquearam. Jude não pôde evitar, pensou de imediato num orgasmo. Os olhos de Martin se reviraram nas órbitas. A ponta da língua tremeu entre os dentes.

– Cuspa isso, pai! – disse Jude.

Seu pai nem parecia ouvir. Tornou a afundar na cama, depois deu um novo solavanco, quase como se alguém estivesse sentado em cima dele e Martin tentasse jogá-lo para o lado. Deixou escapar sons líquidos e estrangulados pela garganta. Uma artéria azul sobressaiu no centro da testa. Os lábios foram repuxados para trás dos dentes numa careta de cachorro.

Então, mais uma vez, Martin se acomodou suavemente no colchão. As mãos, que tinham se agarrado com força aos lençóis, foram aos poucos se abrindo. Os olhos exibiam um nítido, hediondo tom avermelhado – os vasos sanguíneos haviam se rompido, tingindo de vermelho a parte branca – e fitavam o teto sem expressão. O sangue manchava os dentes.

Jude ficou olhando o pai, em busca de algum movimento, de algum ruído de respiração. Ouviu a casa se acomodando no vento. Ouviu a chuva jogada contra as paredes.

Com grande esforço, Jude se sentou na cama e se virou para pousar os pés no chão. Não tinha dúvida de que o pai estava morto, o pai que esmagara sua mão na porta do porão e enfiara o cano de uma espingarda no seio de sua mãe, o pai que tinha governado a fazenda com os punhos, a correia do cinto e os acessos de cólera ridículos, o homem que Jude frequentemente sonhara em matar.

Mas não fora fácil ver Martin morrer. A barriga de Jude doía, como se ele tivesse acabado de vomitar outra vez, como se alguma coisa tivesse sido expelida de dentro dele, ejetada de seu corpo, algo de que ele não queria abrir mão. Raiva, talvez.

– Pai? – chamou Jude, sabendo que ninguém ia responder.

Ele ficou de pé, oscilando, tonto. Deu um passo arrastado para a frente, um passo de velho, pôs a mão esquerda enfaixada na beira da mesinha de cabeceira para não perder o equilíbrio. Tinha a impressão de que, a qualquer momento, as pernas poderiam se vergar.

– Pai? – chamou Jude de novo.

O pai virou a cabeça em sua direção e encarou-o com olhos vermelhos, terríveis, fascinados.

– *Justin* – disse ele, a voz reduzida a um murmúrio tenso. Sorriu, coisa horrível de ser vista naquele rosto lívido, angustiado. – *Meu garoto. Tudo bem comigo. Estou ótimo. Se aproxime. Venha, ponha seus braços em volta de mim.*

Em vez de avançar, Jude recuou com um passo débil, cambaleante. Por um momento ficou sem ar.

– Você não é meu pai – disse ele quando a respiração voltou.

Os lábios de Martin se alargaram para mostrar as gengivas infeccionadas e os dentes amarelos e tortos, o que sobrara deles. Uma lágrima de sangue se derramou de seu olho esquerdo e percorreu a saliência da bochecha, deixando uma sinuosa linha vermelha. Na visão que Jude tivera da última noite de Anna, o olho de Craddock parecera verter lágrimas vermelhas, quase exatamente da mesma maneira.

O pai de Jude se sentou e esticou a mão para pegar algo atrás da vasilha com creme de barbear. Martin fechou a mão em torno da sua velha navalha de abrir e fechar, com cabo de nogueira. Jude não sabia que ela estava lá, não a vira pousada junto à vasilha de louça branca. Ele deu outro passo atrás. Suas panturrilhas bateram na beira da cama e ele se sentou no colchão.

Então o pai ficou de pé, o lençol escorregando pelo corpo. Ele se moveu mais depressa do que Jude esperava. Foi como um lagarto. Num instante congelado, no instante seguinte dando um bote para a frente, quase rápido demais para o olho acompanhar. Vestia apenas uma cueca samba-canção branca, que estava manchada. Seus peitos eram pequenos sacos trêmulos de carne flácida, forrados com pelos crespos, brancos como a neve. Martin deu um passo à frente, plantou um pé na caixa em forma de coração, achatando-a completamente.

– *Venha cá, filho* – disse o pai com a voz de Craddock. – *O papai vai ensinar você a fazer a barba.*

Martin moveu o pulso e a navalha saltou do cabo, um espelho onde Jude pôde ver brevemente sua cara de espanto.

Ele investiu contra Jude, tentando cortá-lo com a navalha, mas Jude levantou o pé e deu um chute entre os tornozelos do velho. Ao mesmo tempo, se atirou para o lado com uma energia que não imaginava ter. Martin se jogou para a frente e Jude sentiu a navalha roçar sua camisa e seu bíceps. Jude rolou sobre a barra de metal enferrujada nos pés da cama e bateu com força no chão.

O quarto estava quase silencioso, exceto pelas ásperas arfadas dos dois e do assobiar do vento sob os beirais. O pai escalou a ponta da cama e se atirou na direção de Jude – um movimento ágil para um homem que sofrera inúmeros derrames e não saía da cama havia três meses. Jude foi se arrastando para trás e passou pela porta.

Desceu metade do corredor, chegando à porta de tela que dava para o chiqueiro. Os porcos agora se amontoavam contra a porta, disputando aos empurrões uma vista melhor da ação. Seus gritos de excitação distraíram Jude por um momento e, quando ele olhou para trás, Martin estava de pé na sua frente.

O pai se jogou em cima dele, sacudindo o braço para atingir seu rosto com a navalha. Jude esqueceu que estava ferido e impeliu a mão direita enfaixada contra o queixo do pai. Um soco com força suficiente para fazer a cabeça do velho estalar e jogá-lo para trás. Jude gritou. Uma carga de dor incandescente apunhalara sua mão arruinada e subia agora pelo antebraço. Era como um pulsar elétrico viajando pelo osso, incapacitante pela sua intensidade.

Ele pegou o pai no meio de uma guinada e atirou-o na porta de tela. Martin atingiu-a com um barulho estilhaçante e o leve som de molas se soltando. A parte de baixo da tela se rompeu e Martin caiu por ela. Os porcos se dispersaram. Não havia degraus embaixo da porta e o velho tombou mais de meio metro, saindo de vista, e atingiu o solo com um baque seco.

O mundo vacilou, escureceu, quase sumiu. *Não*, Jude pensou, *não, não, não*. Lutava para manter a consciência, como um homem puxado para debaixo d'água que se debate para voltar à superfície antes de perder o fôlego.

O mundo voltou a se iluminar, uma gota de luz que foi se ampliando, se espalhando. Formas fantasmagóricas embaçadas e cinzentas apareceram na sua frente e foram entrando gradualmente em foco. Tudo quieto no corredor. Porcos roncavam do lado de fora. Um suor doentio esfriou na face de Jude.

Ele descansou um pouco, os ouvidos zumbindo. A mão tremia. Quando se sentiu melhor, usou os pés para rastejar pelo chão até a parede. Depois se apoiou nela para se sentar. Tornou a descansar.

Por fim, fazendo as costas subirem pela parede, conseguiu ficar de pé. Tentou espiar através da porta quebrada, mas não conseguiu ver o pai. Devia estar bem encostado na lateral da casa.

Jude se afastou da parede e se arrastou até a porta de tela. Agarrou a moldura para não cair ele próprio no chiqueiro. Suas pernas tremiam furiosamente. Inclinou-se para a frente. Queria ver se Martin estava estatelado no chão com o pescoço quebrado. Nesse momento o pai se levantou, passou a mão pela tela e agarrou-lhe a perna.

Jude gritou, chutando a mão de Martin e recuando instintivamente. Logo começava a perder o equilíbrio como alguém sobre uma escura camada de gelo. Girando loucamente os braços, escorregou pelo corredor e chegou à cozinha, onde caiu outra vez.

Martin atravessou a tela destruída. Rastejou até alcançar Jude e ficar bem em cima dele. A mão do velho se ergueu, depois baixou, uma brilhante centelha prateada descendo com ela. Jude levantou o braço esquerdo e a navalha atingiu seu antebraço, raspando o osso. Seu sangue jorrou. Mais sangue.

A palma da mão esquerda de Jude estava enfaixada, mas os dedos se encontravam livres. Brotavam da gaze como se ela fosse uma luva com os dedos cortados. O pai ergueu a navalha para atacar de novo, mas, antes que pudesse baixá-la, Jude enfiou os dedos nos seus trêmulos olhos vermelhos. O velho gritou, torcendo a cabeça para trás, tentando se livrar da mão do filho. A lâmina da navalha oscilou na frente da face de Jude sem tocar na pele. Ele forçou a cabeça do pai para trás, cada vez mais para trás, expondo sua garganta esquálida, se perguntando se não podia empurrar com força suficiente para quebrar a espinha do filho da puta.

Enquanto ele mantinha a cabeça de Martin o mais recuada possível, uma faca de cozinha acertou o pescoço do pai.

Marybeth estava a três metros de distância, parada diante da bancada da cozinha. Ao lado, facas grudadas num suporte imantado preso na parede. Sua respiração vinha em soluços.

O pai de Jude virou a cabeça para encará-la. Bolhas de ar espumavam no sangue que vazava pelas bordas do cabo da faca. Martin estendeu a mão para a faca, fechou debilmente os dedos em volta dela, depois produziu um som, uma inalação chacoalhante, como uma pedrinha sacudida num saco de papel por uma criança, e cambaleou.

Marybeth arrancou outra faca de lâmina larga do suporte magnético, depois outra. Pegou a primeira pela ponta da lâmina e atirou-a nas costas de Martin enquanto ele tombava para a frente. Acertou-o com um *tac* abafado e profundo, como se tivesse jogado a lâmina num melão. O único som que Martin deixou escapar nesse segundo golpe foi um agudo sopro de ar. Marybeth deu um passo na direção dele, segurando a terceira faca na frente do corpo.

– Fique longe dele! – disse Jude. – Ele não vai ficar aí caído e morrer.

Mas ela não ouviu.

Pouco depois Marybeth estava sobre Martin. Então o pai de Jude ergueu os olhos e a faca atingiu o rosto dele. Entrou por um canto dos lábios e saiu um pouco atrás do outro canto, transformando a boca num brilhante talho vermelho.

Enquanto ela o atacava, ele golpeava com a mão direita, a que segurava a navalha. A lâmina desenhou uma linha vermelha na coxa de Marybeth, sobre o joelho direito, e a perna se vergou.

Martin se ergueu do chão ao mesmo tempo que Marybeth começava a cair. Ele arfava enquanto ia ficando de pé. Num golpe quase perfeito, pegou-a pela barriga e a fez bater na bancada da cozinha. Ela enfiou uma última faca no ombro de Martin, enterrando até o cabo. Foi como se a faca tivesse sido atirada num tronco de árvore, pois não produziu nenhum efeito.

Marybeth escorregou para o chão, o pai de Jude em cima dela, o sangue ainda espumando daquela primeira faca plantada no pescoço. Martin tornou a brandir a navalha na direção dela.

Marybeth levou a mão à garganta, apertou-a debilmente com a mão ruim. O sangue foi bombeado por entre seus dedos. Um negro e grosseiro rasgo fora aberto na carne branca de sua garganta.

Ela deslizou para o lado, batendo com a cabeça no chão. Olhava para Jude, que estava atrás de Martin. O rosto de Marybeth estava mergulhado numa grossa e escarlate poça de sangue.

O pai de Jude caiu de quatro. Uma das mãos continuava enrolada no cabo da faca enterrada na garganta. Os dedos exploravam cegamente, avaliando o tamanho da lâmina, mas sem puxá-la. Ele era uma alfineteira – faca no ombro, faca nas costas –, mas só parecia interessado na que atravessava seu pescoço, nem parecia ter notado as outras lâminas de aço que o perfuravam.

Martin rastejou sem firmeza para longe de Marybeth, para longe de Jude. Seus braços cederam primeiro e a cabeça caiu no chão, o queixo batendo com tanta força que deu para ouvir com clareza o estalar dos dentes. Ele tentou se colocar de pé e quase conseguiu, mas o braço direito acabou fraquejando e Martin rolou para o lado. Para longe de Jude, um pequeno alívio. Jude não teria de olhar para seu rosto enquanto ele morresse. De novo.

Marybeth tentava falar. A língua pendia da boca, movia-se sobre os lábios. Os olhos imploravam para que Jude chegasse mais perto. As pupilas tinham se contraído e se reduzido a pontos negros.

Jude se impelia pelo chão, cotovelo a cotovelo, se arrastando em direção a ela. Marybeth já conseguia murmurar. Era difícil ouvi-la sobre o barulho do pai, que estava fazendo de novo aqueles sons de engasgo-e--tosse e batendo barulhentamente com os pés no chão, nos estertores de alguma espécie de convulsão.

– Ele não está... liquidado – disse Marybeth. – Vai atacar... de novo. Nunca estará... liquidado.

Jude deu uma olhada em volta procurando alguma coisa com que pudesse tampar o talho na garganta de Marybeth. Agora estava muito perto dela. Suas mãos tocavam na poça de sangue que a cercava, chapinhavam na poça. Jude viu um pano de prato pendurado na maçaneta do forno. Puxou o pano.

Marybeth olhava para o rosto dele, mas Jude teve a impressão de não estar sendo visto – uma sensação de que ela olhava simplesmente através dele, contemplando alguma distância inatingível.

– Estou ouvindo... Anna – dizia Marybeth. – Temos de... fazer... uma porta. Temos de... deixá-la entrar. Faça uma porta para nós duas. Faça uma porta... Eu vou abrir.

– Pare de falar. – Ele ergueu a mão e apertou o pano de prato enrolado contra o pescoço dela.

Marybeth agarrou o pulso de Jude.

– Não poderá ser aberta... depois que eu estiver do... outro... lado. Tem de ser agora. Eu já fui embora. Anna já se foi. Você não pode... nos... salvar – disse ela. Havia muito sangue. – Deixe-nos salvar você.

Jude ouviu um acesso de tosse no outro lado da cozinha. O pai vomitava. Estava engasgado com alguma coisa. Jude sabia o que era.

Ele encarou Marybeth com mais descrença que dor. Viu sua mão se fechando no rosto dela, que estava frio ao toque. Tinha prometido. Tinha prometido a si mesmo, se não a Marybeth, que cuidaria dela, e lá estava ela com a garganta cortada, dizendo que ia cuidar dele. Marybeth estava lutando por cada respiração, tremendo incontrolavelmente.

– Faça a porta, Jude – disse ela. – Simplesmente faça.

Jude levantou as mãos dela e colocou-as sobre o pano de prato, pressionando a garganta aberta. Depois virou e se arrastou pelo sangue de Marybeth até a beira da poça.

Ouviu-se de novo cantarolando sua nova música, a melodia que lembrava um hino evangélico do Sul, um canto fúnebre country. Como se faz uma porta para os mortos? Bastaria desenhá-la? Estava pensando no que usaria para fazer o desenho quando viu as marcas vermelhas que suas mãos deixavam no piso. Então mergulhou um dedo no sangue de Marybeth e começou a traçar uma linha.

Quando julgou que já estava com um bom comprimento, começou uma nova linha, que saía em ângulo reto da primeira. O sangue na ponta do dedo secou. Ele se arrastou lentamente para o lado, na direção de Marybeth e do lago de sangue, amplo e trêmulo, onde ela jazia.

Olhou para trás de Marybeth. Viu Craddock se expelindo pela boca escancarada do pai. O rosto do fantasma estava contorcido de esforço, os braços estendidos à frente, uma das mãos na testa de Martin e a outra no ombro. Na altura da cintura, o corpo de Craddock estava enrolado como uma corda grossa – Jude pensou numa grande massa de celofane torcida – que enchia a boca de Martin e parecia se estender até o fundo da garganta. Craddock entrara como um soldado pulando numa trincheira, mas estava se ejetando como alguém mergulhado até a cintura numa lama que tentava sugá-lo.

Você vai morrer, dizia o homem morto. *A puta vai morrer você vai morrer todos nós vamos passear juntos pela estrada da noite você vai cantar lá-lá-lá eu vou ensiná-lo a cantar eu vou ensiná-lo.*

Jude mergulhou a mão no sangue de Marybeth, molhou-a bem e tornou a se afastar. Não havia reflexão. Ele era uma máquina que rastejava estupidamente para a frente e começava mais uma vez a desenhar. Acabou a parte de cima da porta, se arrastou para o lado e começou a puxar uma terceira linha, retornando agora a Marybeth. Era uma linha tosca e torta; grossa em certos pontos e quase só uma sombra em outros.

A parte de baixo da porta era a poça. Quando chegou lá, Jude olhou para o rosto de Marybeth. A frente da camiseta dela estava ensopada de sangue. A face era um vazio pálido e, por um momento, Jude achou que fosse tarde demais, que Marybeth estivesse morta, mas então os olhos dela se moveram ligeiramente, observando a aproximação dele com um olhar vidrado e nebuloso.

Craddock começou a gritar de frustração. Tinha conseguido se içar por completo, com exceção de uma perna. Tentava se levantar, mas o pé havia prendido em alguma coisa na goela de Martin e o desequilibrava. Na mão de Craddock estava a lâmina em forma de meia-lua, a corrente caindo dela e balançando numa curva brilhante.

Jude virou mais uma vez as costas para ele e baixou os olhos para sua porta feita de sangue. Fitou estupidamente a comprida, tortuosa estrutura vermelha, uma caixa vazia não contendo mais que algumas impressões digitais em tom escarlate. O desenho ainda não estava bom e ele tentou pensar no que faltava. Uma porta só fazia sentido se houvesse algum meio de abri-la. Então ele rastejou para a frente e pintou um círculo para servir de maçaneta.

A sombra de Craddock caiu sobre ele. Fantasmas podiam lançar sombras? Jude estranhou isso. Estava cansado. Era difícil pensar. Ajoelhou-se sobre a porta e sentiu alguma coisa bater do outro lado. Era como se o vento, que continuava investindo contra a casa em rajadas sucessivas e furiosas, estivesse tentando subir pelo piso.

Uma linha brilhante apareceu ao longo da borda direita da porta, um nítido traço de branco radiante. Algo bateu de novo pelo outro lado, como um puma encurralado sob a porta. E ainda uma terceira vez. Cada impacto produzia um estrondo trovejante que balançava a casa e fazia os pratos chacoalharem no escorredor de plástico junto da pia. Jude sentiu os cotovelos cederem um pouco e achou que não havia mais razão para ficar de quatro. Era demasiado esforço. Caindo para o lado, deixou-se rolar para fora da porta até ficar de costas.

Craddock estava na frente de Marybeth com seu paletó preto de homem morto, um lado do colarinho torto, o chapéu desaparecido. Não estava, no entanto, avançando, tinha se imobilizado no meio de suas pegadas. Olhava desconfiado para a porta desenhada à mão no piso, como se ela fosse um alçapão secreto e por pouco ele não tivesse pisado nele e caído lá dentro.

O que é isso? O que você fez?

Quando Jude falou, sua voz parecia estar vindo de uma longa distância, como se por algum truque de ventriloquia.

– Os mortos reclamam o que lhes pertence, Craddock. Mais cedo ou mais tarde, reclamam o que lhes pertence.

A porta deformada se abaulou, depois tornou a ficar alinhada com o piso. Depois tornou a inchar. Era quase como se estivesse respirando. Uma linha de luz aparecia na parte de cima dela, um feixe tão intenso que não dava para olhar em sua direção. O brilho atingiu o canto e continuou a descer pelo outro lado da porta.

O vento uivava, mais alto que nunca, um guincho alto, perfurante. Logo Jude percebeu que não era o vento fora da casa, mas um vendaval gemendo pelas bordas da porta desenhada com sangue. Não estava soprando para fora, mas sugando, puxando *para dentro*, através daquelas ofuscantes linhas brancas. Os ouvidos de Jude estalaram e ele imaginou um avião descendo rápido demais. Papéis se agitaram, depois se ergueram da mesa da cozinha e começaram a rodopiar, um atrás do outro. Delicadas ondinhas se formaram sobre o grande lago de sangue em volta do rosto perplexo de Marybeth.

O braço esquerdo de Marybeth estava estendido sobre a poça em direção à porta. Enquanto Jude não estava olhando, ela havia ficado de lado tentando alcançar alguma coisa. Agora sua mão estava pousada sobre o círculo vermelho que Jude havia desenhado para servir de maçaneta.

Em algum lugar um cachorro começou a latir.

Pouco depois a porta pintada no chão se abriu. Marybeth devia ter caído por ela – estava com metade do corpo esticado na frente da porta –, mas não caiu. Em vez disso, flutuou, como se estivesse esparramada sobre uma lâmina de vidro polido. Um retângulo torto enchia o centro do piso. Era um alçapão aberto, inundado de uma luz incrível, um brilho ofuscante que irrompia por todos os lados em volta de Marybeth.

Na intensidade daquela luz vinda de baixo, a cozinha se transformou num negativo de fotografia, tudo reduzido a brancos perfeitos e sombras impossíveis, sem nenhum contraste. Marybeth era um vulto negro, sem traços, suspenso sobre a camada de luz. Craddock, pairando sobre ela, braços erguidos para proteger o rosto, parecia uma das vítimas da bomba atômica de Hiroshima, o esboço de uma forma humana desenhado em cinza num muro negro. Papéis ainda rodopiavam sobre a mesa da cozinha, só que tinham ficado pretos, como um bando de corvos.

Marybeth rolou para o lado e levantou a cabeça. Só que não era Marybeth, era Anna, e raios de luz enchiam seus olhos. Sua face estava severa como o julgamento de Deus.

Por quê?, perguntou ela.

Craddock sibilou. *Vá embora. Vá embora.* Girou a corrente de ouro de seu pêndulo, a lâmina em forma de meia-lua gemendo no ar, traçando um anel de fogo prateado.

Então Anna ficou de pé, na base da porta brilhante. Jude não a vira se levantar. Num momento estava de bruços, no outro de pé. O tempo parecia ter derrapado. O tempo não tinha mais importância. Jude levantou a mão para proteger os olhos ao menos de parte do clarão, mas a luz estava por todo lado e não havia como bloqueá-la. Jude pôde ver os ossos de sua mão, a pele sobre eles da cor e da claridade do mel. Seus ferimentos – o talho no rosto, o coto do indicador – latejavam com uma dor que era ao mesmo tempo profunda e hilariante. Ele achou que iria gritar: de medo, de alegria, de choque, de todas essas coisas, de algo maior que todas essas coisas. De êxtase.

Por quê?, repetiu Anna quando se aproximou de Craddock. Ele arremessou a corrente, e a lâmina curva na ponta desenhou um talho largo no rosto dela, saindo do canto do olho direito, passando pelo nariz e alcançando a boca. Do corte saiu um novo feixe luminoso e, onde a luz atingiu Craddock, ele começou a soltar fumaça. Anna estendeu o braço para ele. *Por quê?*

Craddock gritou quando ela começou a puxá-lo para seus braços, gritou e cortou-a de novo, agora nos seios, abrindo outra fenda na eternidade. De novo derramou-se no rosto dele a luz abundante que queimava suas feições, que apagava tudo em que tocava. Craddock gemeu tão alto que Jude achou que seus tímpanos iam explodir.

Por quê?, disse Anna, antes de pôr a boca na dele. Da porta atrás de Anna saltaram os cachorros negros, os cachorros de Jude, gigantescos cães de fumaça, de sombra, mas com caninos muito marcados.

Craddock McDermott lutou, tentando empurrá-la, mas Anna estava caindo para trás com ele, em direção à porta, e os cachorros corriam em volta dos pés de Craddock e eram esticados, tirados de forma, desenrolados como novelos de lã, transformando-se em compridos lenços de escuridão que giravam em volta do homem morto, subiam pelas suas pernas, açoitavam-no ao redor da cintura e o amarravam à moça morta. Quando ele foi puxado para baixo, para o brilho do outro lado, Jude viu a parte de trás da cabeça de Craddock sair e um feixe de luz branca, tão intensa que tinha as bordas azuladas, avançou bruscamente e atingiu o teto, onde queimou o reboco, fazendo-o borbulhar e ferver.

Eles caíram pela porta aberta e desapareceram.

45

Os papéis que tinham rodopiado sobre a mesa da cozinha pousaram num sussurro débil, reunindo-se numa pilha, quase exatamente no mesmo lugar de onde tinham saído. No silêncio que se seguiu, Jude tomou consciência de um suave murmúrio, um pulsar melódico, profundo, antes sentido nos ossos que ouvido. Aquilo subia, descia, subia de novo, uma espécie de música não humana, mas que não era desagradável. Jude jamais ouvira qualquer instrumento produzir sons como aquele. Parecia a música acidental de pneus chiando no asfalto. Aquela música baixa, poderosa, também podia ser sentida na pele. O ar pulsava com ela. Era quase uma propriedade da luz, fluindo através do retângulo torto no chão. Jude piscou e se perguntou para onde Marybeth tinha ido. Os mortos reclamam o que lhes pertence, ele pensou e estremeceu. Demorou vários segundos para recuperar o controle.

Não, não estava morta um momento atrás quando abriu a porta. Não aceitava que ela pudesse simplesmente ter sumido, que nenhum traço seu tivesse sobrado sobre a face da Terra. Ele rastejava. Era agora a única coisa que se movia no aposento. A serenidade do lugar, depois do que tinha acabado de acontecer, parecia mais incrível e chocante que o buraco entre os mundos. Tudo doía, as mãos doíam, a cara doía e o peito ardia num misto de calor e frio, embora Jude estivesse mais ou menos seguro de que, se tivesse que sofrer um ataque do coração naquela tarde, isso já teria acontecido. Não existia absolutamente qualquer som na cozinha, com exceção daquele contínuo murmurar que havia em volta e de suas arfadas em busca de ar, as mãos arranhando o solo. A certa altura ouviu sua voz chamar o nome de Marybeth.

Quanto mais perto chegava da luz, mais difícil era olhar. Fechou os olhos – e continuou vendo o quarto diante de si como se as pálpebras fossem uma fina cortina de seda prateada e a luz estivesse penetrando através dela. Os nervos atrás de seus globos oculares latejavam com firmeza no ritmo daquele incessante ruído pulsante.

Não podendo suportar tanta luz, virou a cabeça para o lado, mas continuou rastejando para a frente. Assim, Jude só percebeu que alcançara a beirada da porta aberta quando arriou as mãos e não encontrou nada para se apoiar. Marybeth – ou tinha sido Anna? – ficara suspensa sobre a porta aberta, como se estivesse sobre uma superfície de vidro, mas Jude caiu como um condenado no alçapão da forca, sem ter tido sequer tempo de gritar antes de despencar para a luz.

46

A sensação de estar caindo – uma mórbida sensação de ausência de peso na boca do estômago e na raiz do cabelo – mal tinha passado quando ele percebe que a luz não está mais tão intensa. Ergue a mão para proteger os olhos e pisca para aquele sol poeirento e amarelo. Calcula que é o meio da tarde e, de alguma forma, pelo ângulo do sol, pode dizer que está no Sul. Jude está de novo no Mustang, sentado no banco do carona. Anna, ao volante, cantarola para si mesma enquanto dirige. O motor tem um ronco baixo, contido. O carro está bem cuidado, como se tivesse acabado de sair do showroom em 1965.

Só depois de os dois terem viajado um quilômetro e meio em silêncio é que Jude consegue identificar a estrada como a rodovia estadual 22.

– Aonde estamos indo? – *pergunta ele por fim.*

Anna se mexe esticando a coluna. Mantém ambas as mãos no volante.

– Não sei. Achei que estávamos apenas dando uma volta. Para onde quer ir?

– Tanto faz. Que tal Chinchuba Landing?

– O que há por lá?

– Nada. É só um lugar para ficar ouvindo rádio e apreciando a vista. Como está o som?

– Parece celestial. Devemos estar no céu.

Quando ela diz isso, a têmpora esquerda de Jude começa a doer. Preferia que ela não tivesse dito aquilo. Não estão no céu. Ele não gosta desse tipo de conversa.

Rodam algum tempo naquela estrada de asfalto esburacada, com faixas divisórias apagadas. Então ele vê a saída se aproximar à direita e aponta. Marybeth vira o Mustang sem dizer uma palavra. Agora a estrada é de terra. Árvores crescem em ambas as margens e se curvam sobre a estrada, formando um túnel de exuberante luz verde. Sombras e tremeluzentes raios de sol se deslocam pelas feições cansadas, delicadas de Marybeth. Ela parece serena, à vontade atrás do volante do carro grande e robusto, feliz por ter a tarde à sua frente e nada em particular para fazer, a não ser parar em algum lugar com Jude e ficar ouvindo música. Quando ela virou Marybeth?

É como se Jude tivesse feito a pergunta em voz alta, pois ela se vira e lhe dá um sorriso embaraçado.

– Tentei avisá-lo, não foi? Duas garotas pelo preço de uma.

– Você me avisou.

– Sei em que estrada estamos – *disse Marybeth, sem qualquer vestígio do sotaque sulista que vinha embaralhando sua voz nos últimos dias.*

– Eu lhe disse. A que vai para Chinchuba Landing.

Ela lança um olhar divertido e ligeiramente penalizado para ele. Um olhar de quem sabe das coisas. Então, como se Jude não tivesse falado nada, Marybeth continua:

– Que inferno. Depois de tudo o que ouvi sobre esta estrada, esperava coisa pior. Não é assim tão má. Na realidade, é até razoável. Com esse nome de estrada da noite era pelo menos de se esperar que fosse noite. Talvez só seja noite aqui para algumas pessoas.

Ele estremece – outra dor aguda, como uma punhalada, na cabeça. Quer acreditar que ela está confundindo as coisas, que não sabe onde estão. Ela pode estar errada. Além de não ser noite, aquilo estava longe de ser uma estrada.

Mais um minuto e avançam aos solavancos por dois sulcos na terra, trilhas estreitas com uma larga camada de capim e flores silvestres crescendo entre elas, batendo no para-lama, roçando na carroceria. Passam pelos destroços de uma caminhonete clara estacionada sob um salgueiro. O capô está aberto, com mato crescendo lá dentro. Jude não concede mais que um olhar de passagem.

As palmeiras e o mato se abrem assim que fazem a curva seguinte, mas Marybeth diminui a marcha. O Mustang agora mal está rodando e eles continuam na sombra fresca das árvores que se debruçam sobre a estrada. O cascalho é agradavelmente triturado sob os pneus, um som de que Jude sempre gostou, um som de que todo mundo gosta. Além da clareira coberta de relva fica o lamacento e escuro lago Pontchartrain, a água encrespada pelo vento e as pontas das ondas cintilando como aço polido, novo em folha.

Jude fica um pouco surpreso com o céu, tingido de um branco uniforme e ofuscante. Um céu tão inundado de luz que é impossível olhar diretamente para ele, até mesmo para saber onde está o sol. Jude desvia a cabeça, estreitando os olhos, levantando a mão para protegê-los. A dor em sua têmpora esquerda se intensifica, latejando no ritmo de sua pulsação.

– Porra – *diz ele.* – Este céu.

– Não é incrível? – *diz Anna de dentro do corpo de Marybeth.* – Você pode ver lá longe. Pode olhar dentro do infinito.

– Não posso ver merda nenhuma.

– Bem – *diz Anna, mas é ainda Marybeth atrás do volante, a boca de Marybeth se movendo* –, você precisa proteger os olhos da visão. Não pode realmente olhar para lá. Ainda não. Nós também temos dificuldade em olhar de novo para seu mundo. Talvez você tenha notado os riscos negros diante de nossos olhos. Pense neles como os óculos de sol dos mortos-vivos. – *Uma declaração que faz com que ela comece a rir, o riso rude, rouco de Marybeth.*

Ela para o carro bem na beirada da clareira, puxa o freio de mão. As janelas estão abaixadas. O ar que sussurra sobre Jude tem o cheiro doce de mato queimado de sol e de relva revolta. Ao longe ele pode detectar o perfume sutil do lago Pontchartrain, um odor fresco, pantanoso.

Marybeth se inclina para ele, põe a cabeça em seu ombro, põe um braço em sua cintura e, quando torna a falar, é com sua própria voz.

– Gostaria de estar voltando para casa com você, Jude.

– O que está querendo dizer? – *Ele sente um calafrio repentino.*

– Bem... – *Ela olha amavelmente para seu rosto* – ... quase conseguimos. Não é verdade que quase conseguimos, Jude?

– Pare com isso! – *diz Jude.* – Você não vai a lugar nenhum. Vai ficar comigo.

– Não sei – *diz Marybeth.* – Estou cansada. É um longo trajeto e acho que não vou conseguir voltar. Tenho certeza de que este carro está usando alguma parte minha como combustível e estou à beira de ficar esgotada.

– Pare de falar desse jeito.

– Não íamos ouvir um pouco de música?

Ele abre o porta-luvas, remexe em busca de uma fita. É uma coleção de demos, uma coleção particular. Suas novas canções. Quer que Marybeth as ouça. Quer que ela saiba que ele não desistiu de si mesmo. A primeira faixa começa a tocar. Brinde aos mortos. *A guitarra soa e se ergue num hino country, uma doce e singular música evangélica com poucos sons eletrônicos, uma canção de lamento. Porra, sua cabeça dói, agora de ambos os lados, um firme latejar atrás dos olhos. Porra, aquele céu com sua esmagadora luz.*

Marybeth se empina no banco, só que não é mais Marybeth, é Anna. Seus olhos estão cheios de luz, cheios de céu.

– O mundo inteiro é feito de música – *diz ela.* – Somos todos cordas numa lira. Nós ressoamos. Cantamos juntos. Isso foi bom. Com esse vento no meu rosto. Quando você canta, estou cantando com você, querido. Sabe disso, não sabe?

– Pare – *diz ele. Anna se ajeita atrás do volante e põe o carro em movimento.* – O que está fazendo?

Marybeth, agora no banco de trás, se inclina para tocar a mão de Jude. Elas estão separadas agora – são duas pessoas distintas, talvez pela primeira vez em dias.

– Tenho que ir, Jude. – *Ela se curva sobre o banco para pôr a boca na dele. Tem os lábios frios e trêmulos.* – Você salta aqui.

– Nós – *diz ele e, quando ela tenta retirar a mão, ele não a deixa partir, aperta mais forte, até sentir os ossos dobrando sob a pele. Torna a beijá-la e diz em sua boca:* – Nós saltamos. Nós. *Nós!*

De novo o cascalho sob os pneus. O Mustang segue sob céu aberto. O banco da frente está cheio de luz, uma incandescência que apaga o mundo inteiro além do carro, não deixando nada além do interior e, mesmo isso, Jude mal consegue ver através dos olhos apertados. A dor que explode atrás dos globos oculares é atordoante, maravilhosa. Ele ainda segura a mão de Marybeth. Ela não pode ir se ele não a soltar, e a luz – oh, Deus, há tanta luz! Há alguma coisa errada com o estéreo do carro, o volume da canção de Jude aumentando e diminuindo, submergindo sob um pulsar harmônico, profundo e baixo, a mesma estranha música que ele ouviu quando caiu pela porta entre os mundos. Quer contar alguma coisa a Marybeth, quer dizer a ela como lamenta não ter cumprido suas promessas, as que fez a ela e as que fez a si próprio. Quer dizer como a ama, o tanto que a ama, mas não consegue encontrar sua voz nem pensar com a luz nos olhos e aquele zumbido na cabeça. A mão dela. Ainda tem a mão dela. Aperta mais uma vez sua mão, e outra, tentando dizer o que precisa dizer pelo toque, e ela aperta de volta.

E lá fora na luz vê Anna, ele a vê cintilando, brilhando como um vaga-lume, ele a vê se afastar do volante, sorrindo, e estender os braços para ele, pondo a mão sobre a dele e a de Marybeth, e é aí que ela diz:

– Porra, acho que este filho da puta peludo está tentando se levantar.

47

Jude piscou para a clara, dolorosa luminosidade branca de um oftalmoscópio apontado para seu olho esquerdo. Estava lutando para se levantar, mas alguém tinha a mão encostada em seu peito, mantendo-o grudado no chão. Arfava como uma truta que tivesse acabado de ser pescada do lago Pontchartrain e atirada na margem. Havia dito a Anna que podiam ir pescar ali, os dois. Ou fora a Marybeth? Não sabia mais.

O oftalmoscópio foi removido e ele olhou atônito para o teto com manchas de mofo da cozinha. Os loucos às vezes furam buracos na própria cabeça para deixar os demônios saírem, para aliviar a pressão dos pensamentos que não podem mais suportar. Jude entendia o impulso. Cada batida de seu coração era um novo golpe atordoante, sentido nos nervos atrás dos olhos e nas têmporas, uma dolorosa evidência de vida.

Um porco, com o focinho rosado coberto de lama, debruçava-se sobre ele, sorria obscenamente e dizia:

– Cacete. Sabe quem é este sujeito? É Judas Coyne.

– Será que não dá para tirar a porra dos porcos deste lugar? – perguntou mais alguém.

O porco foi chutado para o lado, com um grito de indignação. Um homem com um cavanhaque castanho-claro cuidadosamente tratado e olhos gentis, atentos, se inclinou para o campo de visão de Jude.

– Sr. Coyne? Não se mexa. O senhor perdeu bastante sangue. Vamos colocá-lo numa maca.

– Anna – disse Jude, a voz pouco firme, ofegante.

Um breve olhar de esforço e algo como um pedido de desculpas piscou nos olhos azul-claros do homem.

– Era esse o nome dela?

Não. Não. Jude tinha dito a coisa errada. Esse não era o nome dela, mas Jude não pôde encontrar fôlego para se corrigir. Então registrou que o homem debruçado havia se referido a ela no passado.

Arlene Wade falou por Jude.

– Ele me disse que o nome dela era Marybeth.

Arlene espreitava-o pelo outro lado, os olhos comicamente enormes atrás dos óculos. Também falava sobre Marybeth no passado. Jude tentou novamente sentar, mas o paramédico de cavanhaque o conteve com firmeza.

– Não tente se levantar, querido – disse Arlene.

Algo fez um barulho metálico nas proximidades. Jude desceu os olhos pelo corpo e para além dos pés e viu um grupo de homens empurrando uma maca. Passaram por ele na direção do saguão. Uma bolsa de sangue balançava de um lado para outro no suporte metálico, mas, de seu ângulo no chão, Jude não podia ver nada da pessoa que ia na maca, só a mão que caía pelo lado. A infecção que deixara a palma da mão de Marybeth esbranquiçada e enrugada desaparecera, não havia traço dela. A mão pequena e delicada pendia frouxa, sacudida pelo movimento da maca, e Jude se lembrou da moça em sua obscena fita *snuff*, de como ela parecera ficar sem ossos quando a vida a deixou. Um dos paramédicos que empurravam a maca olhou para baixo e viu Jude observando. Ele pegou a mão de Marybeth e colocou-a ao lado do corpo. Os outros homens empurraram a maca para fora do campo de visão de Jude. Falavam entre si com vozes baixas e febris.

– Marybeth? – conseguiu dizer Jude, a voz reduzida a um débil sussurro e expelida numa dolorosa exalação de ar.

– Ela tem de ir agora – disse Arlene. – Está vindo outra ambulância para pegar você, Justin.

– Ir? – perguntou Jude. Ele realmente não compreendia.

– Não podem fazer mais nada por ela neste lugar, só isso. Está na hora de levá-la. – Arlene deu tapinhas na mão de Jude. – A condução dela já veio.

Vivos

48

Jude ficou 24 horas recuperando e perdendo a consciência.

Uma hora acordou e viu sua advogada, Nan Shreve, parada na porta de seu quarto particular, conversando com Jackson Browne. Jude o conhecera anos antes, no Grammy. Jude escapara no meio da cerimônia para uma visita ao banheiro e, quando estava mijando, percebeu que Browne estava fazendo o mesmo ao seu lado. Eles só se cumprimentaram com um aceno de cabeça, nunca chegaram a dizer um alô, por isso Jude não podia imaginar o que ele estaria fazendo na Louisiana. Talvez tivesse um show em Nova Orleans e, ao saber que Jude quase fora morto, viera expressar sua solidariedade. Talvez Jude fosse receber a visita de uma procissão de astros do rock-and-roll, todos querendo lhe dizer para continuar tocando o bonde. Jackson Browne estava vestido de maneira conservadora – blazer azul, gravata – e tinha um brasão de ouro preso no cinto, ao lado de um revólver num coldre. Jude deixou suas pálpebras se fecharem.

Tinha uma noção vaga, abafada da passagem do tempo. Quando acordou de novo, outro astro do rock estava sentado do seu lado: Dizzy, os olhos reduzidos aos riscos negros, a face ainda devastada pela aids. Ele estendeu a mão e Jude a pegou.

Tinha de vir, cara. Você estava lá quando eu fui, disse Dizzy.

– Estou satisfeito por vê-lo – disse Jude. – Ando com saudades de você.

– O que você disse? – perguntou a enfermeira, parada do outro lado da cama. Jude deu uma olhada nela, não sabia que estava ali. Quando se virou novamente para Dizzy, percebeu que sua mão pendia vazia. – Com quem está falando?

– Com um velho amigo. Não o via desde que ele morreu.

Ela torceu o nariz.

– Temos de diminuir sua dose de morfina, meu bem.

Mais tarde Angus perambulou pelo quarto e desapareceu sob a cama. Jude chamou por ele, mas Angus não saiu de lá, simplesmente permaneceu embaixo da cama, batendo com a cauda no chão, uma batida contínua, no ritmo do coração de Jude.

Jude não sabia muito bem que morto ou que pessoa famosa devia esperar receber em seguida e ficou surpreso quando abriu os olhos e percebeu que estava sozinho. Estava no quarto ou quinto andar de um hospital nos arredores de Slidell. Da janela podia ver o lago Pontchartrain, azul e gelado na luz de final de tarde, a linha da costa cheia de guindastes e um enferrujado navio petroleiro indo para o leste. Pela primeira vez ele percebeu que podia sentir o cheiro de água salobra. Jude chorou.

Quando conseguiu se controlar, chamou a enfermeira. No lugar dela veio um médico, um negro cadavérico com olhos tristes, injetados, e a cabeça raspada. Com voz baixa, rouca, ele começou a colocar Jude a par de seu estado de saúde.

– Alguém ligou para Bammy? – interrompeu Jude.

– Quem é Bammy?

– É a avó de Marybeth – disse Jude. – Se ninguém telefonou para ela, quero lhe dar a notícia. Bammy precisa saber o que aconteceu.

– Se puder nos dar seu sobrenome e um número de telefone ou endereço, posso mandar uma das enfermeiras falar com ela.

– Eu é que devo falar.

– Você passou por muita coisa. Acho que, no estado emocional em que está, uma chamada sua poderia alarmá-la.

Jude o encarou.

– A neta dela morreu. A pessoa de quem ela mais gostava no mundo. Acha que, se ela receber a notícia de um estranho, ficará menos alarmada?

– É exatamente por isso que preferimos dar o telefonema – disse o médico. – Esse é o tipo de coisa que não queremos que a família ouça. Num primeiro telefonema para os parentes, preferimos nos concentrar no positivo.

Ocorreu a Jude que ele ainda estava doente. A conversa tinha um quê de irreal que ele associou a um estado febril. Balançou a cabeça e começou a rir. Então reparou que estava chorando de novo. Enxugou o rosto com mãos trêmulas.

– Vamos nos concentrar em que positivo? – perguntou ele.

– As notícias podiam ser piores – disse o médico. – Pelo menos ela agora está estável. E seu coração só parou de bater por alguns minutos. Pessoas já ficaram mortas por mais tempo. Deve haver apenas uma mínima...

Mas Jude não ouviu o resto.

49

Logo ele estava no corredor, um homem com mais de 1,80m, mais de 100 quilos, 54 anos de idade, o grande tufo da barba preta em teias esfiapadas e o avental do hospital sacudindo aberto nas costas para mostrar as bochechas magricelas e lisas do seu traseiro. O médico trotava ao lado dele, as enfermeiras se reuniam em volta, tentando redirecioná-lo para o quarto, mas ele seguia em frente com passos largos, o tubo intravenoso ainda no braço e o soro chacoalhando a seu lado, no suporte com rodas. Sentia-se lúcido, desperto, as mãos não incomodavam, a respiração estava ótima. Quando se pôs a caminho, começou a chamá-la pelo nome. Sua voz soava surpreendentemente boa.

– Sr. Coyne – dizia o médico. – Sr. Coyne, ela ainda não está totalmente bem... O senhor não está totalmente bem...

Bon passou correndo por Jude, seguiu o corredor e virou à direita. Jude apressou o passo e alcançou o outro corredor a tempo de ver Bon deslizar por um par de portas duplas, a seis metros de distância. As portas se fecharam atrás dela com um som arquejante, fixando-se nas juntas de borracha. A placa brilhante sobre as portas dizia UTI.

Um funcionário da segurança, gordo e baixo, tentou barrar Jude, mas ele conseguiu contorná-lo e logo o guarda estava trotando e resfolegando para manter-se emparelhado com ele. Jude empurrou as portas da UTI e entrou. Bon desapareceu num quarto escuro à esquerda.

Jude entrou logo atrás dela. Bon não estava em nenhum lugar à vista, mas Marybeth se encontrava na única cama que havia lá. Tinha pontos pretos de um lado ao outro da garganta, um tubo de ar enfiado nas narinas e máquinas bipando animadamente na escuridão em volta dela. Os olhos de Marybeth se abriram em fendas congestionadas quando Jude entrou dizendo seu nome. O rosto estava muito machucado, a pele pálida e oleosa. Marybeth parecia estar definhando. Quando Jude a viu, seu coração se contraiu num doce aperto. Logo estava ao lado dela, na beira do colchão, pegando-a nos braços, sentindo a pele de papel, os ossos parecendo gravetos ocos. Jude encostou o rosto no pescoço ferido, no cabelo. Respirava fundo, precisava sentir o cheiro dela como prova de vida, conferir que ela estava lá, que era real. Uma das mãos de Marybeth subiu debilmente pelo braço de Jude, alcançou suas costas. Os lábios dela, quando Jude os beijou, estavam gelados e trêmulos.

– Achei que tinha morrido – disse Jude. – Eu e você estávamos de novo no Mustang, com Anna, e achei que você tinha ido embora.

– Ah, merda – sussurrou Marybeth numa voz pouco mais alta que um sopro. – Eu saltei. Estou cansada de estar o tempo todo fechada em carros. Jude, quando formos para casa, podemos muito bem ir voando, você não acha?

50

Ele não estava dormindo, mas pensando que devia estar, quando a porta estalou e abriu. Rolou na cama, curioso para saber que pessoa morta, lenda do rock ou espírito animal poderia estar chegando para visitá-lo, mas era apenas Nan Shreve. Ela usava uma saia formal marrom-clara, blazer e meias cor da pele. Levava os sapatos de salto alto na mão e tentava avançar rapidamente na ponta dos pés. Fechou devagar a porta atrás de si.

– Entrei de mansinho – disse ela, torcendo o nariz e dando uma piscadela para ele. – Na realidade, eu não devia estar aqui.

Nan era uma mulher pequena, magra mas vigorosa, cuja cabeça mal chegava ao peito de Jude. Tinha pouco traquejo social, não sabendo sequer sorrir direito. Seu sorriso parecia falso: rígido, penoso, incapaz de mostrar aquelas coisas que um sorriso devia transmitir, como confiança, otimismo, calor humano, prazer. Tinha 46 anos, era casada, mãe de dois filhos e havia quase uma década era advogada de Jude. A amizade dos dois, no entanto, era mais antiga que isso, vindo da época em que Nan tinha apenas 20 anos. Naquele tempo ela já não sabia sorrir nem sequer tentava. Era nervosa e implicante e ele não a chamava de Nan.

– Ei, Tennessee – disse Jude –, por que você não devia estar aqui?

Ela começara a se dirigir para a cama, mas hesitou. Não fora intenção dele chamá-la de Tennessee, mas escapara. Estava cansado. As pestanas de Nan se agitaram e, por um momento, o sorriso dela pareceu ainda mais infeliz que de hábito. De repente Nan acertou de novo o passo, alcançou a cama de Jude e se plantou ao lado dele numa cadeira dobrável.

– Combinei de me encontrar com Quinn no saguão – disse ela, enfiando nervosamente os pés em seus saltos altos. – É o detetive encarregado de desencavar o que aconteceu. Só que está atrasado. Passei por um desastre *horrível* na estrada e acho que vi o carro dele no acostamento. Deve ter parado para ajudar os policiais que estavam no local.

– Do que estou sendo acusado?

– Por que estaria sendo acusado de alguma coisa? Seu pai... Jude, seu pai o atacou. Atacou vocês dois. Foi uma sorte vocês não terem morrido. Quinn só quer uma declaração. Diga a ele o que aconteceu na casa de seu pai. Diga a verdade. – Ela encontrou o olhar dele e começou a falar muito cuidadosamente, como uma mãe repetindo para o filho algumas instruções simples mas importantes. – Seu pai teve um acesso de loucura. Isso acontece. Existe até um nome para isso: raiva senil. Ele atacou você e Marybeth Kimball e ela o matou, salvando a vida de vocês dois. Isso é tudo o que Quinn quer ouvir. Exatamente como aconteceu. – E nas últimas frases o tom deixara inteiramente de ser cordial e formal. O sorriso engessado de Nan desaparecera e ele voltava a conviver com Tennessee... a Tennessee de olhos gelados, valente, decidida.

Jude abanou a cabeça.

– E Quinn – disse ela – pode ter algumas perguntas sobre o acidente que decepou o seu dedo. E matou o cachorro. O cachorro que estava no carro.

– Não entendo – disse Jude. – Ele não quer falar comigo sobre o que aconteceu na Flórida?

As pestanas de Nan se agitaram rapidamente e, por um momento, ela pareceu confusa. Então o olho frio tornou a se impor e se tornou ainda mais frio.

– Aconteceu alguma coisa na Flórida? Alguma coisa sobre a qual preciso ser informada, Jude?

Então não havia qualquer acusação contra ele na Flórida. Isso não fazia sentido. Atacara uma mulher e a filha, fora baleado, se envolvera num acidente de carro... Mas, se estivesse sendo procurado na Flórida, Nan já estaria a par. E já estaria planejando sua defesa. Ela continuou:

– Você veio para o Sul visitar seu pai antes que ele falecesse. Envolveu-se num acidente pouco antes de chegar à fazenda. Estava passeando com o cachorro na beira da estrada e os dois foram atropelados. Uma inimaginável sucessão de acontecimentos, mas foi o que aconteceu. Nada mais faz sentido.

A porta se abriu e Jackson Browne deu uma espiada dentro do quarto. Só que ele tinha uma marca de nascença no pescoço que Jude não havia percebido antes, uma mancha vermelha com a forma tosca de uma mão com três dedos. Quando Jackson falou, a voz foi um grasnido rústico, com a inflexão pastosa dos Cajun.

– Sr. Coyne, ainda conosco? – O olhar do suposto Browne disparou de Jude para Nan Shreve a seu lado. – Sua gravadora vai ficar desapontada. Acho que já estavam planejando o álbum para homenageá-lo. – Ele riu até tossir e piscou os olhos lacrimejantes. – Sra. Shreve, dei por sua falta no saguão. – Falou com bastante jovialidade, mas, pelo modo como a fitou, um olhar dissimulado, indagador, a frase soou quase como uma acusação. Ele acrescentou: – E a enfermeira no balcão da recepção também. Ela disse que não a viu.

– Cheguei a acenar quando passei por ela – disse Nan.

– Pode entrar – falou Jude. – Nan disse que você gostaria de conversar comigo.

– Eu devia lhe dar voz de prisão – disse o detetive Quinn.

O pulso de Jude se acelerou, mas seu tom de voz foi amável e sereno:

– Por que razão?

– Seus últimos três álbuns – disse Quinn. – Tenho duas filhas e elas não param de tocá-los no volume máximo até as paredes estremecerem, os pratos chacoalharem e eu ter a impressão de estar próximo de cometer uma loucura, você compreende? E olha que estou falando das minhas filhas adoráveis e risonhas que, sob condições normais, eu não machucaria em hipótese alguma. – Ele suspirou, usou a gravata para limpar o suor da testa, avançou para os pés da cama. Ofereceu a Jude o último chiclete do seu pacote e, quando ele não aceitou, colocou-o na boca e começou a mascar. – De alguma forma o sujeito tem de amar os filhos, mesmo que às vezes fique meio doido.

– Tem razão – disse Jude.

– Só algumas perguntas – disse Quinn, tirando um caderninho de notas do bolso interno do paletó. – Gostaria de saber o que aconteceu antes de você chegar à casa de seu pai. Alguém o atropelou e fugiu, não foi? Um dia mais ou menos terrível para você e a sua amiga, hum? E depois foi atacado pelo pai. Claro, com sua aparência e no estado em que seu pai estava, ele provavelmente pensou que você fosse... não sei... um assassino que tinha ido saquear sua fazenda. Um espírito do mal. Só não consigo imaginar por que você não foi até o hospital depois do acidente que cortou seu dedo.

– Bem – disse Jude –, não estávamos longe da fazenda de meu pai e eu sabia que minha tia estava lá. Ela é enfermeira.

– Verdade? Me conte sobre o carro que bateu em você.

– Foi uma caminhonete – disse Jude. – Uma picape.

Olhou para Nan, que assentiu. Só um leve aceno de cabeça, olhos atentos, firmes. Jude respirou fundo e começou a mentir.

51

Antes de sair do quarto, Nan hesitou no umbral da porta e tornou a olhar para Jude. Aquele sorriso estava de novo em seu rosto, o sorriso esticado e forçado que deixava Jude triste.

– Ela é muito bonita, Jude – disse Nan. – E gosta de você. Dá para perceber pelo modo como fala de você. Conversei com ela. Só por um momento, mas... deu pra ver. Geórgia, não é? – Os olhos de Nan expressavam timidez, dor e afeto ao mesmo tempo. Ela fez a pergunta como se não tivesse certeza se realmente queria saber.

– Marybeth – disse Jude com firmeza. – O nome dela é Marybeth.

52

Estavam de volta a Nova York duas semanas depois para uma homenagem a Danny. Marybeth usava um cachecol preto no pescoço que combinava com as luvas pretas de renda. Era uma tarde de muito vento e frio, mas mesmo assim a cerimônia estava lotada. Parecia que todo mundo com quem Danny havia conversado, bisbilhotado ou discutido ao telefone estava lá. Era muita gente e ninguém foi embora antes de acabar, nem quando a chuva começou a cair.

53

Na primavera Jude gravou um álbum, despojado, na sua maior parte acústico. Cantou sobre os mortos. Cantou sobre estradas à noite. Outros músicos tocaram guitarra. Ele podia fazer o acompanhamento rítmico, mas só. Jude teve de voltar a fazer os acordes com a mão esquerda, como fazia na infância, mas não era tão bom dessa maneira.

O novo CD vendeu bem. Ele não saiu em turnê. Em compensação, ganhou três pontes de safena.

Marybeth dava aulas de dança numa badalada academia de High Plains. Suas aulas eram muito concorridas.

54

Marybeth encontrou um Dodge Charger abandonado num ferro--velho e levou-o para casa por 300 dólares. Jude passou o verão seguinte suando no quintal, sem camisa, trabalhando na restauração do carro. Toda noite entrava tarde em casa, o corpo bronzeado, com exceção da brilhante cicatriz prateada no centro do peito.

Marybeth estava sempre esperando do outro lado da porta com um copo de limonada caseira. Às vezes trocavam um beijo com sabor de suco gelado e óleo de motor. Eram os beijos de que ele mais gostava.

55

Uma tarde, perto do final de agosto, Jude entrou em casa, suado e queimado de sol, e encontrou uma mensagem de Nan na secretária eletrônica. Dizia que tinha uma informação para ele e pedia que lhe telefonasse a qualquer hora. A qualquer hora era naquele momento, e Jude ligou para o escritório dela. Sentou-se na beira da velha escrivaninha de Danny enquanto a recepcionista passava a ligação.

– Acho que não tenho muito a dizer sobre esse tal de George Ruger – disse Nan sem qualquer preâmbulo. – Você queria saber se ele moveu alguma ação penal no ano passado e a resposta parece que é não. Talvez, se você tivesse me passado mais informação, como explicar exatamente qual é o seu interesse nele...

– Não – disse Jude –, não se preocupe com isso.

Então Ruger não fizera qualquer tipo de queixa contra ele; não era de admirar. De qualquer modo, se ele tivesse tentado conseguir a prisão de Jude ou iniciado algum processo, a essa altura todos já saberiam. Realmente não esperava que Nan fosse encontrar alguma coisa. Ruger não podia falar sobre o que Jude lhe fizera sem correr o risco de que o nome de Marybeth viesse à tona, assim como o fato de que ele tinha dormido com ela quando Marybeth ainda estava nos primeiros anos ginasiais. Jude sabia que Ruger era uma figura importante na política local. Ficava difícil levantar verbas de campanha depois de ser acusado de manter relações sexuais com uma menor.

– Tive um pouco mais de sorte no que diz respeito a Jessica Price.

– Bom – disse Jude. O simples fato de ouvir aquele nome já lhe provocava um nó no estômago.

Quando Nan voltou a falar, o tom era falsamente casual, um tanto isento demais para ser convincente.

– Essa Price está sob investigação por negligência e abuso sexual contra uma criança. A própria filha, você pode imaginar? Ao que parece, a polícia foi até a casa dela depois que alguém telefonou informando sobre um acidente. Price bateu com o carro no veículo de outra pessoa, bem na frente de sua casa, a pouco mais de 60 por hora. Quando a polícia chegou, ela estava inconsciente atrás do volante. E a filha estava na casa com uma pistola e um cachorro morto no chão.

Nan fez uma pausa para dar a Jude a chance de um comentário, mas ele nada tinha a dizer. Nan continuou:

– Quem quer que tenha sido alvo da batida de Price desapareceu. Ninguém teve mais notícia.

– Price não contou nada a eles? Qual foi a história dela?

– Não houve história. Após acalmar a menina, a polícia pegou a arma e quis saber onde ela ficava guardada. Os policiais acabaram encontrando um envelope com fotos escondido no forro de veludo do estojo da pistola. Fotos da menina. Coisa criminosa. Horrível. Ao que parece, puderam confirmar que as fotos foram tiradas pela mãe. Jessica Price deve pegar mais de dez anos de cadeia. E, pelo que entendi, a menina só tem 13 anos. Isso não é terrível?

– É – disse Jude.

– Você acreditaria que tudo isso, o acidente de carro de Jessica Price, o cachorro morto, as fotos, aconteceu no mesmo dia em que seu pai morreu na Louisiana?

De novo Jude não respondeu – o silêncio parecia mais seguro.

Nan continuou:

– Seguindo o conselho de seu advogado, Jessica Price tem exercido, desde que foi presa, o direito legal de permanecer calada. O que faz sentido para ela. E é também uma atitude feliz para quem mais estivesse lá. Você sabe... com o cachorro.

Jude manteve o fone no ouvido. Nan ficou tanto tempo em silêncio que ele começou a achar que a ligação tinha caído.

– Isso é tudo? – disse ele por fim, apenas para se certificar de que ela continuava na linha.

– Outra coisa – disse Nan. Seu tom era perfeitamente brando. – Um carpinteiro que trabalhava na rua disse que viu um casal suspeito num carro preto movendo-se furtivamente na manhã do acidente. Ele disse que o motorista era a imagem cuspida do cantor e líder do Metallica.

Jude teve de rir.

56

No segundo fim de semana de novembro, o Dodge Charger arrancou do pátio de uma igreja numa estrada de barro vermelho na Geórgia, latas chacoalhando atrás. Bammy enfiou os dedos na boca e deu fortes assobios.

57

Num outono foram para Fiji. No outro visitaram a Grécia. No mês de outubro seguinte foram para o Havaí, onde passaram dez horas por dia numa praia de areia preta. Nápoles, no ano seguinte, foi ainda melhor. Foram passar uma semana e ficaram um mês.

No outono do quinto aniversário de casamento, não foram a parte alguma. Jude havia comprado cachorrinhos e não queria deixá-los. Um dia, quando estava frio e chovia, Jude desceu com os filhotes a estradinha de acesso para pegar a correspondência. Quando estava puxando os envelopes da caixa de correio, na frente do portão, uma picape clara cruzou em disparada a rodovia, atirando um borrifo de água gelada nas costas de Jude. Quando ele se virou para ver o carro se afastando, Anna o contemplava do outro lado da estrada. Jude sentiu uma forte pontada no peito, que rapidamente diminuiu, mas o deixou ofegante.

Quando ela tirou um fio amarelo de cabelo da frente dos olhos, Jude viu que era mais baixa, com o corpo mais atlético que Anna – 18 anos no máximo. Ela ergueu a mão num aceno hesitante. Ele fez um gesto para que ela atravessasse.

– Olá, Sr. Coyne – disse ela.

– Reese, não é?

Ela assentiu. Seu cabelo estava molhado e a jaqueta jeans ensopada. Os cachorrinhos pulavam em cima dela, que se esquivava, rindo.

– Jimmy! – disse Jude. – Robert! Desçam. Desculpe. São um bando sem educação. Ainda não ensinei boas maneiras a eles. Não quer entrar? – Ela tremia um pouco. – Está ficando molhada. Vai pegar uma doença.

– Algo contagioso e fatal? – perguntou Reese brincando.

– Quem sabe – disse Jude. – A morte anda numa caixa amaldiçoada por aí. Mais cedo ou mais tarde, todo mundo recebe a sua.

Ele a conduziu para a casa e entraram na cozinha escura. Acabara de perguntar como ela havia chegado ali quando Marybeth chamou do alto da escada, perguntando quem estava lá.

– Reese Price – respondeu Jude. – De Testament, na Flórida. A filha de Jessica Price!

Por um momento, não se ouviu nenhum barulho. Então Marybeth desceu silenciosamente os degraus e parou quase embaixo. Jude encontrou o interruptor junto da porta e acendeu as luzes.

Na súbita claridade que se seguiu, Marybeth e Reese se entreolharam sem falar. A face de Marybeth estava serena, difícil de decifrar. Os olhos indagavam. O olhar de Reese foi do rosto de Marybeth para o pescoço, para o branco prateado da cicatriz em forma de meia-lua ao redor da garganta. Reese tirou os braços das mangas da jaqueta e se abraçou. Água gotejava dela, formando uma poça ao redor de seus pés.

– Jesus Cristo, Jude! – disse Marybeth. – Vá pegar uma toalha.

Jude foi buscar uma toalha no banheiro do andar de baixo. Quando voltou, a chaleira estava no fogão e Reese sentada no meio da cozinha. Ela contava a Marybeth sobre os estudantes russos do programa de intercâmbio que haviam lhe trazido de carona desde Nova York e que não paravam de falar sobre a visita que tinham feito ao "Entire Steak Buildink".

Marybeth preparou um chocolate quente e um sanduíche de queijo e tomate enquanto Jude se sentava com Reese no balcão. Marybeth sentia-se relaxada e fraternal e riu com vontade das histórias de Reese, como se fosse a coisa mais natural do mundo receber uma moça que havia arrancado um pedaço do dedo do marido com um tiro.

Foram as mulheres que mais conversaram. Reese estava a caminho de Búfalo, onde ia se encontrar com amigos para ver o 50 Cent e o Eminem. Depois iam viajar para o Niágara. Um dos amigos tinha investido algum dinheiro num velho barco, uma espécie de casa flutuante. Iam viver lá, meia dúzia deles. O barco precisava de reparos. Estavam planejando consertá-lo e vendê-lo. Reese ficara encarregada da pintura. Ela tinha uma ideia bacana para um mural que queria pintar na lateral da casa flutuante. Já fizera alguns esboços. Tirou um livro de desenhos da mochila e mostrou alguns dos seus trabalhos. Dava para notar sua inexperiência, mas as ilustrações eram interessantes, imagens de mulheres nuas, velhos sem olhos e guitarras, tudo disposto em complicados padrões entrelaçados. Se não conseguissem vender o barco, montariam um negócio dentro dele, com pizza ou tatuagens. Reese sabia muita coisa sobre tatuagens e tinha praticado em si mesma. Levantou a blusa para mostrar a tatuagem de uma cobra esguia, pálida, fazendo um círculo em volta do umbigo dela, comendo a própria cauda.

Jude interrompeu a conversa para perguntar como ela ia chegar a Búfalo. Reese disse que seu dinheiro para condução acabara na Penn Station e estava pensando em fazer o resto do percurso de carona.

– Sabe que são quase 500 quilômetros? – perguntou ele.

Reese o encarou, olhos arregalados, e balançou a cabeça.

– No mapa não parece tão longe assim. Tem certeza de que são quase 500 quilômetros?

Marybeth pegou o prato vazio e colocou-o na pia.

– Quer telefonar para alguém? Alguém de sua família? Pode usar nosso telefone.

– Não, senhora.

Marybeth deu um sorriso breve e Jude se perguntou se alguém já a havia chamado de "senhora" antes.

– E sua mãe? – perguntou Marybeth.

– Está na cadeia. Espero que não saia nunca – disse Reese, olhando para o chocolate quente. Começou a brincar com um comprido fio de cabelo amarelo, enrolando-o várias vezes no dedo, uma coisa que Jude vira Anna fazer milhares de vezes. – Não gosto sequer de pensar nela. Prefiro fingir que está morta ou algo assim. Não desejaria para ninguém uma mãe como ela. É uma maldição, isso é o que ela é. Se eu achasse que um dia seria uma mãe como ela, me esterilizaria agora mesmo.

Quando Reese acabou de tomar o chocolate, Jude pôs uma capa de chuva e disse que ia levá-la até a rodoviária.

Rodaram algum tempo em silêncio, o rádio desligado, nenhum som além da chuva batendo no para-brisa e os limpadores do Charger indo de um lado para outro. Deu uma olhada nela e viu que Reese reclinara o assento e fechara os olhos. Havia tirado a jaqueta e a colocara na frente do corpo como um cobertor. Jude achou que estava dormindo. Então Reese abriu um olho e espreitou-o:

– Você realmente gostava da tia Anna, não é?

Ele balançou positivamente a cabeça. Os limpadores faziam *tuc-tuc, tuc-tuc.*

– Minha mãe fez coisas que não devia ter feito – disse Reese. – Algumas tão graves que eu daria tudo para esquecê-las. Às vezes acho que minha tia Anna descobriu alguma coisa que mamãe andava fazendo, mamãe e meu avô, e foi por isso que se matou. Porque não podia mais conviver com o que sabia, mas também não podia falar sobre o assunto. Sei que ela era infeliz. Talvez algo ruim também tenha lhe acontecido quando era pequena. Mais ou menos a mesma coisa que aconteceu comigo.

Agora Reese olhava diretamente para ele.

Bem, Reese pelo menos não sabia de tudo o que a mãe fizera, o que para Jude só poderia significar que realmente ainda era possível encontrar alguma compaixão no mundo.

– Desculpe pelo que eu fiz à sua mão – disse ela. – Desculpe mesmo. Às vezes tenho sonhos com minha tia Anna. Damos alguns passeios juntas. Ela tem um carro velho como esse, um carro muito legal, só que preto. Ela não está mais triste, não em meus sonhos. Damos passeios no campo. Ela escuta sua música no rádio. Ela me disse que você não foi à nossa casa para me ferir, mas para dar um fim a tudo aquilo. Para fazer com que minha mãe tivesse que prestar contas do que deixou acontecer comigo. Eu só queria dizer que sinto muito e espero que você seja feliz.

Ele assentiu, mas não respondeu. Não confiava, na verdade, na própria voz.

Entraram juntos na rodoviária. Jude a deixou num banco arranhado de madeira, foi até o balcão e comprou uma passagem para Búfalo. Pediu que o homem do guichê pusesse o bilhete dentro de um envelope e acrescentou 200 dólares, colocando o dinheiro dentro de uma folha de papel dobrada com seu número de telefone e um bilhete dizendo que ela devia telefonar se enfrentasse algum problema no caminho. Quando voltou para perto de Reese, Jude enfiou o envelope no compartimento do lado de sua mochila em vez de entregá-lo na mão dela. Não queria que Reese desse uma olhada no que havia lá dentro e tentasse lhe devolver o dinheiro.

Reese foi com ele até a rua, onde a chuva estava caindo mais pesadamente agora e o resto da luz do dia tinha desaparecido, deixando as coisas azuis, crepusculares e muito frias. Quando Jude se virou para dar tchau, ela ficou na ponta dos pés e deu um beijo no seu rosto gelado e molhado. Até então Jude tinha pensado nela como uma jovem mulher, mas aquele foi o beijo irrefletido de uma criança. A ideia de Reese cruzando centenas de quilômetros para o Norte, sem ninguém para olhar por ela, pareceu de repente extremamente assustadora.

– Cuide-se – disseram ambos exatamente ao mesmo tempo, em perfeita sincronia, e riram. Jude apertou a mão dela e balançou a cabeça, mas não teve mais nada a dizer além de adeus.

Estava escuro quando ele voltou para casa. Marybeth tirou duas garrafas de cerveja da geladeira e começou a remexer nas gavetas atrás de um abridor.

– Eu gostaria de ter feito alguma coisa por ela – disse Jude.

– Ela é um pouco jovem demais – disse Marybeth. – Mesmo para você. Esqueça esse assunto, não é melhor?

– Meu Deus, não estava falando disso.

Marybeth riu, encontrou um pano de prato e atirou-o na cara dele.

– Vá se enxugar. Você fica com uma cara ainda mais patética quando está todo molhado.

Jude esfregou o pano no cabelo. Marybeth abriu uma cerveja e colocou-a na frente dele. Então viu que ele continuava amuado e riu de novo.

– Vamos lá, Jude. Se você não me deixar atiçá-lo um pouco de vez em quando, não restará nenhum fogo em você – disse ela. Estava parada do outro lado da bancada da cozinha, observando-o com um ar terno e meio malicioso. – Seja como for, você lhe deu uma passagem de ônibus até Búfalo e... o quê? Quanto dinheiro?

– Duzentos dólares.

– Viu, você fez alguma coisa por ela. Fez muito. O que mais você acha que devia fazer?

Jude se sentou, segurando a cerveja que Marybeth tinha colocado na sua frente, mas sem bebê-la. Estava cansado, ainda sentindo no corpo a umidade e o frio do lado de fora. Um grande caminhão, ou talvez um ônibus da Greyhound, passou roncando pela estrada, desaparecendo no frio túnel da noite. Jude ouviu os cachorrinhos no canil lá fora ganindo, nervosos com o barulho.

– Espero que ela consiga... – disse Jude.

– Chegar a Búfalo? – perguntou Marybeth. – Não sei por que não haveria de conseguir.

– É – disse Jude, embora não tivesse certeza de que tinha sido realmente aquilo que quisera dizer.

Sobre o autor

JOE HILL é autor dos sucessos *Nosferatu*, *Amaldiçoado* e *A estrada da noite*, presentes nas listas de mais vendidos do *The New York Times* e lançados no Brasil pela Editora Arqueiro, e da premiada coletânea de contos *Fantasmas do século XX*. Ganhou também o prêmio Eisner pela série de quadrinhos em seis volumes Locke & Key. Mora em New Hampshire.

CONHEÇA OS LIVROS DE JOE HILL

A estrada da noite

Amaldiçoado

Nosferatu

Mestre das chamas

Para saber mais sobre os títulos e autores da Editora Arqueiro,
visite o nosso site e siga as nossas redes sociais.
Além de informações sobre os próximos lançamentos,
você terá acesso a conteúdos exclusivos
e poderá participar de promoções e sorteios.

editoraarqueiro.com.br